Liebe geht durch den Magen

Georgina kann nicht kochen, aber wenn man auf dem besten Weg ist, als Top-Model eine sensationelle Karriere zu machen, muss man das auch nicht unbedingt können! Allerdings hat sich der gut aussehende Radiologe Elliot Mallory, den Georgina bei einem Volleyballspiel kennen gelernt hat, nach mehreren aufregenden Dates bei ihr zum Essen eingeladen. Und Elliot ist der Mann, mit dem sie sich ihre Zukunft sehr gut vorstellen kann. Am liebsten würde sie ihn heiraten! Doch davon will Elliot trotz Georginas' süßer Verführungskünste zunächst nichts wissen. Nicht etwa, weil sie nicht kochen kann – sondern weil er überzeugt ist, dass der Altersunterschied von 15 Jahren zwischen ihnen zu groß ist.

Liebling, wir haben geheiratet?

Chelsea träumt von einem Mann, der sie auf Händen trägt und dazu noch ein leidenschaftlicher Liebhaber ist. Schließlich denkt sie sich als Romanautorin jeden Tag solche Helden aus! Im echten Leben ist das ganz anders, und da helfen auch die Bemühungen ihrer Freundin Georgina nicht viel: Immer wieder präsentiert diese ihr Männer, die für einen Traummann zu viele Fehler haben. Bis Georgina ihr dann von Dr. David Winter erzählt. Es sind rührende Geschichten von einem zutiefst verletzten Menschen – und kein Wort davon ist wahr! Denn als Chelsea nach einem Joggingunfall von David behandelt wird, erkennt sie, dass er nicht der tragische Held ist, sondern ein charmanter und witziger Mann. Und ausgesprochen sexy ...

Catherine Coulter

Traummänner

MIRA®

MIRA® TASCHENBUCH
Band 25021
1. Auflage: September 2002

MIRA® TASCHENBÜCHER
erscheinen in der Cora Verlag GmbH & Co. KG,
Axel-Springer-Platz 1, 20350 Hamburg
Deutsche Taschenbucherstausgabe

Titel der nordamerikanischen Originalausgabe:
Aftershocks
Afterglow

erschienen bei: Mira Books / Silhouette Books, Toronto
Published by arrangement with
Harlequin Enterprises II B.V., Amsterdam

Redaktion/Lektorat: Ilse Bröhl
Konzeption/Reihengestaltung: fredeboldpartner.network, Köln
Umschlaggestaltung: pecher und soiron, Köln
Titelabbildung: by GettyImages, München
Autorenfoto: © by Harlequin Enterprise S.A., Schweiz
Satz: Berger Grafikpartner, Köln
Druck und Bindearbeiten: Elsnerdruck, Berlin
Printed in Germany
ISBN 3-89941-021-1

Der Preis dieses Bandes versteht sich einschließlich
der gesetzlichen Mehrwertsteuer.

Catherine Coulter

Liebe geht durch den Magen

Roman

Aus dem Amerikanischen von
Emma Luxx

MIRA®

1. KAPITEL

„Ein Treffer, George! Renn!"
Georgina Hathaway ließ ihren Baseballschläger fallen und stürmte los.

„Mir ist noch nie ein Mädchen untergekommen, das den Ball so schlägt", sagte Dr. Elliot Mallory entspannt zu Dr. David Thornton.

„Ist sie eine der neuen Klinikärztinnen?" fragte David und nahm noch einen Schluck von seinem kalten Bier.

„Nicht dass ich wüsste", entgegnete Elliot. Er streckte seine langen Beine aus und lehnte sich gegen den Stamm des Baumes, unter dem er mit seinem Freund saß, bequem zurück. „Gott, ist das heiß heute."

„Es ist Juli, weißt du, Elliot, und wir sind in der East Bay. Dein Blut ist vom Leben in San Francisco dünn geworden."

Elliot beobachtete, wie das Mädchen den Ball erneut schlug, und hörte das Aufstöhnen, das durch die gegnerische Mannschaft ging. „Ich würde gern mal sehen, wie sie ausrutscht", bemerkte er mit sanftem Spott.

David hob belustigt eine Augenbraue. „Sie hat sehr lange, sehr nackte Beine", sagte er und beschattete seine Augen mit einer Hand, um das Mädchen besser sehen zu können. „Willst du ihr vielleicht Jod auf die Kratzer tupfen, die sie sich dabei möglicherweise holt?"

Elliot lachte. „Ich kann sie von hier aus nicht gut genug sehen. Vielleicht ist sie ja die Tochter von irgendjemand am Krankenhaus." Er schaute auf, als ein Schatten über seine Schulter fiel.

„Na, ihr seid mir ja zwei schöne Faulpelze", sagte Dr. Margaret Smith und grinste die beiden Männer an.

„Seit wann spielen denn auf dem alljährlichen Klinikpicknick die Radiologen gegen die Gynäkologen?" flachste Elliot. „Mal davon abgesehen, habe ich dich bis jetzt auch noch nicht in Aktion gesehen."

„Mir ist der verstauchte Knöchel, den ich mir von euch Machos beim Footballspiel im letzten Jahr geholt habe, noch in lebhafter Erinnerung. Freundschaftsspiel, ha!“

David schirmte seine Augen noch immer gegen die Sonne ab. „Sieht so aus, als ob unserer Star mit den langen Beinen zum Volleyballfeld rübergeht.“

„Sie ist eine Sportskanone“, bemerkte Margaret, die beobachtete, wie das Mädchen mit graziösen, weit ausholenden Schritten neben Dr. Randy Hansen, einem jungen Radiologen, der das erste Jahr an der Klinik war, herging.

„Hi, Jungs“, sagte Doris Thornton fröhlich. Sie versetzte ihrem Mann einen sanften Rippenstoß. „Auf geht's, Kumpel, es wird Zeit, dass du zeigst, was du kannst. Sie wechseln beim Volleyball gerade die Seiten, und ich will die Chance, euch beide so richtig schön in die Pfanne zu hauen, nicht ungenutzt verstreichen lassen.“

„Gib's ihnen, Doris“, sagte Maggie lachend. „Ich feure dich an.“

Elliot fischte seine Sonnenbrille aus seiner Hemdtasche und setzte sie auf. „Ich nehme nicht an, dass du dich mit einem ‚Vielleicht‘ als Antwort zufrieden gibst, hab' ich recht, Doris?“

„Keine Chance! Los, rafft euch schon auf, ihr Penner.“

David stöhnte, dann rappelte er sich hoch. „Meine Güte, ich bin wirklich zu alt für so was.“

Elliot folgte seinem Beispiel, und zusammen gingen sie zum Spielfeld, wo sie sich Doris' Befehl zufolge gehorsam auf der gegnerischen Seite aufstellten. Elliot, der mit seinem hochgewachsenen Körperbau eindeutig im Vorteil war, ging, begleitet von David, nach vorn ans Netz.

Elliot ließ seine Blicke über die gegnerische Mannschaft einschließlich Doris schweifen, die ihnen durch das Netz eine Grimasse schnitt, und sagte zu David: „He, das wird ein Sonntagsspaziergang. Das ist ja fast ein reiner Weiberhaufen.“

„Lass das bloß Doris nicht hören. Sie ist zwar klein, aber gemein.“ David lachte und warf Elliot den Ball zu.

Georgina Hathaway verengte die Augen. Sie war gerade dabei, das Netz straff zu ziehen, und hatte die Bemerkung aufgeschnappt.

Eingebildeter Affe! „He, Randy!" sagte sie zu dem schlanken jungen Mann, der einen halben Meter entfernt von ihr stand. „Wir tauschen die Plätze, okay?"

Randy Hansen zuckte gleichmütig die Schultern. „Von mir aus gern, George."

Jede Mannschaft bestand aus neun Spielern, und sieben der Spieler in Georginas Mannschaft waren Frauen.

„Wir lassen dem schwachen Geschlecht den Vortritt", schrie David übermütig übers Netz.

Doris streckte ihrem Ehemann die Zunge heraus und fing den Ball auf, den George ihr zuwarf. „Gib's ihnen, Doris!"

Doris schoss den Ball hoch und weich in Richtung ihres Ehemanns. Im nächsten Moment sah Georgina, wie der Mann mit der großen Klappe geschmeidig hochsprang und den Ball übers Netz, knapp an ihr vorbei, zurückschlug. In beiden Mannschaften erhoben sich Buhrufe und Gebrüll, und Maggie feuerte sie von der Seitenlinie aus an.

Georgina legte den Kopf schräg und taxierte den Mann genauer. Was sie sah, gefiel ihr. Er war außergewöhnlich groß und gut gebaut, mit breiten Schultern, einer schmalen Taille und muskulösen Beinen. Sein dichtes schwarzes Haar fiel locker und war leicht gewellt. Er bewegte sich mit der geschmeidigen Grazie eines Sportlers. Aber er muss Arzt sein, überlegte sie mit einem leichten Stirnrunzeln. Sie und Randy waren spät gekommen, und Randy hatte sie bisher noch nicht mit ihm bekannt gemacht. Sie wünschte sich, seine Augen sehen zu können, doch seine Brillengläser waren sehr dunkel getönt.

Jetzt war die andere Mannschaft am Zug, und eine Frau in der mittleren Reihe schlug den Ball so scharf zurück, dass er über die Spielfeldbegrenzung hinausflog. Der nächste Schuss zischte hart und flach übers Netz. Georgina berechnete ihren Sprung genau und schlug den Ball zurück, dem Mann mitten ins Gesicht.

Seine Sonnenbrille fiel herunter, und sie starrte in wunderschöne laubgrüne Augen, die überrascht zurückstarrten. Er war zweifellos ein bemerkenswertes Exemplar der männlichen Gattung. Georgina, die vom Flirten wenig verstand, reagierte in der einzigen Art und Weise, die sie kannte.

Sie provozierte ihn.

„Es würde vielleicht helfen, wenn Sie nicht schlafen!" schrie sie ihm zu und lachte.

Zu ihrer Freude grinste der Mann breit und zeigte auch noch strahlend weiße Zähne.

„He, George", heulte Randy hinter ihr auf, „du kannst doch meinen Chef nicht beleidigen."

„Na", sagte Georgina, „ich hoffe, er ist ein besserer Arzt als Volleyballspieler." Sie warf Randys Chef ein betörendes Lächeln zu.

Elliot war nicht beleidigt, sondern belustigt und fasziniert. Er musterte das Mädchen auf der anderen Seite des Netzes, während das Spiel um ihn herum planlos weiterging. Sie war kein Teenager mehr, aber sie war noch sehr jung, höchstens Anfang Zwanzig, schätzte er, und unglaublich hübsch. Sie war groß, bestimmt einszweiundsiebzig, mit ewig langen, schlanken, sonnengebräunten Beinen. Das honigblonde Haar hatte sie sich straff nach hinten gekämmt und zu einem wippenden Pferdeschwanz zusammengebunden. Sie trug kein Make-up, und ihre Haut war so klar wie der Sonnenschein. Er überlegte, ob sie wohl ihr Haar gefärbt hatte.

Sie trug ein T-Shirt, auf dem quer über der Brust *Beau Jangles* stand, und kurze Jeans. Er schaute zu, wie sie den Ball mit geschmeidiger Leichtigkeit warf, und sah, wie ihre Brüste wippten, als sie hochsprang. Er wollte sie kennen lernen.

„He, Elliot!" brüllte David von hinten. „Wach auf! Das Spiel ist fast vorbei."

Elliot winkte David zu, dann drehte er sich wieder um und beobachtete, wie sie mit dem Ball in der Hand locker nach vorn zur Begrenzungslinie lief. Seine Mannschaft führte mit leicht errungenen dreizehn zu fünf Punkten. Sie behandelte den Ball mit einer Leichtigkeit, die ihn hätte warnen sollen. Im nächsten Moment zischte der Ball flach und hart übers Netz, direkt auf ihn zu. Der Wurf eines Mannes. Sie überrumpelte ihn, der Ball prallte von seinem Bauch ab und sprang zu Boden. Er hörte ihr Lachen und die übermütigen Beifallsrufe ihrer Mannschaftskolleginnen.

„Wetten, dass Sie das nicht noch mal schaffen!" brüllte David. Ihr nächster Wurf kam mit solcher Wucht, dass es ihn fast umgehauen hätte.

Elliot war noch damit beschäftigt zu lachen, so dass ihm ein weiteres Mal entging, dass der nächste Ball wieder direkt auf ihn gerichtet war. Er nahm sich zusammen, und den nächsten Ball fing er, aber Hoover, ein Arzt, der seit drei Jahren an der Klinik war und an den er weitergab, vermasselte es.

Er hörte sie brüllen „Übung macht den Meister!" und angelte sich den nächsten Ball.

Als seine Mannschaft es schließlich schaffte, diesen zurückzugeben, streifte ihn Doris in blindem Glück mit der Handfläche und schoss ihn zurück übers Netz.

Georgina zielte mit jedem Ball direkt auf ihn, bis er nicht mehr weitergab, sondern den Ball selbst übers Netz schickte, direkt zu ihr. Sie lachte laut auf und schoss ihn sauber und hoch zurück. Seine Mannschaft verlor einen weiteren Punkt. Als es schließlich 13 : 13 stand, war Elliots Kampfgeist erwacht. Er angelte sich den Ball wieder und schoss ihn Randy Hansen vor die Brust. Er sah, wie das blonde Mädchen geistesgegenwärtig vorsprang, um ihn zu retten, aber sie verfehlte ihn knapp. Sie ist gut, dachte er anerkennend, wirklich sehr gut.

Sie war so gut, dass sie schließlich den letzten entscheidenden Punkt holte, der ihrer Mannschaft zum Sieg verhalf.

„Wie wär's, wenn Sie mich der sportlichen jungen Dame vorstellten, Dr. Hansen?" fragte Elliot wenig später gedehnt.

Georgina wandte ihm das Gesicht zu und spürte, wie ihre Wangen warm wurden. Es war ein seltsames Gefühl, das sie vorher noch nie kennen gelernt hatte. Sie schaute ihn verwirrt an.

„Georgina Hathaway", sagte Randy und räusperte sich, „das ist Dr. Elliot Mallory, Leiter der Röntgenabteilung und mein Vorgesetzter."

„Für einen Arzt spielen Sie gar nicht mal so schlecht", sagte sie und streckte ihm die Hand hin.

„Und Sie auch nicht, für ein Mädchen", gab er zurück und drückte ihre schlanke Hand. Er trug keinen Ehering. Sie hoffte, dass er nicht verheiratet war.

„Und trotzdem sind Sie ein schlechter Verlierer, Doktor. Ich bin enttäuscht."

„Und meine Sonnenbrille bin ich auch los. Ich hoffe, Sie kaufen mir eine neue."

„Aber selbstverständlich wird sie das, nicht wahr, George?" mischte sich Randy ein und schaute sie aus verengten Augen an.

Georgina lachte und wandte sich wieder an Dr. Mallory. „Ich weiß etwas Besseres, Sir. Ich habe zwei Karten für das Baseballspiel der A-Liga am nächsten Dienstag. Ich nehme Sie mit."

Elliot blinzelte verdutzt. Das Mädchen hatte ihn eingeladen, mit ihm auszugehen! „Und was ist, wenn ich einer neuen Sonnenbrille den Vorzug gebe, Miss Hathaway?"

Randy, dem ein solches Verhalten von ihrer Seite völlig fremd war, stand sprachlos dabei und starrte sie mit offenem Mund ungläubig an.

„Nun", sagte Georgina nachdenklich, ohne den Blick von Elliot abzuwenden, „dann würde ich Ihnen die Sonnenbrille vermutlich als eine Art Bestechung anbieten."

Elliot grinste.

„Obwohl Sie sie, wenn Sie nicht geschlafen hätten, gar nicht erst verloren hätten", fügte Georgina, der sein volltönendes Lachen gefiel, hinzu.

Elliot breitete die Hände aus und gab sich geschlagen. „Na, dann also bis nächsten Dienstag, Miss Hathaway. Dr. Hansen, passen Sie auf, dass ihr bis dahin niemand den Hals umdreht."

Er lächelte wieder und feuerte kurz vor seinem endgültigen Abgang seinen letzten Schuss ab. „Wenn ich meine Sonnenbrille nicht verloren hätte, hätten Sie nichts, womit Sie mich bestechen könnten, Miss Hathaway."

Er lachte, als sie ihn in Ermangelung einer passenden Antwort nur verdutzt anzwinkerte. Im Gehen hörte er Randy Hansen sagen: „He, George, Menschenskind, hast du sie noch alle? Du lieber Gott, so hab' ich dich ja noch nie gesehen. Er ist ein sehr wichtiger Mann, und du flirtest einfach mit ihm."

Einen Moment herrschte Stille, dann kam ein verärgertes: „Ich flirte nicht, Randy! Komm, lass uns etwas essen. Dann muss ich nach Hause und sehen, dass ich mein aufgeschürftes Knie wieder einigermaßen hinkriege. Ich kann mir schon lebhaft vorstellen, was Ben sagt, wenn er es sieht. Wenn bloß meine Lippen aufgesprungen sind, flucht er in drei Sprachen!"

Wer zum Teufel ist Ben? fragte sich Elliot Mallory. Ihr Freund, ihr Geliebter? Ihr Ehemann bestimmt nicht, denn sie trug keinen Ehering. Zu seiner Enttäuschung sah er sie an diesem Nachmittag nicht mehr.

Am darauffolgenden Dienstag bedachte Lisa Dickerson, Elliots Sekretärin, ihn mit einem mütterlichen Lächeln, als er von einer kurzen Besprechung in sein Büro zurückkehrte.

„Hier, drei Anrufe innerhalb von fünfzehn Minuten." Sie reichte ihm drei Notizzettel und beobachtete ihn, während er sie durchsah. Bei dem zweiten Zettel stutzte er und schaute auf.

„Wann hat Miss Hathaway angerufen, Lisa?"

„Vor zehn Minuten."

„Was genau hat sie gesagt?"

Lisa runzelte die Stirn, dann schüttelte sie den Kopf. „Es war merkwürdig, wirklich. Sie hat nicht nach Ihnen gefragt, sondern mich nur gebeten, Ihnen auszurichten, dass sie in New York sei und sich dafür entschuldige, dass sie es Ihnen nicht früher sagen konnte."

„Sonst nichts?"

„Nein. Stimmt irgendetwas nicht, Doktor?"

Elliot schaute auf den zerknüllten Zettel in seiner Hand. „Doch, doch, Lisa. Es ist alles in Ordnung. Rufen Sie Dr. Bailey zurück, bitte. Und bitten Sie Dr. Dunsmuir zu mir. Ich möchte mit ihm über seinen

Artikel sprechen. Er muss erst noch ein paar Sachen ändern, bevor er ihn veröffentlichen kann."

An diesem Nachmittag wurde ein kleines Päckchen in Elliots Büro abgegeben. Darin war eine sehr teure Sonnenbrille. Elliot fragte sich, was sie wohl in New York machte, während er die Brille aufprobierte. Sie stand ihm hervorragend.

Für den Rest der Woche war Elliot mehr als einmal versucht, Randy Hansen nach Georgina Hathaways Adresse zu fragen. Aber er tat es nicht.

2. KAPITEL

Georgina schlüpfte in ihren dunkelgrünen Speedo-Badeanzug, dann setzte sie sich die weiße Badekappe auf. Ihre Hände zitterten ein bisschen. Sie schnitt sich im Spiegel der Damenumkleidekabine selbst eine Grimasse, drehte sich um und ging nach draußen an den Pool.

Es war fast ein Uhr mittags, und in dem geheizten Schwimmbecken zogen sechs Schwimmer ihre Runden. Sie rückte sich ihre Schwimmbrille zurecht und sprang dann ins Wasser. Sie schwamm eine Bahn, dann machte sie eine Pause und schaute sich um. Die Ärzte und die übrigen Klinikangestellten, die hier schwammen, nahmen ihre Sache bitter ernst und zogen in verbissener Konzentration ihre Runden. Sie warf einen Blick zu den Herrenumkleidekabinen, dann zwang sie sich, noch eine Bahn zu schwimmen.

„Hallo, Dr. Mallory", hörte sie Tim, den jungen Riesen, der als Bademeister hier arbeitete, sagen.

Sie trat gerade Wasser am hintersten Ende des Pools, als sie ihn sah. Besser könnte er wirklich nicht aussehen, dachte sie, während sie ihre Blicke wohlgefällig über seinen Körper wandern ließ. Als sie bei seinem flachen Bauch angelangt war, hielt sie inne und schluckte beim Anblick der schwarzen Haarlinie, die unter dem Rand seiner dunkelblauen Badehose verschwand. Seine Beine waren kräftig und muskulös. Er blieb einen Augenblick am Beckenrand stehen und streckte sich. Georgina schluckte Wasser. Er rückte sich seine Schwimmbrille zurecht, dann sprang er ins Wasser und schwamm auf sie zu.

Georgina stieß sich von der Rückwand des Beckens ab und hielt dann auf der Bahn neben seiner direkt auf ihn zu. Er schwamm mit kräftigen Zügen an ihr vorbei und hatte sie zu dem Zeitpunkt, zu dem sie das entgegengesetzte Ende des Pools erreicht hatte, fast eingeholt. Sie beobachtete, wie er geschmeidig wendete und wieder zurückschwamm. Jetzt, wo sie ihn hier antraf, hatte sie keinen blassen Schimmer, wie sie es anstellen sollte. Sie hatte es dank Randys Vermittlung geschafft, im vergangenen Monat hier Mitglied zu werden, und ging seitdem zwei Mal pro Woche zum Schwimmen. Sie wusste, dass Elliot jeden Tag um ein Uhr mittags für genau dreißig Minuten hier schwamm und anschließend noch eine Viertelstunde in der Sauna verbrachte, um dann wieder in das Krankenhaus, das auf der gegenüberliegenden Straßenseite lag, zurückzukehren.

Nun, immerhin hatte sie die Überraschung auf ihrer Seite. Sie entschloss sich zu einer weiteren Runde, absichtlich und ohne hinzuschauen auf seiner Bahn. In der Mitte des Beckens kamen sie sich in die Quere und produzierten ein Gewirr aus Armen und Beinen.

Georgina prustete, spuckte Wasser und kreischte in gespielter Empörung: „Können Sie nicht aufpassen?"

Elliot blinzelte die Frau verdutzt an, schaute sich um und sah, dass sie ganz offensichtlich auf seiner Bahn schwamm, und sagte dann in beißendem Ton: „Wenn Sie keine gerade Bahn schwimmen können, sollten Sie vielleicht besser an die Seite gehen."

„Ha!" gab sie unverschämt zurück und beäugte ihn erfreut. „Sie sollten um diese Zeit hier überhaupt nicht schwimmen. Ich rate Ihnen, bis drei Uhr zu warten, dann können Sie sich den Anfängern anschließen."

Elliot blieb angesichts dieser Frechheit die Spucke weg. Er schob seine Schwimmbrille hoch und knirschte mit den Zähnen. „Entschuldigen Sie mich", sagte er schließlich und schwamm, ohne die Brille wieder aufzusetzen, weiter.

„Sogar jetzt sind Sie noch auf meiner Bahn", schrie sie hinter ihm her.

Elliot hörte sie. Er machte kurzerhand kehrt und schwamm mit schnellen, wütenden Stößen zu der unverschämten Frau zurück.

„Also wirklich, jetzt reicht's mir aber", begann er. Seine weiteren Worte blieben ihm im Hals stecken, als die Frau ihre Brille absetzte und er sich Georgina Hathaway gegenübersah.

„Machen Sie den Mund zu", sagte Georgina lachend. „Es sieht lächerlich aus."

Ihre Hände schossen hervor, legten sich auf seine Schultern und drückten ihn unter Wasser.

Georgina wusste, dass sie mit dem, was sie tat, ein Risiko einging, aber sie konnte nicht anders. Sie spürte seine Hände an ihrer Taille, und im nächsten Moment fühlte sie sich ebenfalls unter Wasser gedrückt. Gleich darauf ließ er sie, ohne sie loszulassen, wieder hochkommen.

„Hallo", sagte Georgina, sich das Wasser aus den Augen wischend, vergnügt. „Was machen Sie denn hier?"

Elliot beäugte sie misstrauisch. „Ich habe den Verdacht, Sie wussten, dass ich hier bin. Hätten Sie mich nicht einfach begrüßen können, anstatt mir Unverschämtheiten an den Kopf zu werfen?"

„Sie waren sehr höflich. Die letzte Unverschämtheit war nötig, damit Sie zurückkommen." Sie legte den Kopf schräg, wobei sie sich überaus deutlich bewusst war, dass seine Hände noch immer um ihre Taille lagen und er für sie beide Wasser trat. „Was hätten Sie denn als nächstes zu mir gesagt?"

„Keine Ahnung. Aber mir wäre schon noch etwas Passendes eingefallen."

„Also, auch wenn Sie nicht wirklich auf meiner Bahn geschwommen sind, waren Sie doch schaurig lahm. Ich schaffe es wahrscheinlich, Sie mit einem Bein zu schlagen."

„Was ist, wenn ich mich auf ein Wettschwimmen mit Ihnen einlasse, Miss Hathaway? Reißen Sie mir dann vorher meine Schwimmbrille herunter?"

„Nein, das wird nicht nötig sein. Sie wissen ja bereits aus Erfahrung, dass ich nicht so leicht zu schlagen bin."

Er grinste sie an. „Na, auf dann. Wie viele Bahnen trauen Sie sich zu, es mit mir aufzunehmen?"

Sie paddelte neben ihm zum flachen Ende des Beckens. Sie war keine gute Schwimmerin; Schwimmen war eine der wenigen Sportarten, die sie nicht von Kindesbeinen an ausgeübt hatte. „Wie wär's mit zehn?" Sie war noch nie in ihrem Leben zehn Bahnen geschwommen. Bei der sechsten kamen ihr ihre Arme immer vor wie abgestorbene Baumstämme.

„Einverstanden", sagte Elliot.

Er beobachtete, wie sie sich am Beckenrand geschmeidig hochzog, und ertappte sich dabei, wie er sie anstarrte, als sie schließlich oben am Rand stand. Ein ganz normaler Schwimmanzug war normalerweise das unerotischste Kleidungsstück, das er sich vorstellen konnte. Es drückte die Brüste einer Frau flach an den Körper und enthüllte gnadenlos jedes Pfund, das sie zu viel hatte. Bei Georgina allerdings enthüllte dieses Kleidungsstück nichts als Perfektion. Er spürte, wie sein Körper reagierte, und spannte sich an. Er riss seinen Blick von ihren Knospen los, die sich unter dem elastischen Stoff deutlich abzeichneten, allerdings nur, um bei ihrer schmalen Taille und ihrem flachen Bauch zu landen. Die einzige Möglichkeit war, schnell wegzuschauen, damit er herausklettern konnte, ohne sich selbst in Verlegenheit zu bringen.

Er folgte ihr zum anderen Ende des Pools, wo sie die Arme sprungbereit hochreckte.

„Sie sehen sehr sexy aus in dieser Badehose", sagte sie mit kehliger Stimme und streifte ihn mit einem wohlwollenden Blick. Als er scharf den Atem einzog, schrie sie „Los!" und sprang.

Elliot schaute ihr nach und sprang dann ebenfalls. Bei der zweiten Bahn holte er sie ein. Statt sie zu überholen, schwamm er langsamer neben ihr her. Ihre Stöße wirkten zunehmend kraftloser.

„Das ist mein erstes Wettschwimmen mit einer Schnecke", sagte er.

„Schlange", gab sie atemlos zurück. „Würden Sie einfach nur weiterschwimmen, damit wir es hinter uns bringen?"

„Nach meiner zehnten Bahn hören wir auf. Ich möchte nur sehen, ob Sie in der Zeit wenigstens acht schaffen."

Er glaubte zu hören, dass sie „Idiot" sagte, aber ganz sicher war er sich nicht. Sie war bei der siebten Runde, aber als sie wendete, um die achte zu beginnen, hielt er sie am Arm fest.

„Ich wollte Ihnen nur einen kleinen Dämpfer versetzen, aber umbringen wollte ich Sie nicht", sagte er.

„Ich fühle mich gedemütigt und halb tot." Sie ließ den Kopf hängen und konzentrierte sich darauf, wieder normal zu atmen. Sie standen am flachen Ende des Beckens bis zur Taille im Wasser, und sie schaute wie gebannt auf die schwarzen Haare auf seiner Brust.

„Seit wann kommen Sie zum Schwimmen hierher?"

„Seit letztem Monat."

„Warum?"

„Im August fange ich immer etwas Neues an."

„Warum haben Sie mich nicht angerufen?"

Sie gab vor, ihn nicht zu verstehen. „Das habe ich doch."

„Nein, Sie haben meine Sekretärin angerufen."

„Ich war in New York."

„Ich sehe Sie heute zum ersten Mal hier."

„Ich weiß. Normalerweise schwimme ich morgens. Ich war ... überrascht, Sie hier zu sehen."

Eine schwarze Braue hob sich. „Tatsächlich?"

„Ihre Vermessenheit zeigt sich, wenn nicht noch eine Menge mehr."

„Nur bis zur Taille", murmelte er und grinste sie unverschämt an. Zu seiner Belustigung errötete sie. „Möchten Sie sich einen Moment ausruhen, bevor wir Ihre Demütigung vollenden?"

Sie spritzte ihm eine Hand voll Wasser ins Gesicht, zog sich dann am Beckenrand hoch und ließ die Beine im Wasser baumeln.

„Danke für die Sonnenbrille", sagte er, zu ihr hinaufschauend.

„Gefällt sie Ihnen? Ich fand, sie hat Klasse."

„Die hat sie zweifellos, aber bestimmt war sie sehr teuer, viel teurer als die, die Sie mir ruiniert haben."

Sie lächelte. „Na ja, was blieb mir schon anderes übrig? Randy hat mir erzählt, wie *wichtig* Sie sind. Da kann ich Sie doch unmöglich wie einen Punk herumlaufen lassen."

Elliot ließ einen Moment lang seine Blicke schweifen. „Für das schmale Budget einer Studentin scheint sie mir aber doch ein ziemlich extravaganter Einkauf gewesen zu sein, Miss Hathaway."

„Ich bin keine Studentin, und bitte nennen Sie mich George. Das machen alle."

„Wie kommen Sie denn zu so einem Namen? Der San Franciscoer Einfluss?"

„Oh, nein. Ich habe drei ältere Brüder, und sie sehen in mir heute noch ihren kleinen Bruder."

„Daher also Ihr Sportsgeist."

„Meine Brüder haben mir nur geholfen, ihn zu vervollkommnen. Ich bin damit zur Welt gekommen."

„Bloß beim Schwimmen zeigt er sich nicht."

„Tja, da haben Sie Recht. Vor Weihnachten schaffe ich es wahrscheinlich nicht mehr, Sie zu schlagen."

„Wir werden sehen ... George. Warum studieren Sie nicht?"

Sie lächelte ihn an, ohne unmittelbar zu antworten. Dabei zog sie sich die Badekappe vom Kopf. Aus dem dicken Knoten honigblonden Haars lösten sich einige feuchte Strähnen und fielen ihr ins Gesicht.

„Ich habe am Ende des ersten Semesters das Handtuch geworfen. Das Studium hat mich angeödet, und den Lebenszyklus der Frösche zu studieren erschien mir totale Zeitverschwendung."

Elliot schaute einen Moment ihr Haar an, dann ihr Gesicht. Sie war ungeschminkt. Er hätte jede Wette gehalten, dass sie mit diesem zarten Knochenbau noch mit achtzig schön sein würde.

„Sie denken an all die Jahre, die man Sie während Ihres Medizinstudiums durch den Fleischwolf gedreht hat, stimmt's?"

„Nicht direkt", gab er zurück. „Was machen Sie mit Ihrer Zeit?"

George zuckte die Schultern, um ihre Mundwinkel spielte ein winziges Lächeln. „Ach, ein bisschen dies, ein bisschen das."

„Schade, dass es mit dem A-Spiel nicht geklappt hat. Ich hatte mich schon darauf gefreut."

Sie schaute durch dicke Wimpern zu ihm hinunter. „Machen Sie sich jetzt lustig über mich?"

Er hob einen muskulösen Arm und bekreuzigte sich. „Niemals. Ich hatte den ganzen Tag schlechte Laune." Er schwieg einen Moment, dann verzog er den Mund zu einem schiefen Lächeln. „Ich habe versucht, Ihre Telefonnummer zu bekommen", gestand er schließlich.

„Ach ja?"

„Ja. Warum ist sie nirgends registriert?"

„Ich ... lege Wert auf meine Privatsphäre."

„Ich verstehe." Aber er verstand nicht. „Was haben Sie in New York gemacht?"

Wieder zuckte um ihre Mundwinkel dieses etwas spöttische Lächeln.

„Aha, noch mehr ein bisschen dies und das?"

„Richtig geraten", sagte sie. „Es tut mir Leid wegen unserer verpatzten Verabredung. Ich wollte wirklich gern mit Ihnen zu diesem Spiel gehen, aber Randy, na ja, er hat mir nach diesem Picknick richtiggehend die Hölle heiß gemacht."

Elliot hob fragend eine schwarze Augenbraue.

Sie machte eine kleine Handbewegung. „Sie sind ein sehr wichtiger Mann, Dr. Mallory", äffte sie Randy nach. „Und Sie wollten gar nicht wirklich mitgehen, aber Sie waren zu höflich, um mir einen Korb zu geben."

„Darauf würde ich mich an Ihrer Stelle nicht verlassen, George."

„Worauf?"

„Auf meine Höflichkeit. Meinen Sie, Sie können noch mal zwei Karten bekommen?"

Sie warf ihm ein wunderschönes, seliges Lächeln zu, und er blinzelte verdutzt. „Sagen Sie, haben Sie nicht irgendetwas Hässliches an sich?“ fragte er sie. „Ein entstellendes Muttermal irgendwo oder so was?“

George lachte ein perlendes Lachen. „Dieselbe Frage könnte ich Ihnen auch stellen, wissen Sie. Für mich ist es mein Aktienkapital, aber für Sie ist es ein Bonus.“

„Haben Ihre Brüder Ihnen beigebracht, starken Männern solche Dinge zu sagen?“

Sie wich seinem Blick aus, und er sah, wie sich ihre schmalen Schultern anspannten. „Randy sagte, dass Sie es nicht verstehen würden. Es tut mir Leid.“

„Dr. Hansen ist ein Schwachkopf. Also, was ist jetzt mit dem A-Spiel und dem entstellenden Muttermal?“

„Wie wäre es mit Donnerstag, und ich habe keins.“

„Donnerstag ist gut, aber ich bin mir nicht sicher, ob ich Ihnen glauben kann. Keine Frau sollte so aussehen wie Sie. Es ist ungesund.“

„Also abgemacht“, sagte George, stand auf und präsentierte ihm ihre endlosen Beine in ihrer vollen Länge. „Ich hole Sie am Donnerstag um sieben ab. Und ich male mir ein Muttermal auf, wenn Sie möchten.“

„Ich würde es vorziehen, es selbst zu entdecken, danke.“

Ihre Augen, die von einem ganz merkwürdigen Blau, fast Violett waren, weiteten sich. Er fragte sich, ob er sie womöglich in Verlegenheit gebracht hatte, aber das war kaum vorstellbar. Dafür wirkte sie zu selbstsicher, zu weltgewandt.

Aber jetzt schaute sie ihn verunsichert an. Bereute sie es bereits, die Initiative ergriffen zu haben?

„Wissen Sie denn, wo ich wohne?“

„Ja. Sie stehen im Telefonbuch. Ich muss jetzt gehen. Bis dann.“

„Bis Donnerstag“, rief er ihr hinterher. Er beobachtete, wie sie lässig zu Tim hinüberschlenderte, und der junge Mann wirkte alles andere als gelangweilt, während er ihr entgegenschaute. Elliot ließ sich wieder ins Wasser zurückfallen, um seine Runden wie gewohnt fortzusetzen.

Am Donnerstag läutete es Punkt sieben an Elliots Haustür. Aus irgendeinem Grund hatte er damit gerechnet, dass sie pünktlich sein würde. Er rannte die Treppe nach unten und machte ihr auf.

„Hi“, sagte George.

„Hi. Sie sehen sehr hübsch aus.“ Tatsächlich hätte er lieber gesagt, dass sie zum Anbeißen aussah, aber das verkniff er sich. Sie trug eine hellblaue Seidenbluse und weiße Leinenhosen; das Haar hatte sie sich an den Seiten mit Kämmen zurückgesteckt. Ihm wurde bewusst, dass er sie anstarrte, und sagte schnell: „Möchten Sie noch auf einen Drink hereinkommen?“

„Nein“, lehnte George ab. „Bis zum Stadion brauchen wir vierzig Minuten. Ich möchte nicht zu spät kommen.“

Er zog die Tür hinter sich ins Schloss und folgte ihr die Treppe nach unten. Als er den schwarzen Porsche sah, der in der Einfahrt parkte, blieb er abrupt stehen. Es war ein klassischer 911, ungefähr zehn Jahre alt und in einem Superzustand.

Er lächelte, als sie die Beifahrertür für ihn öffnete. „Ein wirklich hübscher Wagen“, sagte er und betrachtete die schwarze Lederausstattung.

George antwortete erst, nachdem sie sich hinters Steuer gesetzt hatte. „Ja“, erwiderte sie stolz. „Sie heißt Esmeralda.“

„Sitzt der Glöckner von Notre-Dame hinten auf dem Rücksitz?“

„Ich musste ihn vertrösten, weil ich nur zwei Karten habe.“ Sie startete den Motor und schaltete weich in den Rückwärtsgang.

„Wie lange haben Sie Esmeralda schon?“

„Seit Februar.“

Wie zum Teufel konnte sich ein Mädchen ihres Alters, das sich die Zeit mit diesem und jenem vertrieb, ein Auto leisten, das mindestens zwanzigtausend Dollar gekostet haben musste? Er legte den Sicherheitsgurt um und schaute aus dem Fenster, während sie die Hügel von Pacific Heights hinauffuhr. Mitten an einem steilen Abhang musste sie hinter einem Auto anhalten, und er merkte, wie er sich versteifte. In San Francisco einen Wagen mit Knüppelschaltung zu fahren erforderte Geschicklichkeit und gute Nerven. Ersteres hat sie auf jeden Fall, dachte er und atmete aus, als sie weich in den ersten Gang schaltete und dann geschmeidig weiterfuhr.

„Keine Angst, Ihnen passiert schon nichts", versicherte George trocken. „Frauen sagt man beim Autofahren ja immer gern die übelsten Sachen nach."

„Ich war eben zu beschäftigt damit, mich zu fragen, wo ich meinen Willen, Ihnen etwas Übles nachzusagen, gelassen habe."

Sie lachte und warf ihm einen schelmischen Blick zu. „Warten Sie nur, bis wir auf eine gerade Straße kommen. Dann zeigt Ihnen Esmeralda, was sie kann."

Sie nahm es mit dem Freeway-Verkehr auf wie ein Profi, und wenig später waren sie an der Bay Bridge. „Was für einen Wagen fahren Sie denn?" erkundigte sie sich. Sie hob schnell eine schlanke Hand. „Nein, lassen Sie mich raten. Einen Continental? Einen Cadillac Seville?"

„Falsch. Einen silbernen Jaguar, und um Ihre nächste Frage gleich vorwegzunehmen, ja, mein Mechaniker ist ein sehr guter Freund."

„Mit Knüppelschaltung?"

„Ja, aber wenn ich ganz ehrlich sein will, muss ich gestehen, dass ich ihn am Berg gelegentlich abwürge."

„Ich bin mir sicher, dass Sie sehr gut fahren ... für einen Mann."

„Ich habe nicht das Glück, drei Schwestern zu haben."

Sie kicherte. „Sie sind lustig. Das dachte ich mir gleich. Sind Sie gebürtiger Kalifornier?"

„Es gibt nur noch so wenige, dass ich mir wünsche, ich könnte behaupten, ich wäre einer, aber leider bin ich es nicht. Ich bin in Connecticut geboren und aufgewachsen."

„Ich habe eine Freundin in Stamford. Ist es dort in der Nähe?"

„Im Osten ist alles irgendwo in der Nähe. In New Milford, und um Ihre nächste Frage gleich zu beantworten, ja, ich war in Yale."

„Tatsächlich habe ich gehofft, Sie würden Harvard sagen. Harvard ist versnobter, stimmt's?"

„Jeder Harvard-Absolvent würde Ihnen zustimmen, da bin ich mir sicher. Was ist mit Ihnen, George?"

„Meine Familie lebt in Flint, Michigan. Ich habe ein Semster an der University of Michigan studiert."

„Was haben Sie anschließend gemacht? Sie sind doch bestimmt schon etwas länger über achtzehn, oder?"

„Ja. Ich war einige Zeit in New York, dann kam ich hierher. Ich lebe jetzt seit fast zwei Jahren in San Francisco."

„Wenn ich mich recht erinnere, war Dr. Hansen auf der Columbia. Haben Sie ihn in New York kennen gelernt?"

„Ja", sagte sie kurz angebunden. „Wir sind fast da, Dr. Mallory. Ich hoffe, Sie mögen Baseball."

„Sie können sich auf jeden Fall sicher sein, dass ich Hot Dogs und Erdnüsse mag."

„Ich kenne die Verkäufer hier. Sie werden heute Abend bestimmt zwei Pfund zulegen."

„Die trainiere ich mir dann morgen mit Ihnen beim Schwimmen wieder ab."

Sie warf ihm einen fragenden Blick zu, aber dann musste sie auf den Parkplatz abbiegen. Statt sich hier einen Abstellplatz zu suchen, fuhr sie auf einen abgetrennten Teil mit reservierten Parkplätzen gleich neben dem Eingang. Dort war alles voll bis auf einen Parkplatz, den sie nahm und dann den Motor ausmachte.

Als Antwort auf seine unausgesprochene Frage lächelte sie und sagte nur: „Für einen so wichtigen Mann ist nur das Beste gut genug."

„Sie haben ein hübsches Haus", sagte George zweieinhalb Stunden und ein aufregendes Baseballspiel später, als sie in Elliots Einfahrt einbog.

„Danke. Möchten Sie es von innen sehen?"

„Ich würde gern, aber ich muss nach Hause ins Bett. Ich habe morgen einen harten Tag."

„Wo wohnen Sie denn?"

Sie warf ihm ein übermütiges Lächeln zu. „Ungefähr eine Meile von Ihnen entfernt, auf dem Broadway. Es ist nicht so ein schönes altes viktorianisches Haus wie das Ihre, aber immerhin mein Eigentum."

„Sie haben ein *eigenes* Haus?“

„Eine sehr geräumige Eigentumswohnung. Drei Schlafzimmer und ausreichend viel Platz für mich.“

„George, darf ich Sie fragen, wie alt Sie sind?“

„Dreiundzwanzig. Warum?“

„Als ich dreiundzwanzig war, lebte ich in einem Loch und ernährte mich von gebackenen Bohnen. Und fuhr einen verrosteten Chevy Impala.“

„Ja, aber Sie waren immerhin damit beschäftigt, sich für Ihre Zukunft weiterzubilden. Ich dagegen bin immer noch sehr unwissend. Ich hoffe, das Spiel hat Ihnen Spaß gemacht.“

„Ja“, gab er zurück, ihren schnellen Themenwechsel weise akzeptierend. „Kommen Sie morgen zum Schwimmen?“

„Wenn ich bis Mittag fertig bin, vielleicht. Vielen Dank, dass Sie mitgekommen sind.“

Er schaute auf ihre ausgestreckte Hand, dann nahm er sie. „Es hat mir großen Spaß gemacht, George.“ Sie sprang die Stufen hinunter, und er blieb auf der Vorderveranda stehen, bis Esmeralda davongebraust war.

Sie war nicht am Pool am nächsten Tag, und als Elliot nach einer vollen Stunde endlich aus dem Wasser kam, war die Haut an seinen Fingern und Zehen zusammengeschrumpelt, und ihm wurde klar, dass er nicht einmal ihre Telefonnummer hatte.

3. KAPITEL

Du kannst ihm unmöglich dauernd nachrennen, rief George sich zur Ordnung, während sie zögernd zum Krankenhausaufzug ging. Der Fototermin hatte bis zum späten Nachmittag gedauert, und nachdem ihr klar geworden war, dass sie die Verabredung zum Schwimmen mit Elliot versäumen würde, hatte sie die ganze Zeit wie auf glühenden Kohlen gesessen, bis sie es um vier Uhr nicht mehr ausgehalten hatte und ans Telefon gestürmt war, um ihn anzurufen und ihm zu sagen, dass sie aufgehalten worden war. Elliot war in einer Besprechung gewesen, aber sie hatte seine Sekretärin gebeten, ob sie nicht kurz bevor er nach Hause ging vorbeikommen dürfe.

Und jetzt war sie hier. Bestimmt hielt er sie für eine unmögliche Person. Wie konnte sie ihn bloß so bedrängen? Sie folgte der Wegbeschreibung, die ihr seine Sekrektärin gegeben hatte, und las die Beschriftungen an den jeweiligen Türen. Dr. Elliot Mallorys Büro lag im dritten Stock. Sie warf einen eingeschüchterten Blick auf das Schild an der Eichenholztür. Leiter der Röntgenabteilung. Sie war eben dabei, sich abzuwenden und wegzugehen, als sie eine Frauenstimme hinter sich hörte.

„Miss Hathaway?"

George fuhr auf dem Absatz herum und sah sich einer freundlich dreinschauenden Frau im Alter ihrer Mutter gegenüber, die in der offenen Tür zum Vorzimmer von Elliots Büro stand.

„Ja", brachte George mühsam heraus und versuchte, Haltung zu bewahren, obwohl ihr das Herz bis zum Hals klopfte.

„Sie sind hier richtig. Dr. Mallory ist in seinem Büro und müsste eigentlich in ein paar Minuten fertig sein. Möchten Sie nicht hereinkommen?"

„Vielleicht doch lieber nicht", begann George verunsichert und trat einen Schritt zurück. „Er ist bestimmt viel zu beschäftigt."

„Ach, Unsinn", sagte Lisa Dickerson freundlich. Es fiel ihr schwer, diese auffallende Erscheinung in der schwarzen Hose und der dunkelgrünen Seidenbluse nicht anzustarren. Sogar ihre Ohren sind schön, dachte sie.

„Kommen Sie rein." Nachdem Miss Hathaway in ihrem Büro war, schloss sie schnell die Tür zum Flur. „Er ist heute etwas spät dran", bemerkte sie mit einem wissenden Lächeln, „weil er heute länger als sonst beim Schwimmen war."

„Oh", sagte George.

In diesem Augenblick öffnete sich Dr. Mallorys Tür, und Elliot stand, bekleidet mit einem teuren anthrazitfarbenen Anzug und einem blassblauen Button-down-Hemd, auf der Schwelle. Der Mann neben ihm hatte einen weißen Kittel an und wirkte nervös.

Elliot hörte mitten im Satz auf zu sprechen. „George“, sagte er. „Was machen Sie denn hier?“

Sie war sofort auf den Beinen. „Ich muss mich entschuldigen. Ich hätte nicht kommen und Sie ... belästigen dürfen. Ich gehe wieder. Auf Wiedersehen.“

„Nur einen Moment. Setzen Sie sich!“

George setzte sich.

„Ralph, ich glaube, wir sind für heute fertig. Lisa, es ist nicht nötig, dass Sie ... noch länger bleiben. George, kommen Sie mit in mein Büro.“

Er teilt seine Befehle aus wie ein General, dachte sie, aber dennoch ging sie hinter ihm in ein ansprechend eingerichtetes Büro, aus dessen von der Decke bis zum Boden reichenden Fenstern man einen herrlichen Ausblick auf die Bay und die Golden Gate Bridge hatte. Die Wände waren bis in Augenhöhe mit dunklem Holz getäfelt, über eine Wand zogen sich eingebaute Bücherregale, während an der anderen gerahmte Drucke von Schiffen hingen. Der Schreibtisch, der voll beladen war mit Akten, Zeitschriften und Röntgenaufnahmen, war eine wuchtige Angelegenheit aus Mahagoni, möglicherweise ein schönes antikes Stück, wenn man genug davon sehen könnte. In einer Ecke stand eine einladende hellbraune Ledercouch, die von zwei dazu passenden Sesseln ergänzt wurde.

George trat ans Fenster.

Sie hörte, wie sich die Tür schloss.

„Mehr von diesem und jenem?“ fragte er sarkastisch.

Sie drehte sich um und wiederholte verständnislos: „Diesem und jenem?“

Elliot hätte seiner Wut gern die Zügel schießen lassen, aber als er sah, wie ihr Blick langsam über ihn hinwegwanderte, wurde er von einer Welle reiner Lust überschwemmt und vergaß das Gefühl, schlecht behandelt worden zu sein.

Er hätte sie am liebsten auf die Couch geworfen und aus dieser so perfekt sitzenden Hose geschält. Doch stattdessen sagte er: „Ich habe Sie heute vermisst."

„Ich wurde ... aufgehalten."

„Ja, schade. Sind Sie hungrig? Haben Sie Zeit, mit mir zu Abend zu essen?"

Sie schenkte ihm ein erfreutes Lächeln. „Ich bin erleichtert, dass wenigstens einmal Sie es sind, der fragt."

„Haben Sie Appetit auf ein Omelett im Cliff House?"

„Ja, gern." Sie zögerte einen Moment, wobei sie sich fragte, ob seine Einladung nicht womöglich nur ein Akt der Höflichkeit war. „Sind Sie sich sicher, dass ich Sie von nichts abhalte?"

„Doch, das tun Sie", gab er mit einer wegwerfenden Handbewegung in Richtung der Stapel auf seinem Schreibtisch zurück, „und ich weiß es zu schätzen."

„Ihr Büro gefällt mir", sagte George.

„Eindrucksvoll genug für einen so *wichtigen* Mann wie mich?"

Als sie lächelte, blitzten ihre Grübchen auf, und sein Blick irrte wieder zur Couch. „Sind Sie bereit?" fragte er abrupt.

„Ja. Ich fahre Ihnen nach."

Elliot führte sie aus seinem Büro und verschloss die Tür. „Was hat Sie denn aufgehalten?"

„Mein Job."

Er runzelte die Stirn, dann schoss er einen Versuchsballon ab. „Sie scheinen zu den seltsamsten Zeiten ... gerufen zu werden."

„Nein, eigentlich nicht", gab George zurück, die den Sarkasmus aus seiner Stimme herausgehört hatte, sich aber nicht darüber klar war, was er zu bedeuten hatte. Sie legte den Kopf auf die Seite.

„Aber ich nehme nicht an", fuhr Elliot fort, ohne sie anzuschauen, „dass ich Sie auch ... rufen könnte."

„Ich glaube nicht, dass Sie sich mich leisten könnten", erwiderte George in aller Unschuld.

Elliot blieb abrupt stehen. Er packte sie an den Handgelenken und drehte sie zu sich herum. „Was kosten Sie denn?"

Endlich ging ihr ein Licht auf. Seltsamerweise war sie nicht fuchsteufelswütend, sondern hätte am liebsten laut herausgelacht. Sie klimperte mit den Wimpern. „Nun“, sagte sie mit sanfter Stimme, „früher wurde ich nach Stunden bezahlt. Aber seit ich mir einen ganz guten Ruf erworben habe, ist es lukrativer für mich, wenn ich mich unter Vertrag nehmen lasse.“

„Unter Vertrag! Wollen Sie damit sagen, dass irgendjemand die Exklusivrechte auf Sie hat?“

„Oh, nein, das niemals“, versicherte sie ihm und beobachtete, wie sein Gesicht vor Verärgerung dunkler wurde. „Ich werde immer von einer Gruppe engagiert, nie von einer Einzelperson.“

Elliot ließ seine Hände fallen. Er widerte sich selbst noch mehr an als sie. Wie hatte er nur so blind sein können? Wie sonst sollte ein Mädchen in ihrem Alter einen Porsche besitzen, ein Apartment und Gott weiß was sonst noch?

„Stimmt irgendwas nicht?“ säuselte George mit einer Stimme, die sie für sexy hielt.

„Ja“, schnappte er. „Mir ist eben eingefallen, dass ich noch eine Besprechung habe. Ich bringe Sie zu Ihrem Wagen.“ Wütend stürmte er aus seinem Büro.

Er hielt sie wirklich für ein ... Callgirl! Sie beobachtete, wie er draußen vor seinem Büro den Aufzugsknopf drückte, als wolle er ihn zerquetschen.

Sie fuhren schweigend nach unten in die Eingangshalle.

„Nur noch einen Moment, Dr. Mallory“, sagte George. „Könnten Sie kurz mal herkommen?“

Seine zerfurchte Stirn glättete sich nicht, als er beobachtete, wie sie von einem Tisch eine Zeitschrift nahm und sie mit dem Daumen rasch durchblätterte. Sie ließ sich auf einem Stuhl nieder und griff nach einer anderen.

„Ich schätze, ich habe Sie ein bisschen aufs Glatteis geführt“, sagte sie und wandte ihm, die Zeitschrift in der Hand, das Gesicht zu. „Hier.“

Er nahm ihr die Illustrierte ab und schaute auf die Hochglanzanzeige. George, bekleidet mit einem weißen Overall, die honigblonden

Haare auf dem Kopf aufgetürmt, lächelte ihn aus der Zeitschrift an. Hinter ihr sah man einen Rennwagen. In einer Hand hielt sie einen Parfümzerstäuber. „Jesus“, brummte er und fühlte sich wie der letzte Idiot. „Sie sind ein Model.“

„Ja, seit fünf Jahren mittlerweile.“

„Warum zum Teufel haben Sie mich denken lassen, Sie seien ...“

„Ein Callgirl oder so was? Oh, nachdem mir klar wurde, was Sie dachten, beschloss ich, Sie ein bisschen auf den Arm zu nehmen.“

„Was ich dachte, ist nicht lustig, George.“

„Nein, überhaupt nicht. Aber wenn Sie das nächste Mal jemand treffen, der jung ist und einen Porsche fährt, ziehen Sie vielleicht nicht gleich voreilige Schlüsse.“

„Ich wäre nie auf diese Idee gekommen, wenn Sie nicht ständig irgendwelche dunklen Andeutungen gemacht hätten. Oh, Himmel“, er fuhr sich mit der Hand durchs Haar. „Es tut mir Leid. Können Sie mir noch einmal verzeihen?“

„Ja, einmal noch.“

Elliot lächelte sie reuig an. „Gott, lassen Sie uns sofort hier rausgehen. Ich sehe Dr. Stone kommen. Der Mann ist eine Prüfung.“

Zwanzig Minuten später nippte George im Cliff House an ihrem Perrier, und Elliot sagte: „Ich mag keine Spielchen. Warum haben Sie mir nicht einfach erzählt, dass Sie ein Model sind?“

Sie dachte einen Moment nach. „Sie haben Recht“, gab sie dann bereitwillig zu. „Ich hätte es nicht tun sollen. Verzeihen Sie mir?“

Doch so schnell war er dazu nicht bereit. „Und warum haben Sie es getan? Es war kindisch.“

„Ich wollte nicht, dass Sie denken, ich sei einfach nur ein hübsches Gesicht.“ Während sie zuschaute, wie er diese Information verdaute, fügte sie hinzu: „Wenn eine Frau gut aussieht, denken die meisten Männer doch, sie ist ein Dummchen ... besonders, wenn sie dazu auch noch blond ist. Wenn sie herausfinden, dass sie ein Model ist, sind sie sich ganz sicher. Ich bin aber kein Dummchen.“

Ein Kellner erschien, und George bestellte ihr Lieblingsomelett Nummer acht, mit Schinken und Avocado.

Nachdem eine Frau, die George erkannt hatte, an ihren Tisch gekommen war und sich ein Autogramm hatte geben lassen, streckte Elliot die Hand aus. „Verzeihen Sie mir, George."

Sie schaute auf seine schlanken, sensiblen Finger, und als er sie berührte, blinzelte sie. Sie hob den Kopf und schaute auf seinen Mund, wobei sich in ihren Augen ihre Gedanken nur allzu deutlich widerspiegelten.

„George", begann er, „wenn Sie nicht augenblicklich damit aufhören, kann ich für nichts mehr garantieren! Wirklich", fuhr er mit einer heiseren Stimme fort, die ihr einen Schauer über den Rücken jagte, „... oh, verdammt!"

Er zog seine Hand weg, als der Kellner ihre Omeletts servierte. George starrte blind auf ihren Teller. Sie fühlte sich ganz schwach, atem- und sprachlos. Sie entschied, dass es ein schönes Gefühl war.

Sie beobachtete, wie er sein Omelett verspeiste, wobei sie genau zu wissen glaubte, was er dachte. Es ließ sie noch mehr erbeben.

Selbst seine gepresste Stimme klingt sexy, dachte sie. Es schien, als würde sie genau das bekommen, worauf sie aus war. Aber es war noch zu früh. Sie musste ihn noch ein bisschen besser kennen lernen, ehe sie sich endgültig entschied.

„Wie alt sind Sie, Elliot?"

Er blinzelte überrascht. „Ich werde im Januar sechsunddreißig."

„Randy sagt, für einen Abteilungsleiter sind Sie noch sehr jung."

„Sehr wahr, aber ich bin eben auch ein ziemlich schlaues Bürschchen", scherzte er.

„Waren Sie schon mal verheiratet?"

„Jetzt könnte ich sagen, dass Sie das nichts angeht."

„Entschuldigung."

„Aber ich tue es nicht. Ja, ich war verheiratet. Sie war eine OP-Schwester, und wir heirateten in meinem vierten Studienjahr. Leider überlebte unsere Ehe mein erstes Praktikumsjahr nicht."

„Wie hieß sie?"

„Elaine. Sie ist jetzt schon seit fast sieben Jahren mit einem Urologen verheiratet. Sie hat zwei Kinder und lebt in Omaha."

„Sie hat sich von Ihnen scheiden lassen?“

Elliot grinste angesichts der Ungläubigkeit, die in ihrer Stimme mitschwang. „Das kommt Ihnen unwahrscheinlich vor, stimmt's?“

Sie verengte die Augen. „Haben Sie irgendwelche üblen Angewohnheiten oder so was?“

„Sie meinen, ob ich meine Frau schlage?“

„Nein, so was Extremes nicht. Aber bestimmt sind Sie auch nicht perfekt.“

„Ich schnarche, allerdings glaube ich nicht, dass Elaine das sonderlich gestört hat. Ich war jung, George, und entschlossen, immer und überall der Beste zu sein. Was sich Gott sei Dank geändert hat.“

„Oh.“

„Sie haben noch ungefähr fünfzehn Fragen offen.“

„Ich will wirklich nicht neugierig sein“, sagte sie mit entwaffnender Offenheit, „aber ich möchte Sie gern näher kennen lernen. Also, langweilig sind Sie nicht, denke ich.“

„Danke“, erwiderte er trocken. „Können wir gehen?“

Sie warf ihm einen Blick zu, der Bände sprach. Mussten sich ihre Männer immer einer Art Test unterziehen, ehe sie mit ihnen ins Bett hüpfte? Und wenn schon, er war kein hormongetriebener Jugendlicher mehr; er konnte warten.

Er brachte sie zu ihrem Auto. „Möchten Sie, dass ich noch mit zu Ihnen nach Hause komme?“

„Nein! Ich meine ...“

„Sie haben morgen sehr früh einen Fototermin.“

„Richtig“, sagte sie sehr erleichtert, wenn auch nicht ehrlich.

„George, bevor ich Sie jetzt wieder gehen lasse, möchte ich Sie um Ihre Adresse und Ihre Telefonnummer bitten.“

Sie nickte, tauchte die Hand in ihre Handtasche, zog sie wieder hervor und schrieb dann etwas auf die Rückseite einer Visitenkarte. „Hier“, sagte sie lächelnd.

„Danke.“ Sie streckte die Hand aus, um sich zu verabschieden, aber er übersah sie. Er beugte sich, ohne sie zu berühren, zu ihr hinunter und streifte mit den Lippen leicht ihren Mund.

„Gute Nacht, George", sagte er ruhig und ging davon.

Sie starrte ihm einen Moment nach, in ihrer Kehle zitterten unausgesprochene Worte. Sie wünschte sich sehnlichst, er möge zurückkommen und sie noch einmal küssen. Dann kletterte sie in Esmeralda und fuhr nachdenklich nach Hause.

4. KAPITEL

Von Elliot kam eineinhalb Wochen kein Lebenszeichen.

George war gerade dabei, den Schlüssel ins Schloss ihrer Eingangstür zu stecken, als sie das Telefon läuten hörte. „Jetzt komm schon, du blödes Ding", brummte sie ungeduldig. Sie war eben zwei Meilen gejoggt und war noch immer ganz außer Puste, als sie den Hörer nach dem vierten Läuten abnahm.

„Hallo?"

„Hallo, George", kam die Stimme, auf die sie eineinhalb lange Wochen sehnsüchtig gewartet hatte, durch die Leitung. „Sie klingen, als ob Sie eben einen Marathonlauf hinter sich gebracht hätten."

„Nur zwei Meilen", sagte George atemlos und ließ sich auf den Stuhl neben dem Telefon sinken.

„Sie joggen?"

„Ja."

„Sie waren nicht am Pool. Bei diesem Tempo werden Sie es nicht schaffen, mich bis Weihnachten zu schlagen."

George starrte auf das Telefon. „Ich schwimme morgens", sagte sie.

„Warum?"

Sie wollte ganz cool bleiben, um ihm zu zeigen, wie weltgewandt sie war. Stattdessen aber platzte sie heraus: „Wie können Sie bloß so verdammt begriffsstutzig sein? Ich habe nichts anderes getan, als Ihnen ständig hinterherzurennen. Wenn Sie sich einbilden, dass ich mich Ihnen an den Hals werfe ..." Sie unterbrach sich, als sie sein tiefes Lachen hörte. „Was ist daran so lustig?“ fragte sie und umklammerte den Telefonhörer fester.

„Ich habe für morgen zwei Konzertkarten. Sind Sie frei?“

„Da muss ich erst in meinem Kalender nachsehen“, gab George kühl zurück. Sie blätterte wild durch die Seiten des Telefonbuchs, dann sagte sie: „Ja.“

Elliot, der Meisterjäger, lächelte. „Hervorragend. Macht es Ihnen etwas aus, mich abzuholen? Mein Wagen ist bei meinem freundlichen Mechaniker. Gegen sieben.“

„Gut. Was soll ich anziehen?“

„Etwas Langes. Kommen Sie nicht zu spät, George.“

„Ich komme nie zu spät“, gab sie zurück und hörte, wie er leise in sich hineinlachte.

Nachdem sie aufgelegt hatte, blieb sie noch einen Moment sitzen, weil sie ihr Glück kaum zu fassen vermochte. Dann wählte sie Randys Nummer und hinterließ auf seinem Anrufbeantworter eine Nachricht, dass sie ihre Verabredung zum Pizzaessen morgen leider nicht wahrnehmen könne.

Elliot bürstete sich gerade noch ein Stäubchen vom Ärmel seines schwarzen Smokings, als um Punkt sieben der Türsummer ging.

Er hatte erwartet, dass sie schön aussehen würde; immerhin war ihr Aussehen ihr Kapital, wie sie ihm einmal fröhlich erklärt hatte. Und doch war er jetzt einen Moment sprachlos, als er ihr gegenüberstand. Sie trug ein langes, blassgrünes Kleid aus einem weichen schimmernden Stoff, das glatt bis zum Boden fiel. Es war schulterfrei und ärmellos und wurde nur von einem dünnen Band um ihren Hals aus demselben Material gehalten. Die honigblonden Haare hatte sie bis auf ein paar Strähnen, die sich an ihren Wangen und in ihrem Nacken ringelten, hochgesteckt. Sie trug winzige Diamantohrringe und ein glitzerndes, mit Diamantsplittern besetztes Armband und einen schwarzen Schal über dem Arm.

„Kommen Sie herein, George“, sagte er schließlich. „Sie sehen sehr ... hübsch aus.“

„Danke.“ Ihre Augen glitzerten, als sie ihren Blick über seinen schwarzen Smoking und das blütenweiße Hemd schweifen ließ. „Sie sehen auch sehr gut aus.“

„Danke, Ma'am. Treten Sie ein in mein bescheidenes Heim.“

„So bescheiden auch wieder nicht“, bemerkte George und schaute an ihm vorbei durch die große Eingangshalle zu dem eleganten Treppenaufgang.

„Ich habe an dem Haus eine Menge gemacht. Kommen Sie mit ins Wohnzimmer.“

Das alte viktorianische Haus mit den Buntglasfenstern war wunderschön restauriert. George folgte ihm durch die Empfangsdiele. „Ich fange langsam an, mir billig und wie aus Plastik vorzukommen“, bemerkte sie, während sie sich in dem achteckigen Wohnraum mit der hohen, reich verzierten Stuckdecke umschaute.

Elliot grinste. „Die ist nur so eine Art Ausstellungsraum. Ich verbringe die meiste Zeit oben, wo ich mein Zeug nach Lust und Laune rumfliegen lassen kann. Dort gibt es ein gemütliches, großes Schlafzimmer und noch einen anderen riesigen Raum, den ich als mein Arbeitszimmer bezeichne. Er war früher die Bibliothek und hat noch immer die Originalbücherregale und eine orientalische Tapete und einen Kamin, der so groß ist, dass man ein Schwein darin grillen kann. Kommen Sie mit in die Küche, dann mixe ich Ihnen einen Drink.“

„Haben Sie Perrier? Ich trinke keinen Alkohol.“

„Aus Gewichtsgründen? Religiöse Gründe?“

„Nein, ich bin ein Gesundheitsfanatiker.“

„Das ist gut. Wahrscheinlich joggen Sie mit neunzig noch.“

Die Küche war im Gegensatz zum übrigen Erdgeschoss hypermodern eingerichtet.

„Ein Zugeständnis an meine Haushälterin“, erklärte Elliot. Er öffnete einen vollen Kühlschrank, holte eine Flasche Perrier heraus und schaute sich nach einem Öffner um. „Mildred hat die Angewohnheit, ständig umzuräumen“, sagte er, während er eine Schublade nach der anderen aufzog.

Nachdem er den Öffner schließlich gefunden hatte, sagte George:

„Jetzt fühle ich mich besser. Zumindest dieser Öffner sieht aus, als stammte er aus einem Haushaltswarengeschäft und nicht aus einem Hochglanzkatalog. Und erfreulich billig."

Er lächelte und goss sich selbst ein Glas Wein ein. „Auf den heutigen Abend, George", prostete er ihr zu. „Es ist schön, Sie wiederzusehen."

Sie schaute ihn über den Rand ihres Glases hinweg stirnrunzelnd an. „Soll ich Ihnen mal was sagen? Ich denke, Sie sind ein grausamer Mensch."

„Ich?" Eine dichte schwarze Braue schnellte nach oben. Sie sah, dass seine Augen sie anlachten. „Was meinen Sie denn damit?"

Aber George hatte sich in seinen laubgrünen Augen verloren, in denen goldene Flecken tanzten. „Entschuldigen Sie. Was haben Sie eben gesagt?" Ihre Stimme klang selbst in ihren eigenen Ohren seltsam atemlos, und sie errötete.

„Wie kommen Sie denn darauf, dass ich grausam bin?"

„Ich spiele einfach nicht in Ihrer Liga", sagte sie schlicht.

„Wirklich? Sie, ein weltgewandtes Model? Das bezweifle ich."

„Müssen wir nicht gehen?"

Elliot nickte. „Ja. Ich möchte Mahler nicht warten lassen."

Nach dem Konzert parkte George Esmeralda vor Elliots Haus. „Möchten Sie, dass ich Sie noch zur Tür begleite?" fragte sie leichthin.

„Ja."

„Die beiden scheinen sehr nett zu sein", bemerkte George in Anspielung auf Dr. David Thornton und seine Frau Doris, die Elliot ihr vorhin im Foyer der Konzerthalle vorgestellt hatte.

„Das sind sie", sagte Elliot. „Sind Sie morgen Abend wieder zurück?" George hatte ihm auf der Rückfahrt erzählt, dass sie am nächsten Morgen um sechs nach Los Angeles fliegen musste.

„Nein. Ich komme erst Freitagnachmittag zurück."

Elliot wandte ihr sein Gesicht zu. Sie hatten sich den ganzen Abend über immer wieder geneckt, aber jetzt stand ihm nicht mehr der Sinn danach. Alles, was er wollte, war, mit ihr Liebe zu machen, bis sie beide völlig erschöpft waren. „Am Freitag habe ich keine Zeit, aber am Samstag möchte ich Sie sehen, einverstanden?"

„Ja. Ich ... ich würde mich freuen."

Er berührte mit den Fingern leicht ihre Wange. „Komm her, George", sagte er dann sanft. Er legte seine Hände auf ihre Schultern und zog sie in seine Arme.

George fühlte sich zutiefst verunsichert und in Hochstimmung zugleich. Er hielt sie eng an sich gedrückt, und sein Mund war so nah, dass sie seinen warmen Atem spüren konnte.

„Bitte, küss mich", flüsterte sie und erhob sich auf die Zehenspitzen."

Elliot schaute auf ihren schönen Mund und ihre geschlossenen Augen. Er zog sie noch enger an sich und legte seinen Mund auf den ihren. Er spürte, wie sie zusammenzuckte, fast so, als ob sie überrascht wäre. Ihre Lippen waren weich und voller Hingabe, und sehr langsam ließ er seine Zunge über sie hinwegwandern. Als sie schließlich den Mund öffnete, war sein einziger Gedanke, dass er sie begehrte, mehr begehrte, als er je eine Frau begehrt hatte. Plötzlich schien sie sich ihm zu ergeben, sie schlang die Arme um seinen Hals und erwiderte leidenschaftlich seinen Kuss.

Seine Hände glitten ihren Rücken hinunter über ihre Hüften. Er liebkoste sie und spürte ihren weichen Körper durch das dünne Kleid; sanft hob er sie ein Stück zu sich hoch und presste sie an sich. Als sich ihrer Kehle ein leises Stöhnen entrang, ließ er sie unvermittelt los.

Er wollte eine ganze Nacht mit ihr, nicht nur ein paar Stunden. So einfach war das.

George sank gegen ihn, und er war es, der sie beruhigte. „Samstagabend", flüsterte er an ihrer Schläfe.

„Ich ... ich ... mir ist plötzlich so komisch", brachte George mühsam heraus.

„Ich weiß, mir geht es nicht anders", sagte er und streichelte ihren Nacken. „Ich bringe dich noch zu Esmeralda."

Er öffnete ihr die Fahrertür, aber George machte keine Anstalten einzusteigen.

Sie schaute ihn sehnsüchtig an. „Bitte", flüsterte sie.

Er küsste sie wieder, hastig, fast brutal, um der Sache ein Ende zu bereiten, ehe er in Versuchung geriet, es sich womöglich doch noch anders zu überlegen.

„Samstagabend", wiederholte er und schob sie entschlossen von sich.

Er schaute zu, wie sie rückwärts aus der Einfahrt herausfuhr und dann mit dem Kopf auf dem Lenkrad noch einen Moment auf der Straße stehen blieb. Er fühlte sich auch ziemlich mitgenommen, und es freute ihn, dass es ihr nicht anders erging.

Am Samstagabend starrte George unglücklich auf den Salat, dessen grüne Blätter schlapp über den Rand der Schüssel hingen. Wie konnten die verdammten Dinger bloß so schnell welken?

In einem Anfall von Übermut hatte sie Elliot, der am vergangenen Abend angerufen hatte, um sich zu erkundigen, ob es bei ihrer Verabredung bliebe, großspurig zu sich nach Hause zum Essen eingeladen, wobei ihr erst hinterher siedendheiß eingefallen war, dass Kochen weiß Gott nicht zu ihren Stärken zählte.

Sie schaute nervös auf die Uhr. Wo zum Teufel blieb Marty mit der Venusmuschelsoße und dem Brokkoli mit der Sauce Hollandaise? Als es an der Tür läutete, rannte sie aufatmend hin, aber zu ihrem Verdruss stand dort bereits Elliot, mit einer Flasche Wein unter dem Arm.

„Hallo, George, ich wohne so weit weg, dass ich nicht das Risiko eingehen wollte, dir mit meinem Zuspätkommen deine Kochkünste zu verderben."

„Hi", brachte sie mühsam heraus, während ihre Blicke gehetzt die Straße hinauf und hinunter flogen. Jetzt fehlte bloß noch, dass in diesem Augenblick Marty wie eine Art Lieferservice mit dem Essen vorfuhr. Sie würde vor Scham im Boden versinken!

Elliot merkte von der ganzen Aufregung nichts. Er fragte sich, wie sie es anstellte, jedes Mal schöner auszusehen. Sie trug eine dunkelblaue Samtjeans, eine weiße Seidenbluse und war barfuß. Das von Kämmen aus dem Gesicht gehaltene Haar fiel ihr weich über die Schultern.

„Man riecht gar nichts. Ich habe Rotwein mitgebracht, ich hoffe, er passt."

Zu seiner Verwunderung lief George knallrot an. „Rotwein ist perfekt. Ich ... habe das Essen schon früher gemacht, deshalb riecht man nichts. Bitte, komm rein!"

„Kann ich dir irgendwie behilflich sein?"

„Oh, nein! Ich möchte, dass du es dir bequem machst. Du bist mein Gast." Resolut griff sie nach der Weinflasche und wich ihm nicht von der Seite, bis er sich auf der Couch häuslich eingerichtet hatte.

Er schaute ihr nach, wie sie, die Weinflasche wie einen Prügel umklammert haltend, barfuß in die Küche rannte. „George", rief er ihr nach, „ist alles in Ordnung mit dir?"

Sie tauchte wieder in der Türöffnung auf und rang sich ein verzweifeltes Lächeln ab. In diesem Augenblick hörte sie draußen Martys Auto vorfahren. „Elliot, bitte, kommst du mal einen Moment her?"

Er stand auf und schaute sie fragend an.

„Ich möchte ... ich möchte dir meine Bücher zeigen! Hier, im Arbeitszimmer."

Sie versuchte offensichtlich, etwas vor ihm zu verbergen, aber Elliot beschloss, gute Miene zum bösen Spiel zu machen. „Oh, ja, schrecklich gern", sagte er trocken. Sie schob ihn wie ein überflüssiges Möbelstück in das kleine Arbeitszimmer und machte die Tür dann gleich wieder zu.

Sie schaffte es, an die Wohnungstür zu kommen, bevor Marty, die bis oben hin bepackt davor stand, klingeln konnte. „Gott sei Dank, dass Sie da sind! Schnell, Marty. Mein Freund ist zu allem Überfluss auch noch zu früh gekommen!"

Marty Taylor, eine begnadete Köchin, wuchtete aus einem Beutel eine schwere Kasserolle heraus und legte sie George in die Hände. „Ich bin gleich wieder weg“, flüsterte sie. „Keine Sorge.“

Himmlische Düfte von Knoblauchbrot und Venusmuschelsoße erfüllten die Luft.

„George, und vergessen Sie nicht, die Spaghetti vorher zu *kosten*. Sie brauchen ungefähr neun Minuten, keinesfalls länger. Sie wollen sie *al dente*, denken Sie dran.“ Bei diesen Worten kicherte Marty, umarmte George hastig und war schon wieder bei der Tür.

Als George ins Arbeitszimmer zurückkehrte, fand sie Elliot mit einem Roman in der Hand an ihrem Schreibtisch. „Faszinierend“, sagte er. „Ich freue mich, dass du mir deine Bücher gezeigt hast.“

Sie schaute ihn wachsam an. „Hast du jetzt Lust, den Wein aufzumachen? Das Essen ist fertig, sobald die Spaghetti gar sind.“

„Mmmh, das riecht ja herrlich“, sagte Elliot und hob die schnüffelnd die Nase, während er ihr in die Küche folgte.

„Ich mache nur schnell alles noch mal warm. Elliot, könntest du vielleicht mal nachschauen, ob die Spaghetti schon *al dente* sind?“

„Gern.“ Sie beobachtete, wie er einen Spaghettistrang um eine Gabel wickelte, ihn mit einem Finger vorsichtig berührte und dann ein Stück davon abbiss. „Fast gar.“

Dann wandte er sich zu ihr um und strahlte sie an. „Schön, dich wiederzusehen, George“, sagte er und küsste sie leicht auf den Mund. Ohne Schuhe reichte sie ihm bis zum Kinn. Er fuhr mit der Hand unter ihr Haar und massierte ihr sanft den Nacken. „Du bist ein bisschen verspannt, George.“

„Das kommt ... von der Venusmuschelsoße“, brachte sie mühsam heraus und konnte nicht widerstehen, sich an ihn zu pressen. „Wenn ich sie zubereite, spanne ich mich immer ein bisschen an.“

Er küsste sie wieder. Als seine Zunge sanft zwischen ihre Lippen schlüpfte, spürte er, wie sie ganz leicht zusammenzuckte, dann schmiegte sie sich noch enger an ihn.

„Au verflucht, die Spaghetti.“

„Die ... Spaghetti“, wiederholte sie töricht und löste sich aus seiner Umarmung.

Elliot befahl seinem Körper, sich zu beruhigen. Eilig drehte er sich um und goss die Spaghetti ab. Auf dem runden Holztisch lag eine karierte Tischdecke, auf der eine dicke rote Kerze stand. „Sehr stilgerecht", sagte er anerkennend über die Schulter. Er machte ihr aus Dreiviertel Mineralwasser und gerade genug Wein, um dem Wasser eine blass rote Farbe zu verleihen, eine Weinschorle.

„Sieht gut aus und riecht gut", stellte er fest, nachdem das Essen auf dem Tisch stand. George nippte an ihrer Weinschorle und sagte anscheinend überrascht: „Schmeckt gar nicht mal so übel. Fehlt nur noch ein bisschen Zitrone, dann ist es perfekt."

Elliot berichtete, wie es ihm in den letzten Tagen ergangen war, und George erzählte von ihrer Reise. Elliot nahm sich noch von der köstlichen Venusmuschelsoße. Er grinste einen Moment in sich hinein, dann sagte er aufgeräumt: „Das Kumin in der Soße kommt wirklich gut, George. Es gibt dem Ganzen erst den letzten Pfiff. Wie viel hast du genommen?"

Kumin! Was zum Geier war Kumin? „Oh, zwei ... also na ja, nicht so viel. Man darf es nicht übertreiben."

„Sehr wahr. Und der Parmesan auf dem Knoblauchbrot. Wirklich köstlich. Hast du ihn frisch gerieben?"

„Nein, dafür war ich zu faul."

„Auf jeden Fall schmeckt er frisch. Du bist wirklich eine begnadete Köchin."

„Danke."

„Du musst mir unbedingt das Rezept für die Sauce Hollandaise geben. Sie war wunderbar cremig und hat nur ganz leicht nach Käse geschmeckt. Du musst Stunden mit Rühren verbracht haben."

„Na ja, Stunden nicht gerade. Lass ein bisschen Platz für die Nachspeise, Elliot. Es gibt noch kandierte Kirschen."

„Die müssen noch warten, George. Du hast mich wirklich gemästet."

Elliot verdrückte den letzten Bissen von seinem Knoblauchbrot und stand dann auf. Er küsste sie leicht auf den Scheitel. „Du hast schon so hart gearbeitet. Ich räume hier ein bisschen auf. Warum machst du dir nicht unterdessen den Fernseher an oder ... liest ein Buch?“

„Oh, nein! Du bist mein Gast. Was hältst du von einem Brandy oder einem Espresso?“

„Kaffee klingt gut.“

Elliot räumte die Teller in den Geschirrspüler, während George sich an der Kaffeemaschine zu schaffen machte. „Brauchst du Hilfe?“ fragte er und legte ihr von hinten die Arme um die Taille.

„Wie herrlich schlank du bist“, sagte er und gab ihr einen Kuss auf die Schläfe. Seine Hände wanderten langsam an ihren Rippen nach oben. George schloss die Augen und lehnte sich an ihn. Seine Hände verweilten. „Der Kaffee ist fertig“, sagte er und ließ sie los.

Er sah den überraschten Ausdruck auf ihrem Gesicht und lächelte in sich hinein. Auch Männer konnten spielen.

George spürte, dass sie rot wurde, und sie wusste, dass er es ebenfalls bemerkt hatte. Sie hantierte ungeschickt mit den Tassen herum; ihr Körper war sehr warm und vibrierte. Sie bewerkstelligte ein zittriges Lächeln.

„Möchtest du fernsehen?“

„Wenn du möchtest“, sagte Elliot.

George brachte die Kaffeetassen ins Wohnzimmer und stellte sie auf dem Beistelltisch neben der Couch ab. Sie kniete sich auf den Boden und machte den Fernseher an. „Ich habe mich letzte Woche erst verkabeln lassen. Mal sehen, was kommt.“ Tatsächlich interessierte sie im Augenblick nichts weniger als irgendein idiotischer Spielfilm. Doch plötzlich erstarrten ihre Finger auf der Fernbedienung. Sie war auf Channel 31, dem Erotikfilmkanal, gelandet. Sie setzte sich auf ihre Fersen und schaute auf den Bildschirm. „Ach, du meine Güte“, hörte sie Elliot hinter sich auflachen.

Auf dem Bildschirm sah man einen nackten Mann und eine nackte Frau liegen, der Mann war gerade dabei, es sich zwischen den Beinen der Frau bequem zu machen, Hände und Mund auf ihren Brüsten.

„Soll ich ausschalten?“

Ihre hohe, leicht schrille Stimme entlockte Elliot ein Grinsen. Das hatte sie offensichtlich nicht geplant.

„Noch nicht“, sagte er ungerührt. „Komm her.“

George kroch zur Couch zurück und setzte sich im Schneidersitz auf den Boden, zwischen Elliots Beine.

„Ich bekomme jetzt alle Kanäle“, sagte sie und schaute weiter auf den Bildschirm.

„Wie man sieht. Ah, jetzt kommt etwas, das mir auch Spaß machen würde.“

Der Mann hatte seinen Kopf zwischen den Schenkeln der Frau vergraben.

„Oh“, keuchte George, warf sich nach vorn, um sich die Fernbedienung zu schnappen, und machte eilig den Fernseher aus. Sie konnte Elliot nicht anschauen, nicht mit diesem knallroten Gesicht, nicht nach dem, was er eben gesagt hatte, nicht, solange sie ihn sich nackt über ihr vorstellte.

„Komm wieder her, damit ich dir deinen verspannten ... Nacken massieren kann.“

Sie fuhr herum, aber sein Gesichtsausdruck war absolut ernst.

George machte es sich wieder zwischen seinen Beinen bequem und schloss die Augen. Sie spürte, wie seine starken Finger sanft ihre Kopfhaut massierten, wie sie ihre Haarspangen lösten und sich langsam über ihren Nacken und die Schultern bewegten.

„George.“

Sie lehnte den Kopf zurück und öffnete die Augen, um ihn von unten her anzuschauen.

„In der Muschelsoße war gar kein Kumin.“

Sie blinzelte verdutzt und hatte einen Moment lang Mühe zu begreifen, wovon er sprach. Sie spürte, wie seine Finger auf ihren Schultern verweilten und sie dort liebkosten.

„Und auf dem Knoblauchbrot ... es war frischer Parmesan.“

„Ich ... ich muss es vergessen haben“, sagte sie, ganz auf die Bewegung seiner Hände konzentriert.

Jetzt nahm er die Hände weg, und sie spürte, wie er langsam die kleinen Knöpfe ihrer Bluse aufmachte. Sie hörte, wie er scharf den Atem einzog, als er den Stoff teilte.

Sie trug keinen BH. Ihre Brüste waren cremig weiß, hoch und fest, die Knospen von einem samtigen Dunkelrosa.

„Als du neulich während des Konzerts eingeschlafen warst", sagte er weich, „konnte ich dich an meinem Arm spüren." Er liebkoste ganz sanft die Seiten ihrer Brüste. „Ich war drauf und dran, dir das Kleid herunterzureißen."

Seine Hände kamen nach vorn und legten sich über ihre Brüste. George holte zitternd Atem. Plötzlich schlang er die Arme um sie und zog sie auf seinen Schoß. Sie schaute ihn an. „Wenn es sich so angefühlt hätte wie jetzt, hätte es mir nicht im Mindesten etwas ausgemacht."

Er lächelte und liebkoste sie mit Blicken. „Du bist wirklich außergewöhnlich ... hübsch", sagte er, drehte sie zu sich herum und küsste sie. Wie weich und warm sie ist, schoss es ihm durch den Kopf, während er seinen Kuss vertiefte. Plötzlich fühlte er sich wie im Fieber. Er hatte es bei der Liebe nie eilig gehabt, zumindest nicht, seit er kein junger Heißsporn mehr war. Aber mit George ... Er spürte, wie er erschauerte, als sich ihre Lippen öffneten und ihre Zunge die seine berührte. Wieder begann er, ihre Brüste zu streicheln. Er fühlte, wie sich ihre Finger in sein Haar wühlten und versuchten, ihn noch näher an sich heranzuziehen. Sanft drückte er sie nach hinten auf die Couch, umschmeichelte ihre Knospe mit der Zunge und saugte daran, bis George sich unter seinen Zärtlichkeiten wand.

Seine Hand zerrte an ihrem Hosenknopf, zog den Reißverschluss nach unten. Seine Finger glitten unter das Gummiband ihres Slips und verweilten einen Moment auf ihrem Bauch. Gleich darauf zog er sie wieder heraus.

„George", sagte er mit heiserer, tiefer Stimme. „Ich will nicht auf dieser verdammten Couch Liebe mit dir machen." Sein Mund wanderte über ihre Brüste ihren Hals nach oben und landete schließlich auf ihrem Gesicht. Er schaute ihr tief in die Augen.

„Du bist schrecklich ... groß", stammelte George, seine Schultern umklammernd.

„Auch das ist ein Grund." Er grinste.

George schüttelte den Kopf und zog sich an der Lehne hoch. Sie räusperte sich und blinzelte. „Ich ziehe mir nur rasch etwas Bequemeres an."

„Das könnte direkt aus einem Film aus den Vierzigern stammen", zog er sie auf und fuhr ihr mit den Fingern durch ihr zerzaustes Haar. „Mir steht im Moment der Sinn eher nach dem Annäherungsversuch eines Höhlenmenschen."

Er sprang auf und riss sie in seine Arme. „Was machst du denn?" stieß sie hervor.

„Ich ziehe dir jetzt deine Hose aus und liebe jeden Quadratzentimeter von dir."

„Oh. Kann ich mir meine Hose nicht selbst ausziehen?" Wäre es nicht erotischer, verführerischer, wenn sie ihr pfirsichfarbenes Negligé anzöge und dann langsam ins Schlafzimmer schwebte, wo er auf sie wartete?

„Was hältst du davon, wenn du mir stattdessen meine ausziehst?" fragte er, hob sie hoch und trug sie ins Schlafzimmer, wo er sie aufs Bett legte.

5. KAPITEL

„Runter mit dem Ding, Lady", hörte George Elliot sagen, während er ihr die Hose über die Hüften zog. Sie kicherte, verspürte den kalten Luftzug an ihrem nackten Körper und erschauerte leicht.

„Das ist echt süß, George. Grüne Kniewärmer und ein Slip, der ungefähr ein Gramm wiegt."

Sie war plötzlich verlegen. Statt sie in einen Abgrund von Leidenschaft zu stürzen, zog er sie auf. Liebe machen war eine ernste Angelegenheit, ohne Gedanken an Kniewärmer, um Himmels willen. Sie schaute ihn mit hochgezogener Augenbraue an. „Ich trage zu Hause immer Kniewärmer."

„Lass sie an. Sie sind sexy. Aber das Höschen muss weg", setzte er mit leichtem Spott hinzu. Sie spürte, wie er ihr den Slip über die Hüften schob, und schloss die Augen.

Elliot schaute sie nur an. Er berührte sie nicht, noch nicht. Ganz langsam stand er auf, die Hände an den Knöpfen seines Hemds. „Weißt du eigentlich, wie außergewöhnlich schön du bist?"

„Das liegt nur an den Kniewärmern", sagte sie nervös und wandte sich ganz leicht von ihm ab.

„Nein, George, versteck dich nicht vor mir." Wieder schaute er sie an, wobei er befürchtete, dass er den Verstand verlieren könnte, wenn er sich jetzt neben sie legte und sie berührte. „Du färbst deine Haare nicht", sagte er, den Anblick der dunkelblonden Löckchen, die ihren Venushügel bedeckten, bis zur Neige auskostend.

Sie riss die Augen auf, und ihre Hände zuckten zu ihrem Schoß, um ihre Blöße zu bedecken. „Nein." Ihre Stimme war so heiser, dass sich das Wort fast anhörte wie ein Krächzen. Er zog sein Hemd aus und ließ es zu Boden fallen. Dann ging er zu ihrem Lieblingsstuhl und setzte sich, um seine Schuhe und Strümpfe auszuziehen.

„Elliot", sagte sie.

„Ja?" fragte er, ohne aufzuschauen.

Sie griff nach der Decke. „Es gibt da etwas, das ich dir sagen muss."

Er zog eine Socke aus und warf sie auf einen Schuh.

„Du bist eine Spionin und schläfst mit mir, um mir Staatsgeheimnisse zu entlocken."

„Falsch."

Nachdem er sich seiner anderen Socke auch noch entledigt hatte, stand Elliot auf und öffnete seinen Gürtel. „Du gestehst, dass du unser Essen nicht selbst gekocht hast."

„Das wollte ich dir erst später sagen." Sie zog scharf den Atem ein, als er aus seiner Jeans und seiner Unterhose stieg und nun in seiner ganzen nackten Herrlichkeit vor ihr stand und sie anlächelte.

Er begann auf sie zuzugehen, und George schrie: „Es ist das erste Mal!"

Elliot blieb stehen und legte fragend den Kopf schief. „Das erste Mal wofür?“

„Ich bin ... noch Jungfrau. Es ist für mich das erste Mal.“

Elliot starrte sie ungläubig an und sagte eine Weile gar nichts. „George, wie alt bist du?“ fragte er schließlich.

„Dreiundzwanzig.“

„Du bist dreiundzwanzig Jahre alt und immer noch Jungfrau? George, mit dreiundzwanzig ist nur eine Nonne oder eine sexuelle Neurotikerin noch eine verdammte Jungfrau!“

„Ich bin immer so beschäftigt“, führte sie zu ihrer Verteidigung an. „Und es ist schließlich nicht so, dass ich überhaupt keine Erfahrung hätte ... mit Küssen und so kenne ich mich ziemlich gut aus, ich habe einfach nur nie ... na ja, du weißt schon, *das* habe ich eben noch nie gemacht.“

Elliot sank wie betäubt auf den Stuhl. „Du bist ein Model, ein Playgirl“, sagte er.

„Alle denken, Models wären Playgirls“, sagte George leicht angewidert. „Ich möchte kein Playgirl sein, Elliot, aber ich habe es wirklich schrecklich satt, Jungfrau zu sein. Das ist der Grund dafür, weshalb ...“

Er hob ruckartig den Kopf. „Der Grund wofür?“

„Na ja, als ich dich bei dem Ärztepicknick zum ersten Mal sah, beschloss ich, daß du genau der Richtige bist.“

Elliot ließ den Kopf in die Hände fallen und sagte mit gedämpfter Stimme: „Ein Sexobjekt. Himmel, ich bin nichts als ein Sexobjekt für dich.“

George schoss vom Bett hoch und vergaß für einen Moment, dass sie nackt war. Sie rannte zu ihm, kniete sich vor ihn hin und umklammerte seinen Arm. „Nein, so war es nicht, ich schwöre es! Wenn du nur ein Sexobjekt für mich gewesen wärst, hätte ich dich gleich am ersten Abend ins Bett gezerrt, aber ich wollte dich erst näher kennen lernen. Wirklich, Elliot!“

Er hob den Kopf, und George sah, dass er lachte, dass er sie anlachte.

„Du Idiot! Das ist ernst."

Er streckte die Hand aus und streichelte ihr sanft übers Haar. „Du bist wirklich zum Totlachen, George. Aber warum ausgerechnet ich?"

„Du bist der perfekteste Mann, der mir je begegnet ist", sagte sie schlicht. „Und du bist so schön und sexy. Ich dachte mir, weil du älter und erfahrener bist, würdest du es mir ... na ja ... irgendwie leichter und angenehmer machen."

„Also", sagte Elliot nachdenklich, sich in den Stuhl zurücklehnend, „das habe ich ganz gewiss nicht erwartet, als ich heute Abend zum Essen kam."

„Du ... du willst mich nicht?"

Ihre verzweifelt klingende Frage veranlasste ihn, sich schnell aufzurichten und ihr Gesicht zu studieren. „Du lieber Himmel, selbst ein Blinder würde dich wollen, George. Es ist nur ... bist du dir wirklich sicher?"

„Ja, Elliot, wirklich, ich weiß, was ich tue." Sie schaute ihn forschend an. Er wirkte nicht mehr ganz so ... leidenschaftlich wie vorher, aber dennoch ... „Du bist so schrecklich groß. Es wird doch nicht weh tun, oder?"

Sein Lachen dröhnte tief in seiner Brust.

„Du bist ein Arzt", sagte sie scharf. „Du musst solche Dinge wissen."

„Nein, Sweetheart, es wird nicht weh tun, zumindest nicht sehr. Jungfernhäutchen gibt es nicht mehr, seit Mädchen das Baseball- und Volleyballspielen und das Reiten entdeckt haben. Es hängt nur davon ab, wie eng du bist."

„Oh", murmelte sie errötend. „Ich bin dreiundzwanzig. So eng kann ich gar nicht mehr sein."

Er lächelte über ihre Naivität. „Vielleicht nicht."

George hob den Kopf. „Können wir ... können wir es jetzt hinter uns bringen?"

„Okay, du hast mich überzeugt." Er stand auf und zog sie ebenfalls auf die Füße. George schloss die Augen und machte einen Schritt auf ihn zu. Es war ein angenehmer Schock, den Beweis seiner Männlichkeit, der jetzt Besorgnis erregend groß war, an ihrem Bauch zu spüren. „Ach, du meine Güte", flüsterte sie.

Elliot wollte sie gerade in die Arme schließen, als er mitten in der Bewegung erstarrte. „George, was nimmst du zur Verhütung?"

Sie schaute ihn groß an. „Also ... eigentlich nichts. Ich ... ich habe nicht daran gedacht."

Er stöhnte. „Ich pflege keine Verhütungsmittel mit mir herumzuschleppen." Er war davon ausgegangen, dass sie sich heute lieben würden, aber ihm wäre nie in den Sinn gekommen, dass eine so weltgewandte junge Frau wie George ... nun gut, es war Zeit, diesen Unsinn zu korrigieren. Verfluchter Mist!

„Wir können kein Risiko eingehen", sagte er in dem traurigsten Ton, den sie jemals gehört hatte. „Das letzte, was du brauchen kannst, ist eine unerwünschte Schwangerschaft. Du bist schließlich ein Model."

„Aber es ist doch nur ein einziges Mal", flehte sie.

Nicht unbedingt, dachte Elliot trocken. „Sweetheart, wann war deine letzte Periode?"

Er sah ihre Verlegenheit und fuhr schnell fort: „Du kannst nur zum richtigen Zeitpunkt schwanger werden."

„Letzte Woche", sagte sie mit gedämpfter Stimme an seiner Brust.

Er rieb sein Kinn an ihrem Scheitel. „Willst du Liebe machen?"

George schenkte ihm ein zitterndes Lächeln. „Oh, ja, Elliot, danke."

Er lachte, hob sie hoch und trug sie zum Bett.

„Heute Nacht kann nichts passieren", versicherte er.

„Und was ist mit morgen?"

Er hätte verneint, aber George presste ihren Bauch gegen ihn. „Vielleicht, aber du musst unbedingt zum Arzt und dir irgendein Verhütungsmittel besorgen, George. Oder ich benutze etwas."

„Nein. Ich finde diese Dinger, die Männer benutzen, einfach grässlich. Aber kannst du mir nichts geben? Du bist schließlich Arzt."

„Du musst zu einem Gynäkologen. Ich lasse mir für dich am Montag bei Margaret Smith einen Termin geben."

„Gut", sagte sie und gab ihm einen Kuss aufs Kinn.

Elliot konnte es nicht fassen. Er wollte ihr Lust schenken, aber das war nur ein guter Vorsatz, von dem er nicht wusste, ob er ihn halten konnte. Behutsam drückte er sie aufs Bett zurück. „Lieg still", sagte er weich, „und hab keine Angst."

„Vor dir?" fragte sie sanft und hob die Hand, um sein Kinn zu liebkosen. „Ich könnte nie vor jemandem Angst haben, der so Volleyball spielt wie du."

Er lächelte gedankenverloren. Mach langsam, schärfte er sich ein, sehr, sehr langsam. Er küsste und streichelte sie. Er spürte ihre Reaktion, die zuerst ein bisschen scheu war, dann aber offen und voller Hingabe. Er fuhr ihr mit der Zunge sanft über ihren Mund, dann drang er in ihn ein, ein symbolischer Akt, der sie erbeben ließ.

„Du bist so weich", flüsterte er. „Kaum zu glauben bei so einer Sportskanone." Als er ihr eine Hand auf die Brust legte, spürte er, dass sich ihr Herzschlag beschleunigt hatte.

„Darf ich dich anfassen, Elliot?" fragte sie atemlos, während er eine Spur heißer Küsse über ihren Hals zog.

„Du bist herzlich eingeladen." Die Frage war nur, wie lange er das aushalten würde.

Ihre Hände wanderten über seinen Rücken. „Nein", sagte er abrupt, „fass mich lieber nicht an, zumindest noch nicht."

„Magst du es nicht?"

„Ich mag es zu sehr. Sag jetzt nichts mehr." Er beugte sich über sie und nahm sanft ihre Knospe in den Mund. Seine Hand wanderte über ihren Bauch und blieb dort einen Moment liegen. Er wollte jeden Quadratzentimeter von ihr küssen, aber er befürchtete, dass sie vor Scham erstarren würde. Sehr behutsam drangen seine Finger in das weiche Lockennest zwischen ihren Schenkeln ein. Sie lag plötzlich ganz still.

Er stützte sich auf den Ellbogen auf und schaute auf sie hinunter. „Beweg dich gegen meine Finger", sagte er mit rauer Stimme.

Sie glaubte erst nicht zu wissen, was er meinte, aber sie bewegte bereits instinktiv die Hüften. Plötzlich wurde sie von einem Beben erfasst, das sie bis in die Zehenspitzen verspürte. Sie schnappte laut nach Luft.

„Gefällt es dir?“ flüsterte er und küsste sie. Er spürte, wie sich ihre Schenkel entspannten. Langsam erkundete er sie und drang mit einem Finger in sie ein. Er schluckte krampfhaft. Sie war feucht, bereit für ihn, und sehr eng. Er begann wieder, sie rhythmisch zu streicheln, entschlossen, ihr Lust zu verschaffen. Sie stöhnte leise, ihr schlanker Körper drängte sich gegen ihn, ihre Finger krallten sich in seine Schultern.

Plötzlich schrie sie auf und wölbte sich ihm noch mehr entgegen. Sie starrte ihn sprachlos an und spürte, wie sich ihr Körper anspannte.

„Elliot!“ schrie sie außer sich.

Seine Finger hielten in der Bewegung inne, und sie schoss hoch. Er zog sie ganz eng an sich und begann wieder, sie mit den Fingern zu liebkosen. Sie zitterte und wand sich unter ihm, warf den Kopf in den Nacken und schrie laut auf. Er sah, wie ihre Augen in stummer Verzückung aufleuchteten, während sie vor Lust verging.

„Das ist es“, sagte er sanft.

Sie wurde von einer Lust überschwemmt, die so intensiv war, dass es schmerzte. Plötzlich nahm er seine Finger weg und ließ sie mit ihren überschäumenden Empfindungen allein zurück.

Er zwang sich, tief Atem zu holen, um sich unter Kontrolle zu behalten. Sie sah so zart aus, so köstlich weiblich. „George“, murmelte er heiser. „Lieg still.“ Behutsam drang er in sie ein. Er spürte, wie sie sich dehnte, ihre Muskeln um ihn herum zuckten. Sie versteifte sich angesichts des plötzlichen Unbehagens, das sie verspürte. Sie umklammerte seine Arme, wünschte sich, dass er aufhörte.

„Entspann dich“, sagte er und zwang sich zu einem Lächeln. Er begehrte sie so sehr, dass es sich anfühlte, als würde sein Körper jeden Moment explodieren. „Es ist gleich vorbei, George.“

Sie rang nach Atem, bewegte sich jedoch nicht.

Er wusste, dass er ihr weh tat. Deshalb war es besser, es rasch hinter sich zu bringen. Er zog sich zurück, dann drang er schnell in sie ein. Sie schluchzte leise.

„Das war schon alles, Sweetheart", sagte er. „Bist du okay?"

„Ja." Sie schaute ihn nachdenklich an. „Ich spüre, wie du in mir pochst."

„Verdammt", stöhnte er, „verdammt." Jetzt gab es für ihn kein Halten mehr, und nach ein paar Stößen hatte er das Gefühl, in Millionen Splitter zu zerbersten, dann fiel er nach vorn, den Kopf neben dem ihren auf dem Kissen.

George umfing ihn mit ihren Armen und streichelte leicht seinen Rücken. Er lag schwer auf ihr, aber sie war viel zu glücklich, als dass es sie gestört hätte.

Schließlich schaffte es Elliot, sich auf die Ellbogen aufzustützen. Er küsste ihre Nasenspitze. „Das war doch gar nicht so schlecht, oder?"

„Oh, nein", sagte sie, aber sie runzelte die Stirn.

„Was ist, George?"

Sie ertrank in den Tiefen seiner unglaublich grünen Augen und suchte nach angemessenen Worten für ihre Gefühle. „Du bist in mir drin. Du bist ein Teil von mir. So etwas habe ich mir nie vorstellen können. Es ist, als wären wir eins."

Er wollte lachen und suchte nach einer scherzhaften Erwiderung, aber ihm fiel nichts ein. Statt etwas zu sagen, küsste er sie. Er spürte, wie sie die Arme fester um ihn schlang, und beendete schwer atmend den Kuss.

„Beim nächsten Mal", sagte er rau, „werde ich dir nicht weh tun." Er rollte sich auf die Seite und zog sie wieder an sich. „Das war besser als das Abendessen."

„Es war die Nachspeise."

„Keine kandierten Kirschen?"

„Sie sind von meinem freundlichen Bäcker." Sie seufzte an seiner Brust. „Ich bezweifle, dass es mir gelungen wäre, dich davon zu überzeugen, dass ich sie selbst gemacht habe."

„Nächstes Mal machen wir die Muschelsoße zusammen, George", sagte er lächelnd.

„Ohne Kumin?"

„Ohne Kumin", bestätigte er und lachte.

„Ach herrje!" rief George plötzlich aus und stützte sich auf die Ellbogen auf. „Die Zeit ist wie im Flug vergangen. Es ist ja schon fast Mitternacht!"

„Ich hoffe, das ist ein Zeichen dafür, dass es dir Spaß gemacht hat."

„Größtenteils", erwiderte sie sittsam, aber ihre Augen blitzten übermütig. „Elliot, ich habe noch nie vorher mit einem Mann geschlafen. Ich meine ... *geschlafen.* Würdest du heute Nacht bei mir bleiben?"

„Wenn du mir versprichst, nicht zu schnarchen, so wie neulich im Konzert."

„Dann fang jetzt bloß nicht an, Mahler zu summen."

6. KAPITEL

Helles Sonnenlicht ergoss sich durch die Fenster, aber es war das Aroma frischen Kaffees, das George in die Nase stieg und sie veranlasste, die Augen zu öffnen.

Erinnerungen an die zurückliegende Nacht, in der sie sich nach dem denkwürdigen ersten Mal noch zwei herrliche Male geliebt hatten, gingen ihr durch den Kopf, und sie lächelte, während sie sich träge streckte.

„Du siehst aus wie eine zufriedene Katze."

Elliot, der nur eine Hose anhatte, trat mit einem Tablett, auf dem zwei Kaffeetassen standen, ans Bett.

„Du siehst so verlockend aus, wie der Kaffee duftet", stellte sie fest und setzte sich auf.

Elliots Blick fiel auf ihre Brüste, und er zog leicht die Augenbrauen zusammen, als er spürte, dass sein Körper umgehend reagierte. „Deck dich zu, Frau, oder dein Kaffee wird kalt."

Sie errötete unter seinem Blick und zog sich die Decke bis zu den Schultern hoch. „Noch nie hat mir bisher ein Mann Kaffee ans Bett gebracht", sagte sie, um abzulenken.

Elliot grinste. „Das weiß ich jetzt."

Er setzte sich neben sie auf die Bettkante und hob seine Tasse. „Ich trinke auf eine Frau, die selbst nach einer ausschweifenden Nacht noch immer wunderschön aussieht."

George nahm einen Schluck von ihrem Kaffee. „Elliot", sagte sie und hob das Kinn, „sehe ich jetzt ... anders aus?"

„Ja", erwiderte nach einem Moment mit einer weichen, neckenden Stimme. „Du siehst unerträglich satt und selbstzufrieden aus." Seine Stimme wurde rau. „George, die Decke ist runtergerutscht."

Sie grinste frech. „Deine Brust ist nackt." Sie streckte die Hand aus, um ihn zu streicheln, aber er zog sich zurück.

„Nein, Sweetheart. Du brauchst ein bisschen Zeit. Du bist wahrscheinlich ganz wund."

„Warum nennst du mich Sweetheart?" fragte sie ein bisschen atemlos.

Seine Augen verdunkelten sich, als ob er unzufrieden mit sich wäre.

„Letzte Nacht hast du mich auch schon so genannt."

„Na ja", sagte er schließlich mit einem schiefen Grinsen, „für George gibt es keine Abkürzung. Betrachte es einfach als einen Spitznamen."

Er stand auf und streckte sich. „Trink deinen Kaffee, während ich dusche. Anschließend gehen wir zum Segeln. Und nein, George, ich weigere mich, mit dir zusammen unter die Dusche zu gehen, zumindest heute Morgen."

„Feigling", rief sie ihm hinterher.

„Stimmt." Er lachte und verschwand im Bad.

Elliot griff nach dem Telefonhörer. „Dr. Mallory."

„Elliot? Maggie Smith hier. Da du der zuständige ... Arzt bist, dachte ich mir, ich sollte dir kurz ein paar Worte zu deiner Patientin sagen."

Er hätte es wissen müssen, verdammt! „Ich bin mir sicher, du hast alles sehr professionell gemacht, Maggie. Deshalb würde ich, falls es dir nichts ausmacht, ganz gern ..."

„Oh, nein, Elliot! Professionell ist es, wenn ich dem ... behandelnden Arzt Bericht erstatte."

Sie kostet es bis zu Neige aus, dachte Elliot, sein Gesicht zu einer Grimasse verziehend.

Maggie, der es tatsächlich einen Heidenspaß machte, Elliot in Verlegenheit zu bringen, schaffte es kaum, sich das Lachen zu verbeißen. „Nun, Elliot", sagte sie und räusperte sich, „ich freue mich, dir mitteilen zu können, dass Miss Hathaway in einem superben körperlichen Zustand ist; tatsächlich glaube ich nicht, dass ich je eine Frau gesehen habe, die so ... superb ist."

„Maggie", grollte Elliot.

„Oh, entschuldige, ich wollte nicht abschweifen. Ich stellte Miss Hathaway die üblichen Fragen. Als ich sie fragte, ob sie sexuell aktiv sei, strahlte sie mich an und versicherte mir – einen Moment, damit ich auch richtig zitiere – ‚Oh, ja, Dr. Smith, seit ich weiß, wie es ist, habe ich vor, sehr aktiv zu sein.'"

„Danke für deine Sorgfalt", gab Elliot sarkastisch zurück. „Und wenn du jetzt fertig bist, Maggie, würde ich ganz gern ..."

„Noch nicht ganz, Doktor. Nur für die ... für *deine* Akten, Miss Hathaway ist sehr eng. Aber sie ist so kerngesund, dass sie beim Gebären wohl keine Schwierigkeiten haben wird."

„Maggie!"

„Ihr Besuch hat mir viel Spaß gemacht, Elliot. Miss Hathaway ist wirklich eine reizende junge Frau. Kein Wunder, dass John Elderbridge, unser Arzt im Praktikum, sich noch immer von seiner Enttäuschung erholen muss, weil sie ablehnte, als ich sie fragte, ob sie etwas dagegen hätte, wenn er bei der Untersuchung anwesend wäre."

„Und? Bist du jetzt fertig, Maggie?"

„Gleich. Er hat sie vor dem Behandlungszimmer abgefangen und gefragt, ob er sie vielleicht irgendwann auf einen Drink einladen dürfte. Sie warf ihm ein verschmitztes Lächeln zu, wie er mir erzählte, und erwiderte, dass sie vorhätte, die nächsten fünfzig Jahre zu beschäftigt dafür zu sein."

Elliot knirschte mit den Zähnen.

Jetzt konnte Maggie ein Kichern nicht mehr länger zurückhalten. „Ich rufe dich an, wenn ich das Ergebnis des Abstrichs habe, Elliot." Sie war über ihre Verliebtheit in Elliot Mallory schon seit einiger Zeit hinweg und konnte die Situation voll auskosten. Armer Elliot! Seine Tage waren gezählt.

George schaffte sieben Bahnen, dann machte sie schlapp. Sie spürte Elliots Hände um ihre Taille, und einen Moment später fühlte sie sich aus dem Wasser gehoben.

Sie setzte sich nach Luft ringend an den Beckenrand und nahm die Badekappe und die Schwimmbrille ab. „Aber beim Skifahren", keuchte sie, „da krieg' ich dich."

„Darauf würde ich mich an deiner Stelle nicht verlassen", gab Elliot zurück und kitzelte ihre Fußsohlen. „Aber egal, solange du dich erholst und versuchst, Ausreden zu finden, beende ich meine Runden."

George wurde ganz flau beim Anblick seines Rückens und seiner muskulösen Arme, die geschmeidig das Wasser teilten. Zumindest kenne ich jetzt die Ursache und das Heilmittel, dachte sie zufrieden.

Er schwamm gerade mal zwanzig Bahnen, dann zog er sich am Beckenrand hoch und setzte sich neben sie.

„Wirst du alt?" fragte sie grinsend.

„Gut möglich. Und? Was hast du für eine Ausrede?"

„Zu viel Arbeit", sagte sie sehr nachdenklich, während sie mit dem Fuß im Wasser herumplanschte. „Ich muss morgen nach New York."

„Wann kommst du zurück?"

„Samstagnacht. Der erste Dreh ist im Central Park, in einer dieser Pferdekutschen."

„Hast du möglicherweise vor, deine letzte Nacht im Heimathafen mit mir zu verbringen?“

George zwinkerte ihn an. „Meine Güte, du hast aber wirklich die Ruhe weg.“

Er stöhnte. „Lady, du weißt nicht, wie kurz davor ich bin, dich hier vor aller Augen zu schänden.“

Ihre Augen verschleierten sich, als ihr Blick über seinen Körper wanderte. „Um Himmels willen, George, schau woanders hin! Ich muss mich so schon genug anstrengen, um mich nicht in aller Öffentlichkeit in Verlegenheit zu bringen.“

Elliot sprang unvermittelt wieder ins Wasser und schaute finster in Georges lachendes Gesicht hinauf.

„Wie findest du Dr. Smith?“

„Sie war unheimlich nett, Elliot. Wir haben ziemlich viel miteinander gesprochen, und sie lacht gern.“

„Darauf möchte ich wetten“, brummte er in sich hinein.

„Es war längst nicht so schlimm, wie ich befürchtet hatte. Aber du wirst es nicht glauben ... da war doch tatsächlich ein junger Arzt, der bei der Untersuchung im Zimmer bleiben wollte!“

Elliot grinste nur. „Kein Witz?“ fragte er mit ausdrucksloser Stimme. „Und? Was hast du gemacht?“

„Na, was schon, Nein gesagt natürlich.“

Er wartete, um zu sehen, ob sie erwähnen würde, dass der junge Arzt sie gefragt hatte, ob sie mit ihm ausgehen wolle, aber sie tat es nicht. Sie runzelte leicht die Stirn.

„Was ist?“

George wurde rot. „Also, Dr. Smith hat erst gesagt, dass es mit dem Diaphragma ein paar Tage dauern würde. Ich musste sie wirklich drängen, dass ich es noch heute bekomme.“

„Ich nehme an, da hat sie noch mehr gelacht und sich einverstanden erklärt.“

„Woher weißt du das?“

„Ich habe hellseherische Fähigkeiten, George. Komm um sechs, okay? Wir grillen uns irgendwas.“

„Au fein. Was ist denn deine Spezialität?"

Er winkte ihr zum Abschied zu. „Man nennt es Vorspiel, George."

Elliot lag auf dem Rücken, sein Körper war vor Erwartung angespannt. Er hielt den Blick auf die Badezimmertür gerichtet. „George", rief er nach zehn Minuten. „Ist dir von meinen Hamburgern schlecht geworden?"

„Nein, verdammt noch mal!"

„Was ist denn los?"

Er hörte ein wütendes Aufheulen und einen Krach.

Er sprang auf und war mit drei langen Schritten beim Badezimmer. Nachdem er die Tür aufgemacht hatte, sah er George, wunderschön anzusehen in ihrer Nacktheit, mitten im Bad stehen, in der Hand das Diaphragma, sein Elektrorasierer auf dem Fußboden neben ihr. Sie schaute ihn an und schnappte sich ein Handtuch.

„Was ist los, Sweetheart?" fragte er sanft, wohl wissend, was das Problem war. Jetzt war nicht der richtige Zeitpunkt, sie aufzuziehen, obwohl die Situation wirklich zum Totlachen war.

„Ich krieg' das verdammte Ding nicht rein", stieß sie zwischen zusammengebissenen Zähnen hervor. Sie sah aus, als würde sie vor Scham gleich in den Boden versinken.

Er schaffte es nur mit äußerster Anstrengung, ernst zu bleiben. „Ich zeig' dir, wie man es macht, okay?"

„Bist du verrückt?" Sie starrte ihn entgeistert an. „Woher willst du das denn wissen? Nein, erzähl mir jetzt bitte nicht, dass Ärzte *alles* wissen! Ich schaff' es schon."

„So etwas würde ich nie behaupten. Ist schon gut, George. Es ist nur eine Sache der Gewohnheit, das ist alles."

„Aber Liebe machen sollte doch spontan sein, nicht so ..." Sie schwenkte das unselige Verhütungsmittel ärgerlich durch die Luft. „Ich komme mir vor wie der letzte Idiot! Würdest du bitte wieder verschwinden, Elliot?"

„Ich hole dir die Gebrauchsanweisung", sagte er und ging wieder nach draußen zu der Ankleidekommode. Er reichte ihr den Zettel durch den Türspalt. „Bist du dir sicher, dass ich dir nicht zeigen soll, wie man es einsetzt?"

„Scher dich zum Teufel", fauchte sie ihn wütend an und knallte ihm die Tür vor der Nase zu.

Jetzt konnte er wenigstens ungestört grinsen.

Als sie schließlich ins Schlafzimmer kam, warf er ihr ein schiefes Lächeln zu und sagte: „Bist du jetzt bereit, spontan zu sein, Lady?"

„Oh, Gott, wie peinlich", brummte sie, den Blick auf sein Kinn gerichtet."

„Vor einem Arzt muss einem gar nichts peinlich sein."

Seine Stimme überschlug sich, und jetzt konnte er sein Lachen nicht mehr länger zurückhalten. George schnappte sich mit knallrotem Gesicht das Handtuch, das auf einem Stuhl lag, und schlug ihm damit gegen seinen Oberschenkel.

„Du Idiot!" schrie sie ihn an. Sie holte zu einer weiteren Attacke aus, aber Elliot packte sie mit beiden Händen an der Taille, hob sie hoch und warf sie sich über die Schulter. Er ließ sie rücklings aufs Bett fallen, dann legte er sich auf sie und hielt ihr die Arme über ihrem Kopf fest.

Er wartete, bis ihre Widerstandskraft erlahmt war. „So, und was glaubst du, was du für diesen Schlag verdienst?"

„Ich zeig's dir schon noch, wart's nur ab!"

Er schaute nachdenklich auf sie hinunter, aber seine Augen lachten. „Ich war noch nie der Meinung, dass es von einer kleinen Krabbe besonders weise ist, einem Hai nachzujagen. Die Rache folgt auf dem Fuß." Er hielt sie mit einer Hand an den Handgelenken fest und kniete sich zwischen ihre Beine. „Jetzt, Lady", sagte er und fuhr ihr mit den Fingern ganz leicht über den Arm.

„Nein, Elliot", keuchte sie und versuchte, sich zu befreien.

Nun begann er sie gnadenlos zu kitzeln. George wehrte sich aus Leibeskräften, aber umsonst.

„Sag, dass es dir unendlich Leid tut", forderte er und legte eine winzige Verschnaufpause ein.

„Es tut mir Leid, au, mein Fuß!" schrie George und versetzte ihm einen Tritt.

Seine Finger fanden wieder ihr Ziel, und George wand sich, keuchend vor Lachen, und bettelte: „Hör auf! Elliot! Hör auf, ich halte es nicht mehr aus! Es tut mir Leid."

„Unendlich Leid."

„Also gut, *unendlich* Leid!"

Elliot grinste triumphierend. Ihr Gesicht war rot von dem Kampf, ihre Augen tränten vom Lachen, und ihr Haar hing ihr wirr ins Gesicht. Sie sah unglaublich schön aus. Er legte sich neben sie, ohne ihre Handgelenke loszulassen.

„Du versprichst, mich nie wieder anzugreifen?"

„Wenn du mir versprichst, mich im Badezimmer in Ruhe zu lassen und nie wieder über mich zu lachen."

„Noch mehr Qualen", brummte Elliot. Er strich ihr das seidige Haar aus der Stirn, brachte sein Gesicht ganz nah über das ihre und begann, zärtlich an ihrer Unterlippe zu knabbern. Seine Zunge glitt über ihren Mund und erkundete dessen Struktur und Umriss, während seine Hand auf ihren Brüsten auf Entdeckungsreise ging.

„Du bist so perfekt", sagte sie. Er spürte ihre Hände seinen Bauch streicheln. „Ich wünschte, ich hätte dich schon vor fünf Jahren kennen gelernt."

„Dann hätte man mich ins Gefängnis gesteckt", erwiderte er heiser.

„Oh, nein. Damals war ich schon achtzehn."

Mehr Worte gab es nicht zwischen ihnen. Er liebte sie behutsam, mit köstlicher Sorgfalt, und als sie vor Wollust aufschrie, war auch sein eigenes kleines Universum perfekt. Dann verlor er sich in dem Mahlstrom seiner eigenen Lust.

7. KAPITEL

Samstagnacht war die Luft feucht und kalt, obwohl der San Franciscoer Nebel den Flughafen nicht erreichte. Elliot steuerte den Jaguar geschmeidig auf einen Parkplatz in der Nähe der Aufzüge. Das Parkhaus war leer, wie stets um diese Zeit; es war fast Mitternacht. Bei der Vorstellung, wie überrascht George sein würde, ihn zu sehen, lächelte er in sich hinein. Sie hatte ihn von New York aus einmal angerufen, und sie hatten verabredet, am Sonntag zum Segeln zu gehen. Er hatte eigentlich nicht vorgehabt, sie abzuholen, aber der Abend war ihm endlos und leer erschienen, wie die ganze vergangene Woche.

Er ging durch den Flughafen, warf einen Blick auf die Ankunftstafel und schlug dann die Richtung zum Gate ein. Das Flugzeug war pünktlich. Er trat einen Schritt zurück, als die Passagiere in die Wartezone strömten, und nahm sich einen Moment Zeit, um Georges Anblick in sich aufzunehmen. Sie trug einen burgunderfarbenen Hosenanzug, der ebenso teuer wirkte wie ihre Gucci-Schuhe, und kein Make-up. Als sie leicht den Kopf hob, um das Gewicht ihrer Reisetasche zu verlagern, sah er die Schatten unter ihren Augen. Sie sah müde aus. Sie ging fast an ihm vorbei.

„George", sagte er leise.

Beim Klang seiner Stimme wandte sie den Kopf. Ihre unglaublichen violetten Augen weiteten sich bei seinem Anblick, und einen Moment lang stand sie sehr still da und schaute ihn einfach nur an. Fast wie durch ein Wunder verschwanden alle Anzeichen der Müdigkeit aus ihrem Gesicht. Ihre Augen leuchteten auf, und er bebte innerlich, als er die unverhüllte Freude darin sah.

„Elliot!" Sie ließ ihre Tasche auf den Boden fallen und fiel ihm um den Hals. Sie lachte und umarmte ihn, küsste seine Wange, seine Nase, sein Kinn. „Was machst du hier? Oh, wie herrlich! Was für eine wundervolle Überraschung."

Elliot schloss seine Arme noch fester um sie und hob sie vom Boden hoch. Für einen langen Moment hielt er sie einfach nur an sich gedrückt, atmete den süßen Duft ihres Haars ein und spürte den sanften Druck ihres Körpers.

„Das war eine verteufelt lange Woche, George“, sagte er und näherte seinen Mund dem ihren. Er hörte irgendjemand kichern und schrak zurück. Jesus, er war sechsunddreißig Jahre alt und benahm sich wie ein bis über beide Ohren verknallter Teenager! Er machte den Fehler, ihr in die Augen zu schauen. Niemand, dachte er, sollte so ausdrucksvolle Augen haben. Sie verschlang ihn mit diesem Blick, ihr Verlangen war so unübersehbar, dass es ihn sprachlos machte. Er klopfte ihr verlegen auf den Rücken, ließ sie los und bückte sich nach ihrer Reisetasche.

„Hast du noch mehr Gepäck?“

„Ja, aber nur noch eine Tasche“, sagte sie mit atemloser Stimme. „Ich musste nur ein paar bequeme Sachen mitnehmen, die ganzen anderen Klamotten hat man mir gestellt.“

Er nahm ihre Hand. „Du siehst müde aus, George.“

„Kann sein, ein bisschen.“ Sie lächelte ihn an.

„Morgen schlafen wir aus.“

„Ich nehme an, dein launischer Jaguar fährt heute wieder?“ erkundigte sich George mit einem übermütigen Funkeln in den Augen.

„Ich verbitte mir jede Unverschämtheit, Lady, immerhin habe ich dir fünfundzwanzig Dollar Taxigeld erspart.“

Sie hob eine perfekte Augenbraue. „Ich muss mir nur noch ausdenken, wie ich mich für die ganze Mühe, die ich dir gemacht habe, am besten revanchieren kann.“

Später, zu Hause im Bett, nachdem sie sich geliebt hatten, zog er sie an sich und streichelte ihren Rücken, um sie zu beruhigen; er spürte, wie ihr Atem gleichmäßiger wurde und sich ihr Herzschlag an seiner Brust verlangsamte. Er fühlte sich friedlich, völlig eins mit der Welt. Es jagte ihm Angst ein, eine höllische Angst.

Kurz vor dem Einschlafen murmelte George: „Ich wundere mich, dass ich das überlebt habe. Was meinst du, wirst du es immer schaffen, dass ich gleichzeitig schreien und weinen und lachen möchte?“

Immer. „Ja“, sagte er und zog sie noch fester an sich. Keine Kniewärmer heute, dachte Elliot verschwommen, während er hörte, wie ihr Atem langsam und gleichmäßig wurde. Ihr Höschen lag auf dem Fußboden vor dem Bett, ihre teuren Kleider bildeten ein unordentliches Häufchen daneben. Er spürte, wie ihre Finger sein Brusthaar kraulten, während sie ihr Gesicht an seiner Schulter barg.

„Meine Zimmerpflanzen“, sagte George, plötzlich aus dem Halbschlaf aufschreckend. „Hoffentlich hat Marty sie nicht zu gießen vergessen.“

Elliot lachte. „Jemand, der so gut kocht wie Marty, vergisst so etwas nicht“, sagte er. „Vielleicht hat sie sogar ein bisschen Kumin für dich angepflanzt.“

„Idiot“, sagte George undeutlich und fiel gleich darauf in einen tiefen traumlosen Schlaf.

Das Segeln können wir knicken, dachte Elliot, als er am nächsten Tag gegen acht Uhr morgens aufwachte. Es regnete Bindfäden. Er setzte sich auf, als George, eingewickelt in eins seiner überdimensionalen Frottierlaken, aus dem Bad kam.

Sie blieb ein paar Schritte vor dem Bett stehen und lächelte ihn an. „Auch wenn dein Bart aussieht, als würde er kratzen, werde ich es wohl nicht schaffen, die Finger von dir zu lassen.“

Elliot fuhr sich mit der Hand übers Kinn. „So ist das morgens eben.“ Er machte sich nicht die Mühe, die Decke hochzuziehen, die ihm heruntergerutscht war. „Was machst du denn so früh schon, George?“

„Du bekommst jetzt gleich ein köstliches Frühstück mit ganz viel Cholesterin, Sir, weil du nicht nur eine sehr wichtige Person bist, sondern auch überaus sexy.“

Er stöhnte, wobei er sich lebhaft an ihren einzigen Versuch, ihm ein Omelett zu „zaubern“, erinnerte. „George“, sagte er, „wie hast du es geschafft zu überleben, bevor du mich getroffen hast?“

„Na ja“, sagte sie und lächelte engelsgleich, „denk doch nur mal an all die Hot Dogs und Erdnüsse, die es im Stadion gibt.“

Elliot strampelte sich die Decke ab, stieg aus dem Bett und streckte sich. Er spürte, wie sie ihn anstarrte, und es freute ihn ungemein, dass sie seinen Körper bewunderte.

„Hast du Lust, mit mir zu duschen, Elliot? Das hast du bisher noch nie getan, weißt du."

„Aber du hast doch schon geduscht."

„Ich wasche mich nicht mehr."

„Ich habe ein Monster geschaffen", sagte Elliot nachdenklich und machte dann einen schnellen Satz auf sie zu. Er grapschte nach dem Ende ihres Handtuchs, und sie quietschte auf und rannte ins Bad.

„Darf ich dich waschen?" fragte George, als sie eng aneinander gepresst unter der Dusche standen.

„Nur auf eigenes Risiko, Sweetheart", sagte er.

„Ist das ein Versprechen?" flüsterte sie und küsste sein Kinn.

Ihre seifigen Hände wanderten langsam über seine Brust. „Ja."

George ging sehr sorgfältig vor. Sie begann mit seinem Haar, dann arbeitete sie sich langsam an seinem Körper nach unten und wusch jeden Quadratzentimeter, der ihr unter die Finger kam. „Verdammt", brummte er schließlich. „Uns geht gleich das heiße Wasser aus, George."

Sie warf ihm ein verschmitztes Lächeln zu und ließ sich auf die Knie nieder. Ihre Liebkosungen waren so leicht wie Schmetterlingsflügel.

Er hatte das Gefühl, gleich zu bersten, als sie endlich nach der Brause griff, um ihm die Seife abzuspülen. Aber sie erhob sich nicht. Er zog scharf den Atem ein und wartete.

Die sanfte Berührung ihrer Lippen traf ihn wie ein Stromschlag, und seine Finger krallten sich in ihr nasses Haar.

Er spürte ihre Hände, die seine Schenkel und seine Pobacken streichelten. Plötzlich ließ sie von ihm ab, hustete und setzte sich auf ihre Fersen. „Das muss man erst üben", sagte sie.

„Komm her, du Quälgeist", brummte er und zog sie auf die Füße. Er hob sie hoch. „Schling deine Beine um mich, George", sagte er.

„Oh", machte George, als er in sie hineinglitt. „Das ist besser als jede Fantasie", flüsterte sie an seinem Mund.

Aber er wusste, dass er ihr so nicht genug Befriedigung würde verschaffen können.

„Lass uns hier rausgehen, bevor wir absaufen", sagte er. Sie lachte über das Bedauern, das sie in seiner Stimme mitschwingen hörte.

Es war fast Mittag, als sie ihre Omeletts brieten. „Ist das genug Cholesterin, Sweetheart?"

George bewunderte bedauernd seine herrlichen Kreationen. „Für mich nur ganz wenig, Elliot. Ich muss bis nächsten Mittwoch zwei Pfund abnehmen."

„Was?" donnerte er. „Gott, George, ich kann deine Rippen ja von hier aus sehen."

„Ich weiß", sagte sie ruhig, „aber im Fernsehen wirkt man immer ein bisschen dicker."

„Und wo willst du es abnehmen? An deinem großen Zeh vielleicht?"

„Meine Brüste sind zu groß. Kannst du dir vorstellen, dass sie verlangen, dass ich einen Spezial-BH trage, damit sie flacher wirken?"

Elliot strich Butter auf seinen Weizentoast. „Das ist lächerlich."

„Ich weiß", sagte sie mit derselben ruhigen Stimme. „Aber ich habe mir diesen Beruf ausgesucht, und jetzt muss ich mich auch an die Spielregeln halten."

Elliot deutete verärgert auf den Tisch. „Jetzt komm schon, setz dich hin und iss."

„Das Lustigste ist", fuhr sie kopfschüttelnd fort, während sie sich hinsetzte, „dass ich machen kann, was ich will, aber am Busen nehme ich einfach nicht ab."

„Du bist verflucht perfekt, genauso wie du bist."

„Und Sie, mein überaus wichtiger Herr, sind voreingenommen."

„Ich bin ein Mann, George, und ich will dich nicht dünner." Er warf ihr einen Toast, dick beschmiert mit Butter und Honig auf den Teller. „Iss ihn auf, oder du wirst es bereuen."

Sie lachte und biss in den Toast, in Gedanken die Kalorien zählend.

Später machten sie einen Strandspaziergang, und sie fragte ihn in einer Steuerangelegenheit um Rat, da sie den Verdacht hegte, dass ihr Steuerberater sie falsch beraten hatte.

Er schüttelte nur den Kopf und erinnerte sich daran, wie er mit dreiundzwanzig gewesen war. Er hätte ein Steuerformular nicht erkannt, selbst wenn es ihn gebissen hätte.

„Du lieber Himmel, George, ich habe von solchen Sachen wirklich keinen blassen Schimmer. Vielleicht hast du schon gehört, dass Ärzte in Geldangelegenheiten unverbesserlich naiv sind."

„Na schön", sagte sie großzügig, „Ärzte haben wahrscheinlich andere Dinge im Kopf, und ich wette, du bist im Gegensatz zu mir ausgezeichnet in Biologie."

„Weißt du eigentlich, wie außergewöhnlich du bist, George? Genauso wie dein verrückter Name."

Sie zuckte die Schultern. „Jeder hat eben andere Talente, und natürlich will ich nicht mein ganzes Leben lang als Model arbeiten. Wer weiß, was ich mache, wenn ich dreißig bin."

Sie warf ihm einen provozierenden Blick zu und fuhr sich unbewusst mit der Zungenspitze über die Lippen. Er stöhnte laut auf. „Los, komm, George, bevor ich dich hier in den nassen Sand werfe und ..."

„Kommen wohin?" fragte sie.

„Nach Hause ins Bett, natürlich."

Auf dem Weg zum Auto versuchte sie vorsichtig, etwas über seine Ehe in Erfahrung zu bringen.

„War deine erste Ehe sehr unglücklich?"

„Es ist lange her, George", sagte er, „und wenn ich ganz ehrlich bin, muss ich zugeben, dass ich mich nicht mehr an alles erinnere. Wir sind ein paar Mal ziemlich heftig aneinander geraten. Elaine war eine sehr gefühlsbetonte Frau. Das meine ich nicht abwertend, zumindest jetzt nicht mehr. Ich war damals so verflucht müde und so in die Medizin vertieft, dass das Letzte, was ich wollte, war, mich mit meiner Frau herumzustreiten. Im Nachhinein denke ich, dass ich einfach irgendwann angefangen habe, mich von ihr zurückzuziehen, und dass es mir ziemlich egal war, was sie tat oder dachte. Das Fass zum Überlaufen gebracht hat für Elaine wahrscheinlich meine Reaktion, als sie mir sagte, dass sie schwanger sei. Ich erinnere mich, dass ich sie einfach nur anstarrte, wobei ich an nichts anderes denken konnte als daran, was für eine unermesslich große Verantwortung so ein Kind ist. Als ich meinen Schock überwunden hatte, war es zu spät. Sie hatte abgetrieben."

„Das tut mir Leid", sagte George, froh darüber, dass diese Elaine weit weg war.

„Ich war ein Idiot, und ich kann ihr keinen Vorwurf daraus machen, dass sie mich verlassen hat." Er unterbrach sich plötzlich. „Gott, ich habe schon seit Jahren nicht mehr an sie gedacht."

„Dann", sagte sie und schürfte mit der Spitze ihres Turnschuhs im Sand, „hast du also nicht wirklich etwas gegen die Ehe."

„Ich mag mein Leben, so wie es ist."

Sie hängte sich bei ihm ein und schenkte ihm ein gewinnendes Lächeln. „Ich meins auch."

Ihr Anblick machte ihm plötzlich das Herz schwer, als er daran dachte, dass dreizehn Jahre sie trennten. Dreizehn Jahre, die sich nicht auslöschen ließen. Er wusste, dass sie total in ihn verknallt war. Kein Wunder. Schließlich war er ihr erster Liebhaber. Zumindest würde sie ihn nie vergessen. Er versuchte, seine trüben Gedanken abzuschütteln, und sagte übergangslos: „Nächste Woche ist eine Thanksgiving-Party. Bist du in der Stadt?"

Sie schaute ihn erstaunt an. „Ja. Ist es eine Art Ärzteparty?"

Er nickte. „Es ist eine Tradition bei David und Doris. Alle Ärztinnen und Ärzte aus der Klinik mit ihren Partnern und Partnerinnen."

„Und du? Hattest du in den letzten Jahren auch jemand dabei?"

Er grinste angesichts des scharfen Untertons in ihrer Stimme. „Ja, aber nie zwei Mal dieselbe, bis auf Eileen. Wenn du mitkommst, werden mich die Männer wahrscheinlich niedertrampeln, um in deine Nähe zu gelangen."

„Wer ist Eileen?"

„Eileen Raeburn ist eine Anwältin. Eine smarte Lady."

„Ich verstehe", sagte George. Sie senkte die Wimpern, so dass er die Eifersucht in ihren Augen nicht sehen konnte. „Ich freue mich schon darauf, David und Doris wiederzusehen", sagte sie. „Aber weißt du, was ich vorher gern tun würde?"

„Etwas, worüber bei uns beiden Einigkeit besteht, hoffe ich."

„Oh, ja, bestimmt. Weißt du, ich würde dich gern einmal in deinem Reich sehen, nicht nur in deinem Büro. Meinst du, du könntest mir irgendwann in nächster Zeit die Röntgenabteilung zeigen?"

„Ja, sicher. Warum nicht?"

8. KAPITEL

Elliot hatte die Weihnachtsfeiertage stets gern bei seinen Eltern, seiner Schwester, seinem Schwager und deren drei Kindern in Connecticut verbracht. Doch als er jetzt aus seinem Schlafzimmerfenster auf die weiße Schneedecke im Garten seiner Eltern schaute, wusste er, dass es dieses Jahr anders war. George war bei einem Fotoshooting in England, und er vermisste sie. Dieses Eingeständnis alarmierte ihn. Er lächelte über seine beiden Neffen, die draußen im Schnee herumbalgten und ihren Schneemann wahrscheinlich nie fertig bekommen würden, wenn sie sich weiterhin so stritten.

Er schaute auf seine schöne neue Armbanduhr hinunter, Georges Weihnachtsgeschenk. Auf der Rückseite waren die Worte „Für den einzigen Mann in San Francisco" eingraviert. Er war sich nicht ganz sicher, wie sie das gemeint hatte. Er grinste bei der Erinnerung an ihre Reaktion auf sein Geschenk, ein Dutzend handgestrickter Kniewärmer, jedes Paar von den Farben und dem Muster her scheußlicher als das vorhergehende. Beim Gedanken an ihre letzte Nacht, als sich ihre schlanken Beine mit den pinkfarbenen Kniewärmern mit den schwarzen Sternen darauf um seine Hüften geschlungen hatten, zuckte ein Muskel an seiner Wange. Er konnte sich wieder in ihr spüren, alles von ihr, und seine Gedanken wurden durcheinander gewirbelt wie

Herbstblätter im Wind. Das war die Nacht gewesen, in der er sich bereit erklärt hatte, im Februar mit ihr und ihrer Familie nach Aspen in den Skiurlaub zu fahren.

„Es ist unser alljährliches Familientreffen", hatte sie ihm erzählt und ihn leicht aufs Ohr geküsst. „Es gibt viel Schnee und viel Lärm von meinen Nichten und Neffen. Sie sind zu fünft und alle unter sieben. Ein echtes Irrenhaus."

Er wusste, dass er ihre Eltern und ihre Familie nicht kennen lernen sollte. Er war sechsunddreißig Jahre alt und sie dreiundzwanzig. Nichts konnte das ändern. Er konnte sich nicht gestatten, das zu vergessen; trotz ihrer Weltgewandtheit war sie doch noch schrecklich jung, und sie brauchte einen Partner, der mehr in ihrem Alter war, einen Mann aus ihrer Generation. Und sie war auf dem besten Weg, berühmt zu werden. Vor ihr lag ein aufregendes Leben, und Elliot hatte nicht die Absicht, ihr Fesseln anzulegen, indem er sie zu seiner Ehefrau machte. Es wäre ihr gegenüber einfach nicht fair. Im Februar würde er mit ihr reden. Es war nur so verdammt hart. Sie war jeden Monat ungefähr zwei Wochen nicht in der Stadt, und sie nach zwei Wochen wiederzusehen war wie ein Schluck Wasser für einen Verdurstenden.

Plötzlich riss er das Fenster auf, lehnte sich hinaus und brüllte: „Es reicht jetzt, Jeff! Hör jetzt auf. Die Rosinen sind als Augen für den Schneemann gedacht, nicht für Marks Ohren!"

Unten in dem nach Tannennadeln duftenden Wohnzimmer nahm Mrs. Mallory noch einen Schluck von ihrem Kaffee und hörte mit halbem Ohr dem Geplapper ihrer Tochter zu.

„Also, ich weiß nicht, er ist irgendwie anders, Mama, bestimmt hast du es auch schon gemerkt! Gestern Abend hat Papa es sogar geschafft, ihn beim Schach zu schlagen, das ist wirklich noch nie dagewesen!" Sie machte eine kleine Pause, dann holte sie überrascht Atem. „Mein Gott", sagte sie dann und grinste breit, „ich wette, es ist eine Frau. Mein lieber Bruder hat sich verliebt!"

Mrs. Mallory betrachtete ihre Tochter über den Rand ihrer Kaffeetasse. Lindy war ein liebes Mädchen, aber sie plapperte entschieden zu viel. „Meine Liebe", sagte sie schließlich, die Stimme so ruhig wie ein stiller See, „Elliots Scheidung liegt mehr als sieben Jahre zurück. Er hatte weiß Gott genug Zeit, sich nach einer neuen Frau umzusehen. Aber er hat nicht das mindeste Interesse gezeigt."

„Und wie erklärst du dir dann seine ..." Lindy zögerte einen Moment und suchte nach den richtigen Worten. „Seine gedankliche Abwesenheit? Sicher, er sagt die richtigen Dinge und balgt sich mit den Kindern, aber in Gedanken ist er nicht hier. Und er hat eine neue Uhr", fügte sie hinzu, als ob das der Beweis wäre. „Als ich eine Bemerkung dazu machte und ihn fragte, ob ich sie mir mal genauer anschauen könnte, sah er ganz verlegen drein."

„Und er hat sie dir nicht gezeigt? Wie merkwürdig, ich habe ich auch danach gefragt."

„Wenn man vom Teufel spricht", sagte Lindy fröhlich, als Elliot ins Zimmer trat.

„Mutter sieht nachdenklich aus", bemerkte er und schaute seine Schwester mit erhobener Augenbraue an. „Das verleitet mich zu der Annahme, dass du wieder einmal Märchen erzählst, Lindy."

„Über dich, Bruderherz."

„Möchtest du auch eine Tasse Kaffee, Elliot?"

„Nein, danke, Mutter, jetzt nicht. Ich dachte, ich sollte vielleicht mal nach draußen gehen und Mark vor Jeffs Sinn für Humor retten."

„Willst du nicht deine Uhr dalassen, Elliot?" fragte Lindy. „Du möchtest doch bestimmt nicht, dass sie im Schnee womöglich noch nass wird."

„Wirklich, Lindy", sagte er, „manchmal wünsche ich mir, du wärst noch fünf Jahre alt, und ich könnte dich in die Mülltonne stopfen."

Zumindest, dachte Elliot etwas später, während er pflichtschuldigst den Schneemann seiner beiden Neffen bewunderte, war Lindy leicht abzulenken.

Als er das Zimmer verließ, war sie eben dabei gewesen, ihrer Mutter in leuchtenden Farben auszumalen, wie und wann er sie in ihrer Kindheit angeblich misshandelt hatte.

George hatte ihre Rückkehr erst für die zweite Januarwoche angekündigt. Nach ihrem beruflich bedingten Aufenthalt in England war sie noch nach Michigan geflogen, um ihre Eltern zu besuchen. „Ich fühle mich höllisch einsam“, gestand Elliot sich schließlich ein und fühlte sich gleich besser.

Aber nur, bis ihm einfiel, dass er mit ihr reden musste, wenn sie zurück war. Er würde darauf bestehen, dass sie mit anderen Männern ausging, mit Männern in ihrem Alter. Wie lange würde es dann noch dauern? Einen Monat? Zwei? Theoretisch akzeptierte er es, aber seine Eingeweide brannten allein schon bei dem Gedanken, dass ein anderer Mann sie küssen könnte. Dann kam sie nach Hause, und er vergaß all seine guten Vorsätze.

Elliot wusste nicht, wovon er aufgewacht war. Eben hatte er noch geträumt, in einem roten Lamborghini durch Italien zu brausen, und im nächsten Moment saß er schon kerzengerade im Bett. Er schaute auf die Uhr: drei Uhr morgens. Er warf die Decke zurück und ging ins Bad. Dort war sie nicht. Er machte das Licht im Schlafzimmer an und schaute sich suchend nach ihrem Bademantel um. Er war nirgends zu sehen.

„George?“ rief er. Die Antwort war Schweigen.

Seine Nackenhaare stellten sich auf. Er tappte barfuß die Treppe nach unten, wobei er im Vorbeigehen die Lichter anknipste.

Im Esszimmer blieb er einen Moment lauschend stehen. War das eben ein Stöhnen gewesen? Schnell ging er in die Küche und machte auch dort das Licht an. Zuerst sah er nur die blitzenden Küchengeräte. Als sein Blick auf George fiel, holte er erschrocken Luft. Sie lag zusammengerollt auf dem Fußboden, den Rücken gegen den Kühlschrank gepresst. Die Haare hingen ihr wirr ins Gesicht.

„George?“

Sie hob den Kopf, ihr Gesicht war kalkweiß und trug Tränenspuren. Plötzlich verzerrten sich ihre Gesichtszüge, und sie krümmte sich zusammen.

„Was ist mit dir, George?“ Er kniete sich neben sie hin und versuchte, sie in die Arme zu nehmen. Er glaubte zu spüren, wie der Schmerz durch sie hindurchraste. „Um Gottes willen, was hast du denn?“ Er schob seinen Bademantel, den sie trug, auseinander, und sein erster Gedanke war eine Blinddarmentzündung. Sie hatte nur einen Slip an, und er schob seine Hand unter das Gummiband, um ihren Bauch abzutasten. Sie setzte sich mit schmerzverzerrtem Gesicht auf, rang nach Atem und versuchte, ihn von sich wegzuschieben.

„Wo hast du die Schmerzen?“ Er nahm ihr Gesicht zwischen seine Hände. „Wo tut es weh?“

George konnte einen Moment lang nicht sprechen, der Schmerz nahm ihr die Luft. Sie versuchte, nicht zu schreien. „Es hört einfach nicht auf“, keuchte sie. „Bisher hat es immer wieder aufgehört. Diesmal ist es wirklich schlimm.“

Er zwang sich, ruhig zu bleiben. „Wo, George?“ Er legte seine Hand wieder auf ihren Bauch und tastete ihn behutsam ab. „Hier?“

„Nein, dort. Immer dort.“

Er bettete sie wieder auf den Küchenfußboden und zog ihr das Höschen nach unten. „Zeig es mir.“

Ihre Finger blieben einen Moment in der Luft hängen, als ob sie Angst hätte, ihren eigenen Körper zu berühren, dann zeigte sie ihm die Stelle. Er drückte leicht, dann nahm er unvermittelt die Hand weg. Womöglich die Eierstöcke, schoss es ihm durch den Kopf. „Du hattest das schon öfter?“ fragte er. „Wann?“

„Die letzten beiden Monate“, keuchte sie und versuchte wieder, die Beine anzuziehen, um die Schmerzen zu lindern. „Aber so schlimm wie heute war es noch nie.“

„Ist es jeden Monat um dieselbe Zeit? Kurz vor deiner Periode?“

George fühlte sich wie betäubt vor Schmerz. Fragen! Warum stellte er ihr bloß all die Fragen, wo sie am liebsten sterben würde? „Ja.“

Seine Gedanken rasten. Ihre Periode war erst gestern zu Ende gegangen. Eilig zog er ihr den Slip wieder hoch und wickelte sie fest in den Bademantel ein.

„Bleib ganz ruhig liegen“, sagte er. „Ich bin in einer Minute zurück, dann fahren wir ins Krankenhaus.“

Fünf Minuten später kam Elliot wieder in die Küche gerannt, bekleidet mit Jeans und einem Pullover. Er hatte noch nie in seinem Leben eine derartige Angst verspürt. Er verknotete den Gürtel des Bademantels und hob sie auf.

„Es dauert nicht lange, Sweetheart", murmelte er, als er sie zu seinem Auto trug.

„Ich bin Dr. Mallory", sagte er ein paar Minuten später im Krankenhaus. „Ich brauche einen freien Untersuchungsraum in der Gynäkologie und eine Schwester, schnell." Die Nachtschwester sah sofort, was los war, und nickte eilig.

„Ja, Doktor."

Die Krankenschwester kam ihm am Eingang eines der gynäkologischen Untersuchungsräume entgegen. Er ordnete eine Infusion an, dann bat er die Schwester, dem Dienst habenden Arzt Bescheid zu sagen. „Lassen Sie mir Ihr Stethoskop da." Er schwieg einen Moment und fügte dann hinzu: „Und bringen Sie zehn Milligramm Morphinsulfat mit."

„Nur noch ein paar Minuten", tröstete er George. „Dann hast du keine Schmerzen mehr." Er wusste, dass er ihr nichts verabreichen sollte, nicht, bis er sicher war, woher ihre Schmerzen kamen, aber er konnte ihr Leiden nicht mehr länger mit ansehen.

Er hatte ihr das Krankenhausnachthemd übergezogen und eben ihren Blutdruck gemessen, als die Krankenschwester zurückkam. „Halt eine Sekunde still, George. Ich muss dir etwas Blut abnehmen. Du spürst jetzt einen kleinen Stich im Arm." Er band ihr schnell den Arm ab und stach die lange Kanüle in ihre Vene.

Er nickte der Schwester zu. „Bringen Sie rasch das Blut ins Labor, bitte. Ich rufe Sie dann gleich wieder."

Wieder entblößte er Georges Bauch und begann zu tasten, aber sie stöhnte schmerzerfüllt auf. Er ließ von ihr ab und verabreichte ihr eine kleine Dosis des Schmerzmittels. Dann nahm er sie in die Arme und wiegte sie sanft hin und her. „Gleich hast du keine Schmerzen mehr, George." Er wartete ungefähr noch eine Minute, dann sagte er: „Versuch, tiefer zu atmen, George. Lässt der Schmerz schon nach?"

Er konnte spüren, wie sie anfing, sich zu entspannen. Er fühlte, wie sie an seiner Brust nickte. „Hol tief Atem. Ja, so ist es gut." Er wollte sie gerade fragen, warum zum Teufel sie ihn nicht aufgeweckt hatte, als er spürte, wie ihr Kopf gegen seinen Arm rollte.

„Hat der Schmerz nachgelassen?"

„Ja. Ich weiß, dass er noch da ist, aber er ist plötzlich ganz weit weg, und ich fühle mich so schläfrig."

Jetzt fielen ihr die Augen zu, und sie murmelte: „Es tut mir so Leid, Elliot. So viel Mühe für dich. Es tut mir Leid."

„Mach dich nicht lächerlich", fuhr er sie mit heiserer Stimme an, aber sie war schon eingeschlafen. Er schaute auf ihr friedliches Gesicht hinunter und steckte ihr die wirren Haare hinter die Ohren. Sanft küsste er sie auf den Mund und rief dann die Krankenschwester. Er füllte das Krankenblatt selbst aus und sagte der Schwester, dass er keinen Internisten brauche. Während der Arzt aus der Radiologie die Ultraschalluntersuchung vorbereitete, rief er David an. Erst als das Telefon läutete, fiel ihm ein, dass Maggie ihre Gynäkologin war.

Nach dem vierten Läuten hörte er Doris' verschlafene Stimme. „Hallo?"

„Doris, hier ist Elliot. Tut mir Leid, dass ich dich aufgeweckt habe, aber ich muss dringend David sprechen. Es handelt sich um einen Notfall."

David klang alarmiert. „Was zum Teufel ist los, Elliot?"

„Es geht um George." Er schilderte David kurz ihre Beschwerden.

„Ich bin in einer halben Stunde da", sagte David und legte auf.

Gerade schaute sich Elliot Georges Ultraschallbilder an, als David hereingestürmt kam.

Elliot berichtete ihm von den Untersuchungsergebnissen und zeigte ihm die Aufnahmen. „Du hast möglicherweise Recht", sagte David und ging zum Waschbecken, um sich die Hände zu waschen. „Ich untersuche sie, und dann sehen wir weiter. Entspann dich, Elliot. Sie wird wieder gesund werden. Du hast das Richtige getan."

„Ich habe einen höllischen Schreck bekommen."

„Kein Wunder", sagte David.

„Und?" erkundigte sich Elliot ungeduldig nach der Untersuchung. Er stand neben George und hielt ihre schlaffe Hand.

„Um Himmels willen, Elliot, gib mir wenigstens eine Minute!"

Jetzt murmelte George irgendetwas, ihre Finger umklammerten Elliots Hand fester.

„Ganz ruhig, Sweetheart", sagte Elliot sanft und strich ihr zärtlich übers Gesicht. „Alles ist gut. Schlaf weiter."

George war schwindlig, und sie fühlte sich so benommen, dass sie es nicht schaffte, ihre Augen offen zu halten. Aber es ist wichtig, dachte sie verzweifelt. Sie musste es einfach sagen.

„Elliot", flüsterte sie. „Bitte, so war es bis jetzt noch nie."

„Ich weiß, Sweetheart", versuchte er sie zu beruhigen.

„Bitte, du darfst nicht denken, dass ich ... dass ich mir dich aus ... irgendwelchen unwichtigen Gründen ausgesucht habe."

David schaute Elliot scharf an, seine Augen weiteten sich überrascht, aber Elliot achtete nicht auf ihn.

„Ich weiß", sagte er und fühlte sich wie ein dummer Papagei.

„Ich habe mich in dich verliebt, als ich diesen Volleyball auf dich abgeschossen habe. Es gefiel mir, wie du über dich selbst lachen konntest." Sie schaute zu ihm auf und sah ihn wie durch einen Schleier. Sie spürte, wie seine Lippen ihre Stirn berührten, und versuchte, den Kopf zu heben, damit er sie küssen konnte. Er tat es, sehr sanft.

„Es ist gut, George", sagte er und streifte ihren Mund mit seinen Lippen. „Ich verstehe. Schlaf jetzt, Sweetheart."

Sie lächelte und sackte weg.

George hörte Stimmen, gedämpft und weit weg zuerst, dann kamen sie näher. Sie blinzelte und öffnete langsam die Augen. Für einen Moment wusste sie nicht, wo sie war, gleich darauf jedoch kam ihre Erinnerung zurück, sie zog scharf den Atem ein und wartete auf den Schmerz. Er kam nicht. Sie sah Elliot und David Thornton in ein leises Gespräch vertieft am Fußende ihres Betts stehen.

„Hallo", sagte sie.

Elliot fuhr herum, und seine Stirn glättete sich umgehend.

„Hallo, du." Er war mit zwei Schritten bei ihr und nahm ihre Hand. „Wie fühlst du dich?"

„Du hast die Wahrheit gesagt. Ich habe keine Schmerzen mehr."

„Das ist auch so gut wie unmöglich", mischte sich David ein. „Die Dosis, die Elliot Ihnen verpasst hat, hätte sogar einen Elefanten umgehauen." Er sah Georges Verwirrung und fügte schnell hinzu: „Ich rufe Margaret an, George. Elliot hat in der Aufregung vergessen, dass sie Ihre Ärztin ist."

„Was ist mit mir?"

David hörte das Beben in ihrer Stimme. „Nichts, was sich nicht reparieren ließe", versicherte er ihr. „Ich erkläre es Ihnen." Er zog einen Stift aus seiner Hemdtasche und nahm ein Blatt Papier zur Hand. „Ich kann es Ihnen besser erklären, wenn ich es aufzeichne. In Ihrem Eierstock hat sich eine Zyste gebildet, George." Er ließ sich auf der Bettkante nieder und fuhr fort, die weibliche Anatomie zu zeichnen. „Das ist der Grund dafür, warum Sie seit drei Monaten immer um dieselbe Zeit diese Schmerzen haben. Je größer die Zyste wurde, desto größer wurde auch der Schmerz. Wir müssen sie nur herausnehmen, Ihrem Eierstock wird dabei nichts geschehen."

„David kennt einen hervorragenden Chirurgen in Los Angeles. Wir haben gerade darüber gesprochen, wann wir ihn bitten herzukommen."

„Und es ist nichts Bösartiges oder so?" fragte George.

„Nein", sagte Elliot und drückte ihre Hand. „Aber die Zyste könnte platzen, und das ist gefährlich. Sie muss vor der nächsten Periode entfernt werden."

„Es ist keine große Operation, George", sagte David. „Aber ein bisschen knifflig. Das ist der Grund, warum ich möchte, dass Norman Greenberg es macht. Er ist der beste Chirurg in der Gegend."

„Maggie kann es nicht machen, oder Sie, David?"

„Norman ist für diese Art Operation genau der richtige Mann, George."

Sie schaute nachdenklich drein. „David, Sie sagten, die Operation muss vor der nächsten Periode erfolgen?"

„Ja.“

„Dann hat es also keine besondere Eile?“

„George“, sagte Elliot entschieden, „du solltest es so schnell wie möglich hinter dich bringen. Du hast mir vorhin einen Heidenschreck eingejagt. Ich bezweifle, dass ich ruhig schlafen kann, bevor die Zyste raus ist.“

„Ich kann nicht. Ich fliege morgen nach Mexiko City, Elliot, erinnerst du dich?“

„Zum Teufel mit Mexiko City!“

George lächelte. „Und du hast noch etwas vergessen“, sagte sie. „Ich komme nächsten Freitag zurück. Dann, Dr. Mallory, fliegen wir für eine Woche nach Aspen.“

Elliot fluchte verhalten.

„Es sind nur zwei Wochen, Elliot, und es ist wichtig.“ Sie sah, dass er widersprechen wollte, deshalb wandte sie sich schnell an David. „Wie lange wird es dauern, bis ich wieder auf dem Damm bin?“

„Sie werden nach drei Wochen wieder Volleyball spielen können. Aber Sie müssen für fast eine Woche im Bett bleiben.“

„Könnten Sie es arrangieren, dass Dr. Greenberg in zwei Wochen herkommt, David?“

David warf Elliot einen schnellen Blick zu, dann nickte er. „Wenn er hört, um wen es sich bei seiner Patientin handelt, wird er womöglich sofort auf einen Sprung rüberkommen.“

„Kann ich jetzt nach Hause, David?“

David kratzte sich seine Bartstoppeln. „Mir wäre es lieber, wenn Sie heute hier blieben, aber solange Sie bei Elliot wohnen, soll es mir recht sein. Und machen Sie sich keine Sorgen, versprochen?“

„Versprochen“, sagte George.

9. KAPITEL

Eine Woche später betrat George braun gebrannt und herausgeputzt in einem weißen Leinenanzug Elliots Büro. Sie trug einen hellblauen, breitkrempigen Filzhut, den sie sich verwegen in die Stirn gezogen hatte, und eine überdimensionale blau getönte Sonnenbrille.

„Bist du heute inkognito, Lady?“ fragte Elliot, erhob sich und ging um seinen Schreibtisch herum.

George fiel ihm um den Hals und lachte. „Ich habe auf dem Flug nach Mexiko City ein Buch gelesen, in dem stand, dass ich mich geheimnisvoll geben muss, wenn ich meinen Mann halten möchte.“

Er überhörte ihren neckenden Tonfall und musterte sie eingehend. „Und du hast dich die ganze Zeit über wohl gefühlt?“

„Bestens, Doktor, ich schwöre es.“

Er küsste sie auf die Nasenspitze und schob sie von sich weg. Aus dem Augenwinkel sah er Lisa, ein Ausbund wohlwollender Neugier, auf der Schwelle stehen.

„Danke, dass Sie Miss Hathaway hereingebracht haben, Lisa.“

„Nun, Sie wissen ja, wie sie ist, Elliot“, gab Lisa zurück. „Sie sah, dass Ihre Tür zu ist, nahm wie immer an, dass Sie alle Hände voll damit zu tun haben, das Überleben der menschlichen Gattung zu sichern, und wollte schon wieder weglaufen.“ Lisa lächelte und wechselte das Thema. „Soll ich Ihre Verabredung mit Dr. Howell absagen?“

„Verdammt“, sagte Elliot. „Ich dachte, du kommst erst in einer Stunde, George.“

„Kein Problem. Ich gehe nach Hause, ziehe mir etwas Aspentaugliches an und trinke eine Weinschorle.“ Sie nickte Elliot und Lisa zum Abschied zu und ergänzte, bereits an der Tür angelangt, über die Schulter: „Und ich puste wohl besser schon mal die Spinnweben von deinen Skiern.“

„Danke“, erwiderte Elliot trocken.

Als er sich zu Lisa umwandte, sah er, dass diese ihn stirnrunzelnd anschaute. „Weiß George nicht, dass Sie in Connecticut Bester im Abfahrtslauf waren?"

„Nein", sagte er grinsend. „Aber sie wird es bald herausfinden."

Zu Elliots Überraschung war die aspentaugliche Kleidung kein Hosenanzug aus Schurwolle, wie er es erwartet hatte, sondern ein fließendes schwarzes Jerseykleid.

Er hob eine Augenbraue und fragte dann: „Stand das auch in deinem Buch?"

„Oh, nein", gab George vergnügt zurück, während sie in ihren Mantel schlüpfte. „Ich möchte es nur bequem haben."

„Der Flug dauert nicht so lange, George. Aber die Skier sehen gut aus. Danke für deine Mühe."

Sie lachte und folgte ihm nach oben in sein Schlafzimmer. Sie setzte sich aufs Bett, schlug ihre langen, gebräunten Beine übereinander und schaute ihm beim Umziehen zu. Er drehte ihr den Rücken zu, während er den Reißverschluss an seiner Hose aufmachte. „George", sagte er über die Schulter, „würdest du bitte aufhören, mich anzustarren? Wir müssen uns beeilen, sonst verpassen wir noch unser Flugzeug."

George, deren Blick am unteren Ende seiner Wirbelsäule klebte, genau an dem Punkt, den sie so gern küsste, sagte einen Moment lang nichts. „Du hast Recht, jetzt ist wohl nicht der richtige Zeitpunkt dafür", meinte sie schließlich, sehnsüchtig aufseufzend.

Sie kamen auf den letzten Drücker. Wie üblich warf der Mann, der die Bordkarten abriss, einen unnötig langen Blick auf George. Elliot, der sonst immer Touristenklasse flog, hatte Tickets erster Klasse besorgt. Er war ein bisschen verstimmt, als er sie sagen hörte: „Ich sitze immer auf Platz Nummer fünf. Ist er frei?"

So viel zu seiner Spendierfreude.

Nachdem sie ihr Handgepäck verstaut hatten, lehnte George sich in ihren Sitz zurück und seufzte tief auf. „Es war ein langer Tag", sagte sie und schloss die Augen.

„Du hast mich während der ganzen Zeit nur ein einziges Mal angerufen", bemerkte Elliot, während er seinen Sicherheitsgurt einschnappen ließ.

„Ich fühlte mich widerlich gesund", sagte sie. „Ich bekam weder Montezumas Rache zu spüren noch sonst etwas."

„Dafür müsstest du auch erst etwas essen."

„Sehr wahr. Aber jetzt kann ich zwei Pfund zunehmen, und glaub mir, so wie meine Mom kocht, muss ich ab dem dritten Tag eine Diät machen."

Das Flugzeug erhob sich geschmeidig in die Lüfte, und George schaute aus dem Fenster auf San Francisco hinunter. „Diesen Anblick bekomme ich niemals satt", sagte sie. „Ich dachte immer, ich wollte in New York leben, aber nach zwei Jahren San Francisco verblasst dieser Gedanke immer mehr."

„Wäre es für deine Karriere in New York nicht besser?"

„Gut möglich, besonders, wenn mein Vertrag mit Braden-Tyrol ausgelaufen ist." Sie wandte den Kopf und lächelte ihn an. „Wir werden sehen."

Eine Stewardess erschien, um ihre Bestellung entgegenzunehmen. Elliot bestellte einen Scotch, und George ein Gingerale.

„Ich weiß wirklich nicht, warum du erster Klasse fliegst, George. Der einzige Vorteil, den ich erkennen kann, liegt darin, dass die Sitze ein paar Zentimeter weiter auseinander stehen und die Getränke frei sind. Und du trinkst nicht einmal Alkohol."

„Du hast Recht", sagte sie ernst. „Ich habe noch nie darüber nachgedacht."

Sie hatten die maximale Flughöhe erreicht, als die Stewardess, eine große, hübsche Frau, neben ihrem Sitz stehen blieb.

„Entschuldigen Sie", sagte sie ein bisschen verlegen, „Sie sind doch das Braden-Tyrol-Girl, richtig? Georgina?"

Elliot sah, dass Georges Lächeln ein bisschen offizieller wurde. „Ja."

„Würde es Ihnen etwas ausmachen, mir auf dieser Serviette ein Autogramm zu geben? Es würde mich schrecklich freuen."

„Aber gern ... Marissa? Was für ein hübscher Name."

„Und eins für Tommy und eins für Candice, bitte."

Elliot lehnte den Kopf zurück und schloss die Augen. Er hörte die Stewardess angeregt sagen: „Sie können sich gar nicht vorstellen, wie ich mich freue, Sie persönlich kennen zu lernen. Ich liebe diesen Spot mit Ihnen im Central Park."

„Danke. Die Dreharbeiten waren sehr lustig."

Er hörte das Rascheln von Papier und öffnete ein Auge. Die Stewardess ging mit den Servietten in der Hand den Gang hinunter.

„Kommt das oft vor?"

„Nicht wenn ich einen Hut und eine Sonnenbrille trage. Aber es ist nicht schlimm. Die Leute sind normalerweise schrecklich nett."

George verfiel in Schweigen und zog nachdenklich die schön geschwungenen Augenbrauen zusammen. Dann holte sie tief Atem und legte Elliot leicht eine Hand auf den Oberschenkel.

„Das Essen kommt erst in einer halben Stunde", sagte sie.

„Bist du so scharf darauf, dir diese zwei Pfunde anzufuttern?"

Ihre Hand wanderte langsam höher. „Gar nicht. Ich bin auf etwas ganz anderes scharf."

Er schaute ihr in die Augen und sagte mit Nachdruck: „Hör sofort auf mit dem Blödsinn, George. Wir befinden uns in einem Flugzeug, erinnerst du dich?"

Ihre Hand streichelte zärtlich die Innenseite seines Oberschenkels. „Den Waschraum haben wir ganz für uns."

Er spürte, wie er von einer Welle von Verlangen überschwemmt wurde, aber er schüttelte entschieden den Kopf. „Im Waschraum ist nicht genug Platz."

„Es ist schon eine ganze Woche her, Elliot. Bist du kein bisschen interessiert?"

Elliot rutschte nervös auf seinem Sitz herum. „Deshalb trägst du also ein Kleid", sagte er kopfschüttelnd. „Du hast es von Anfang an geplant."

Er schlug seine Beine übereinander und klemmte ihre Hand dazwischen ein. „Ich käme mir vor, als würde ich auf dem Rücksitz des Autos meines Vaters Liebe machen."

„Wir werden sehen", sagte George.

„Verdammt George, wir passen einfach nicht zusammen."

Sie schaute ihn aus klaren Augen an. „Wir passen ganz hervorragend zusammen", sagte sie weich.

Er nahm seine Beine auseinander, allerdings nur, um zu spüren, wie ihre Fingerspitzen ihn ganz leicht berührten.

„Okay?"

Er schüttelte über sich selbst den Kopf. „Vielleicht."

„Gib mir zwei Minuten und klopf dann an die Tür."

Er schaute ihr nach, wie sie den Gang entlangging und durch die Tür verschwand. Er schaute an sich herunter, dankbar dafür, dass sie in der ersten Klasse saßen, wo es außer ihnen keine anderen Leute gab, die Notiz von seiner Erregung nehmen oder ihn ihr nachgehen sehen konnten.

Elliot schaute auf die Uhr und kam sich vor wie der letzte Idiot. Und doch war er in der Sekunde, in der die zwei Minuten verstrichen waren, aus seinem Sitz. Er klopfte leise an die Tür. Sie ging auf, und er schaffte es, sich in den engen Waschraum zu quetschen. Elliot fing an zu lachen. „Meine Güte, George, das ist wirklich lächerlich."

„Oh, nein", sagte sie ruhig. „Ich habe mir alles genau ausgedacht. Zuerst küsst du mich."

Sie schlang ihre Arme um seinen Hals und zog ihn zu sich herunter. Allein diese Berührung und ihr unvergleichlicher Duft bewirkten, dass sein Herz schneller klopfte. Das Jerseykleid schmiegte sich an jede Kurve ihres Körpers, und er war es für den Moment zufrieden, sie durch den Stoff zu streicheln.

„Du bist interessiert", murmelte sie zwischen den Küssen. Sie stand auf Zehenspitzen und presste sich an ihn.

„Was ist, wenn jetzt das Flugzeug abstürzt?"

„Was für eine Art zu gehen", kicherte sie.

Er fuhr mit seinen Händen unter ihr Kleid und schnappte nach Luft. Sie war nackt. Jetzt waren alle weiteren Anweisungen überflüssig. Er hob sie auf den Waschtisch, trat, sofern das überhaupt möglich war, ein paar Zentimeter zurück und zog seinen Reißverschluss auf.

„George, du wirst auf diese Art nicht sonderlich viel Spaß haben", warnte er sie.

„Oh, doch", widersprach sie. „Doch, das werde ich."

Er drang mit einem einzigen Stoß in sie ein und hob sie zu sich hoch. Sie schlang ihre Beine um seine Taille und barg ihr Gesicht an seiner Schulter.

Er spürte, wie sie versuchte, ihn noch tiefer in sich aufzunehmen, und hob ihr Becken an, wobei seine Hände leidenschaftlich ihre Pobacken kneteten.

„Es ist so irrsinnig lange her", stöhnte er.

Ihre Erwiderung bestand aus einem tiefen Aufseufzen. Er spürte, wie sie sich versteifte, wie ihre Beine, die ihn umklammerten, anfingen zu zittern.

Er flüsterte zärtlich ihren Namen und erstickte ihre Schreie mit seinen Küssen.

„Oh", keuchte sie. „Oh, ist das gut."

Sie warf den Kopf zurück und wölbte sich ihm entgegen. Das Flugzeug geriet in eine Turbulenz, und er lachte halb, halb stöhnte er, als er in ihr kam.

Sie klammerten sich aneinander, bis Elliot es schließlich schaffte, den ersten klaren Gedanken zu fassen. „Und was machen wir jetzt?"

„Ich bin diejenige, die das Problem hat", sagte sie, genüsslich an seinem Ohrläppchen knabbernd. „Du bist nur ein widerliches Mannsbild, das sich um nichts zu scheren braucht."

„Wirst du zurechtkommen?" fragte er sanft und schaute in ihre noch immer verschleierten Augen.

Sie schmiegte sich an ihn. „Und, war es wie Liebe auf dem Rücksitz des Wagens deines Vaters zu machen?"

„Ich werde darüber nachdenken und es dich dann wissen lassen."

Einen Moment später zwängte er sich durch den Türspalt und rannte einer Stewardess direkt in die Arme. Als George schließlich auftauchte, sah sie aus, als sei sie direkt den Seiten eines Modemagazins entsprungen, mit Ausnahme ihrer Augen. Irgendwie schien sie immer noch nicht ganz da zu sein.

Sie setzte sich in ihren Sitz und kuschelte sich an ihn. „Bis zum Essen sind es noch immer fünfzehn Minuten."

„Unersättliches Frauenzimmer", sagte er.

Sie lachte, und er sagte leichthin: „Ich konnte vorhin leider deine Brüste nicht küssen."

Sie zog zischend den Atem zwischen den Zähnen ein. „Musst du eigentlich immer das letzte Wort haben?"

Die Stewardess, die ihnen das Essen brachte, war dieselbe, die im Gang an ihm vorbeigegangen war. „Ich bin mir sicher, dass Sie einen Bärenhunger haben", sagte sie mit höflich ausdrucksloser Miene, während sie das Tablett vor ihn hinstellte.

„Was glauben Sie, warum ich Tatar bestellt habe?" gab Elliot ebenso höflich ausdruckslos zurück.

Die Stewardess nickte. „Sie haben natürlich Recht. Fliegen ist eine anstrengende Angelegenheit. Man tut gut daran, mit seinen Kräften hauszuhalten."

George grinste in sich hinein und beugte sich über ihr Tablett. Dann aber wurde sie still und stocherte nur in ihrem Essen herum.

„Ist alles in Ordnung mit dir?" erkundigte sich Elliot schließlich.

„Ja, sicher." Sie musterte ihn einen Moment ängstlich besorgt und sagte dann: „Elliot, ich möchte mit dir reden. Gleich", fügte sie hinzu, als sie sah, dass die Stewardess den Gang heraufkam, um die Tabletts abzuräumen.

Elliot wartete geduldig, wobei er sich vorstellte, dass sie mit ihm über ihre Operation sprechen wollte.

Er glaubte seinen Ohren nicht trauen zu können, als sie sich in ihren Sitz zurücklehnte und herausplatzte: „Willst du mich heiraten?"

Er fühlte sich so überrumpelt, dass er sie nur anstarren konnte. Ihre Augen glänzten vor Aufregung. Er spürte, wie eine stählerne Faust sein Herz zusammenpresste, der Atem blieb ihm im Hals stecken. Dass sie die Initiative übernehmen könnte, war ihm nie in den Sinn gekommen. In seinen Augen war es nur ein weiterer Beweis für den riesigen Altersunterschied, der sie trennte. Eine Frau seines Alters hätte ihm wohl kaum einen Antrag gemacht. Er wusste nicht, was er sagen sollte. Er riss seinen Blick von ihr los, das *Nein* und die Gründe dafür drängten sich ihm auf die Lippen. Dann erinnerte er sich an ihre Operation. Er musste erst sicher sein, dass sie diese gut überstand. Sehr langsam, um Zeit zu gewinnen, entgegnete er: „Heiraten? Dich?"

„Ich wollte dich nicht schockieren", sagte sie, seinen Arm drückend. „Ich möchte dich wirklich unheimlich gern heiraten, Elliot. Ich liebe dich, und ich möchte mein Leben mit dir verbringen. Wir passen gut zusammen. Wir streiten uns nur selten. Und der Sex mit dir ist wunderschön."

„George", sagte er und hob die Hand, um die Flut einzudämmen.

„Elliot, ich weiß, dass ich jung bin, aber so jung bin ich auch wieder nicht. Und ich habe auch nicht Absicht, bei dir zu schmarotzen. Mein Einkommen steigt stetig, mit einem großen Sprung dieses Jahr. Ich besitze zwei Eigentumswohnungen in der Upper Height, also, ich und meine Bank, um genau zu sein. Ich könnte dir den Namen meines Steuerberaters geben, und er könnte dir eine komplette Aufstellung meiner Vermögenswerte machen. Mein Geld ist zwar zum größten Teil fest angelegt, aber ..."

„George, um Himmels willen, hör sofort auf! Dein Geld interessiert mich überhaupt nicht!"

Sie nickte nachdrücklich. „Ja, ich weiß, dass dich mein Geld genauso wenig interessiert wie mich deins. Aber ich möchte, dass du weißt, dass ich auch bereit bin, meinen Teil zu unserm Lebensunterhalt beizutragen. Elliot, es ist nicht einfach nur Sex. Du bist ein wundervoller Koch, und du verstehst es, mich zum Lachen zu bringen, wir haben so viel Spaß miteinander." Er erwiderte nichts, und sie fuhr fort: „Wenn du willst, könnte ich auch ein paar Collegekurse belegen. Ich weiß, dass du mich wahrscheinlich für schrecklich ungebildet hältst. Ich will, dass du dich meiner nie schämen musst."

„George, du bist nicht ungebildet. Solltest du jemals wieder auf die Schule zurückgehen, dann nur, weil du selbst es willst. Also schlag dir um Himmels willen aus dem Kopf, dass ich mich deiner schämen könnte."

George lächelte ihn glücklich an. „Dann liebst du mich also? Willst du mich heiraten?“

Er schloss für einen Moment die Augen und schluckte all die Argumente hinunter, die er anführen würde, nachdem sie die Operation gut überstanden hatte. „George“, sagte er ruhig, „du hast mich ziemlich überrascht.“ Das war gewiss die Wahrheit! „Ich habe über Heirat noch nicht nachgedacht. Es ist ein sehr großer Schritt, eine weit reichende Entscheidung.“ Das war eine verfluchte Lüge, und er klang ausweichend, wie eine Frau, die eben einen Heiratsantrag bekommen hatte, den sie als unpassend fand. „Gib mir ein bisschen Zeit, um darüber nachzudenken, okay?“

Sie forschte ängstlich in seinem Gesicht.

„Und du musst auch noch ein bisschen mehr darüber nachdenken.“ *Du bist dreiundzwanzig und ich sechsunddreißig! Du hast noch dein ganzes Leben vor dir.*

„Ich habe schon genug darüber nachgedacht“, sagte sie und schaute auf ihre Hände, die fest ineinander verklammert in ihrem Schoß lagen. „Ich nehme an, dass ich dich ein bisschen überrumpelt habe. Ich wollte dich nicht drängen, Elliot.“

„Ich weiß“, sagte er und schluckte. Er wiederholte fest: „Gib mir ein bisschen Zeit, George.“

„Ich vergaß dir zu sagen, dass es mir großen Spaß machen würde, dein Geld für dich anzulegen.“

An Elliots Mundwinkeln zerrte ein Grinsen. „Ich behalte es im Hinterkopf, George“, sagte er, dann sprengte ein Lachen den Knoten von Traurigkeit in seinem Hals.

10. KAPITEL

„Na? Habe ich dir nicht ein Irrenhaus versprochen?“ flüsterte George Elliot ins Ohr.

Die fünf Kinder, die George angekündigt hatte, waren alle unter sieben Jahre alt und so voller überschäumender Energie, dass Elliot sich fragte, ob er nicht besser sein Glas Wein gegen einen starken Scotch eintauschen sollte. Der Esszimmertisch war mit genug Speisen beladen, dass es in Elliots Augen für ein ganzes Bataillon ausgereicht hätte, aber George versicherte ihm, dass das eine normale Mahlzeit sei, wenn die ganze Familie beisammen war.

Tammy, Dereks Frau, hatte alle Hände voll damit zu tun, die Teller für ihre drei Kinder zu füllen. Sie war eine große, leicht zur Fülle neigende Frau mit dunklen Haaren, die offensichtlich längst abgehärtet war gegen den ohrenbetäubenden Lärm, den ihre Sprösslinge veranstalteten. Derek, Georges ältester Bruder, war ein großer, athletisch gebauter Mann Mitte Dreißig, der eine ebenso offene Wesensart zu haben schien wie George. Er erhob seine Stimme über den Lärm, während er seinem dreijährigen Sohn einen Teller mit Brathähnchen und Kartoffelsalat hinschob: „Halten Sie durch, Elliot, Sie werden sich wohl oder übel an den Lärm gewöhnen müssen, wenn Sie nicht vierundzwanzig Stunden am Tag im Freien sein wollen.“

Elliot lächelte und gab während einer kurzen Ruhe vor dem nächsten Sturm zurück: „George hat mir erzählt, dass Sie Geschäftsmann sind. Was machen Sie beruflich?“

Jason Hathaway, der mittlere Bruder, ein schlanker, breitschultriger junger Mann, der fast ebenso violette Augen hatte wie George, brach in ein johlendes Gelächter aus. „Klos, würden Sie das von ihm glauben?“

Seine Frau Irene versetzte ihm einen Rippenstoß. „Lass den Quatsch, du Idiot. Glauben Sie ihm kein Wort, Elliot; Derek ist Innenarchitekt, er entwirft futuristische Bäder und Küchen.“

Duke Hathaway, Georges Vater, hob eine Hand, und zu Elliots

Überraschung verstummten selbst die Kinder umgehend. „Bevor Sie über die Familie Hathaway mehr erfahren, als Ihnen lieb ist, lassen Sie mich Ihnen sagen, dass es uns eine Freude ist, Sie bei uns zu haben.“ Er lächelte George zu und hob sein Weinglas. „Auf eine schöne Woche im Schnee ohne Knochenbrüche.“

„Na, jetzt haben wir ja einen Arzt hier, der sich um uns kümmern kann“, sagte Todd, Georges jüngster Bruder. „Ich habe ja schon immer gesagt, dass George clever ist, sie denkt stets einen Schritt voraus.“

Mrs. Hathaway, die den jetzt folgenden lebhaften Wortwechsel ruhig belächelte, wandte sich an Elliot. „Es ist so schön, die ganze Familie beieinander zu haben. Ich hoffe, die Kinder ändern sich nie.“

„George hat mir erzählt, dass Sie jedes Jahr in der Skisaison hier herkommen?“

„Ja. Wir haben die Hütte vor sieben Jahren gekauft.“

„Eine Hütte würde ich es wohl kaum nennen“, sagte Elliot und schaute sich in dem großen Esszimmer um.

„Nun, nein, vermutlich nicht. Wir haben Duke dafür zu danken, andernfalls müssten wir uns wahrscheinlich irgendwo wie Teppiche stapeln. Er war immer der Meinung, dass wir für unsere Enkelkinder besser gleich mitplanen sollten. Die fünf Schlafzimmer sind bereits voll, und Todd und George sind noch nicht einmal verheiratet. Kommen Sie auch aus einer großen Familie, Elliot?“

„Ich habe nur eine Schwester, Lindy, zwei Neffen und eine Nichte. Ich werde das Gefühl nicht los, dass das eine höchst lehrreiche Woche für mich wird.“

„Oh, das ist noch gar nichts. Warten Sie erst mal ab, bis sie alle richtig loslegen. Möchten Sie noch ein bisschen von den gebackenen Bohnen?“

Elliot schüttelte den Kopf. „George sieht Ihnen sehr ähnlich, Mrs. Hathaway.“

„Dorothy, bitte. Danke für das Kompliment. Aber in mir schlummerte nur das Rohmaterial, das bei George dann zu seiner vollen Entfaltung kam. Ihre Größe und die Figur hat sie von ihrer Großmutter. Nur von wem sie ihre finanzielle Begabung hat, kann sich niemand erklären."

„Sie hat mir vorgeschlagen, mein Geld oder das, was noch davon da ist, für mich anzulegen."

„Sie sollten es ihr gestatten", sagte Dorothy. „Sie berät ihren Vater und mich jetzt schon seit drei Jahren in finanziellen Dingen. Ihr Bruder Derek hat anfangs nur verächtlich die Schultern gezuckt, als er davon hörte, aber Tammy hat mir letztes Jahr erzählt, dass Derek irgendwann eine Idee für eine Geldanlage hatte, ein paar Tage darüber brütete und dann George anrief, um sie nach ihrer Meinung zu fragen. George ist wirklich ..."

Dorothy Hathaway begann, in den höchsten Tönen von ihrer Tochter zu schwärmen. George nutzte eine Gesprächspause, in der ihre Mutter ihrem Enkel ein Glas Milch einschenkte, um Elliot ins Ohr zu flüstern: „Erzählt Mutter dir, wie toll wir alle sind?"

„Richtig, ihr habt alle nur Tugenden, ganz besonders du. Nun, ich höre es mir höflich an."

„Ich wette, deine Mutter ist auch nicht anders."

„Dr. Mallory", rief Tammy Hathaway über den Tisch, „sind Sie wirklich der Leiter der Röntgenabteilung?"

„Ja, und nennen Sie mich bitte Elliot. Wie ich eben erfahren habe, sind Sie von Beruf Krankenschwester."

Tammy warf ihrem Ehemann einen schnellen Blick von der Seite zu. „Ja, und im nächsten Jahr arbeite ich wieder."

„Tammy", begann Derek mit zusammengezogenen Augenbrauen. „Du weißt ganz genau, dass die Kinder ..."

George brach in ein fröhliches Gelächter aus. „Wir sind erst zwei Stunden zusammen, und du schaffst es schon wieder, dass ich an die Decke gehe, Derek."

„Ich plädiere für einen Waffenstillstand", mischte sich Duke Hathaway ein, „zumindest während des Essens."

Am nächsten Tag lachte die Sonne aus einem strahlend blauen Himmel herab, und die Luft war kristallklar. Schwer mit Schnee beladene

Nadelbäume säumten den Hang. George bretterte auf ihren Skiern vor Elliot den Abhang hinunter. Sie trug einen roten Skianzug, der jedes an der richtigen Stelle sitzende Pfund perfekt zur Geltung brachte, eine rote Wollmütze und eine Skibrille. Ihre Bewegungen waren präzise und geschmeidig. Sie drehte sich nach Elliot um und winkte ihm übermütig zu, während sie einen Hügel hinabsauste.

„Kinderkram, George", rief er ihr hinterher. Er hörte ihr klares Lachen und machte ihr kleines Kunststück mit spielender Leichtigkeit nach.

George erreichte den Fuß des Abhangs und bremste ab.

„Ich muss schon sagen, ein Anfänger bist du nicht gerade, Cowboy", sagte sie und beäugte ihn überrascht.

„Du bist wahrscheinlich die Einzige, die von der irrigen Annahme ausgeht, ich sei einer", gab er grinsend zurück.

„Und zu allem Überfluss siehst du in diesem Teil auch noch zum Anbeißen aus." Ihr Blick wanderte über seinen blauen Skianzug.

„Wart ab, bis du erst meinen grünen siehst. Er passt perfekt zu meinen Augen."

„Eitler Affe", wies sie ihn freundschaftlich zurecht. „Was hältst du von einer kleinen Verschnaufpause? Ich sah Mom und Dad nach ihrem letzten Abfahrtslauf ins Hotel gehen."

Sie schnallten ihre Skier ab und lehnte diese samt den Skistöcken gegen die dicken Steinmauern des Hotels.

„Wir hatten wirklich Glück", bemerkte George, während sie ihre Schneebrille und ihre Mütze abnahm. „Als Mom und Dad die Hütte kauften, gab es dieses Hotel noch nicht. Die Entwicklungsgesellschaft wollte meine Eltern auszahlen, aber sie weigerten sich. Deshalb sind wir jetzt nach einer nur zehnminütigen Schneewanderung gleich mittendrin im Getümmel. Der einzige Nachteil sind die vielen Touristen."

„Es hat sich einiges verändert, seit ich zum letzten Mal hier war."

„Hast du je ein Wettrennen mitgemacht?"

„Ja", gab Elliot zurück, „ein kleines. Würde es dir etwas ausmachen, heute Nachmittag eine kleine Niederlage zu erleiden?"

„Deine Überheblichkeit kennt wirklich keine Grenzen."

Er lachte immer noch, als sie sich zu Georges Eltern gesellten. „Wo sind die Kids?"

„Wir haben einen Schichtdienst eingeführt", erklärte Dorothy. „Aber da dies Ihr erster Besuch ist, Elliot, werden Sie nicht eingeteilt, drei Kinder am Anfängerhang zu beaufsichtigen."

„Es würde mir nichts ausmachen", gab Elliot höflich zurück und nahm aus den Händen eines Kellners eine Tasse Kaffee entgegen.

George warf ihm einen ungläubigen Blick zu, bevor sie an den riesigen gemauerten Kamin trat, um sich die Hände zu wärmen. Die Eingangshalle des Hotels füllte sich schnell, und Elliot gesellte sich zu George und überließ deren Eltern die beiden einzigen freien Stühle.

„So war der alte Westen nie", sagte George, das Interieur betrachtend, „obwohl ich ihre Anstrengungen würdige."

Elliot warf ebenfalls einen Blick in die Runde und musterte die hohe, aus Balken gezimmerte Decke, die rustikale Westerneinrichtung aus schwerem Eichenholz und die Schlingenteppiche, die den Holzfußboden bedeckten.

George schaute einen Moment sinnend in ihre Tasse mit heißer Schokolade. „Hast du eigentlich schon mal über das ... na ja, über das, was ich dich im Flugzeug gefragt habe, nachgedacht?"

„Du meinst, ob es hier irgendwo einen privaten Waschraum gibt?" scherzte er.

Ihre Wangen, die ohnehin schon gerötet waren, wurden noch roter, aber in ihren Augen lag Wachsamkeit.

„Ja, George", sagte er dann ruhig, „aber ..."

„Aber was?"

Er seufzte und wich ihrem Blick aus. „Ich brauche noch ein bisschen Zeit, George."

Er wollte ihr ins Gesicht schreien, dass er beinahe zu alt war, um ihr ältester Bruder zu sein, ganz zu schweigen von ihrem Ehemann.

George betrachtete ihn einen Augenblick schweigend, dann lächelte sie ihn an, ein verwirrend strahlendes Lächeln, das in ihm den

Wunsch erweckte, sie hier an Ort und Stelle auf den Fußboden zu werfen und zu lieben, bis sie keuchend nach Atem rang.

„Hast du nach dem Essen wirklich Lust, dich ein bisschen mit den Kindern am Anfängerhang abzugeben?"

„Ja, sicher", sagte er.

Zu Elliots Überraschung waren die drei jungen Hathaways ganz erpicht darauf, etwas von ihm zu lernen. Und sie machten ihre Sache gut. „Kinder", sagte er kopfschüttelnd zu George. „Sie kennen keine Angst."

„Nein, nicht im Geringsten. Derek jr. hat sich letztes Jahr das Bein gebrochen, aber das hat ihn nicht im Mindesten beeindruckt."

„Schau mal, Kathy", sagte er und deutete auf Jasons Tochter. „Geh ganz leicht in die Knie, Kathy!" brüllte er dem Mädchen zu. „Ja, so ist es toll!"

Als George ihrer Nichte nachschaute, dachte sie zum ersten Mal daran, mit Elliot Kinder zu haben. Einen herrlichen Moment lang sah sie sie bereits auf Skiern vor sich, lachend, ungeschickt mit den kleinen Händen wedelnd und mit ihren Eltern im Schnee herumtollend ...

„Bist du im Niemandsland, George?"

„Was? Oh, nein, ich habe nur nachgedacht."

„Über meine Eigentumswohnungen in Santa Barbara?"

Immer alles der Reihe nach, George, ermahnte sie sich. „Richtig", sagte sie. „Und ich habe bereits ein paar Vorschläge dazu, Elliot."

11. KAPITEL

„Ich habe eine Überraschung für dich, Elliot."

Elliot drehte sich in seinem Flugzeugsitz um und grinste George viel sagend an. „Du liebe Güte. Doch nicht schon wieder?"

„Oh, nein", versicherte sie ihm. „Du darfst zwanzig Mal raten, aber du wirst es trotzdem nicht herausbekommen."

Elliot war bei seiner zwanzigsten Vermutung angelangt, als das Flugzeug zum Landeanflug über San Francisco ansetzte. „Also gut. Ich gebe auf. Ich muss mich anschnallen. Verrat es mir."

„Morgen früh, mein Lieber, werden wir beide um halb fünf aufstehen."

„Du hast den Verstand verloren."

„Nein, im Ernst. Und ich werde einen Anruf tätigen", fügte sie geheimniskrämerisch hinzu.

„Wen willst du denn anrufen? Meine Mutter?"

„Nein, in Napa. Und wenn das Wetter gut ist, werden wir beide nach Napa fahren und dort um sechs in einen Heißluftballon steigen."

Seine Augen leuchteten auf. „Woher weißt du, dass ich das schon immer mal machen wollte? Ich bin mir todsicher, dass ich dir noch nie etwas davon gesagt habe. Das ist wirklich eine tolle Überraschung, George!" Er beugte sich vor und gab ihr einen Kuss auf die Lippen. „Aber pass bloß auf, dass ich nicht morgen früh um halb fünf etwas anderes vorhabe."

„Es ist ziemlich fraglich, ob es um diese Jahreszeit klappt, aber wir halten alle Daumen. Und wenn es regnet oder zu windig ist, dann können wir ja immer noch wieder ... weiterschlafen."

„Wir werden sehen", sagte er weich.

Es war eine mehr als einstündige Fahrt von San Francisco nach Napa, und es war noch dunkel. George schmiegte sich eng an Elliot und redete die ganze Fahrt über ununterbrochen. Als sie sich auf dem Gelände, wo die Ballons starteten, einen Parkplatz suchten, kamen gerade die ersten Sonnenstrahlen heraus.

Außer ihnen gab es noch fünf andere Passagiere, lauter Touristen aus anderen Bundesstaaten, und alle waren sie aufgeregt. Der Kapitän hieß David Martinez, ein junger Mann, der mit seinem dicken schwarzen Schnauzer für einen Piraten hätte durchgehen können, wie Elliot dachte. Und Plünderer, fügte er im Stillen hinzu, als Martinez George entdeckte.

Sie tranken Kaffee, während die Mannschaft den riesigen bunten Heißluftballon startklar machte.

Nachdem der rot-weiß-blau gestreifte Heißluftballon sich über ihren Köpfen in die Luft erhoben hatte, kletterten sie in den Korb.

„Keine Angst, das schaffen Sie schon, Millie", rief George einer mit einem Polyesterhosenanzug bekleideten älteren Frau aus Nebraska zu. „Stellen Sie Ihren Fuß in die Öffnung hier, und geben Sie mir Ihre Hand."

Die frühe Morgenluft war klar, und es herrschte fast Windstille. Elliot hatte sich um die Turbulenzen Gedanken gemacht, aber der Ballon glitt so geschmeidig dahin, dass man kaum eine Bewegung verspürte. Es war nahezu still in dem Korb unter dem Ballon, bis auf die Momente, wenn Martinez den Gashahn aufdrehte. Unter ihnen breitete sich Napa Valley mit seinen herrlichen Weinbergen wie eine Steppdecke aus. Die normale Flugzeit betrug eine Stunde. Eine Stunde, das war, zumindest für George, nicht viel.

Sie und David Martinez schlossen schnell Freundschaft. Er erlaubte ihr, mit der Mannschaft am Boden Funkkontakt aufzunehmen. Er lieh ihr sogar seine Handschuhe und zeigte ihr, wie man die Ventile an den Propangastanks aufdrehte. Elliot zweifelte nicht daran, dass Martinez im Austausch für mehr Kraftstoff eine Woche Urlaub drangegeben hätte, nur damit die Fahrt nicht so schnell zu Ende ging.

„Es ist so still hier oben", sagte George und lehnte sich an Elliot, nachdem sie gerade eine zum Teil recht lebhafte Unterhaltung mit der Bodentruppe geführt hatte. „Man hört kein Geräusch."

„Die Vögel schlafen noch", sagte Elliot.

„Wie gefällt dir meine Überraschung?"

„Das hast du wirklich gut gemacht, Mädchen, richtig gut."

„Ist das Ihre Hochzeitsreise?" erkundigte Millie sich neugierig und betrachtete sie wohlwollend.

„Noch nicht", sagte George. „Ich muss ihn erst noch ein bisschen beschwatzen."

„Wenn das irgendjemand schafft, dann Sie", sagte ein älterer Mann, der das Gespräch mit angehört hatte, und zwinkerte Elliot zu.

Sie landeten auf dem Parkplatz einer Weinkellerei. Zu Georges Freude verfing sich der Ballon erst noch in den Zweigen eines Baums, und es dauerte eine Weile, bis die Bodentruppe ihn wieder freibekam.

„Das passiert andauernd", berichtete Martinez, ungerührt einen Zweig beiseite schiebend, der sich in den Korb bohrte. „Einmal sind wir in einem Swimmingpool gelandet. Der Besitzer war nicht so glücklich, wenn ich mich recht erinnere."

„Der Weinbergbesitzer wäre wahrscheinlich auch nicht glücklich gewesen, wenn Sie in seinem Weinberg gelandet wären", sagte Elliot.

„Darüber hätte ich mindestens fünfzig Geschichten auf Lager", gab Martinez mit einem Grinsen zurück.

Nach der Landung gab es Sekt, Baguette und Käse in einem der Gasthäuser in Napa, und ein Fotograf der Ballongesellschaft, der bereits den Start und die Landung fotografiert hatte, nahm die ganze Truppe noch einmal auf.

„Ich muss mich dringend rasieren", murmelte Elliot mit schiefem Mund zu, als der Fotograf auf den Auslöser drückte.

„Du siehst atemberaubend wild aus. Drew schickt uns die Fotos in ungefähr drei Wochen zu. Natürlich wirst du sie rahmen lassen wollen."

„Natürlich", sagte er.

„Wo wirst du sie aufhängen? In deinem Arbeitszimmer zu Hause oder in deinem Büro?"

„Wir werden sehen."

Dr. David Thornton klopfte diskret an die Tür des Krankenzimmers und steckte dann den Kopf durch den Türspalt. „Ich habe hier jemanden, der Sie kennen lernen möchte, George. Norman, hier ist deine Patientin, Georgina Hathaway."

George richtete sich im Bett auf und lächelte den schlanken Mann mit den schon etwas schütter gewordenen braunen Haaren und der Hornbrille freundlich an. Er war etwa Mitte Vierzig und wirkte schrecklich zaghaft für einen Arzt. „Nett, Sie kennen zu lernen, Dr. Greenberg", sagte sie und streckte die Hand aus.

Norman Greenberg schnappte nach Luft wie ein Fisch auf dem Trockenen und ergriff die schlanke Hand. Er warf David einen vorwurfsvollen Blick zu, der so getan hatte, als ob seine Patientin um die Fünfzig wäre.

„Überrascht?“ fragte Elliot und grinste angesichts des sichtlichen Unbehagens des Arztes.

Norman Greenberg schaute den hochgewachsenen Mann, der neben dem Bett seiner Patientin stand, stirnrunzelnd an.

David grinste. „Norman, das ist Dr. Mallory.“

Norman nickte. Er versuchte, einen professionellen Tonfall anzuschlagen, aber seine Stimme wollte nicht recht mitspielen. „Miss Hathaway, es gibt keinen Grund zur Sorge. Ich habe mir Ihre Ultraschallbilder angesehen, und die ganze Sache dürfte kaum mehr als dreißig Minuten in Anspruch nehmen.“

„Wie oft habe ich diese Ansprache aus deinem Mund eigentlich schon gehört, Norman?“ unterbrach David ihn mit einem Grinsen.

„Nun, David“, mischte sich George ein, der Dr. Greenberg plötzlich ein bisschen Leid tat, „ich habe sie noch nicht gehört, und ich brauche weiß Gott eine Menge Trost. Dr. Greenberg, David hat mir erzählt, dass Sie jahrelange Erfahrung haben, deshalb brauche ich mir wohl keine Sorgen zu machen, dass ich aus der ganzen Sache lebendig herauskomme. Wenn die beiden Herren jetzt so freundlich wären, den Mund zu halten, könnten Sie weiterreden.“

Norman tat es, aber es klang nicht so glatt wie normalerweise. „Wie alt sind Sie?“ fragte er unvermittelt.

„Dreiundzwanzig, bald vierundzwanzig“, erwiderte George mit einem Seitenblick auf Elliot.

„Aha“, sagte Norman, wobei er in das kurze Wort ein geheimnisvolles Gewicht legte.

Er räusperte sich wieder, eine Angewohnheit, die George amüsant fand, wohingegen Elliot diese zu der Vermutung verleitete, dass er ein Feigling sein könne.

„Ich würde jetzt gern mit meiner Patientin sprechen“, sagte er. „Allein.“

„Er hat uns einen Platzverweis erteilt, Elliot“, sagte David. „Wir kommen später wieder. Aber lassen Sie sich von ihm bloß keinen Bären aufbinden, George.“

George schwieg nachdenklich, nachdem sie wieder mit Elliot allein war. Es war Sonntagabend zehn Uhr, und in dem Krankenhaus herrschte eine fast unheimliche Ruhe.

„Nimm das hier, Sweetheart, dann wirst du schlafen.“

George schaute die weiße Pille stirnrunzelnd an. „Du kennst meine Einstellung zu Medikamenten, Elliot.“

„Es ist nicht gut, wenn du dich bis drei Uhr morgens schlaflos im Bett herumwälzt. Nimm sie.“ Er beobachtete, wie sie die Pille schluckte. „In ungefähr zehn Minuten bist du eingeschlafen. Dann fahre ich nach Hause und nehme auch etwas.“

„Die Operation ist morgen früh um acht.“

„Und zu Mittag wirst du schon ein leichtes Mittagessen zu dir nehmen können.“

„Mir wird nicht schlecht sein?“

„Nein, zumindest nicht, wenn du, was deine tollen Gene anbelangt, die Wahrheit gesagt hast.“

Sie schenkte ihm ein mattes Lächeln. „Na ja, vielleicht war es ja ein ganz kleines bisschen gelogen.“

„Dann bekommst du auch nur ein kleines Mittagessen. Morgen Abend spielen wir eine Partie Schach, George, ich verspreche es dir.“

Er beugte sich über sie und nahm sie in die Arme. „Bald geht es dir wieder gut, Sweetheart.“ Er hielt sie für ein paar Minuten ganz fest, dann küsste er sie leicht auf den Mund.

„Ich will dich morgen früh vergnügt und munter sehen“, sagte er sanft und ließ sie los.

„Okay“, murmelte sie. Er wartete noch ein paar Minuten, bis er glaubte, dass sie eingeschlafen war, dann verließ er leise das Zimmer.

George öffnete die Augen und schaute vor sich hin. Sie verspürte die Wirkung der Schlaftablette, aber sie stemmte sich dagegen. Sie wollte sich noch einen Moment erlauben, ihre Angst zu spüren. Sie schob die Hand unter die Decke und legte sie auf ihren Bauch. Sie würde ihre erste Narbe zugefügt bekommen. Dr. Greenberg hatte ihr versichert, dass sie fast unsichtbar sein würde, und hatte einen lahmen Witz über Bikinis gemacht. Sie hatte Elliot nicht erzählt, dass ihr diese Ballonfahrt gestern auch so wichtig gewesen war, weil sie etwas war, das sie unbedingt wenigstens ein einziges Mal im Leben tun wollte. Ihr letzter Gedanke war die Hoffnung, dass sich Dr. Greenberg im Operationssaal nicht so zaghaft verhielt wie vorhin bei ihrem Gespräch.

Es hätte sie gefreut zu wissen, dass Elliot bis drei Uhr morgens wach lag.

Als George am nächsten Morgen von einer Krankenschwester geweckt wurde, war ihr schwindlig. Elliot schaute zu, wie man sie aus ihrem Bett auf eine Bahre legte und in den OP rollte. Im Waschraum traf er Maggie.

„Du siehst schrecklich aus", sagte sie und betrachtete ihn forschend von oben bis unten.

„Danke", gab er trocken zurück. „Wo ist denn unser Meister des Skalpells?"

Maggie warf ihm ein verschmitztes Grinsen zu. „Er spricht gerade mit dem Anästhesisten. Er ist ein schrecklicher Zauderer, aber er ist gut, Elliot, wirklich gut. Also hör auf, dir Sorgen zu machen, okay? Wirst du dabei sein?"

„Ich hatte es eigentlich vor, aber ich habe meine Meinung geändert. Ich bin in meinem Büro, Maggie. Sag mir Bescheid, wenn es vorbei ist."

„Ja gut. Georges Freund, Dr. Hansen, hat gebeten, dabei sein zu dürfen. Ich habe es nicht übers Herz gebracht, ihm seine Bitte abzuschlagen."

Elliot brummte etwas Unfreundliches in sich hinein und verkrümelte sich in sein Büro. Er machte sich einen Kaffee und kramte ein bisschen in den Papieren auf seinem Schreibtisch herum. Irgendwann gab er es auf, sich konzentrieren zu wollen, und wartete ungeduldig darauf, dass Lisa kam. Als es schließlich soweit war, waren ihre ersten Worte: „Machen Sie sich keine Sorgen, Elliot. Ich habe einen heißen Draht in den OP."

„Ich nehme an, alle im Krankenhaus wissen, dass George hier ist?“ Er lehnte sich in seinem Stuhl zurück und bedachte sie mit einem resignierten Blick.

„Wahrscheinlich. Als Sie sie vor knapp einem Monat nachts hierher brachten, hatte es sich bereits um neun Uhr morgens wie ein Lauffeuer herumgesprochen, dass Sie nur mit einem Bademantel bekleidet mitten in der Nacht mit einer schönen Frau auf den Armen in die Klinik gekommen waren.“

„Sie trug meinen Bademantel. Ich war völlig normal angezogen.“

„Verzeihen Sie meinen schlampigen Satzbau“, sagte sie kopfschüttelnd. „Wie war es im Skiurlaub?“

„Schön“, gab er kurz angebunden zurück.

„Sie müssen sich nicht mit mir unterhalten, Elliot. Betrachten Sie mich einfach als ein Möbelstück.“

„Entschuldigung, Lisa, aber ich bin ...“

„Sie sind ganz krank vor Sorge“, beendete sie den Satz für ihn. „Das ist verständlich. Ich lasse Sie jetzt auch in Ruhe. Ich mache Ihnen einen Vorschlag. Ich werde Dr. Janis anrufen. Er möchte mit Ihnen über die nuklearmagnetische Resonanz reden. Einverstanden?“

„Warum nicht?“ fragte Elliot. „Gott allein weiß, wie anregend das sein wird.“

Elliot war bei dem Gespräch sehr freundlich, wenn auch nicht recht bei der Sache. Als Lisa endlich ihren Kopf durch den Türspalt steckte, um ihm zu sagen, dass alles gut gegangen war, schoss er aus seinem Stuhl hoch und streckte Dr. Janis zum Abschied die Hand hin. „Bitte entschuldigen Sie mich. Wir unterhalten uns morgen weiter“, fügte er, schon auf dem Weg zur Tür, über die Schulter hinzu. Er blieb bei George im Aufwachraum, bis sie zu sich kam. Zu seiner und der Überraschung aller anderen, die in Hörweite kamen, sprach sie auf Französisch mit ihm. Zumindest klang der Akzent französisch. Die Worte ergaben natürlich keinen Sinn, und David brach in ein schallendes Lachen aus.

„Jeder reagiert anders“, sagte er. „Einmal hat irgendein Typ Shakespeare rezitiert.“

„Wo ist Greenberg?"

„Er kommt gleich. Er hat seine Sache ausgezeichnet gemacht, Elliot."

„Hansen war nicht da, oder?"

„Aha, die Eifersucht. Komm schon, Elliot, Maggie hat dich nur auf den Arm genommen. Ich denke, George ist in einer besseren Verfassung als du."

In diesem Moment fing George an, irgendetwas zu singen, das wie die französische Nationalhymne klang, und selbst die streng dreinblickende Krankenschwester hielt sich den Bauch vor Lachen.

George wachte dreißig Minuten später auf, und die erste Person, die sie erkannte, war Elliot.

Sie warf ihm ein schiefes Lächeln zu. „Ich bin aufgeschnitten worden", sagte sie matt.

„Und danach wieder zusammengenäht. Hast du Schmerzen, George?"

Sie dachte einen Moment darüber nach. „Nein. Obwohl es komisch ist. Ich weiß, dass der Schmerz da ist, aber ich spüre ihn nicht."

„Das kommt von der Narkose."

„Und noch etwas anderes ist seltsam, Elliot. Hat hier jemand gesungen? Auf Französisch?"

Er drückte ihre Hand. „Ja."

Bevor er noch mehr dazu sagen konnte, kam Dr. Greenberg herein. Er nickte Elliot kurz zu und wandte sich dann mit einem strahlenden Lächeln an George.

„Sie sehen sehr zufrieden aus, Doktor", sagte George. „Haben Sie mich wieder ordentlich zusammengenäht?"

„Es war nur ein sehr kleiner Einschnitt, Miss Hathaway, und nur ganz wenige Stiche. Leider muss ich noch heute nach L. A. zurück, Dr. Smith wird am Montag die Fäden ziehen." Er warf Elliot einen Blick von der Seite zu, räusperte sich und sagte: „Waren Sie schon einmal in Los Angeles, Miss Hathaway?"

„Oh, ja, ich bin alle paar Monate dort."

Er räusperte sich wieder, wobei er noch immer Elliot anschaute, und Elliot schaute zurück. „Vielleicht haben Sie ja das nächste Mal, wenn Sie wieder dort sind, Lust, mit mir zu Mittag zu essen."

„Eine nette Idee, Doktor", sagte George mit ihrer freundlichsten Stimme. „Danke, dass Sie hergekommen sind und sich meiner angenommen haben."

„Nichts zu danken, Miss Hathaway. Es war mir ein Vergnügen."

Dr. Greenberg dehnte seine Visite noch fünfzehn Minuten länger aus. Nachdem er das Zimmer verlassen hatte, brummte Elliot: „Ich wette, er hat eine Frau und vier Kinder zu Hause."

„Nein", sagte George, ihm zuzwinkernd. „Er hat mir gestern Abend erzählt, dass er seit drei Jahren geschieden ist."

„Na prächtig! Er ist alt genug, um dein Vater zu sein!"

„Wahr", stimmte George verbindlich zu. „Sehr wahr. Und was ist jetzt mit diesem leichten Mittagessen, Doktor?"

12. KAPITEL

„Es ist so gut, wieder zu Hause zu sein", verkündete George und fiel Elliot um den Hals, ehe sie sich hochzufrieden in seinem Heim umschaute.

„Du solltest es für eine Weile noch tunlichst unterlassen, die Treppe rauf und runter zu rennen, George", riet er ihr, legte seine Arme um ihre Taille und hob sie hoch, um sie ins Schlafzimmer zu tragen. „Ich habe eine Überraschung für dich."

„Wir befinden uns nicht mehr zehntausend Meter über dem Erdboden", seufzte sie. „Wir setzen zur Landung an."

„Es ist wirklich nicht zu fassen, dass du mit diesen Fäden im Bauch immer noch so stur bist. Nein, was du für die nächsten zwei Tage brauchst, ist eine Krankenschwester, und die spiele ich. Du kannst mich nach Lust und Laune herumscheuchen."

„Du lieber Himmel", sagte sie überrascht. „Hast du denn die Zeit dafür, Elliot? Wirklich, das musst du nicht."

„So behandelst du also einen geschenkten Gaul?"

„Einen geschenkten Hengst", flüsterte sie ihm ins Ohr.

Er lachte und legte sie behutsam aufs Bett.

Grinsend fügte er hinzu: „Es heißt aber auch, dass du alles tun musst, was ich sage. Okay?"

„Das ist ja pure Heuchelei. Ich wusste es. Du willst ein diktatorischer geschenkter Hengst sein."

„Ich will nur nicht, dass du es gleich wieder übertreibst."

„Wirst du bei mir schlafen?"

„Vielleicht. Darüber unterhalten wir uns später." Er schaute auf den Kalender, der neben dem Wecker stand. Mittwoch. Er schloss für einen Moment die Augen. Am Sonntag würde er mit ihr über die wichtigen Dinge sprechen.

„Nur schlafen, Elliot. Du bist so schön groß und warm."

„Ich weiß, und du hast kuschelig vergessen", sagte er und zwang sich zu einem Lächeln. „Wie fühlst du dich?"

„Es tut noch ein kleines bisschen weh, aber es ist nicht dramatisch. Du musst wirklich nicht den ganzen Tag bei mir bleiben."

„Ich möchte es aber. Heute Nachmittag machen wir einen kurzen Spaziergang, damit dein Kreislauf langsam wieder in Gang kommt. Am Freitag jage ich dich die Treppen hinauf. Und am Montag kannst du höchstwahrscheinlich schon wieder Bäume ausreißen."

„Das ist gut. Ben nervt mich schon. Er hat mich bereits drei Mal im Krankenhaus angerufen, um sich davon zu überzeugen, dass ich innerhalb der nächsten zwei Wochen auch wirklich wieder fit bin. Braden-Tyrol will bereits den nächsten Spot drehen lassen. Du wirst es nicht glauben, aber diesmal soll er in einem Weizenfeld in Nebraska spielen. Ich nehme an, sie werden mir Zöpfe flechten und von mir verlangen, dass ich mit Rin Tin Tin durch die Felder renne."

„Vielleicht winkt dir Millie ja mit ihrer Schürze zu."

„Sie war so süß. Sie hat mir sogar ihre Adresse gegeben."

Elliot schüttelte nachsichtig den Kopf.

„Sie ... äh ... sie wollte zu unserer Hochzeit eingeladen werden", sagte George und schaute auf ihre Finger, die die Falten in der Bettdecke glatt zogen.

Elliot sagte nichts. „Wie wäre es mit einer Suppe zum Mittagessen? Ich bin hungrig."

George nickte, ohne ihn anzusehen.

Elliot ging zur Tür. „Ich habe dir ein paar Romane besorgt, damit du nicht vor Langeweile umkommst."

„Danke", sagte sie mit ausdrucksloser Stimme.

Nach dem Essen zwang Elliot sie, noch eine Schmerztablette zu nehmen, von der sie prompt einschlief. Er ging in die Küche und räumte mechanisch auf. Als das Telefon klingelte, zuckte er zusammen.

„Ja?"

„Elliot? Hier ist Dorothy Hathaway. Ich bin auf der Suche nach George. Ist sie vielleicht bei Ihnen?"

Verdammt! „Nein", schwindelte er, ohne mit der Wimper zu zucken. „Ich glaube, Sie hat heute Nachmittag einen Fototermin. Kann sie zurückrufen?"

„Das wäre nett. Ich habe eine Neuigkeit für sie. Todd und Mariana werden nächsten Monat hier in Michigan heiraten. Mariana wünscht sich George als Brautjungfer."

„Das sind ja wundervolle Neuigkeiten, Dorothy. Ich bin mir sicher, dass George sich freut. Ich sage ihr, dass sie Sie anrufen soll, vielleicht noch heute Abend. Sie kommt zum Abendessen." Das zumindest war keine glatte Lüge.

„Vielen Dank."

Sie unterhielten sich noch ein paar Minuten, dann verabschiedete sich Dorothy. Elliot starrte das Telefon einen Moment an, dann zuckte er die Schultern und ging in sein Arbeitszimmer.

„Ich kann es noch immer nicht glauben", sagte George zu Elliot, als sie am Freitagnachmittag zusammen einen Spaziergang machten. „Todd heiratet. Ich habe gestern mit Mariana telefoniert, und sie war ruhig wie immer. Ich glaube, sie ist der ausgeglichenste Mensch, der mir je begegnet ist. Ich denke, sie wird es schaffen, Todd zu zähmen."

„Eine typische Kalifornierin", bemerkte Elliot, der Mariana in Aspen ebenfalls kennen gelernt hatte.

„Hast du nicht Lust, mit mir zu der Hochzeit zu fahren?“

Elliot schaute auf seine Schuhspitzen. „Wir werden sehen“, sagte er schließlich. „Du siehst großartig aus, George, und du hältst dich sehr gerade.“

Sie lachte. „Ja, obwohl ich dauernd denke, dass meine Stiche aufplatzen, wenn ich mich gerade halte. Ich kann es gar nicht erwarten, dass die Fäden endlich rauskommen.“ Sie blieb einen Moment stehen und ließ ihre Blicke über die San Francisco Bay schweifen. Über den hellblauen Himmel zogen duftige weiße Wölkchen. Am Kai schaukelten Dutzende von Segelbooten im Wasser. „Ist es nicht herrlich? Wahrscheinlich ist es noch schöner als am Mittelmeer. Dort haben sie immerhin kein San Francisco.“

„Solange kein Nebel ist, möglicherweise.“

„Was meinst du, gehen wir Segeln, wenn es morgen schön ist?“

„Wenn du möchtest“, sagte er. „Warten wir ab, ob du morgen immer noch so unternehmungslustig bist.“

Elliot hätte Georges Unternehmungslust nicht in Frage stellen dürfen. Am nächsten Tag packten sie einen Picknickkorb und waren um zwölf an der Bay. Bei Angel Island gingen sie vor Anker und wanderten ein bisschen herum, bis Elliot das Signal zum Haltmachen gab, und dann verspeisten sie mit großem Appetit ihr Mittagessen.

„Ich weiß immer schon vorher, wann dir die Puste ausgeht“, sagte Elliot, während sie den Weg zum Dock hinunterschlenderten. „Zuerst hörst du nämlich auf zu reden.“

Sie schwieg einen Moment und kickte einen Kieselstein weg. „Findest du, dass ich zu viel rede?“ fragte sie schließlich.

„Red keinen Unsinn, George“, sagte er scharf und verwuschelte ihr das Haar. „Das war nur eine Beobachtung, keine Kritik.“

„Aber irgendetwas muss es doch an mir geben, was du nicht magst“, bohrte sie. „Irgendetwas, das du gern anders hättest.“

„Hmmm“, sagte er. „Lass mich überlegen. Ich bin mir sicher, dass es mindestens ein Dutzend Dinge gibt, aber im Moment bin ich zu satt, um nachdenken zu können. Mein kritischer Geist hat sich zur Ruhe begeben.“ Mehr hatte er eigentlich nicht sagen wollen, doch die

Worte schienen ohne seine Erlaubnis aus seinem Mund zu kommen. „Und was hättest du gern anders bei mir?"

Du weichst aus wie der Teufel, und ich weiß nie, was du eigentlich denkst. „Na ja, du bist schrecklich glatt."

Er hob eine Augenbraue. „Was heißt das denn?"

„Du bist immer so kontrolliert."

In seinen Augenwinkeln bildeten sich Lachfältchen. „Du meinst, so kontrolliert wie in Aspen, wo es einmal über mich gekommen ist und ich uns damit beide in eine ziemlich peinliche Situation gebracht habe?"

„Du hast Recht. Vielleicht sollte ich ein anderes Wort wählen. Obwohl", fügte sie nachdenklich hinzu, „meistens bist du wirklich so. Du denkst im Gegensatz zu mir in den meisten Fällen erst nach, bevor du handelst."

„Ich hatte auch schon ein paar Jährchen mehr Zeit zu lernen, wie man es anstellt, nicht ständig einen Narren aus sich zu machen. Deshalb denke ich in der Regel erst nach, bevor ich meine große Klappe aufmache."

„Dann glaubst du also, dass ich, wenn ich eines Tages dein hohes Alter erreiche, auch weise genug bin, meinen Mund zu halten?"

„Irgendwie so ähnlich", sagte er leichthin. „Schau mal, der Kormoran, George."

Du weichst aus wie der Teufel, dachte sie wieder, richtete jedoch pflichtschuldigst ihre Aufmerksamkeit auf den Vogel, der sich, auf einem Pfahl im Wasser sitzend, mit dem Schnabel seinen langen Hals putzte.

Nachdem sie wieder zu Hause waren, ließ sie sich dazu überreden, sich vor dem Abendessen noch ein bisschen hinzulegen. Sie hasste es, erschöpft zu sein. Dann hatte sie stets das Gefühl, sich irgendwie nicht unter Kontrolle zu haben. Sie erwachte erfrischt, aber sie achtete den ganzen Abend über sorgfältig darauf, nicht ihre ganze Energie zu verbrauchen. Sie sahen eine Stunde fern, George auf ihrem üblichen Platz vor der Couch auf dem Fußboden, zwischen Elliots Beinen. Um zehn bog sie den Kopf nach hinten und schaute zu ihm auf. „Du siehst sogar von unten noch gut aus“, stellte sie grinsend fest.

Er sagte nichts darauf, sondern fragte nur: „Okay, bist du bereit fürs Bett?“

Sie nickte und senkte schnell den Kopf, um zu verhindern, dass er das Glitzern in ihren Augen sah. „Kommst du auch schon mit nach oben?“ Sie musste über ihren ungezwungenen Tonfall lächeln. Er hatte sie die ganze Woche über wie ein geschlechtsloses Wesen behandelt.

„Ja“, sagte er und half ihr beim Aufstehen. „Ich denke schon.“

„Ich dusche erst noch“, erklärte sie selbstverständlich.

Elliot lag bereits im Bett und las in einer seiner medizinischen Fachzeitschriften, als sie frisch geduscht und angetan mit einem blauen Großmutterflanellnachthemd aus dem Bad kam. Sie gähnte überzeugend und schlüpfte unter die Decke.

„Ich hoffe, du hast dir heute nicht zu viel zugemutet“, sagte Elliot. „Ich hatte fast ganz vergessen, dass du erst vor fünf Tagen unterm Messer warst.“

„Ja“, gab sie zurück, „aber vergiss nicht, dass ich eine Frau bin, und Frauen sind belastbarer als Männer.“

Er brummte etwas in sich hinein und machte das Licht aus.

Sie beugte sich zum ihm hinüber, und er gab ihr seinen üblichen brüderlichen Gutenachtkuss. Sehr langsam schälte sie sich aus ihrem Nachthemd.

„Gelingt es dir nicht, es dir bequem zu machen?“

„Oh, doch, gleich werde ich es sehr bequem haben.“ Sie rutschte zu ihm rüber und schmiegte sich an ihn. Sie hörte, wie er tief Luft holte. Sie stützte sich auf den Ellbogen auf und presste ihre Brüste gegen seinen nackten Oberkörper.

„George“, begann er.

Sie schob ein Bein über seinen Bauch. „Jetzt entkommst du mir nicht mehr, Dr. Mallory“, flüsterte sie, nahm sein Gesicht zwischen ihre Hände und küsste ihn.

Er spürte, wie sich ihr glatter Schenkel an seinem Bauch rieb, und trotz all seiner guten Vorsätze konnte er nicht verhindern, dass sein Körper prompt reagierte.

„Nein“, sagte er an ihrem Mund. „Nein, George.“

Er ergriff sie an den Schultern und versuchte, sie von sich wegzuschieben, aber ihre weichen Brüste an seiner Haut hatten zur Folge, dass ihm seine Selbstkontrolle abhanden kam.

„Ich fühle mich absolut großartig, und ich habe Lust auf dich, Elliot. Bitte.“

Aber ich will mich nicht wie eine Laus fühlen!

Ihre Zunge glitt zwischen seine Lippen, und statt George von sich wegzuschieben, zog er sie an sich.

Ihre Hand schloss sich fest um ihn, und er hörte, wie sich seiner Kehle ein heiseres Stöhnen entrang. Er hasste sich selbst, als er sich ihr zuwandte und sie sanft in die Kissen drückte. „George“, versuchte er es ein letztes Mal, „ich möchte dir nicht weh tun.“

„Wenn du schon mein geschenkter Hengst bist“, flüsterte sie, „dann will ich heute Nacht auch mit dir tun, worauf ich Lust habe.“

„Verdammt“, sagte er rau. „Es ist so verflucht lange her.“ Er küsste sie leidenschaftlich, und seine Hände glitten an ihrem Körper nach unten. Sie spürte seine Fingerspitzen auf ihrer Haut und verlor sich in den Empfindungen, die seine Berührung auslösten. Nachdem er sie über sich gezogen hatte, erschauerte er, während er ein Stückchen in sie eindrang, aber er wusste es zu verhindern, dass er sie ganz und gar ausfüllte.

„Oh, bitte“, flehte sie.

Dann war er ganz in ihr, liebkoste das geheimste Versteck ihrer Lüste mit den Fingerspitzen und küsste ihre Brüste.

Und dann begannen sie sich zu bewegen. Ihr Körper bäumte sich auf, als sie den Höhepunkt erreichte, und ihre spitzen Schreie brachen die Stille. Er musste all seine Selbstkontrolle aufbieten, um sich noch länger zurückzuhalten. „Ich liebe dich“, schrie sie und schluchzte leise an seiner Schulter. Er verspürte ein schmerzhaftes Schuldgefühl, aber sein Körper ignorierte es und verströmte sich tief in ihr.

„Jesus“, stöhnte er einige Zeit später. Er zog sie langsam zu sich hoch, bis sie in voller Länge auf ihm lag. Er spürte ihr Herz klopfen und fühlte den feinen Schweißfilm, der ihren Körper bedeckte.

„Ich glaubte, ich würde sterben“, sagte sie mit brüchiger Stimme. „Es war wirklich nah daran.“

Er streichelte ihren Rücken, beruhigte sie, wobei er hoffte, dass die einfachen Bewegungen, die seine Hand ausführten, ihn ebenfalls beruhigen würden.

„Ich kann nicht mal mehr den kleinen Finger rühren“, sagte sie mit einem tiefen Seufzer.

„Dann kannst du ja heute Nacht meine Decke sein.“ Er schwieg einen Moment, und erst jetzt fiel ihm siedend heiß der Verband auf ihrem Bauch wieder ein. „Ich habe dir doch hoffentlich nicht weh getan, oder?“ fragte er erschrocken.

„Du tust mir nur weh, wenn du mich verlässt“, gab sie zurück.

„Ich bin eben nur ein Mann, George. Du weißt schon, keine Belastbarkeit.“

„Gar keine?“ neckte sie ihn und bewegte sich provozierend auf ihm.

Zu seinem Unmut spürte er, dass er schon wieder hart wurde in ihr.

„Oh, wie nett“, murmelte sie und rettete ihn aus seiner Verlegenheit, indem sie einschlief, die Wange in die Wölbung an seinem Hals geschmiegt.

Er lag noch lange Zeit wach und starrte an die dunkle Decke. „Reiß dich endlich am Riemen“, brummte er, wütend über sich selbst.

Als George aufwachte, umspielte ein weiches Lächeln ihre Augen und ihren Mund. Sie streckte die Hand nach Elliot aus, aber sie lag allein im Bett. Enttäuscht stützte sie sich auf den Ellbogen auf und schaute auf den Wecker.

„Du lieber Himmel“, sagte sie laut. Es war fast elf Uhr. Rasch sprang sie aus dem Bett und ging ins Bad. Sie summte leise vor sich hin, während sie duschte. Zu ihrer Überraschung lagen frische Sachen für sie ausgebreitet auf dem Bett bereit, als sie wieder ins Schlafzimmer kam.

„Danke“, rief sie nach unten und kicherte beim Anblick der Kniewärmer, die Elliot ausgesucht hatte. Sie waren aus weißer Wolle, bestickt mit roten Rosenknospen.

Sie fühlte sich unsagbar glücklich und summte immer noch vor sich hin, als sie die Treppe nach unten ging.

Elliot kam aus der Küche, und sie blieb einen langen Moment stehen, um ihn anzuschauen. Er trug braune Kordjeans und einen Rippenpullover. „Vergiss, was ich über deine Selbstkontrolle gesagt habe“, sagte sie, ihn anlächelnd. „Du bist genau richtig, so wie du bist.“

Er schaute sie nicht an, und sie legte in einer stummen Frage den Kopf leicht schräg.

„Komm in die Küche“, sagte er schließlich. „Ich habe dir ein paar Pfannkuchen mit Speck gemacht.“

Immer wenn George sich verunsichert fühlte, fing sie an, gedankenlos zu plappern. „Ich habe mich gewogen und festgestellt, dass ich ein Pfund abgenommen habe. Ich kann Unmengen von Pfannkuchen futtern, wenn dich das freut. Oh, und der Speck ist perfekt, richtig schön knusprig, genau so, wie ich ihn mag.“

Elliot lächelte schmerzlich, aber er unterbrach sie nicht. Er setzte sich an den Tisch, trank seinen Kaffee und schaute ihr zu, wie sie aß.

„Und dann würde ich heute gern fünf Meilen joggen, falls du nichts dagegen hast, Doktor. Wie ich gehört habe, gibt es im Museum eine neue Ausstellung, und ein Besuch im Aquarium macht immer Spaß. Vielleicht könnten wir auch ...“

Ihm stand der kalte Schweiß auf der Stirn. Er wusste, dass sie spürte, dass irgendetwas nicht stimmte. Er ertappte sich dabei, wie er sich ihre Stimme einzuprägen versuchte, die Art, wie sie sie am Ende eines Satzes hob.

„Was meinst du dazu, Elliot?“

Er schaute auf und blickte ihr forschend ins Gesicht. Er zwang sich zu einem Lächeln, und es fühlte sich an, als würde sein Gesicht zerspringen. „Hast du zu Ende gefrühstückt?"

Sie nickte und klopfte sich auf den Bauch. „Ich wünschte, du würdest mir zeigen, wie man solche leckeren Pfannkuchen macht."

„Das ist nicht schwer. Du musst nur die Gebrauchsanweisung auf der Packung lesen." Zum Teufel, er klang kalt wie ein Fisch.

Er stand auf. „George, würdest du bitte mit ins Wohnzimmer kommen?"

Er sah, dass sie ihn wachsam anschaute, und ging schnell aus der Küche. Sie folgte ihm, setzte sich auf die Sofakante und salutierte spöttisch. „Zu Befehl, Herr Hauptmann."

Er holte tief Atem. „Wir müssen miteinander reden, George."

Nervös fuhr er sich mit der Hand durchs Haar. Verdammt, dachte er, wütend über sich selbst, wütend über die Situation. „Ich kann dich nicht heiraten, George", sagte er abrupt.

Anschließend war es sehr still. George fühlte sich, als ob sie einen Schlag in den Magen bekommen hätte. Und doch war sie nicht überrascht, nicht wirklich. Sie hörte sich beklommen fragen: „Darf ich erfahren, warum?"

„Aus verschiedenen Gründen", sagte er gepresst. „Ich denke, der wichtigste Grund ist der offensichtlichste. Du bist dreiundzwanzig ..."

„Fast vierundzwanzig", unterbrach sie ihn.

„Und ich werde am Ende des Jahres siebenunddreißig sein. Das sind dreizehn Jahre Altersunterschied, George. Das ist eine Menge, zu viel. Du gehörst nicht meiner Generation an, und ich gehöre nicht zu deiner, wie man es auch dreht und wendet. Ich war schon beinahe in der High School, als du geboren wurdest. Ich hätte dein Babysitter sein können."

George versuchte, gegen die kalte Angst anzukämpfen, die seine Worte in ihr ausgelöst hatten. Sie hatte das seltsame Gefühl, als ob sich eine Gefängnistür hinter ihr schlösse. Trotzdem lächelte sie ihn an und sagte ruhig, mit einem Anflug von Humor: „Elliot, du verhältst dich, als ob ich ein unmündiges Kind wäre, als ob ich nicht wüsste, was ich will, als ob ich nicht reif genug wäre, Entscheidungen über mein Leben zu treffen. Diese dreizehn Jahre bedeuten mir nichts. Ich habe nie bemerkt, dass du gezögert hättest, mir irgendetwas zu erzählen. Ich habe immer gedacht, dass das ein sehr wichtiger Teil der Ehe wäre: zwei Menschen, die gern zusammen sind, die sich gut verstehen und die ... na ja, auch miteinander spielen können. Habe ich mich geirrt? Bist du nicht gern mit mir zusammen?"

„Natürlich bin ich gern mit dir zusammen, aber wir kennen uns erst seit sechs Monaten, George."

„Dann befürchtest du also, dass es dir mit mir langweilig werden könnte, weil ich Dinge, die du in deiner Jugend erlebt hast, nicht mit dir teilen kann? Was hat das mit uns zu tun?"

„Es sind mehr unsere unterschiedlichen Erfahrungen." Er hörte die wachsende Anspannung in seiner Stimme mitschwingen. Was hatte er eigentlich erwartet? Dass George ihre Zelte auf der Stelle abbrach und ihn ohne Diskussion verließ? „George, die meisten meiner Freunde sind in meinem Alter oder älter. Nimm David und Doris. Sie könnten deine Eltern sein, um Himmels willen."

„Ich möchte bezweifeln, dass sie das gern hören."

„Vielleicht nicht, und doch es ist annähernd die Wahrheit. Tatsachen bleiben Tatsachen, George."

„Ich versichere dir, dass ich dasselbe für dich fühlen würde, wenn ich sechsunddreißig wäre und du dreiundzwanzig."

Er konnte sich ein Lächeln nicht verkneifen, aber er schüttelte gleichzeitig den Kopf. „Vielleicht wäre es zu Königin Victorias Zeiten für einen Ehemann in Ordnung gewesen, viel älter zu sein als seine Frau. Aber heute nicht mehr, George. Wenn du fünfunddreißig bist, wirst du keinen Mann wollen, der beinahe fünfzig ist. Und fünfunddreißig, möchte ich hinzufügen, ist immer noch jünger, als ich jetzt bin."

„Dann triffst du also jetzt die Entscheidung für mich", sagte sie, ohne ihn aus den Augen zu lassen, „und ich habe gar nichts zu sagen?"

Er holte tief Atem. „Ja."

„So wenig bedeutet es dir also, dass ich dich liebe? Dass ich mein Leben mit dir verbringen will?"

Sie sah einen Muskel an seinem Kinn zucken. „George", begann er mit erzwungener Ruhe, „ich ziehe einen Vorteil aus deiner Jugend, aus deiner Unerfahrenheit. Nein, unterbrich mich nicht. Schön, ich gebe zu, dass du es warst, die sich mich ausgesucht hat, und wie du sagtest, hast du mich ausgesucht, weil ich älter bin und weil du mir zugetraut hast, dass ich dich in den Sex einführen kann. Ich wusste, was passieren würde, George. Du wusstest es nicht. Du hast dich in mich verknallt. Erste Liebe und all das."

George sprang von der Couch auf. „Verknallt? Das ist das Eingebildetste, Lächerlichste, was ich dich jemals sagen gehört habe. Verdammt, Elliot Mallory, ich bin nicht blöd. Du kannst mir getrost zutrauen, dass ich den Unterschied zwischen Verknalltheit und Liebe kenne."

Er zog es vor, ihre Worte zu überhören. „Hör mir zu", sagte er scharf. „Es ist ganz normal für eine junge Frau, dass sie sich, wenn der Sex befriedigend abläuft, in den ersten Mann, mit dem sie schläft, verknallt, sofern der Typ nicht ein absoluter Volltrottel ist. George, ich bin der einzige Mann, mit dem du je geschlafen hast. Ich dagegen habe schon mit vielen Frauen geschlafen."

Sie schnappte nach Luft, in ihren Augen brannten Tränen. Sie warf die Hände in die Luft in der stummen Bitte, dass er aufhören möge. „Dann bin ich also für dich nichts anderes als eine ganz brauchbare Matratze? Bis eine bessere kommt?"

„Jetzt bist du wirklich blöd. Aber genauso wie ich herumexperimentiert habe in deinem Alter, ist es jetzt für dich ganz normal, ebenfalls herumzuexperimentieren. Du brauchst mich nicht mehr. Es wird Zeit für dich, Männer zu entdecken, die mehr in deinem Alter sind. Und wenn du schließlich irgendwann einen Mann heiraten willst, dann wirst du es mit angemessener Erfahrung ..."

„Jetzt klingst du wie ein verfluchter Computer!"

„George, ich habe die sechs Monate mit dir genossen. Du kannst nicht glauben, dass sie mir nichts bedeutet haben. Aber ich will dich nicht noch mehr ausnutzen, als ich es ohnehin schon getan habe. Nicht genug damit, dass du noch sehr jung bist, du hast auch eine leuchtende Zukunft vor dir." Er seufzte und fuhr sich durch die Haare. „Das ist vielleicht der wichtigste Grund. Du wirst innerhalb kurzer Zeit zweifellos ein Star sein. Du hast ein neues und aufregendes Leben vor dir. Ich kann weder Teil davon sein, noch will ich dich in einer Ehe einfangen, die du wahrscheinlich nach einem Jahr schon als einengend empfindest."

„Du hast das alles schon bis zum Ende durchgedacht, stimmt's?" fragte sie langsam.

„Ja."

Sie versuchte, einen sarkastischen Tonfall anzuschlagen, aber es gelang ihr nicht. „Wie schockiert musst du gewesen sein, als ich dich fragte, ob du mich heiraten willst! Ich nehme an, dass sich eine Frau deiner Generation niemals so verhalten hätte, richtig?"

„Wahrscheinlich nicht."

„Du bist schon ein großer Junge, Doktor, und ich bin mir sicher, dass du über den Schock schnell wegkommst. Warum hast du mir nicht gesagt, dass du mich nicht heiraten willst, als ich dich vor zwei Wochen gefragt habe?"

Er konnte ihr nicht in die Augen sehen.

„Oh, mein Gott! Wie kann man nur so vernagelt sein!" Sie lachte ein raues Lachen, das ihn zusammenzucken ließ. „Du hast mich vertröstet, weil du Angst hattest, ich würde mich sonst nicht operieren lassen! Du glaubtest, ich sei so kindisch, so unverantwortlich mir selbst gegenüber, dass ich mich selbst zerstöre, nur weil du mich zurückgewiesen hast. Los, verdammt noch mal, antworte mir!"

„Ja", sagte er, „ich war besorgt wegen der Operation."

„Ich fasse es nicht, ich fasse es wirklich nicht. Für was für eine Idiotin musst du mich doch halten. Und jetzt gehe ich auch noch so weit, dich in deiner großartigen vorbereiteten Ansprache zu unterbrechen! Schön, bist du fertig damit? Darf ich jetzt auch etwas sagen, ohne dass du mich unterbrichst?"

„Ich habe deine Kommentare gehört, George."

„Aber sie erschienen dir nicht wichtig genug, um darauf einzugehen?“

„Ich bin darauf eingegangen, so gut ich konnte.“

„Du selbstgerechter Dreckskerl!“ schrie sie ihn an. „Machst du dir keine Sorgen, dass meine Naht aufplatzen könnte? Ich frage mich, warum du nicht bis morgen gewartet hast, um mir den Laufpass zu geben.“

„Hör auf, George!“ donnerte er. „Ich habe das getan, von dem ich glaubte, dass es das Beste für uns beide ist. Wenn ich mich unklug verhalten haben sollte, tut es mir Leid. Aber du musst mir glauben, George. Verliebtheit ist nicht von Dauer. Ich schwöre bei Gott, dass ich auch mit den ersten Mädchen, mit denen ich geschlafen habe, mein Leben verbringen wollte. Verknalltheit ist eine Illusion. Sie hält nicht an.“

Ihre Beine fühlten sich plötzlich an wie Pudding, und sie sank auf die Couch. „Es gibt da etwas, was ich wissen muss.“

„Ja?“

„Liebst du mich?“

Er wich ihrem Blick aus und presste die Lippen fest aufeinander. Sie wollte ihn anschreien, aber alles, was sie sagte, war: „Nein, sag es nicht. Ich schätze, ich kann die meisten Dinge hören, nur das nicht.“ Nein, dachte sie, er kann mich nicht lieben, zumindest nicht so, wie ich ihn liebe.

Und was sagst du jetzt, du Vollidiot? „Ich mag dich sehr, George“, sagte er ruhig, „aber das heißt nichts. Es wird Zeit für dich, dich an deinem Erfolg zu freuen, ohne dass ich dir wie ein Mühlstein am Hals hänge. Und vielleicht wirst du bald so weit sein, mit anderen Männern auszugehen, mit jüngeren Männern, die in deiner Branche arbeiten. Du wirst den richtigen Mann finden, George, einen Mann deiner Generation, und ich, nun, ich werde mich wohler fühlen mit Frauen, die mehr meinem Alter entsprechen.“

„Wie Eileen Raeburn?“

„Ja, wie Eileen.“

„Ich nehme an, es gibt nichts mehr zu sagen?“

Er konnte die Tränen in ihrer Stimme mitschwingen hören und den Schmerz. Ich tue das Richtige, sagte er sich wieder.

„Nein. Ich habe deine Sachen schon gepackt."

Sie brach in ein wildes Lachen aus. „Ich habe mich bereits gefragt, warum du mir Sachen zum Anziehen herausgelegt hast! Jetzt weiß ich es: Alles andere stand bereits an der Eingangstür."

„Ich bringe dich jetzt nach Hause."

„Mit dir würde ich nicht mal bis zur nächsten Straßenecke gehen", sagte sie. Sie ging schnell zur Eingangstür und warf ihm über die Schulter noch zu: „Vielen Dank für die pädagogisch wertvolle Erfahrung, die Sie mir vermittelt haben, Dr. Mallory. Ich bin mir sicher, dass Sie in allernächster Zukunft die nächste Frau finden, die Ihnen das Bett warm hält."

„George, ich fahre dich nach Hause."

„Geh zur Hölle", sagte sie sehr ruhig, hüllte sich in ihren Stolz ein und knallte die Wohnungstür hinter sich zu.

Elliot stand eine ganze Weile wie erstarrt da. Dann ging er in die Eingangshalle, griff nach ihren zwei Koffern und schleppte sie zu seinem Auto. Er fuhr langsam und hielt Ausschau nach ihr. Schließlich hielt er vor ihrem Haus, trug ihre Koffer auf die Vorderveranda, dann setzte er sich wieder ins Auto und wartete. Fünfzehn Minuten später kam sie an. Ihre Schultern waren gebeugt, und sie ließ den Kopf hängen. Er beobachtete, wie sie beim Anblick ihres Gepäcks einen Moment reglos stehen blieb, dann schloss sie die Vordertür auf. Sie beförderte die Koffer mit einem Fußtritt ins Innere, dann ging sie ebenfalls hinein und machte die Tür hinter sich zu.

Er fuhr langsam nach Hause, wobei er sich fühlte wie ein alter Mann.

13. KAPITEL

Dr. David Thornton schaute nachdenklich auf die Menschen hinunter, die sechs Stockwerke unter seinem Büro über den Klinikparkplatz gingen. Er sah, wie Dr. Margaret Smith Elliot aufhielt. Wahrscheinlich unterhalten sie sich über das Wetter, vermutete David. Etwas anderes würde Elliot nicht zulassen. Und das ging jetzt schon seit sechs Monaten so. Er schüttelte den Kopf und kehrte an seinen Schreibtisch zurück. Zehn Minuten später klopfte Maggie an seine Tür und betrat dann sein Büro.

„Wie geht's, Maggie?" Er deutete auf einen Stuhl.

„Ich überlebe, was mehr ist, als ich von einem meiner Freunde sagen kann."

„Ich habe dich gerade mit Elliot sprechen sehen", bemerkte er, einen Stift zwischen den Fingern drehend.

„Ja, kurz. Er kam vom Schwimmen. Ich fange langsam an, mich zu fragen, ob er überhaupt noch ein Freund ist."

„Das geht jetzt seit sechs Monaten so", sagte David. Er setzte sich in seinen Drehsessel, lehnte seinen Kopf gegen das weiche Lederpolster und schloss die Augen. „Du kannst dich vielleicht noch dunkel daran erinnern, dass ich ziemlich sauer auf George war, dass sie ihn einfach hat fallenlassen. Und dann hat einer der Radiologen, ein Freund von ihr, ganz nebenbei erwähnt, dass Elliot derjenige war, der Schluss gemacht hat." Er seufzte tief auf. „Ich konnte es nicht glauben."

„Du und alle anderen auch nicht. Elliot muss verrückt geworden sein."

„Nun, wenn er es damals, als er ihr den Laufpass gegeben hat, noch nicht war, dann ist er es jetzt mit Sicherheit. Er hat schrecklich abgenommen, führt sich in seiner Abteilung auf wie ein Diktator und lehnte jede Einladung von Doris und mir ab."

„Und es gibt nichts, was wir dagegen tun könnten", stöhnte Maggie. „Ich habe vor ein paar Monaten einmal mit ihm zu reden versucht. Junge, Junge, das habe ich vielleicht bereut. Nicht dass er mich angebrüllt hätte oder so, er ist einfach zu einem Eiszapfen erstarrt. Ich kam mir vor wie neben einer Eisscholle in der Antarktis."

„Nun, mich behandelt er wie einen wohlmeinenden Trottel, der es nicht besser weiß. Aber da wir gerade bei dem Thema sind, fällt mir ein, dass ich in letzter Zeit überhaupt keine neuen Werbespots mit George mehr im Fernsehen gesehen habe. Ich frage mich, was sie treibt."

Es war eine rein rhetorische Bemerkung, und Maggie zuckte nur die Schultern. „Wenn du eine gute Idee hast, sag mir Bescheid. Was meinst du, wie lange er wohl noch so weitermachen will?"

„Weiß der Himmel. Ich weiß es jedenfalls nicht. Meiner Meinung nach sollten wir uns langsam ernsthaft überlegen, was wir tun können. Was hat die Untersuchung bei Mrs. Winthrop ergeben? War auf dem Ultraschallbild etwas zu sehen?"

Sie unterhielten sich immer noch über Mrs. Winthrop, als Mary Carson, Davids Sekretärin, ihren Kopf durch den Türspalt steckte. „Ihre Frau ist hier, Dr. Thornton. Sie sagt, es ist dringend."

David sprang abrupt auf. Doris kam nie unangemeldet ins Krankenhaus, es sei denn, es hatte sich etwas Katastrophales ereignet.

„Was ist los? Ist mit den Kindern alles in Ordnung?"

„Den Kindern geht es prächtig", sagte Doris. „Und bald wird es Elliot auch wieder prächtig gehen. Hallo, Maggie, wie geht's? Kommt mal her, ihr beiden", fuhr sie ohne Pause fort. „Schaut euch das an!"

„Eine Modezeitschrift?" fragte David verdutzt.

Doris blätterte schnell die Seiten um. „Gleich", sagte sie mit einem süffisanten Lächeln.

Maggie schnappte nach Luft. „Du guter Gott!"

David kratzte sich den Kopf. „Ich glaube", sagte er langsam mit einem Funkeln in den Augen, „dass Elliot Mallorys Tag nicht so enden wird, wie er angefangen hat."

Zehn Minuten später betrat David mit der Modezeitschrift unter dem Arm Elliots Büro im dritten Stock. „Hallo, Lisa. Ist Ihr Chef beschäftigt?"

Lisa Dickerson rollte die Augen himmelwärts. „Im Moment arbeitet er an einer Vorlesung. Heute Morgen hat er schon zwei Assistenzärzte heruntergeputzt, und mich hat er angebellt, als er vom Schwimmen kam. Sind Sie sicher, dass Sie ihn sprechen wollen?"

„Absolut sicher!" Er ging auf die Verbindungstür zu Elliots Büro zu. Dort angelangt, drehte er sich noch einmal um. „Bleiben Sie noch ein paar Minuten in der Nähe, Lisa. Ich wette hundert Dollar mit Ihnen, dass Sie bei Ihrem Chef gleich eine tief greifende Veränderung mitbekommen werden."

„Ganz bestimmt, und Tom Selleck tritt in mein Leben."

„Warten Sie es ab", sagte David, klopfte an die Tür und öffnete sie.

Lisa hörte, wie Elliot aufbrauste: „Was willst du, David?"

Ich glaube, Sie verlieren Ihre hundert Dollar, Dr. Thornton, dachte sie traurig.

„Hallo, Elliot. Schöner Tag heute, findest du nicht? Kein Nebel, was für Juli ganz ungewöhnlich ist."

Elliot fuhr sich mit der Hand durchs Haar. „Was gibt's, David? Ich habe zu tun."

„Macht nichts. Du musst sowieso bald etwas kürzer treten mit deiner Arbeit."

„Hör zu, David. Ich bin beschäftigt und habe keine Zeit für deine geheimniskrämerischen Scherze."

„Ich habe dir etwas mitgebracht. Hier, sieh es dir an." David schlug das Modeheft auf und hielt es Elliot hin.

Elliot warf David einen ungeduldigen Blick zu, dann schaute er auf die farbige Doppelseite hinunter.

„Oh, mein Gott!"

„Ja", stimmte David freundlich zu. „Ich glaube, ungefähr dasselbe dachte ich vorhin auch."

Elliot starrte auf die lächelnde George hinunter, die in mindestens einem Dutzend verschiedener Posen und jedes Mal in einem anderen Aufzug abgebildet war. Sie sah wunderschön aus. Und sehr schwanger. Seine Hände zitterten. Die Fotos zeigten sie in allen Stadien ihrer Schwangerschaft.

Er schluckte gepeinigt. „Woher hast du das?“

„Doris hat es mir vor ein paar Minuten gebracht.“

„Wie ... im wievielten Monat ist sie, David?“

David studierte die Fotos. „Im sechsten etwa, schätze ich.“

Ein Ausdruck großen Schmerzes huschte über Davids Gesicht. „Ich wusste es nicht. Sie hat mir nichts davon gesagt.“

„Offensichtlich. Aber jetzt weißt du es.“

In den nächsten zwei Sekunden wurde David Zeuge einer verblüffenden Verwandlung. Elliots Augen leuchteten entschlossen auf, er straffte die Schultern, auf seinem Gesicht breitete sich ein grimmiges Lächeln aus. „Ich bin dir etwas schuldig, David“, sagte er abrupt. „Aber jetzt entschuldige mich bitte ...“

Er schnappte sich seine Anzugjacke und rannte zur Tür.

„Viel Glück“, rief David ihm nach.

„Also wirklich“, sagte Lisa, als David sich zu ihr gesellte, „ich bin heilfroh, dass ich Ihre Wette nicht angenommen habe! Was ist passiert? Er hat mir gesagt, dass er wahrscheinlich den Rest der Woche Urlaub nimmt.“

David grinste, überreichte Lisa das aufgeschlagene Modemagazin und schlenderte fröhlich pfeifend zur Tür.

„Heiliger Bimbam!“

Er grinste noch immer in sich hinein, als er sein Büro betrat.

Elliot klingelte Sturm, dann hämmerte er gegen die Eingangstür.

Er hörte Georges Stimme und spürte, wie er von einer Woge der Erregung überspült wurde. „Wer ist da?“

Was war, wenn sie sich weigerte, ihn hereinzulassen? Er knirschte mit den Zähnen. Dann würde er die verdammte Tür eintreten. „Ich bin’s, Elliot. Mach auf, George,“

Er hörte die Kette fallen, dann wurde der Riegel zurückgeschoben.

Die Tür öffnete sich langsam, und Elliot drückte sie schnell weiter auf und drängte sich durch den Türspalt.

Er starrte sie einen langen Moment an, dann breitete sich auf seinem Gesicht ein langsames Lächeln aus. „Hallo, George", sagte er. „Du siehst ... irgendwie anders aus."

Tatsächlich sah sie schrecklich aus, sofern das bei George überhaupt möglich war. Sie trug einen bodenlangen rosafarbenen Bademantel, der sich eng an ihren vorgewölbten Bauch anschmiegte. Das glanzlose Haar hatte sie sich zu einem Pferdeschwanz zusammengebunden. Sie war ungeschminkt, ihr Gesicht blass, die Augen waren verquollen. Er wünschte sich nichts sehnlicher, als sie in den Arm zu nehmen, aber er stand einfach nur wortlos da und schaute sie an. Er wusste nicht, was er erwartet hatte, doch ihr übertrieben süßer Tonfall machte ihn betroffen.

„Elliot Mallory, wie er leibt und lebt. Treten Sie ein, Doktor. Hast du mir nicht erzählt, dass Klinikärzte im Allgemeinen keine Hausbesuche machen?"

Sie wartete seine Antwort nicht ab, sondern drehte sich auf dem Absatz um und trottete leicht schwankend ins Wohnzimmer. Er streckte schnell die Hand nach ihr aus, als sie eine schwere Schlagseite nach links bekam, und zog sie zurück, als sie sich wieder aufrichtete.

„Richtig", stimmte er zu. „Ich bin gekommen, um dich zu sehen."

„Überaus freundlich, wirklich", murmelte sie und ließ sich vorsichtig in einem Sessel nieder. Gleich darauf stand sie wieder auf. „Wie unhöflich von mir. Darf ich Ihnen einen Drink anbieten, Doktor?"

„Es ist noch zu früh", sagte Elliot.

Sie warf ihm ein schwaches, spöttisches Lächeln zu und verschwand in die Küche. Er heftete sich an ihre Fersen. Die Küche war blitzblank aufgeräumt, bis auf mehrere leere Weinflaschen, die aus einer Abfalltüte, die vor der Spüle stand, ragten. Er beobachtete entsetzt, wie George den Kühlschrank öffnete und eine Weinflasche herausholte. Sie prostete ihm zu. „Bist du dir sicher, dass du mir keine Gesellschaft leisten willst?"

Er schüttelte den Kopf.

Sie goss sich ein Glas Weißwein ein. Ein Wasserglas, dachte er, und sein Stirnrunzeln vertiefte sich noch. Sie hob es an die Lippen und trank es zu einem Drittel leer.

Mit der einen Hand die Flasche umklammert haltend, in der anderen das Glas, ging sie an ihm vorbei zurück ins Wohnzimmer und setzte sich wieder in den Sessel. Zu seinem noch größeren Befremden zündete sie sich eine Zigarette an, inhalierte tief und stieß dann einen Rauchring aus.

Er entdeckte einen überquellenden Aschenbecher auf dem Tisch neben ihr.

„Nimm Platz, Doktor", sagte sie, auf die Couch deutend. „Vielleicht besitzt du die Freundlichkeit, mir zu verraten, warum du hier bist. Heute ist ein Werktag, weißt du, und eine so wichtige Person wie du hat eine Menge Verpflichtungen."

„George", sagte er leise, „warum hast du es mir nicht erzählt?"

„Ich nehme an, du hast die Fotos gesehen?"

Er nickte. „Warum hast du es mir nicht erzählt?"

George nahm einen großen Schluck von ihrem Wein. Sie ließ das Glas sinken und lächelte ihn sehr süß an. „Warum sollte ich dir von ... meinem Zustand erzählen?"

„Ich denke, das liegt auf der Hand!"

„Oh", sagte sie, als wäre sie überrascht. „Du denkst, es ist dein Kind? Ein verzeihliches Missverständnis, würde ich sagen", fuhr sie fort und nickte ihm großmütig zu. „Aber keine Sorge, Doktor, es ist nicht von dir."

„Hör auf damit, George! Du weißt, dass du es mir sofort hättest sagen müssen."

„Nur keine Aufregung", sagte sie in spöttisch tröstlichem Tonfall, „fang jetzt bloß nicht an, Schuldgefühle zu entwickeln. Keine Angst, ich habe nicht vor, dich auf Vaterschaft zu verklagen." Sie machte eine kleine Pause und runzelte nachdenklich die Stirn. „Tatsächlich ist es so, dass ich gar nicht wüsste, wen ich überhaupt verklagen sollte."

„Was zum Teufel soll das heißen? Du bist im sechsten Monat schwanger. Das bedeutet, dass die Empfängnis im Februar war."

„Nein, du irrst dich. Ich bin erst Anfang des fünften Monats. Das Baby ist nur groß, das ist alles. Und, wie ich schon sagte, du bist nicht der Vater." Sie nahm noch einen Schluck von ihrem Wein.

„Wann hast du aufgehört zu arbeiten?" fragte er schroff.

„Lass mich überlegen", sagte sie und spitzte die bleichen Lippen. „Heute ist Mittwoch. Ich glaube, mein letzter Arbeitstag war am Freitag. Ja, richtig, es war der Freitag."

Gott sei Dank, dachte er. Dann ging das mit der Trinkerei und Qualmerei erst seit weniger als einer Woche, zumindest hoffte er das.

Er starrte für einen Moment auf ihren Bauch. „Lüg mich nicht an, George. Ich weiß, dass du jedes Recht der Welt hast, auf mich böse zu sein, aber ..."

Sie unterbrach ihn mit einem schrillen Lachen. „Böse? Auf dich, Doktor? Deine Eitelkeit hebt schon wieder das Haupt. Du hattest wirklich sehr Recht damals, weißt du. In Nebraska in den Weizenfeldern lernte ich einen irrsinnig netten Mann kennen. Er drehte den Werbespot. Und er ist viel jünger als du. Noch nicht mal dreißig, also praktisch meine Generation. Wir haben uns sehr schnell angefreundet. Er war ein fast so guter Liebhaber wie du. Er könnte der Vater sein, nehme ich an."

Sie wirkte, als ob sie es wirklich für möglich hielte, dann jedoch schüttelte sie den Kopf. „Aber dann war ich in New York, mit Damien. Er ist kein besonders großer Mann, deshalb bin ich mir nicht sicher, ob das Kind von ihm ist."

Sie klopfte auf ihren Bauch. „Schätze, ich werde einfach abwarten müssen, bis es da ist, dann sehe ich ja, wem es ähnlich sieht. Himmel, ich hoffe nur, dass er oder sie nicht nach Norman Greenberg kommt! Obwohl es", fügte sie mit aufleuchtenden Augen hinzu, „ein herrliches Wochenende mit ihm in Los Angeles war."

Er glaubte ihr kein Wort, nicht eine Sekunde. Er wünschte sich gleichzeitig, sie schütteln und im Arm halten zu können. Sein Kind, es war sein Kind, und er hatte es nicht gewusst. „Wer ist dein Arzt?"

Er beobachtete, wie sie sich noch eine Zigarette anzündete.

„Du warst doch beim Arzt, oder?"

Sie blies den Rauch in seine Richtung. „Ich wüsste wirklich nicht, was dich das angeht, Doktor."

Er faltete die Hände fest im Schoß.

„Du scheinst von der irrigen Annahme auszugehen, dass ich ohne dich völlig hilflos bin", merkte sie gleichmütig an. „Vielleicht sind ja die Frauen deiner Generation aufgeschmissen ohne einen starken Mann? Wie auch immer, auf jeden Fall solltest du dir nichts vormachen, Doktor. Ich komme allein bestens klar, glaub mir."

Er schaute zu, wie sie ihre Zigarette im Aschenbecher ausdrückte und sich sofort eine neue ansteckte. Ihre Hände zitterten.

„Nein", sagte er, noch immer ihre Hände anschauend, „ich habe dich nie für hilflos gehalten. Du musst in der letzten Nacht, in der wir zusammen waren, schwanger geworden sein", fügte er ohne Pause hinzu.

„Meine Güte, du weigerst dich also immer noch, mir zuzuhören und mir zu glauben?" Sie zuckte gleichgültig die Schultern. „Ach, was soll's, das ist ja schließlich nichts Neues. Ich hätte mich daran erinnern sollen, dass nichts und niemand etwas daran ändern kann, wenn du dir einmal etwas in den Kopf gesetzt hast, vor allem kein schwärmerischer Twen. Auf jeden Fall habe ich dir nichts mehr zu sagen, Doktor. Ich entschuldige mich für die Fotos in dem Modemagazin. Ich kann mir vorstellen, dass dir bei ihrem Anblick einen Moment lang ganz komisch geworden ist. Aber du brauchst dir keine Sorgen zu machen. Und Gewissensbisse auch nicht. Macht es dir etwas aus, wenn ich dich nicht zur Tür begleite?"

Er wünschte sich nichts mehr, als sie in die Arme zu nehmen. Stattdessen nickte er und stand auf.

„Es war sehr nobel von dir vorbeizukommen", sagte sie mit einem verärgerten Unterton in der Stimme. „Überflüssig zu erwähnen, dass ich hoffe, dich nie mehr wieder sehen zu müssen. Ach, dabei fällt mir ein, das war ein hübsches Hochzeitsgeschenk, das du Mariana und Todd geschickt hast. Ich dachte zwar bei mir, dass wahrscheinlich selbst eine Riesenkröte angemessener gewesen wäre, aber was weiß ich denn schon?"

„Mach's gut, George", sagte er. Er hielt sich nicht länger auf, sondern verließ ohne Umweg das Haus. Er zog die Haustür sehr leise hinter sich ins Schloss.

George schüttete den Rest aus ihrem Weinglas hinunter. Um ihre Mundwinkel zuckte ein bitteres Lächeln. Er war gegangen. Für immer. Jetzt war es aus, ein für allemal. Schön, aber was hatte sie erwartet? Sie streckte die Hand nach der Weinflasche aus und nahm noch einen Schluck. Es machte ihr nichts aus, verdammt, sie wollte, dass es ihr nichts ausmachte.

Zwei Stunden später, um vier Uhr nachmittags, hämmerte wieder jemand gegen Georges Wohnungstür. Sie starrte mit trüben Augen in die Richtung, aus der der hässliche Lärm kam. Sie hievte sich langsam aus dem Sessel hoch und ging in Schlangenlinien zur Vordertür.

„Wer ist da?"

Es folgte eine Pause, dann ertönte eine tiefe Stimme. „Miss Hathaway? Ein Telegramm für Sie."

Ein Telegramm. Irgendjemand war krank. Sie spürte, wie die Angst ihre kalte Hand nach ihr ausstreckte, und öffnete schnell die Tür.

Vor ihr stand Elliot. Sie versuchte, ihm die Tür vor der Nase zuzuschlagen, aber sie war ungeschickt und zu langsam, und er schob sie zurück und trat ein.

„Geh raus!" kreischte sie. „Du verlogene ... Kröte!"

„Du kannst mich nennen, wie du willst, wenn du dich dabei besser fühlst. Komm, George, lass uns packen."

Sie starrte ihn an und blinzelte verdutzt. „Packen?" wiederholte sie verständnislos. „Wovon sprichst du?"

„Ich werde dich trockenlegen, Sweetheart. Gott, bist du betrunken."

„Rühr mich nicht an, Elliot Mallory!" Sie wich einen Schritt zurück und streckte die Arme aus, um ihn von sich fernzuhalten. „Das Kind ist nicht von dir, verdammt noch mal! Verschwinde!"

„Während du mich weiter verfluchst, kannst du mir von deinen

Liebhabern erzählen", sagte er ruhig. „Komm schon, lass uns deine Sachen zusammensuchen."

Zorn kochte in ihr hoch. Sechs Monate Schmerz und Einsamkeit lagen hinter ihr. Sie stürzte sich wie eine Furie auf ihn und bearbeitete ihn, heulend vor Wut, mit den Fäusten.

Elliot fing ihre Fäuste ein und zog sie an seine Brust. „Verzeih mir, Sweetheart", flüsterte an ihrer Schläfe.

Plötzlich hielt sie sehr still.

„George?"

Sie hob ihr Gesicht. „Mir kommt alles hoch", keuchte sie. Sie befreite sich aus seiner Umarmung und rannte in großen Sätzen ins Bad. Sie schaffte es in letzter Sekunde.

Sie hatte nicht die Kraft, ihn abzuschütteln. Er half ihr auf die Knie und hielt ihr den Kopf, während sie den ganzen Wein von sich gab, den sie getrunken hatte. Sie stöhnte leise in sich hinein und wünschte sich zu sterben.

„Nein", flüsterte sie, als er sie hochhob und in ihr Schlafzimmer trug. Er legte sie sanft aufs Bett und richtete sich dann wieder auf. „Lieg einfach nur still. Ich bin gleich wieder da."

Elliot kam zurück und legte ihr einen nassen Waschlappen auf die Stirn. „Nimm das", sagte er und hob ihren Oberkörper leicht an. Sie schluckte die Pillen. „Jetzt spül deinen Mund aus. Dann wirst du dich gleich besser fühlen."

Sie gurgelte mit dem Mundwasser und spuckte es dann leise stöhnend in das Glas, das er ihr hinhielt.

„Ich kann es nicht glauben", murmelte sie undeutlich.

„Ich weiß." Ihm ging es nicht anders. Der Anblick der betrunkenen George erschütterte ihn zutiefst. Und es war alles seine Schuld.

„Was machst du hier?"

„Wir fahren nach Carmel."

George versuchte sich aufzusetzen, aber sie schaffte es nicht und fiel schmachvoll wieder in die Kissen zurück. „Einen Teufel tun wir", fauchte sie und riss sich den Waschlappen von der Stirn. „Mit dir würde ich nicht mal in den Himmel fahren."

„Du hast keine andere Wahl. Sei jetzt still."

Sie begann, sich schläfrig zu fühlen. „Was waren das denn für Pillen?"

Etwas, um dich ruhig zu stellen. „Nur etwas, um deinen Magen zu beruhigen. Konzentrier dich darauf, dich wieder in den Griff zu bekommen. Alles wird gut werden, ich verspreche es dir."

„Nichts wird je wieder gut werden", sagte sie bitter. „Deine Versprechen sind den Atem nicht wert." *Aber er hat dir doch nie ein Versprechen gemacht, du Idiot. Kein einziges.*

Sie hörte ihn in ihrem Schlafzimmer auf und ab gehen. Wenn sie sich bloß nicht so elend fühlte, dann könnte sie aufstehen und ihn hinauswerfen. Verdammt!

Elliot lächelte in sich hinein, als er mehrere Paare der scheußlicheren Kniewärmer in einen Koffer legte. Aber als er ihre Unterwäsche sah, erstarb ihm das Lächeln auf den Lippen. Fort waren die seidigen, sehr sexy wirkenden Bikinihöschen, und an ihre Stelle waren weiche Baumwollschlüpfer getreten. Ihre BHs brachten ein kurzes Lächeln auf seine Lippen. Nicht nur, dass sie eine beträchtliche Größe hatten, sie waren auch noch puritanisch weiß, genau wie die Schlüpfer. Er verspürte eine überwältigende Traurigkeit über das, was er getan hatte, und er betete, es ungeschehen machen zu können. Methodisch packte er ihren Koffer und schaute alle paar Minuten zum Bett. Sie war fast eingeschlafen. So ist es viel besser, dachte er. Er konnte sich nicht vorstellen, sie schreiend und mit den Füßen um sich tretend zum Auto zu tragen. Sehr leise verließ er das Haus und verschloss ihren Koffer im Kofferraum.

Als er zurückkehrte, beugte er sich über sie, um sich davon zu überzeugen, dass sie eingeschlafen war, und hob sie dann behutsam hoch. Sie bewegte sich und murmelte mit schleppender Stimme: „Lass mich sofort runter, du Dreckskerl. Ich gehe nirgends mit dir hin."

„Es ist in Ordnung, Sweetheart", gab er sanft zurück. Er spürte das Baby strampeln und zog sie noch enger an seine Brust. Vorsichtig trug er sie nach draußen zum Auto, bettete sie auf den Beifahrersitz und deckte sie mit einem Plaid zu.

Sie schlief die ganze Fahrt über bis Carmel, mit dem Kopf auf seinem Oberschenkel. Die Sonne war schon fast untergegangen, als er das Auto auf dem Parkplatz des Brittanny Inn abstellte. Er ließ George im Auto schlafen, während er zur Rezeption ging.

George erwachte abrupt, als er sie in ihrem Zimmer aufs Bett legte. Sie schaute verwirrt zu ihm auf. „Ich ... verstehe nicht ...", begann sie und versuchte, sich aufzusetzen.

„Wir sind in Carmel im Brittanny Inn. Ich habe dir einen Orangensaft mitgebracht. Möchtest du ein Glas? Es würde helfen, deinen Magen zu beruhigen."

Angesichts seines sachlichen Tonfalls zog sie ein finsteres Gesicht, aber den Saft nahm sie gern und trank ihn gierig. Sie lehnte sich gegen die Kissen und beobachtete schweigend, wie er die Koffer auspackte. Sie wünschte sich, sich nicht so verflucht müde zu fühlen, so verflucht hilflos.

„Möchtest du ein Bad nehmen?" fragte er sie, nachdem er ihre Kleider weggeräumt hatte. „Ich habe Shampoo, deinen Föhn und alles andere, was du brauchst, mitgebracht."

Sie sagte nichts, aber ihre Miene verfinsterte sich noch mehr.

„Wenn du gebadet hast, lassen wir uns Essen aufs Zimmer kommen", fuhr er ruhig fort. „Keinen Wein."

„Schuft", murmelte sie.

Er grinste sie nur an. „Na meinetwegen", sagte sie schließlich, als ihr einfiel, dass sie ihre Haare schon seit vier Tagen nicht mehr gewaschen hatte.

„Gut", sagte er munter. „Ich lasse das Badewasser für dich ein. Bleib noch eine Minute liegen."

„Soll ich dir in die Wanne helfen?" erkundigte er sich etwas später.

Er streckte die Hand nach dem Gürtel ihres Bademantels aus, aber sie schlug sie beiseite. „Ich brauche deine Hilfe nicht, Dr. Mallory", fuhr sie ihn an. „Ich brauche gar nichts von dir."

Er liebkoste mit Blicken ihren Bauch. „Sieht aus, als hättest du schon etwas von mir bekommen."

Sie starrte ihn finster an.

„Entspann dich ein bisschen. Hinterher wirst du dich gleich besser fühlen."

Sie schnappte sich eine Zahnpastatube und warf sie nach ihm, aber er duckte sich und verließ das Bad.

14. KAPITEL

Im Fernsehen lief eine Wiederholung von *Star Trek*. Elliot ließ den Fernseher an. Er wollte, dass George etwas aß, und befürchtete, dass sie es ohne Ablenkung nicht tun würde.

Das Föhngeräusch aus dem Bad wurde von einem Klopfen an der Tür überlagert. Ein Kellner mit einem fröhlichen Gesicht schob einen Servierwagen mit Essen ins Zimmer. Elliot sprach ein paar freundliche Worte mit ihm, drückte ihm ein Trinkgeld in die Hand und schloss dann die Tür hinter ihm.

„George", rief er. „Das Essen ist da. Spaghetti mit Venusmuschelsoße und riesige Mengen Knoblauchbrot."

Die Badezimmertür öffnete sich, und George erschien auf der Schwelle. Jetzt sah sie schon viel besser aus. Ihre Haare waren fast trocken und umrahmten weich und seidig ihr Gesicht. Sie trug ein frisches Nachthemd und einen Bademantel. Zögernd blieb sie stehen.

Er lächelte, zog einen Stuhl unter einem kleinen Tisch hervor und sagte in neutralem Tonfall: „Wenn du möchtest, kannst du während des Essens Captain Kirk anschauen."

Sie sagte nichts und setzte sich.

„Ich habe noch ein bisschen mehr Orangensaft für dich bestellt."

„Danke."

Elliot war dankbar für Kirk und Spock. Am Ende des Films hatte George nahezu alle ihre Spaghetti verputzt und den ganzen Orangensaft getrunken.

Elliot erhob sich, stellte die Teller auf den Servierwagen und schob ihn aus dem Zimmer. „Ich dusche jetzt", sagte er, als er wieder hereinkam.

Sie schrak zusammen und schaute ihn aus großen Augen an. Er beobachtete, wie ihre Zungenspitze über ihre Unterlippe glitt.

„Was ist los?" fragte er sanft.

Er sah, wie ihr Blick zum Bett irrte, und verstand.

„Wo wirst du schlafen?" platzte sie heraus.

„George", sagte er sehr ruhig, „wir werden zusammen in diesem Bett schlafen. Ich habe nicht vor, dich zu vergewaltigen. Möchtest du jetzt schlafen?"

Sie nickte, umklammerte die Armlehnen des Stuhls und stemmte sich hoch. Er hätte am liebsten über ihre Ungeschicklichkeit gelächelt. Ihre Bewegungen wirkten noch immer, als versuche sie, ein neues Gleichgewichtszentrum zu finden.

Als sie schließlich wieder stand, schaute sie ihn an und holte tief Atem. „Ich möchte morgen wieder nach Hause. Ich will nicht mit dir hier bleiben."

Er schaute sie nachdenklich an und suchte nach den richtigen Worten.

„Verdammt! Ich will dein Mitleid nicht!"

Er blinzelte sie verdutzt an. „Mitleid", wiederholte er.

„Ich habe dir gesagt, dass das Kind nicht von dir ist, Elliot. Ich weiß nicht, was für ein Spiel du spielst, aber ich spiele nicht mit."

„Setz dich", sagte er.

„Gib mir keine Befehle, du kaltblütiger Schuft!"

„Setz dich, George." Er ging auf sie zu, und sie ließ sich wieder auf den Stuhl fallen. Er blieb vor dem Stuhl gegenüber stehen und umklammerte dessen Lehne, bis seine Knöchel weiß wurden. „Jetzt hörst du mir mal eine Minute zu", sagte er ruhig. „Ich will diese Lügen wegen des Babys nicht mehr hören. Und dann erzählst du mir, warum du mich nicht auf der Stelle angerufen hast, nachdem du erfahren hast, dass du schwanger bist."

„Warum?" fragte sie in kaltem Ton. „Damit du mir anbieten kannst, die Abtreibung zu bezahlen? Damit du mich beschuldigen kannst, schwanger geworden zu sein, nur um dich in die Falle zu locken?"

„Glaubst du allen Ernstes, dass ich dir eine Abtreibung vorgeschlagen hätte?" fragte er ruhig.

Sie zuckte die Schultern. „Es ist einerlei, wirklich. Als ich feststellte, dass ich schwanger war, war es sowieso schon zu spät dafür. Und ich habe mir weiß Gott gewünscht, es wäre anders gewesen."

Im Ringen um Selbstkontrolle schloss er für einen Moment die Augen. Er verstand ihren Zorn und ihr Misstrauen und suchte nach den richtigen Worten, um ihr das zu sagen.

„Was ist los, Doktor? Macht dir der Gedanke, Vater zu werden, so viel Angst? Das ist nicht nötig. Das Kind gehört mir, mir allein. Ich bin bereit zu schwören, dass ich mit jedem Mann in San Francisco geschlafen habe, wenn du versuchst, deine Vaterschaftsrechte einzuklagen!"

Er überhörte ihre Worte und schaute ihr unverwandt ins Gesicht. „Glaubst du wirklich, George – nein, schau nicht weg –, glaubst du wirklich, dass ich so etwas tun würde, ganz zu schweigen davon, dass ich dir eine Abtreibung vorgeschlagen hätte? Oder dass ich dir unterstellt hätte, absichtlich schwanger geworden zu sein?"

Sie schob sich das Haar aus der Stirn und zuckte die Schultern. „Warum nicht? Ich habe mir eingebildet, dich zu kennen, aber offensichtlich habe ich mich geirrt. Mir wurde erst im Nachhinein klar, wie aalglatt du bist, Doktor. Und ich war ein naives Dummchen. Aber auch Dummchen lernen dazu. Und wenn du mich jetzt entschuldigen würdest, ich bin müde."

„Du wusstest, dass es wahrscheinlich ist, dass mir dieses Modemagazin irgendwie in die Hände fallen würde. Glaubtest du, ich würde so tun, als wäre nichts geschehen?"

„Nein, ich hielt es für wahrscheinlich, dass du mich anrufst. Offen gestanden habe ich mich sogar darauf gefreut, weil ich wusste, dass du dich dann zumindest schuldig fühlen würdest. Ich nehme an, dass Männer deines Alters das in solchen Fällen tun, auch wenn ich nur ein schwärmerisches Model bin. Aber du kamst zu mir nach

Hause, so schrecklich beherrscht und entschlossen. Es macht keinen Unterschied, Elliot. Überhaupt keinen."

„Wir werden sehen", sagte er.

Er sah, wie sie die Hände zu Fäusten ballte, dann öffnete sie sie wieder. „Es gibt nichts mehr zu sehen", sagte sie und stand auf. Er sagte nichts mehr. Nachdem sie im Bett war, machte er das Licht aus und ging ins Bad. Er duschte schnell, besorgt, dass sie versuchen könnte, sich davonzuschleichen.

Sie rührte sich nicht, als er neben ihr ins Bett schlüpfte. Er starrte für einen Moment in die Dunkelheit, dann stand er wieder auf. Er drehte den Thermostaten runter und stieg dann mit einem Lächeln auf den Lippen wieder ins Bett.

Als er im Morgengrauen erwachte, blieb er ganz still liegen. George hatte sich von hinten an ihn geschmiegt, ein Arm lag auf seiner Brust. Ihr veränderter Körper fühlte sich gut an, und er wollte nicht mehr, als sich zu ihr herumzurollen und ihren Bauch zu streicheln, um das Kind in ihr zu spüren. Sehr vorsichtig drehte er sich auf die andere Seite und schaute sie an. Er zog sie in seine Arme und schlief mit einem gelegentlichen federleichten Fußtritt des Kindes gegen seinen Bauch wieder ein.

George erwachte langsam aus einem angenehmen Traum und spürte, dass es warm wie in der Sauna war. Als ihr aufging, dass sie sich, das Gesicht eng an seiner Brust, an Elliot angekuschelt hatte, versteifte sie sich. Ihr Nachthemd war ein bisschen hochgerutscht, und seine nackten Beine pressten sich an die ihren. Sie versuchte, ohne ihn zu wecken, von ihm wegzurutschen, was allerdings nur zur Folge hatte, dass sich sein Arm noch fester um sie legte. Er murmelte weich, ob im Schlaf oder nicht, wusste sie nicht zu sagen: „Schlaf weiter. Der Wecker hat noch nicht geklingelt."

So lange ist das her, dachte sie, so lange. Ihr Stolz und ihr Zorn hatten eine ganze Weile gegen ihre Traurigkeit angekämpft, aber dann hatten sie aufgegeben, und sie hatte sich gefühlt wie ein zertretenes Herbstblatt. Hatte sie wirklich erwartet, dass er sie anrufen würde, wenn er das Magazin sah? Nein, gestand sie sich schließlich ein. Sie hatte gewusst, dass er kommen würde, sie hatte sich gewünscht, dass er kam. Was würde er jetzt tun? Noch wichtiger, was würde sie tun? Sie spürte Tränen in ihren Augen aufsteigen und drängte sie zurück.

„Guten Morgen."

Der Klang seiner Stimme ließ sie erstarren.

„Wie spät ist es?" platzte sie heraus und lag ganz still.

„Fast neun und Zeit fürs Frühstück. Hast du gut geschlafen?"

Elliot erlaubte ihr, von ihm wegzurutschen. „Ja, ich glaube schon, nur wurde es irgendwann plötzlich so kalt."

„Stimmt. Ich habe es auch bemerkt."

„Ich muss ins Bad", sagte George nach einem Moment des Schweigens.

„Fühlst du dich gut?" fragte er, als sie über ihn kletterte.

„Was denn sonst?" gab sie scharf zurück. „Schließlich bin ich nicht krank."

„Ich hoffe, du bleibst weiterhin so gesund." Er schwieg einen Moment und schaute auf ihren Bauch. „Du siehst wunderschön aus, George."

Sie starrte ihn an, wobei ihr zum Bewusstsein kam, dass ihr Haar vom Schlaf zerzaust war und sie von Kopf bis Fuß in einem blauen Großmutternachthemd steckte. „Ganz bestimmt", sagte sie und verzog die Lippen, „und ein Schwan hat einen kurzen Hals."

Sein Lachen verfolgte sie bis ins Badezimmer.

„Bist du fertig?" fragte Elliot.

George nickte. Sie trug einen grauen Wollhänger mit einer blass rosa Seidenbluse und flache Schuhe, das Haar hatte sie sich mit einer goldenen Spange im Nacken zusammengesteckt.

„Würdest du mir glauben, wenn ich dir sage, dass du heute Morgen sehr hübsch aussiehst?"

„Du stehst wohl auf graue Zelte, was?"

Er legte ihr sanft die Hände auf die Schultern und drehte sie zum Spiegel um. „Warum schaust du nicht selbst?"

Anstatt sich anzuschauen, starrte George Elliot im Spiegel an.

„Was ist?" fragte er. „Traust du mir nicht?" Er beugte den Kopf und küsste ihren Nacken. Sie entzog sich ihm.

„Nun, zumindest habe ich ein bisschen Farbe in deine Wangen gebracht." Er grinste sie an, dann drehte er sich um und ging zur Tür. „Madam", sagte er und bot ihr seinen Arm.

Sie versuchte, sich an ihm vorbeizudrücken, aber ihr Bauch streifte ihn.

„Ah, noch mehr Farbe", sagte er weich.

„Hör auf damit, Elliot", fuhr sie ihn an. „Ich habe dir gesagt, dass ich nicht mitspiele – was für ein Spiel auch immer es ist."

„Du hast Recht", sagte er locker, während er sie die Treppe nach unten in den Frühstücksraum führte. „Keine Spielchen, nur Frühstück."

Im Restaurant wurden sie von dem Besitzer des Brittanny Inn, Pietro Cippolo, einem rundlichen Mann mit beginnender Glatze begrüßt, den Elliot seit Jahren kannte.

„Ah, Dottore Mallory! Ich sah Ihren Namen in dem Register!" Er schüttelte Elliot die Hand und wandte sich dann mit einem breiten Lächeln auf dem Gesicht George zu. „Wie man sieht, sind Sie und die wunderschöne *signorina* Mann und Ehefrau geworden!"

„Ehemann und Ehefrau", korrigierte George eisig und wurde knallrot, als ihr bewusst wurde, was sie da eben gesagt hatte.

Signor Cippolo strahlte sie nur noch mehr an. „Ein *bambino* ist unterwegs! Der *dottore* hat keine Zeit verschwendet. Sie werden Ihre schöne schwangere Frau doch vor der gierigen Meute da draußen beschützen, *vero*?"

George ertappte sich dabei, dass sie ihre Ringhand in den Falten ihres Umstandsrocks verbarg. Warum, fauchte sie innerlich, sagte sie diesem grinsenden kleinen Chauvinisten nicht einfach, dass sie und der *dottore* gar nicht verheiratet waren?

„Bitte, folgen Sie mir", sagte Signore Cippolo mit einer kleinen Verbeugung zu George. „Sie bekommen jetzt ein exzellentes Frühstück. Sie und Ihr *bambino*."

„Ja, George", sagte Elliot, „Lass uns den Großen füttern."

Sie drehte sich zu ihm herum und suchte nach einer bissigen Bemerkung, aber als sie ihn anschaute, fiel ihr nicht eine einzige ein. Er lächelte sie an, und in seinen Augen lag so viel Zärtlichkeit, dass sie unbehaglich den Blick abwandte. Sie warf den Kopf in den Nacken und segelte gefährlich nah an einem Tisch vorbei hinter Signor Cippolo her.

Signor Cippolo riss einen Stuhl unter einem Tisch hervor und verbeugte sich. „*Signora*", sagte er mit dröhnender Stimme, und seinen Worten entnahm sie, dass er sie erkannt hatte, „haben Sie vor, jetzt zu Hause zu bleiben und noch mehr Babys mit Ihrem Mann zu machen? Kein Fernsehen mehr?"

Elliot sagte schnell: „Sie würde mir wahrscheinlich die Augen auskratzen, wenn ich versuchen würde, George von der Öffentlichkeit fernzuhalten, Pietro. Sie ist eine moderne Frau, wissen Sie. Sie kann sich um ihren Ehemann und ihre Kinder kümmern, und trotzdem wird die Welt nicht darauf verzichten müssen, sie auf dem Bildschirm zu sehen."

„Oh, nein", sagte Pietro theatralisch und stach sich den Finger in die Brust. „Ich wäre viel zu eifersüchtig, um sie in die Welt hinauszulassen. Aber Sie haben Recht. Die Welt hat sich verändert, und die Frauen auch. Hier kommt Maria. Sie nimmt Ihre Bestellung auf. Und Sie werden ein Glas gesunde Milch trinken, Signora George", fügte er mit seinem strahlenden Lächeln hinzu. „Ich will, dass Ihr *bambino* genauso groß und stark wird wie sein Vater."

„Ich hoffe auf eine *bambina*", sagte George.

„Ich würde mich über eine *bambina* auch sehr freuen", sagte Elliot, nachdem Pietro sich verabschiedet hatte. Er fühlte sich absurderweise ganz beschwingt, weil George Pietros selbstverständliche Annahme, dass sie verheiratet wären, nicht richtig gestellt hatte.

„Ich hätte gern ein bisschen Französischen Toast, Maria", sagte George zu der wartenden Kellnerin. „Und gebratenen Speck."

„Sorgen Sie dafür, dass er sehr knusprig ist, Maria", sagte Elliot.

George schaute sich in dem kleinen Speisezimmer mit seinen urigen amerikanischen Möbeln, die eine behagliche Atmosphäre ausstrahlten, um, während Elliot seine Bestellung aufgab. Warum ein Mann, der so italienisch war wie Mr. Cippolo beschlossen hatte, sein Restaurant mit alten amerikanischen Möbeln einzurichten, wollte ihr nicht recht in den Kopf.

„Kaffee, George?"

Nachdem sie genickt hatte, goss er ihr aus der silbernen Kanne Kaffee ein.

„Heute ist ein wunderschöner Tag", sagte er.

„Ja."

„Warum hast du ihm nicht gesagt, dass wir nicht verheiratet sind?"

Sie wurde sehr still. „Es gab keinen Grund, den armen Mann in Verlegenheit zu bringen", antwortete sie schließlich.

„Danke, dass du ihm und mir eine solche Peinlichkeit erspart hast", sagte er trocken. „Wünschst du dir wirklich eine *bambina*, George?"

„Da du ein Mann bist, nehme ich an, dass es deiner Eitelkeit mehr schmeicheln würde, Vater eines Sohns zu sein." Sie nahm sich zusammen und fügte schnell hinzu: „Ich will einfach nur ein gesundes Baby."

„Gut, ich auch. Ob Junge oder Mädchen, unser Kind wird auf jeden Fall eine Sportskanone werden." Sie versteifte sich und presste die Lippen zusammen, was ihn veranlasste, eilig nach einem neutralen Gesprächsthema zu suchen.

„Was hast du mit Braden-Tyrol vor? Ich habe mich schon gefragt, was jetzt mit deinem Dreijahresvertrag passiert?" Als sie nicht gleich antwortete, fuhr Elliot im Plauderton fort: „Ich hoffe, dass dir meine Fragerei nichts ausmacht. Es ist die reine Neugier."

Sie lächelte leicht, als sie sich daran erinnerte, wie schockiert Ben gewesen war, als sie ihm von dem Baby erzählt hatte. „Sie waren anfangs nicht sonderlich begeistert von meiner Schwangerschaft", gab sie zu. „Ich wusste gar nicht, dass ich schwanger war, bis ich im April zu Drehaufnahmen auf dem Mount Rushmore war."

„Mount Rushmore?" fragte er. Er hob fragend eine Augenbraue, obwohl er den Spot im Fernsehen gesehen hatte. Er wollte, dass sie weiter sprach.

„Der Spot sollte zeigen, dass kein Mann, nicht mal ein in Stein gehauener, einer Frau widerstehen kann, die das Parfüm und das Make-up von Braden-Tyrol trägt. Komischerweise war es mein Maskenbildner, der mich fragte, ob ich schwanger wäre." Sie machte eine Pause. „Ich war sprachlos, wie du dir sicher vorstellen kannst. Als Ben den Zuständigen bei Braden-Tyrol von meiner Schwangerschaft erzählte, wollten sie mich erst feuern. Aber ich hatte Glück. Sie hatten eine Menge gutes Feedback durch mich und beschlossen am Ende, mich zu behalten. In meinem Vertrag steht, dass ich mich verpflichte, im November den nächsten Werbespot für sie zu drehen. Danach muss ich nicht mehr als eine Woche im Monat unterwegs sein."

„Das Baby kommt im Oktober", sagte Elliot. „Das ist nicht viel Zeit für dich, um wieder auf die Beine zu kommen."

„Sie machen sich mehr Sorgen, dass ich meine Figur zurückbekomme, als dass ich auf die Beine komme", erwiderte George. „Aber ich werde es schon schaffen."

„Wie viel hast du bis jetzt zugenommen?"

„Ungefähr neun Pfund. Bei fünfzehn habe ich vor, die Notbremse zu ziehen, mehr darf ich auf keinen Fall zunehmen, sonst sehe ich im November im Fernsehen wie ein Luftschiff aus."

Bis jetzt war ihm nicht aufgefallen, dass ihr Gesicht schmaler geworden war, wodurch ihre hohen Wangenknochen noch mehr betont wurden. Sie wirkte zerbrechlich, und er musste seine ganze Willenskraft aufbringen, um ihr nicht zu widersprechen.

„Wie hast du es geschafft, schwanger in diese Modezeitschrift zu kommen?"

Sie lächelte, sagte jedoch nichts, bis Maria ihren Toast vor sie hinstellte. „Clyde, mein Fotograf, war ganz begeistert über das Baby und beharrte darauf, jede Woche von mir eine Fotoserie zu machen. Und als Ben die Fotos sah, hatte er eine Idee. Braden-Tyrol besitzt unter anderem eine Boutiquenkette. Sie erklärten sich einverstanden, dass ich ihre Umstandskollektion vorführte. Sie sind dabei ziemlich gut weggekommen, nehme ich an. Seitdem führe ich ihre Kleider umsonst vor."

Sie verfielen für einige Minuten in Schweigen und verzehrten ihr Frühstück. Elliot dachte an die unglücklichen Monate, die hinter ihm lagen. Während all dieser Zeit hätte er ihre Schwangerschaft miterleben und jeden Tag mit George zusammensein können. Er stürzte seinen Kaffee hinunter.

„War dir oft schlecht?" erkundigte er sich.

„Sehr selten, und wenn, dann war es meiner Meinung nach psychologisch bedingt. Ich habe mich nicht ein einziges Mal übergeben, bis ich sicher wusste, dass ich schwanger bin."

„Hast du einen Arzt, George?"

„Ja, Doktor, ich habe einen. Offensichtlich", fuhr sie fort, „gehört sie nicht zu deinen Kumpeln."

Er lehnte sich in seinem Stuhl zurück und verschränkte die Arme über der Brust. „Wissen es deine Eltern?"

Er sah den gepeinigten Ausdruck, der über ihr Gesicht huschte. „Ich musste es ihnen erzählen. Todd und Mariana leben in Mill Valley, und ich konnte ihnen schließlich nicht einfach sagen, dass sie mich bis Oktober vergessen sollen. Und Todd konnte natürlich seinen Mund nicht halten, aber irgendwann hätte ich es ihnen ohnehin sagen müssen. Sie ... machen sich Sorgen."

Elliot spielte einen Moment mit seiner Gabel herum. „Vermutlich sollte ich überrascht sein, dass Todd oder Mariana oder deine Eltern nicht plötzlich mit einer Schrotflinte vor meiner Tür standen."

„Ich habe ihnen nicht erzählt, dass du der Vater bist."

„Ich verstehe", sagte er. „Hast du Norman Greenberg die Schuld in die Schuhe geschoben?"

Sie errötete und senkte den Kopf. „Nein! Ich habe ihnen erzählt, dass wir Schluss gemacht hätten und dass ich mich in Lake Tahoe mit einem Wochenendflirt getröstet hätte."

„Ich verstehe", sagte er wieder. „Und was hast du jetzt vor, George?"

„Ich denke, das habe ich bereits gesagt, Doktor. Ich fange im November wieder an zu arbeiten. Ich habe bereits meine Fühler nach einer Kinderfrau ausgestreckt. Wenn alles erst mal richtig eingespielt ist, wird es bestimmt gar nicht so schlecht. Und wie schon gesagt, habe ich nicht vor, mehr als einmal im Monat zu verreisen."

„Bist du mit dem Frühstück fertig?" fragte er abrupt.

Sie nickte.

„Gut." Er stand auf und lächelte. „Es ist herrliches Wetter, George. Lass uns einen Spaziergang zum Strand machen. Ich möchte dir von meinen Plänen erzählen."

„Deine Pläne haben mit mir nichts zu tun!"

„Lass uns einfach nur einen Spaziergang machen."

„Und dann fahren wir zurück nach San Francisco?"

„Wenn du es möchtest", schwindelte er, ohne mit der Wimper zu zucken.

15. KAPITEL

Bis zum Strand waren es nur zehn Minuten. George atmete die klare Meeresluft ein und fing an, sich zu entspannen.

„Interessiert es dich, was ich die letzten sechs Monate getrieben habe?" erkundigte sich Elliot und ging ein bisschen langsamer, damit sie nicht so schnell müde wurde.

„Ich nehme an, du wirst es mir ohnehin gleich erzählen."

„Stimmt. Zuerst einmal hast du Glück, dass ich noch am Leben bin."

Er sah ihre Augen alarmiert aufleuchten, bevor sie schnell den Blick senkte. „Was soll das heißen?" fragte sie vorsichtig, auf ihre Schuhe schauend.

„Es heißt, dass ich so ein gemeiner Dreckskerl geworden bin, dass meine Kollegen wahrscheinlich demjenigen, der einen bezahlten Killer auf mich angesetzt hätte, eine Medaille verliehen hätten. Es war ... hart, George."

„Sicher“, sagte sie. „Ich wette, du hattest eine schlimme Zeit. Hat Eileen Raeburn auch versucht, dich aus deinem irdischen Jammertal zu erlösen?“

„Eileen“, wiederholte er und musste erst einen Moment überlegen, wer das eigentlich war. „Nein“, sagte er dann langsam, „sie hatte keinen Grund, sich zu beklagen. Eine Frau, die so schön ist wie sie, kann sich kaum jemals beklagen.“

Elliot sah, wie sie die Lippen aufeinander presste, und war erfreut. Sie hatten das Ende des Pfades erreicht, und er griff nach ihrem Ellbogen. „Lass uns am Wasser im Sand weitergehen. Willst du dir vielleicht die Schuhe auszuziehen?“

Sie nickte, beugte sich ungeschickt nach unten und schlüpfte aus ihren Schuhen.

„Was ist mit deiner Strumpfhose?“

Sie warf ihm einen Blick voller unverhüllter Abneigung zu und schüttelte den Kopf. „Sie ist alt. Es ist egal.“

„Ich weiß nicht, wie deine rosa getigerten Kniewärmer zu diesem Hänger aussehen. Ich habe dir nur diese eine Strumpfhose eingepackt.“

„Es ist egal“, wiederholte sie. „Wir fahren ohnehin heute nach San Francisco zurück.“

„Richtig.“

Die Flut kam, und bei jedem Schritt spülte das kalte Wasser über ihre Füße. Zwischen ihnen herrschte ein drückendes Schweigen.

„Ich wünschte, ich hätte ein bisschen Toast für die Möwen mitgebracht“, sagte George schließlich.

Elliot bückte sich, hob einen knorrigen Stock auf und schleuderte ihn ins Wasser. Ihr Blick wurde von dem Spiel seiner Schultermuskeln angezogen. Er sieht so verflucht gut aus, dachte sie.

„Du hast abgenommen“, sagte sie unvermittelt und hasste sich selbst für die Besorgnis, die sie in ihrer Stimme mitschwingen hörte.

„Ja“, gab er zurück. „Fast zehn Pfund.“

„Das wäre nicht nötig gewesen.“

Er zuckte die Schultern. „Es gab so wenig zu tun, außer mich selbst zu erschöpfen." Er grinste sie an. „Jetzt wirst du mich beim Schwimmen überhaupt nie mehr schlagen, George."

„Ist doch egal", sagte sie.

Er schaute sie mit einer hochgezogenen schwarzen Augenbraue an. „Ist das dein Refrain? Dein griechischer Chor? Wir werden uns noch eine zusätzliche Textzeile ausdenken müssen."

Sie blieb stehen und schaute ihn an. „Hör zu, Elliot", sagte sie. „Ich weiß nicht, warum du mich hier hergeschleppt hast. Ich verstehe es nicht. Aber glaub mir, ich will einfach nur nach Hause."

„Zurück zu deinem Alkohol und deinen Zigaretten?"

„Das war nur eine zeitweilige ... Verirrung. Ich will nie wieder betrunken sein, solange ich lebe."

„Gut. Das freut mich. Du willst wissen, warum ich dich hierher gebracht habe? Ich bin bereit, es dir zu erzählen, wenn du bereit bist, mir zuzuhören."

Sie spitzte spöttisch die Lippen. „Na prima. Es scheint ja wohl so zu sein, als ob ich keine andere Wahl hätte." Es klang gehässig, aber sie war machtlos dagegen.

„Jetzt willst du das Baby also?" Seine Stimme gab nichts von seinen Gefühlen preis.

„Sei kein Idiot", beschied sie ihn kalt.

„Das habe ich mir gleich gedacht. Das ganze Gerede von Abtreibung war also nur dazu da, mich zu ... provozieren?"

„Es scheint schwer zu sein, wenn nicht gar unmöglich, dich zu provozieren."

„Gut, du hast es trotzdem getan", sagte er sanft. „Oh, ja, du hast mich regelrecht auf die Palme gebracht, George." Er deutete auf einen der Felsen am Ende der Bucht. „Komm, setzen wir uns für einen Moment."

Sie war müde. Müde von einem dummen Zehnminutenspaziergang am Strand. Sie setzte sich auf den Stein, stellte ihre Schuhe neben sich und faltete die Hände in ihrem Schoß. „Sprich, Doktor", sagte sie.

Er stand vor ihr, seine Hände hatte er in die Taschen seiner Kordjeans geschoben. „Ich schätze, das Erste, was ich sagen sollte, ist, dass ich ein Vollidiot war. Ein Armleuchter. Ich war felsenfest davon überzeugt, dass ich dich davor bewahre, eine Riesendummheit zu machen."

„Und meine Schwangerschaft hat alles verändert? Elliot, ich bitte dich, ein bisschen mehr Intelligenz könntest du mir schon zutrauen."

„Ich habe dich immer für intelligent gehalten", sagte er und grinste sie an. „Du hast mich vor mir selbst und meiner altmodischen Selbstlosigkeit gerettet."

„Ha! Ich habe gar nichts getan, Elliot", sagte sie entschieden. *Mit der Ausnahme, dich zu lieben und dich zu fragen, ob du mich heiraten möchtest.*

„Doch, das hast du. Ich habe mich auf den ersten Blick in dich verliebt. Ich wollte mit dir Liebe machen. Und nachdem wir es getan hatten, entdeckte ich schnell, dass ich mehr von dir wollte, viel mehr. Der Altersunterschied zwischen uns hat mich nicht wirklich beunruhigt, bis mir klar wurde, dass ich dich liebe."

George sprang auf. „Lügner!" kreischte sie und warf einen Schuh nach ihm. „So ist das also, Elliot! Jetzt, wo ich schwanger bin, bist du bereit, mich zu heiraten. Lass mich dich etwas fragen, Dr. Mallory. Willst du allen Ernstes behaupten, dass du bereit gewesen wärst, mich je wiederzusehen, wenn ich nicht schwanger gewesen wäre?"

„George, ich gebe zu, ein Vollidiot und ein Armleuchter zu sein, aber ein Lügner bin ich nicht; der Einzige, den ich je belogen habe, bin ich selbst. Gott weiß, dass die Gründe, weswegen ich mich von dir getrennt habe, sich nicht plötzlich in Luft aufgelöst haben. Der Altersunterschied und deine Karriere." Er fuhr sich mit den Fingern durchs Haar. „Verdammt, George, ich weiß es nicht. Ich weiß es wirklich nicht."

„Noch ein Charaktermerkmal deiner Generation, Elliot? Wenn man eine Frau schwängert, fühlt man sich als Ehrenmann auch verpflichtet, sie zu heiraten? Das ist wirklich großartig – sein Leben mit jemandem aus einer Verpflichtung heraus zu verbringen!"

„Ich habe dem Baby gegenüber eine Verantwortung“, sagte er ruhig. „Aber das ist nicht alles, und das weißt du auch, George. Würde ich dich nicht lieben, wäre es eine Verpflichtung, nehme ich an. Aber ich liebe dich.“

„Ich weigere mich, dir noch länger zuzuhören!“ Sie warf den zweiten Schuh auch noch nach ihm, sammelte dann beide wieder ein und rannte den Strand hinunter.

„George!“ schrie er ihr nach. „Bleib stehen!“

Als sie stolperte, holte er sie ein. Er fing sie auf und zog sie in seine Arme.

„Lass mich los!“ kreischte sie. Sie versuchte, ihn zu schlagen, aber er hielt sie zu fest.

„Nein, ich lasse dich nicht los. Nie wieder. Ich liebe dich, und du hast Recht, ich habe dich belogen, weil ich dir nicht weh tun wollte.“

„Nicht weh tun?“ Sie warf den Kopf zurück und lachte wild auf. „Nicht weh tun? Was zum Teufel glaubst du wohl habe ich in den letzten sechs Monaten getan? Einen Freudentanz nach dem anderen aufgeführt, weil ich dich endlich los bin?“ Sie spürte, wie ihr die Tränen kamen und dann ihre Wangen hinunterströmten. Sie war machtlos dagegen. „Wie konntest du mir das alles antun, wenn du mich wirklich liebst?“

„Es war wahrscheinlich das Dümmste, was ich je in meinem Leben getan habe. Aber glaub mir, George, bitte ... ich war überzeugt davon, dass es das Richtige für dich wäre. Es war überheblich und falsch von mir. Aber ich liebe dich, George, ich liebe dich schon seit langer Zeit, und jeder Tag ohne dich hat meine Liebe nur noch vergrößert.“

Sie schüttelte vehement den Kopf und hielt sich die Ohren zu.

„Du wirst mich jetzt nur noch los, wenn du mir sagst, dass du mich nicht mehr liebst“, flüsterte er an ihrer Schläfe.

Sie wurde sehr still.

Langsam hob sie ihm ihr Gesicht entgegen. „Dich lieben? Du meinst nicht, verknallt sein, Elliot? Willst du mir jetzt erzählen, dass du zugibst, dass ich tatsächlich mehr für dich empfunden haben könnte als eine spätpubertäre Schwärmerei für den ersten Mann, der mich gebumst hat?“

Er zuckte angesichts ihrer rüden Wortwahl mit keiner Wimper, weil er wusste, dass sie verletzt war. Er fuhr ihr leicht mit dem Finger über die Wangen und wischte ihr die Tränen ab. „Wie kommt es bloß“, sagte er sanft, „dass du so verdammt reif bist für deine vierundzwanzig Jahre und dass ich mit sechsunddreißig noch immer so ein Idiot bin?“

„Weil du ein Mann bist“, sagte sie schniefend. „Ich lerne gerade, dass das ein männliches Merkmal ist.“

Er lächelte und ließ sie los. Sie legte ihre Hand über die Augen, aber sie wandte sich nicht ab. „Und mir ist gerade noch etwas klar geworden“, fuhr er nach einem Moment fort. „Wenn du mich angerufen hättest, vor allem während der letzten zwei Monate, wäre ich am Telefon dahingeschmolzen. Aber ich hätte dagegen angekämpft, George, da will ich dir gar nichts vormachen.“ Er machte eine Pause und holte tief Atem. „Wenn du mich nicht heiraten willst, weil ich dich zu sehr verletzt habe, werde ich mich wohl oder übel damit abfinden müssen. Aber ich will es nicht. Ich will dich und dein Baby. Ich will jeden Abend neben dir einschlafen und jeden Morgen neben dir aufwachen. Ich möchte dich necken und Liebe mit dir machen. Ich will wieder lachen ... mit dir, George.“

Sie wandte sich von ihm ab und ging näher an das über den Strand schwappende Wasser. Sie schlang die Arme um ihren Oberkörper und schaute hinaus auf die Wellen. Ohne sich umzudrehen, sagte sie: „Vielleicht bin ja ich der Idiot, weil ich dir glauben möchte. Mit jeder Faser meines Herzens wünsche ich mir, dir glauben zu können. Alles, was ich tun muss, ist, an dich zu denken, und schon schmelze ich dahin. Und der Schmerz, Elliot. Ich möchte nie wieder so einen Schmerz empfinden.“

Er ging auf sie zu, ergriff sanft ihre Handgelenke und zog sie an seine Brust. „Ich auch nicht, George. Ich werde mein Bestes tun, um dich nie wieder zu verletzen. Willst du mich heiraten? Willst du meine Geliebte sein? Willst du dein Leben mit mir verbringen?“

Er spürte das Beben, das sie durchlief. Sehr langsam nickte sie.

Elliot wollte sein Glück herausschreien, er wollte singen. Stattdessen aber küsste er sie sehr behutsam.

„Es ist schon so lange her“, flüsterte sie an seinem Mund.

„Ja. Und weißt du, was ich noch tun will? Ich möchte dich jetzt in unser Hotelzimmer tragen und Liebe mit dir machen. Ich will jeden Quadratzentimeter von dir spüren, George.“

Zu seiner Überraschung wich sie seinem Blick aus.

„Was ist los? Ist das die Bescheidenheit meiner zukünftigen Ehefrau?“

Sie rang verzweifelt die Hände. „Ich ... ich sehe schrecklich aus!“ brach es schließlich aus ihr heraus. „Ich bin so mager bis auf meinen Bauch. Ich sehe aus wie eine Riesenspinne.“

„Dann lock mich in dein Netz.“

Sie konnte nicht anders, sie musste einfach lachen. „Es ... es macht dir nichts aus?“

„Sei nicht dumm“, sagte er zärtlich. „Ich möchte unser Baby spüren und stundenlang deinen Bauch betrachten. Das ist meine männliche Eitelkeit. Und ich möchte diese Narbe sehen. Wenn Greenberg seinen Job wirklich gut gemacht hat, werde ich nicht nach L. A. fahren und den Mann umbringen.“

In seiner Stimme schwang so eine Freude mit, und in seinen dunklen Augen lag so viel Zärtlichkeit, dass sie fast wieder anfing zu weinen. Aber als er sie küsste und ihr den Rücken streichelte, vergaß sie die Tränen.

„Was ist, Sweetheart“, fragte er sanft, „willst du mit mir Liebe machen?“

Sie stellte sich auf Zehenspitzen und legte ihm ihre Arme um den Hals. „Sag mal, wo hast du diese zehn Pfund eigentlich abgenommen?“ flüsterte sie ihm provozierend ins Ohr.

– ENDE –

Catherine Coulter

Liebling, wir haben geheiratet?

Roman

Aus dem Amerikanischen von
M.R. Heinze

MIRA®

1. KAPITEL

„Sieh mal, Georgina, ich langweile mich wirklich nicht so sehr. Und was macht man schon mit einem Mann?“ Chelsea brach bei dem buchstäblich aus Georginas Bauch kommenden Lachen ab.

Georgina war im achten Monat schwanger.

„Na schön, dann hat Elliot also etwas gemacht.“

„Zumindest etwas“, stimmte Georgina zu. „Warte einen Moment, Chelsea, ich muss ein wenig herumgehen. Das Kleine wird unruhig.“

Chelsea sah zu, wie ihre schöne Freundin sich an die Vorderkante des Stuhls heranschob, sich mit beiden Armen abstieß und eine nicht besonders würdevolle aufrechte Haltung einnahm. „Geschafft! Du liebe Güte, und das alles noch einen Monat lang. Ich sage dir, Chelsea, es würde den Männern nicht schaden, wenn sie so was durchmachen müssten.“ Sie tätschelte ihren Bauch und nahm ihre langsame Wanderung durch das Wohnzimmer auf. „Ich schwöre dir, das Kleine wird ein Schlagzeuger.“

„Hast du dich mit Elliot schon auf einen Namen geeinigt?“

„Nein. Was immer es sein wird, es hat noch keinen Namen. Ich habe Elliot schon gesagt, wenn er nicht bald einen Vorschlag macht, mit dem ich einverstanden bin, verlasse ich den Staat, bekomme das Kind und nenne es Lance oder Brigitte.“

Chelsea lachte. „Perfekte Namen für Held und Heldin.“

„Komm schon, Chels, du hattest nie einen Lance in einem deiner Romane, oder?“

„Nein, nichts so Tolles. Aber mein Alex und Delaney und Brent, ganz zu schweigen von meinem Anthony, sind sehr lebendig und bei bester Gesundheit, zumindest in meiner Fantasie.“

„Vergiss nicht deinen mittelalterlichen Prachtkerl Graelam, meine Liebe!“

„War das nicht eine wunderbare Heldengestalt?“

„Wenigstens hat ihn deine Heldin zuletzt kleingekriegt. Und ich wette, nachdem du ihn auf Seite vierhundertfünfzig gezähmt hast, ist er stinklangweilig geworden."

„Wie wahr", sagte Chelsea seufzend. „Aber davor ... Heutzutage gibt es keinen Mann mehr, der es mit seiner geradezu herausragenden Ekelhaftigkeit aufnehmen könnte, aber schließlich hat er im dreizehnten Jahrhundert gelebt, Georgina. Damals konnte er kaum einen Kurs in Feingefühl absolvieren. Schade, aber wir werden nie erfahren, was aus seiner ewigen Liebe zu seiner Frau wurde, sagen wir mal, nach zehn Jahren oder so."

„Wahrscheinlich haben alle beide fürchterlich geknarrt", sagte Georgina, „weil man sie nie gebadet hat."

„Stimmt nicht. Ich habe sie regelmäßig baden lassen, und ich kann dir sagen, ich hatte deshalb ein schlechtes Gewissen. Ich will keine mittelalterlichen Romane mehr. Obwohl, weißt du, da war diese männliche Nebenperson, und meine Fans scheinen ihn ziemlich zu mögen ..."

„Aha, habe schon verstanden." Georgina lächelte ihrer Freundin zu. „Ein neuer mittelalterlicher Held ist im Entstehen begriffen."

„Und wie Graelam wird er großartig im Bett sein."

„Das sind alle deine Helden, Chelsea. So, meine Liebe, kehren wir jetzt in die Gegenwart zurück, in der Männer duschen und sich jeden Morgen rasieren. Es laufen gute Männer herum, Chels. Immerhin habe ich Elliot gefunden, nicht wahr?"

„Er ist ein Atavismus", sagte Chelsea, „ein Rückgriff auf die besten meiner Helden."

„Ach, komm, Chelsea! Jetzt hast du ein Buch abgeschlossen und bist frei und ungebunden – für wie lange? Eine Woche, bevor du dich wieder in die Tretmühle deines Computers stürzt?"

„Ja", bestätigte Chelsea. „Ich habe für das nächste Buch gestern ein Exposee abgeschickt, und ich muss noch ein paar historische medizinische Nachforschungen anstellen, bevor ich mit dem Buch anfangen kann. Du kannst Elliot sagen, dass der Held ein Arzt ist, und wenn er sehr nett zu mir ist, darf er mir sogar das Rohmaterial beschaffen."

„Das wird er gern machen. Und jetzt suchen wir dir einen netten Mann, bevor du dich wieder Hals über Kopf in die Arbeit stürzt."

„Wo? Du weißt, dass ich nicht in Single-Bars gehe, George."

Georgina lächelte und sagte etwas selbstgefällig: „Nein, was ich dich fragen wollte – hast du etwas gegen Ärzte?"

Chelsea stöhnte und presste ein Sofakissen gegen ihr Gesicht. „Oh nein, sag jetzt nicht, dass du Elliot in diese Männerjagd eingeschaltet hast!"

„Warum kommst du nicht ganz einfach am Freitag zum Dinner und überzeugst dich mit eigenen Augen? Betrachte es als persönliche Hintergrundforschung. Vielleicht wirst du dann nicht Elliot als Vorlage benutzen."

„Pah! Hätte ich jemals einen der Männer, die ich kennen gelernt habe, als Vorlage für meine Helden benutzt – mal abgesehen von Elliot, versteht sich –, würden meine Leserinnen Zustände bekommen. Sie wollen keine Bier trinkenden, dickbäuchigen Helden, George. Um Himmels willen, sie leben mit der Realität. Sie verlangen so ziemlich das Perfekteste an Mann, was mir überhaupt einfällt."

„Ich weiß. Erfahren, sanft, zärtlich, ein großartiger Liebhaber, auch ein wenig hochmütig, damit es pikanter ist ..."

„Du hast es erfasst. So was gibt es heutzutage nicht, das schwöre ich dir. Ich wette, sogar Elliot schnarcht und wird gelegentlich fies."

„Schnarchen tut er manchmal, und fies ist er noch nicht geworden. Chelsea, du wirst sicher ..." Wegen der Schmerzen im Rücken brach Georgina abrupt ab. „Mist! Nicht schon wieder. Ich sage dir, das Kleine schafft mich."

Chelsea sprang besorgt vom Sofa auf. „Soll ich dir den Rücken reiben?"

„Nein, es geht gleich wieder. Das ist eine von Elliots Lieblingsaufgaben, mir den Rücken zu reiben. Also, kommst du am Freitag zum Dinner?"

„Nun ja, gut. Ich kann mir aber nicht vorstellen, was du hier anschleppen willst."

„Vertrau mir", sagte Georgina.

Am Freitagvormittag ging Elliot Mallory, Leiter der Röntgenabteilung, in die Notaufnahme hinunter, wo er allerdings erfuhr, dass Dr. David Winter im Mulberry Union beim Schwimmen war.

Es war ein wenig früh für Elliots tägliche Bahnen, aber er kannte seine Pflicht, eilte zur Schwimmhalle, schlüpfte rasch in seine Badehose und tauchte in den Pool. Er hielt David erst an, nachdem er zehn Längen hinter sich gebracht hatte.

„Elliot! Ich dachte, du kommst nachmittags."

„Tue ich sonst auch", sagte Elliot. „Hast du einen Moment Zeit, David?"

„Sicher!"

Beide Männer schwammen an den Beckenrand und schwangen sich auf die gekachelte Einfassung.

„Was ist los? Hast du einen besonderen Fall? Ein Problem, das nur ich lösen kann?"

„Nein, und schlag keinen so hoffnungsvollen Ton an." Verdammt, das war schrecklich peinlich. Er konnte noch immer nicht begreifen, wie Georgina ihm dieses Versprechen hatte abringen können. Nun ja, es half alles nichts. „Hast du heute Abend was vor, David?"

Der lächelte trocken. „Drinks mit zwei Kollegen. Beides Langweiler. Hast du was Besseres anzubieten?"

„Allerdings. Willst du zum Dinner zu uns kommen?"

David wirkte auf der Stelle vorsichtig. „Darf ich vielleicht fragen, wer kocht?"

Elliot lachte, als er sich an Davids einzige Erfahrung mit Georginas Kochkünsten erinnerte. „Komm schon, das Hähnchen war bloß ein wenig trocken, und die Erbsen waren zu hart."

„Gott sei Dank hast du den Irish Coffee und den Käsekuchen gemacht."

„Da muss ich dir recht geben. Und ich kann dir versichern, dass ich heute Abend der Küchenchef sein werde. Ich verspreche dir ein Festmahl, von dem man zwei Pfund zunimmt."

„Ich will nicht undankbar erscheinen, Elliot. Der Himmel weiß, dass Georgina die beste ... Hey, einen Moment!“ Er betrachtete Elliots Gesicht eingehend. „Na schön, wer kommt noch zum Dinner?“

„Eine Freundin von Georgina. Eine sehr nette Frau. Eine sehr attraktive Frau.“

David stöhnte. „In Ordnung, ich beiße an. Wie lautet der Name dieser attraktiven, sehr netten Frau?“

„Chelsea Lattimer. Sie ist ungefähr achtundzwanzig, war nie verheiratet, hat zerzauste, lockige, schwarze Haare, blaue Augen – vielleicht sind sie auch grün –, aber jedenfalls ist sie in Ordnung, David, ich schwöre es.“ Er fügte nicht hinzu, dass Chelsea Lattimer gelegentlich sehr heftig und äußerst direkt sein konnte. Er hatte sie einmal aufgezogen, er würde sie nach London schicken, damit sie am Speaker's Corner im Hyde Park vom Leder ziehen könne.

„Nun, es ist nicht so, als würde ich jeden Abend ausgehen. Himmel, das war vielleicht ein langes Jahr.“

Und ein verdammt einsames, darauf möchte ich wetten, dachte Elliot. David Winter war vom University Medical Center von Boston nach San Francisco gelockt worden, um Leiter der Unfallchirurgie zu werden. Sie waren erst nach Elliots Heirat mit Georgina vor zwei Monaten enge Freunde geworden. In den sechs Monaten davor hatte Elliot in Meeren von Selbstmitleid gebadet, wenn er sich seinen Untergebenen gegenüber nicht gerade wie ein tobender Diktator und seinen Kollegen gegenüber wie ein arroganter Esel aufgeführt hatte.

„Sieben Uhr?“ fragte Elliot.

„Einverstanden. Willst du noch ein paar Längen schwimmen?“

„Vorwärts.“ Elliot ließ sich grinsend ins Wasser gleiten. „Du bist jedenfalls mehr eine Herausforderung, als Georgina es je war.“

Chelsea betrachtete ihr Spiegelbild. Du siehst wie eine Krähe aus, sagte sie sich. Hör auf, Chels! Wenn du dich mit deinen Heldinnen oder mit der sagenhaften Georgina vergleichst, kriechst du in den Schrank und kommst nicht mehr heraus.

„Ach, vielleicht bin ich gar nicht so schlecht.“ Sie bürstete noch einmal die dichten Haare, musste jedoch zusehen, wie die nicht zu zähmenden schwarzen Locken sich erneut nach allen Richtungen kräuselten. Wolkig-wüster Wildwuchs, mein Markenzeichen. Wie wäre das denn als verrückter Buchtitel? War jedenfalls besser als „Lustvoll lodernde Leidenschaft“ oder „Schwülstig schwelende Schwüre“.

Sie lachte, zeigte sich selbst den hochgereckten Daumen im Spiegel und war fünf Minuten später raus aus ihrer Eigentumswohnung in Sausalito.

Zehn Minuten zu früh bog sie in die Einfahrt der Mallorys. Sie entdeckte Georginas Porsche, Esmeralda, und Elliots Jaguar mit dem ungewöhnlichen Namen „Scharfer Kater“. Keine anderen Wagen. Also war der neueste Don Juan im Arztkittel von San Francisco noch nicht eingetroffen. Auch gut.

Die prächtigen Mallorys, wie sie die beiden insgeheim nannte, begrüßten sie mit großer Begeisterung und platzierten sie mit einem Glas Weißwein auf das Sofa, und das alles innerhalb von fünf Minuten.

„Elliot macht seine berühmte Frischgarten-Gemüsecremesuppe, Caesar-Salat, Schinken mit Aprikosenglasur ...“

„Pfirsiche, Georgina.“

„Ja, Schinken mit Pfirsichglasur ...“

„Das reicht“, unterbrach Chelsea und winkte ab. „Kannst du nicht die Croutons am Salat weglassen, Elliot?“

„Croutons?“ fragte Georgina. „Was ist das?“

Elliot kniff seiner Frau lachend in ihre perfekt geformte Nase. „Das sind diese gerösteten Weißbrotwürfel, Liebling. Tut mir Leid, Chelsea, aber du isst, was auf den Tisch kommt. Worüber machst du dir Sorgen? Du bist ein mageres kleines Ding.“

„Mit einem Computerhintern!“ seufzte Chelsea.

„Du hast es nötig“, sagte Georgina. „Ich sehe aus wie eine fette Spinne, und du sorgst dich um einen rundlichen Po.“

Georgina ließ sich stöhnend auf ihren Sessel zurückfallen und machte es sich bequem.

„Äh, die Türklingel, Chelsea. Gehst du hin? Bis ich aus diesem

Sessel raus bin, denkt der arme Mann, dass er das falsche Haus erwischt hat, und geht wieder."

„Sie sind nicht Georgina", sagte der Mann, als Chelsea die Haustür öffnete.

„Nein", sagte sie. „Sie auch nicht." Und Gott sei Dank bist du kein Scheusal.

Er sah ein wenig verblüfft drein, dann lächelte er. „Nein, ich bin David Winter. Und Sie, nehme ich an, sind Chelsea Lattimer."

Chelsea nickte und trat beiseite. Aha, dachte sie, er sieht nicht schlecht aus. Nein, überhaupt nicht. Neben ihm kam sie sich wie eine Krabbe vor, die ihm gerade bis zur Achselhöhle reichte. Er wirkte wie eine anständige Kopie eines Helden. Sein Haar war von einem hübschen Kastanienbraun, und seine Augen waren richtig haselnussbraun, kein Wischiwaschi und so dazwischen.

„Herr im Himmel, Georgina", hörte sie seine tiefe Stimme im Wohnzimmer dröhnen. „Ich bin kein Gynäkologe. Bitte, tu bloß nichts, was wir heute Abend noch bereuen werden."

„Was kann der Mann für reizende Sachen sagen", bemerkte Georgina. „Hallo, David! Du hast Chelsea schon kennen gelernt?"

„Ja", antwortete Chelsea. „Er hat schon festgestellt, dass ich nicht du bin."

„Nun, wärst du es, dann wärst du echt in Schwierigkeiten!" Georgina strahlte die beiden an. Ein sehr hübsches Paar, dachte sie, obwohl David sehr proper wirkte in seinem dreiteiligen Anzug samt weißem Hemd und Krawatte. Und Chelsea natürlich großartig, aber sehr lässig, Marine-Stil, in ihrer dunkelblauen Cordjeans und in dem weißen Sweater.

Georgina räusperte sich. „Ich werde Elliot in der Küche helfen."

Zu Chelseas Überraschung lachte David tief auf. „Bitte, Georgina, nicht! Bleib, wo du bist. Vertrau Elliot, bitte."

Elliot kam aus der Küche und begrüßte David. „Weißwein?"

„Ja gern."

„Ich bin gleich wieder bei euch." Über seine Schulter rief er:

„Mach dir keine Sorgen, Chelsea. Ich habe zwei Flaschen Chablis nur für dich gekauft."

„Na ja", sagte David nach einem Moment. „Es ist ein Vergnügen, eine Freundin der Mallorys kennen zu lernen. Wohnen Sie hier in der Stadt?"

„Nein, in Sausalito."

Davids Augen leuchteten interessiert auf. „Das ist eine schöne Stadt. Ich habe mich dort nach einem Haus umgesehen. In welchem Teil?"

„Bridgeway. In einem Komplex mit Eigentumswohnungen, genannt Whiskey Springs."

„Mein Segelboot liegt gleich gegenüber von Ihnen", erklärte David. „Wir sind praktisch Nachbarn. Aber ich interessiere mich nicht für eine Eigentumswohnung."

„Nein, natürlich nicht", stimmte Chelsea zu. Ist doch eine absolut harmlose Unterhaltung, Idiotin. Aber bei ihm klang eine Eigentumswohnung wie etwas aus den Slums. Du bist dran, Chels. Männer reden gern über sich selbst. „Sie sind Arzt?"

„Ja. Ich bin jetzt ein knappes Jahr hier. Ich stamme aus Boston."

„Ich war in Boston auf der Schule", sagte Chelsea.

„Da gibt es so viele. Auf welcher?"

„Auf der besten." Chelsea reckte ihr Kinn ein wenig hoch. „Boston College."

„Oh! Eine hervorragende Schule."

„Sind Sie in Boston zur Schule gegangen?"

„Medizinische Fakultät. Harvard."

„Oh!" Ein steifes Hemd. Ein ehemaliger Internatszögling. Sie hätte es wissen müssen. „Und Sie waren im Mass General Hospital?" Dem Luxusschuppen ...

„Aber ja. Woher wussten Sie das?"

Es passte! „Bloß getippt. Wo haben Sie Ihren Zwischenabschluss gemacht? Princeton? Yale?"

„Princeton."

„Und wo waren Sie im Internat?"

„Andover."

Luxusinternat. Himmel, passte das alles zusammen! Halte ihn am Reden, Chels. Wenigstens ist er großartig anzusehen. „Warum sind Sie hierher in den Westen gekommen?"

„Ein sagenhaftes Angebot."

„Das muss eine große Chance gewesen sein."

„Ja, eine sehr große", bestätigte er und wandte sich an Georgina. „Wann ist das Baby fällig?"

„In genau vier Wochen, Gott sei Dank."

„Macht Elliot dich schon verrückt?"

„Nein", erwiderte Georgina etwas geringschätzig. „Zumindest nicht so, wie du es meinst. Ich glaube, er fragt sich, warum ich nicht mehr jogge."

Elliot kam gerade mit einem Tablett mit Drinks in den Wohnraum, grinste und sagte: „Ich wollte ihr so etwas wie ein Skateboard basteln, und sie hätte dann auf ihrem Bauch liegend herumrollen können. Dadurch hätte sie bestimmt genug Abstand zum Bürgersteig."

„Das wagt man sich gar nicht vorzustellen, Elliot." Chelsea lachte.

David wurde still, während seine Gedanken sich mit dem glücklichen Paar beschäftigten. Elliot würde nicht bloß Vater sein, sondern wirklich seine Elternpflicht erfüllen. David war in den letzten zehn Monaten klar geworden, wie viel er von seinen eigenen zwei Kindern nicht wusste. Sicher, dachte er, ich bin ein großartiger Vater. Habe ich sie nicht mit allem versorgt? Er schüttelte die deprimierenden Gedanken ab und sah zu Chelsea Lattimer. Es kam ihm so vor, als hätte sie bei ihm den „Dritten Grad" angewendet, und er hätte geplaudert. Nun, er hatte noch einen langen Abend vor sich, und Frauen redeten schließlich gern über sich, oder?

„Also", fragte Georgina fröhlich und raubte ihm die Gelegenheit, etwas zu sagen. „Was machen die Bohnen, Doc?"

„Es sind französische grüne Bohnen, George, mit Perlzwiebeln und gehobelten Mandeln", erklärte Elliot.

„Und ich hatte auf Hot Dogs und Pommes frites gehofft."

Es entstand eine kurze Pause, und dann platzte Chelsea heraus: „Was für eine Art Arzt sind Sie?“

„Ich bin jetzt Chef der Unfallchirurgie an der Universität. Die meiste Zeit halte ich mich in der Notaufnahme auf, wenn ich nicht im OP bin.“

„Was bedeutet“, sagte Elliot, „dass er ein verdammt guter Chirurg ist und ein unheimliches und dringend benötigtes Organisationstalent besitzt.“

„Oh“, sagte Chelsea. Sie hatte gehört, dass Chirurgen, diese Skalpell-Artisten, für gewöhnlich ein unangenehmer Haufen waren, ganz erfüllt von sich selbst und ihrem großartigen Talent. Was soll’s, es war ja nur für einen Abend. Sollte er ruhig weiterreden. Dadurch verging die Zeit rascher. Er schenkte ihr in diesem Moment ein Lächeln, das alles andere als unangenehm war, und Chelsea ertappte sich dabei, dass sie zurücklächelte.

„Und Sie sind aus Kalifornien, Miss Lattimer?“ fragte David.

„Chelsea – ja, aus Santa Barbara. Meine Familie wohnt noch da.“

Aha, dachte David. Eine eingeborene Kalifornierin und wahrscheinlich so was von lässig, dass sie über alles und jeden die Nase rümpft, der von der pseudointellektuellen Ostküste kommt.

„Chelseas Vater ist Zahnarzt“, sagte Georgina.

„Haben Sie Brüder und Schwestern?“

„Nein, ich bin ihr einziges Ein und Alles. Ich schätze, sie haben einen Blick auf mich geworfen und entschieden, sich nicht darauf zu verlassen, dass sie in Zukunft wieder so viel Glück haben würden.“

„Ich bin auch ein Einzelkind“, sagte David. „Meine Eltern konnten keine Kinder mehr bekommen, obwohl sie noch welche wollten.“

Auch das passt, dachte Chelsea. Die Leute haben einen Sohn in die Welt gesetzt, dessen erste Worte wahrscheinlich „konservativ“ und „reich“ waren, und natürlich wollten sie sofort ein ganzes Bataillon davon produzieren.

„Natürlich“, sagte Chelsea laut.

Chelsea fing einen gequälten Blick von Georgina auf und zwang sich zur Zurückhaltung.

Sie leerte noch ein Glas Weißwein. Unausweichlich fühlte sie sich danach sanfter und ein wenig schuldig. David Winter sah noch immer so gut aus wie in dem Moment, als sie ihn zum ersten Mal gesehen hatte, aber er war ein steifes Hemd, verdammt. Allerdings, überlegte sie weiter, ich habe mich ihm entgegengestellt, ihn herausgefordert und die Sache für ihn ein wenig unangenehm gemacht. Ich nehme mich ein wenig zurück, entschied sie. Mal sehen, was dann passiert.

Nach dem köstlichen Essen entschuldigte Georgina sich und Chelsea und schleppte ihre Freundin nach oben. Georgina wirbelte zu ihrer Freundin in dem Augenblick herum, als sie die Schlafzimmertür schloss. „Du bist scheußlich, Chelsea, und du weißt es."

„Ich glaube, ich probiere für den Rest des Abends mein flockiges, feminines, hilfloses Banner aus. Vielleicht lockert das unseren Schnöseldoktor aus Boston in seinem dreiteiligen Anzug auf. Wahrscheinlich ist er bei Frauen genau daran gewöhnt."

„Lass dich nicht hinreißen", warnte Georgina auf dem Weg nach unten. „Er ist nicht dumm."

Sie hörte die Männer im Wohnzimmer lachen.

David hatte Irish Coffee zu seinen drei Gläsern Wein hinzugefügt und kannte keinen Schmerz auf der Welt. Er hatte sich auf dem Fußboden vor dem Kamin ausgestreckt und lachte über eine von Elliots Geschichten.

Er brauchte gut zehn Minuten, um zu begreifen, dass Chelsea Lattimer ihre grässlichen Bemerkungen eingestellt hatte. War sie tatsächlich grässlich gewesen? Inzwischen war er nicht mehr so sicher. In der Tat lachte sie begeistert über jede Geschichte und jeden Witz, den er erzählte.

„Himmel, so spät", sagte Chelsea und blinzelte eulengleich auf ihre Uhr. „Es ist fast ein Uhr nachts!"

„Ja, es ist spät", stimmte David zu. „Ich sollte wohl bis zu Ihrer Wohnung hinter Ihnen herfahren, Chelsea, wenn Ihnen das recht ist."

Er hatte seine Krawatte abgenommen und das Jackett ausgezogen, und Chelsea betrachtete interessiert seine muskulösen Unterarme. „In Ordnung", sagte sie. Wenn er den überlegenen Beschützer spielen wollte, sollte sie das nicht stören. Vielleicht war er gar kein so steifes Hemd.

Sie erreichten ihre Eigentumswohnung ungefähr dreißig Minuten später. Chelsea war nüchtern wie ein Richter. Georgina warf ihr stets vor, ein Fass ohne Boden zu sein, und bei Weißwein stimmte das wohl auch. Als David von seinem Wagen zu ihr kam, fragte sie sich, ob man das Gleiche auch von ihm sagen konnte. Seine haselnussbraunen Augen waren ein wenig glasig.

Er blieb etwa eine Hand breit vor ihr stehen und schenkte ihr einen Blick, den man „verzehrend" nennen konnte. „Komm her!" sagte er und zog sie in seine Arme.

Gütiger Himmel, dachte sie, einer meiner Helden könnte das nicht besser machen.

2. *KAPITEL*

Davids Mund wirkte hart und aggressiv, und seine Hände glitten rasch über Chelseas Rücken und strichen über ihre Hüften.

Ihre Helden würden so was nicht machen. Oh doch, sie würden, verbesserte sie sich selbst. Die meisten von ihnen waren arrogant, eingebildet, meisterhaft, durch und durch Schufte, wie sie vermutete.

Na gut, aber sie waren hier nicht im achtzehnten Jahrhundert.

Sein Mund wurde plötzlich sanft, und für einen Moment – aber nur für einen Moment – reagierte sie.

„Du bist so ein süßes kleines Ding", sagte er an ihren Lippen und zog sie näher.

„Süßes kleines was?" Lieber Himmel, waren diese altbewährten zärtlichen Worte etwa seine Einleitung fürs Bett?

David hob seinen Kopf und fühlte sich ein wenig benommen. Sie wand sich aus seinem Griff, und er ließ widerstrebend seine Hände von ihrem sehr hübschen Hinterteil sinken.

„Ich weiß nicht recht", antwortete er ehrlich. „Ich glaube, ich habe mich ein wenig hinreißen lassen."

„Führen sich alle Schnöselärzte aus Boston auf, als wären sie ein Gottesgeschenk für Frauen?"

Davids Verstand funktionierte wieder blitzartig. Er starrte auf sie hinunter. Sie klang wie die Frau, die er zuerst kennen gelernt hatte.

„Gute Nacht, Dr. Winter!" Sie schob ihren Schlüssel in das Schloss und war dankbar, dass er sich beim ersten Versuch herumdrehen ließ. „Vergessen Sie nicht, den Gurt anzulegen!"

David starrte einen Moment auf die vor seiner Nase zugeknallte Tür. Der Teufel soll dich holen, Elliot, dachte er und stapfte wütend zu seinem Auto. Wie konntest du mich mit einer Irren zusammenspannen?

„Er ist ein Lüstling, der keine Zeit mit Worten verliert."

Georgina betrachtete nachdenklich Chelsea, die am folgenden Dienstagnachmittag wild im Wohnzimmer der Mallorys auf und ab rannte.

„Ich finde David ziemlich amüsant", sagte Georgina. „Und er ist auch wirklich sehr nett anzusehen."

„Was weißt du denn schon von ihm?" fragte Chelsea. „Die einzige Person, die du siehst oder hörst, ist dein verdammter Ehemann. Wie konntest du mich verkuppeln mit diesem ..."

„Diesem was, Chels? Sprich auch mal von deinem Bannerwechsel. Du hast doch dafür gesorgt, dass der Mann sich wie das wundervollste männliche Exemplar im Universum fühlte. Was hast du von ihm erwartet? Dass er dir vor der Haustür die Hand küsst und sich höflich verbeugt?" Chelsea grummelte etwas Unverständliches und räumte schließlich ein: „Na ja, vielleicht habe ich mich ein wenig hinreißen lassen bei der flockigen, hohlköpfigen, femininen Rolle, aber ..."

„Aber was? Ich finde, du bist unfair. David mag ein wenig reserviert sein, aber laut Elliot ist er ein hervorragender Arzt, hat einen guten Sinn für Humor und kommt gut mit dem Personal in der Notaufnahme zurecht, was bestimmt kein Rosenschlecken ist."

„Honigschlecken", warf Chelsea ein. „Auf Rosen ist man gebettet."

„Er küsst gut, wie?"

„Ich habe nicht lange genug mitgemacht, um ihn gründlich auszuprobieren. Nun ja, vielleicht ein klein wenig, aber nur, um ihn dafür zu bestrafen, dass er ein derartiger Rüpel war." Das war zwar absolut nicht der Fall gewesen, aber Chelsea wollte nun keinen Rückzieher mehr machen.

Georgina brach in Lachen aus. „Oh, Chels, ich wünschte, du könntest dich selbst hören. Das ist einfach zu viel. Bitte nimm dir ein Glas Weißwein. Ich ertrage diese nutzlose Verschwendung von Energie nicht."

Zwei Gläser Weißwein später saß Chelsea mit gekreuzten Beinen auf dem Fußboden im Wohnzimmer und sah Georgina nachdenklich an. „Findest du wirklich, dass er noch eine Chance verdient?"

„Ganz bestimmt. Warum versuchen wir es nicht noch einmal, sagen wir, am Freitagabend? Und, Chels, segle doch unter deinem eigenen Banner. Du weißt schon, das natürliche, lustige, liebevolle. Und nicht wieder mitten am Abend das Banner von hinten aufzäumen."

„Du meinst, das Banner nicht mitten in der Schlacht wechseln!" Chelsea seufzte. „Pferde zäumt man nicht von hinten auf." Mit düsterer Stimme fügte sie hinzu: „Der Winter hat vermutlich nichts für etwas Natürliches, Lustiges oder Liebevolles übrig."

„Versuch es doch einfach."

„Sieh mal, David, es war alles ein Missverständnis. Georgina hat mir erzählt, dass Chelsea die Grippe hatte. Wahrscheinlich hast du deshalb ihr Verhalten etwas seltsam gefunden. Sie hat Antihistamine genommen und getrunken, was zugegebenermaßen nicht besonders klug ist. Das macht jeden merkwürdig. Du hast sie doch ganz in Ordnung gefunden, oder?"

„Elliot, sie ist ein eingebildetes, kleines, reiches Mädchen, genau wie – nun ja, wie gewisse Frauen, die ich mal gekannt habe. Wahrscheinlich hat sie in ihrem ganzen Leben noch keinen Handschlag gearbeitet, und sie hat den hübschesten Hin..." Er unterbrach sich, als einer der Krankenhausärzte zu ihnen kam. Nach einer kurzen Besprechung ging der Arzt wieder.

„Ich muss los, Elliot, ein Verkehrsunfall."

„Was ist mit Freitagabend?"

„Na gut, sieben Uhr."

Chelsea war so im San Francisco des Jahres 1854 versunken, dass sie das Telefon erst nach dem fünften Läuten hörte. Sarah Butler, ihre Teilzeithaushälterin, Gefährtin, Telefonbeantworterin und gute Freundin, war auf der anderen Straßenseite in dem Lebensmittelladen und kaufte Rettich für irgendeine sonderbare Mixtur, die angeblich nur fünfundneunzig Kalorien hatte.

Es war Georgina. „Hallo, Chels! Hoffentlich habe ich dich nicht gestört, aber für Freitag stehen alle Signale auf Grün."

„Ich kann gar nicht glauben, dass David Winter mich jemals wieder sehen will."

„Nun, er wird in vollem Glanz kommen."

„Wohl eher wieder in einem dreiteiligen, anthrazitfarbenen Anzug mit einer silbergrauen Seidenkrawatte und einem gestärkten weißen Hemd."

„Nein, wie gut du dich doch an einen Mann erinnerst, den du gar nicht besonders gemocht hast!"

„Alle Schriftsteller haben ein hervorragendes Gedächtnis", entgegnete Chelsea in einem Aufwallen höchster Unwahrheit.

„Sicher, und alle Katzen mögen das Zeug aus der Fernsehwerbung."

„Also, das ist eine bizarre Antwort, George."

„Ich weiß. Mach an deinem Roman weiter. Wir sehen uns bald."

„Chelsea", grüßte David steif, als er hinter Elliot in das Wohnzimmer der Elliots kam.

„Hallo, David!" Chelsea blickte von dem Sofa mit mildem Interesse auf. Seltsamerweise fühlte sie sich etwas nervös, für sie ein sehr ungewöhnlicher Zustand, und ihre Stimme klang heiser. „Wie war Ihre Woche?"

„Sehr arbeitsreich."

„Wie interessant."

Ja, und du klingst auch richtig fasziniert, dachte David, sagte jedoch nichts. „Fühlst du dich gut, Georgina?" fragte er, an die Gastgeberin gewandt.

Georginas Rücken pochte mehr als gewöhnlich, aber sie zeigte David ihr makelloses Lächeln. „Ausgezeichnet, David."

„Haben Sie die Grippe inzwischen überwunden, Chelsea?" fragte er.

Chelsea sah ihn ausdruckslos an. Georgina rief mit weit tragender Stimme: „Elliot! Wo bist du? Wir haben hier verhungernde Leute!"

„Ah!" Elliot kam mit einem Tablett mit Häppchen aus der Küche.

„Köstlich", stellte Chelsea fest. „Kochen Sie, Dr. Winter?"

Er hob eine Augenbraue. „Tut mir Leid, das ist eine Fertigkeit, die ich mir nie angeeignet habe."

„Ach ja, und Sie haben eine Frau gefunden, die für Sie arbeitet, wie?" Kaum hatte sie die Worte ausgesprochen, als sie sich auch schon dafür verwünschte. Wieso reagierte sie auf ihn sofort mit Sarkasmus?

„Elliot", fragte Georgina, „könntest du Chelsea etwas Weißwein geben?"

„Ja, ich habe eine Frau gefunden", sagte David, „aber sie hat auch nicht gekocht." Schluck das, du Frau mit dem hübschen Po und der großen Klappe!

Mein Gott, dachte er, als er sie genauer ansah, sie wird ja rot.

Trotz der geröteten Wangen musste David zugeben, dass Chelsea Lattimer recht hübsch aussah. Er war sicher, dass er das auch gedacht hätte, wäre er nicht so scharf gewesen. Sie trug ein gelbes Seidenkleid mit schwarzen Schriftmustern darauf und hochhackige schwarze Schuhe. Sie mochte ihm gerade bis zum Adamsapfel reichen. Er fand, dass sie vermutlich etwas gutmachen wollte. Ganz eindeutig hatte sie sich so gekleidet, um Eindruck zu schinden.

Sein makelloses Aussehen kam ihm gar nicht mehr so besonders vor.

Elliot schoss seiner Frau einen Dafür-kriegst-du-noch-was-zu-hören-Blick zu, aber Georgina lächelte ihn nur süß an. Wie hatte er bloß auf die Sache mit der Grippe hereinfallen können? „Chelsea hat uns gerade die Handlung für ihren neuesten Roman erzählt, als du kamst, David."

Er war ziemlich verblüfft. „Handlung?" fragte er und wandte Chelsea seine volle Aufmerksamkeit zu. „Ich verstehe nicht. Sie sind Schriftstellerin?"

„Ja."

„Und werden Ihre Sachen auch veröffentlicht?"

Er braucht gar nicht so verdammt ungläubig zu klingen, dachte Chelsea. „Also ja." Bescheiden fügte sie hinzu: „Ich hatte viel Glück. Am richtigen Ort zur richtigen Zeit ..."

„Ach, Quatsch, Chels", sagte Georgina. „Sie hat keine einzige Ablehnung erlebt, David. Der erste Verleger, an den sie sich gewandt hat, hat sie unter Vertrag genommen."

„Für welchen Buchverlag schreiben Sie Hardcover-Romane?" fragte David.

„Für keinen. Ich schreibe Taschenbücher."

„Ach, Massenware. Nun ja, es gibt viele anständige Romane als Taschenbücher."

„Natürlich, und die Auflage ist auch viel größer. Man hat gleich zweihunderttausend Leser anstelle von nur fünftausend. Und das ist ein großer Unterschied."

Zweihunderttausend! Hatte sie diese Zahl nur zur Veranschaulichung benutzt? David blinzelte. Hatte sie dann diese Eigentumswohnung in Sausalito mit ihrem eigenen Geld und nicht dem von Daddy gekauft? Warum zum Teufel hatte Elliot ihm nicht erzählt, dass sie Schriftstellerin war? Er schoss Elliot einen Blick zu, der glatt ignoriert wurde.

„Vielleicht habe ich eine Ihrer Arbeiten gelesen. Welchen Namen benutzen Sie?“

„Meinen eigenen, Chelsea Lattimer.“

„Tut mir Leid, aber ich werde von jetzt an danach Ausschau halten. Was schreiben Sie, Romane, Tatsachenberichte, Biografien?“

Chelsea blickte ihn offen an. „Romane. Ich schreibe lange historische Romane, angefüllt mit Abenteuer, Intrige, sehr viel Liebe ...“

„Und köstlichem Sex“, fügte Georgina hinzu und rollte die Augen.

„Sie schreiben Liebesromane?“ stieß David ungläubig hervor, ehe er sich zurückhalten konnte.

„Ja, allerdings“, bestätigte Chelsea. „Kann ich noch Wein bekommen, George?“ Auszeit, dachte sie. Was sollte sie jetzt machen?

„Sicher, Chels.“

Chelsea zwang sich dazu, langsam aus ihrem frisch gefüllten Glas zu trinken.

David spielte einen Moment mit seinem Whisky herum. „Planen Sie in Zukunft einen Wechsel zu mehr literarischen Arbeiten?“

„Wie meinen Sie das genau, David?“ fragte Chelsea, ohne eine Miene zu verziehen.

„Also wirklich, Chelsea, dieses Zeug ist doch leeres Gewäsch. Das ist Brei für Idioten und frustrierte Frauen.“

„Ich bin kein frustrierter Idiot, David“, warf Georgina ein und blinzelte Chelsea zu.

„Was lesen Sie, David?“ fragte Chelsea. „Oder sollte ich vielleicht sagen, lesen Sie überhaupt?“

Elliot setzte sich auf die Armlehne des Sessels seiner Frau. Er musste grinsen, er konnte nicht anders. David tat ihm direkt Leid, weil er sich selbst sehr schnell ein so tiefes Loch grub, dass er ein Megaphon brauchen würde, um jemanden zu seiner Rettung zu Hilfe rufen zu können.

„Nun, natürlich lese ich. Gute Literatur, die Klassiker, Biografien und einige Bestseller.“

„Welche Bestseller?“

„Nun, wissen Sie, dies und das. Was eben so gerade auf der Bestsellerliste der New York Times steht.“

„Ah, Sie werden von dem geleitet, was andere Leute denken“, stellte Chelsea bissig fest. „Haben Sie keine Lieblingsautoren? Leute, die Sie sich selbst ausgesucht haben?“

Er wusste, dass er sich seinen eigenen Sarg zimmerte, aber ihre verdammt ruhige, herablassende Art war einfach zu viel. „Ja, tatsächlich, ich lese gerne Western. Die sind natürlich nicht direkt große Literatur, aber sie besitzen Wert, gute Handlungen, historische Einblicke ...“

„Meine Romane haben auch gute Handlungen, historische Einblicke und Genauigkeit.“

„Aber das ist doch Kitsch! Du meine Güte, Männer und Frauen haben sich nie so benommen, wie das in diesen Romanen dargestellt wird!“

„Haben Sie jemals einen gelesen?“

„Selbstverständlich nicht“, antwortete er verächtlich.

„Warum nicht? Meiner Meinung nach ist es für einen Arzt der absolute Gipfel der Idiotie, einen Schluss zu ziehen, der sich nicht auf den kleinsten Funken eines Beweises stützt, oder, wenn Sie so wollen, eine Diagnose zu erstellen, ohne den Patienten zu untersuchen.“

„Das ist nicht das Gleiche“, wehrte er ab. Er schoss Elliot einen schier verzweifelten Blick zu, aber Elliot lächelte ihn nur ausdruckslos an.

„Ich mag Western nicht besonders, aber ich habe sie mir wenigstens versuchsweise angesehen“, fuhr Chelsea fort. „So etwa ein halbes Dutzend. Warum ist das nicht das Gleiche?“

„Männer sind bessere ... Nein!“ David fuhr sich mit den Fingern durch die Haare. „Literatur von Männern ist einfach akkurater, unterhaltsamer.“

„Wollen Sie damit sagen, Literatur von Frauen besitzt weniger Unterhaltungswert, weniger Genauigkeit als Literatur von Männern?“

„Sie hält sich nicht an das wahre Leben."

„Haben Sie 1860 gelebt oder einen Sheriff erschossen?"

„Natürlich nicht", erwiderte David. „Hören Sie, Chelsea, könnten wir das Thema fallen lassen? Tut mir Leid, dass ich die Art von Romanen beleidigt habe, die Sie schreiben. Okay?"

„Sicher." Chelsea schenkte ihm ein „Ich-habe-dich-in-Grund-und-Boden-gestampft"-Lächeln. Sie hätte beinahe aufgelacht, als er förmlich mit den Zähnen knirschte.

„Ich wette, Sie hassen ‚Romeo und Julia' und gehen nur ins Kino, um zu sehen, wie Leute zersiebt werden."

David ignorierte unklugerweise diese Spitze nicht. „Ich habe das Stück geliebt und sehe mir alle Arten von Filmen an." Seine Stimme klang sehr kühl.

„Nun, Menschen brauchen Liebesgeschichten, alle Menschen. Sogar Sie, Dr. Winter, müssen einmal diese wunderbaren romantischen Gefühle für eine Frau empfunden haben, die Sie liebten oder in die Sie vernarrt waren. Unglücklicherweise halten bei vielen Leuten diese intensiven Gefühle nicht an. Deshalb lesen sie Bücher und gehen in Filme. Das erfüllt ein Bedürfnis, das stellt ein Ideal dar, bringt eigene Erinnerungen wieder. Das Leben ist manchmal zu leer und ..."

„Quatsch!" warf David ein.

„Ich hoffe, ihr zwei habt einen guten Appetit entwickelt." Elliot stand auf. „Das Dinner ist fertig, wenn mich meine Nase nicht täuscht. Komm, George, lass mich dich aus diesem Sessel hieven und ins Esszimmer schleppen."

Bei Spaghetti, die wie der Himmel auf Erden schmeckten, fragte David Georgina, wann sie wieder als Model und im Fernsehen arbeiten wollte.

„Im November. Ich werde nur eine Woche pro Monat unterwegs sein, so dass mein Ehemann in meiner Abwesenheit nicht in allzu große Schwierigkeiten kommen kann."

„Finden Sie die Arbeit als Model akzeptabel?" konnte Chelsea nicht widerstehen, David zu fragen, während sie in eine köstlich knusprige Scheibe Knoblauchbrot biss.

„Für eine Frau." Er grinste sie an. „Ich wollte Ihnen sagen, dass Sie heute Abend großartig aussehen. Seide steht Ihnen."

„Sechzig Prozent Polyester", erklärte Chelsea.

„Ich mag Frauen, die billig im Unterhalt sind."

Chelsea lachte. Vielleicht war er doch nicht so ein konservatives, untolerantes, steifes Hemd. Vielleicht besaß er sogar ein Mindestmaß an Geist.

Elliot stellte Georgina eine Frage, und als sie nicht antwortete, richteten sich alle Augen am Tisch auf sie.

„Elliot", sagte Georgina mit größter Ruhe, „ich glaube, das Kleine kommt bald."

Elliot wurde kreidebleich. „Aber es ist drei Wochen zu früh. Wie willst du das wissen, George?" Noch während er sprach, sprang er auf.

„Wehen", erklärte Georgina. „Wenigstens haben wir das Dinner noch hinter uns gebracht", fügte sie hinzu und schenkte ihrem Mann ein angespanntes Lächeln.

„Du liebst Spaghetti", sagte Elliot heftig. „Ich habe mich schon gewundert, wieso du wie ein Vogel gegessen hast. Oh, Gott!"

„Wer ist dein Arzt, George?" fragte David ruhig.

„Maggie Smith an der Universität."

„Wie ist ihre Nummer?"

Georgina sah ihn hilflos an. „Jetzt ist Abend. Ich weiß es nicht. Oh, warte, sie steht in meinem Adressbuch. Ich habe vergessen, dass Maggie darauf bestand ..."

„Wo ist das Adressbuch, George?"

Sie erklärte es ihm. David wandte sich an Elliot. „Schnapp dir George und schaff sie ins Krankenhaus! Ich rufe Dr. Smith an und treffe euch dort."

Zwanzig Minuten später fuhr David seinen Lancia in das Parkhaus am Hospital.

„Das Baby kommt drei Wochen zu früh", murmelte Chelsea.

„Macht wohl nichts." David half ihr aus dem Wagen. „Sie wurde schon sehr dick, und ihr Becken wirkt nicht so anpassungsfähig."

„Sie haben keinen Moment Ihre Kühle verloren. Ich wusste nicht, was ich sagen oder tun sollte. In Notfällen bin ich ein Versager."

„Ich habe selbst zwei Kinder und sehr viel Übung, und Georgina ist nicht meine Frau", erwiderte David.

Chelsea warf ihm einen Blick zu, schwieg jedoch. Er hatte erwähnt, dass er geheiratet hatte. Zwei Kinder? Waren sie in Boston bei ihrer Mutter? Was war aus der Ehe geworden?

Was auch immer, sie dankte dem Himmel für Davids kühles, gelassenes Verhalten.

Als sie das Wartezimmer auf der fünften Etage erreichten, erfuhren sie von einer Schwester, dass Dr. Smith bei Elliot und Georgina war und es Mrs. Mallory gut ging.

„Möchten Sie einen Becher Kaffee?" fragte David.

„Wie können Sie bei allem so ruhig sein? Ach ja, Ihre Übung. Tut mir Leid. Ja, danke."

„Es ist ein natürlicher Vorgang, Chelsea", erklärte er geduldig. „Georgina ist jung und gesund, und sie trinkt keinen Weißwein", fügte er hinzu.

Er machte sich auf den Weg, um Kaffe zu besorgen.

„Und ich trinke keinen Whisky", murmelte sie hinter seinem Rücken.

Elliot kam zehn Minuten später in den Warteraum und wirkte schon weniger beunruhigt. „Alles in Ordnung", berichtete er. „Hört mal, Leute, ihr braucht nicht hier zu bleiben. Maggie glaubt, dass es eine Weile dauern wird."

„Meine beiden Kinder sind in der Morgendämmerung auf die Welt gekommen", sagte David.

„Hat Georgina Schmerzen?" fragte Chelsea, Davids Worte ignorierend.

„Sie kommt mit allem gut zurecht. Wir haben die Lamaze-Methode geprobt."

„Ich bleibe", entschied Chelsea.

„Ich auch", sagte David.

„Es liegt bei euch." Elliot fuhr sich mit den Fingern durch seine dichten dunklen Haare. „Ich berichte über die Fortschritte, sobald ich kann."

„Ich denke", sagte David bedächtig, „dass der Geburtsvorgang für Männer genauso hart ist wie für Frauen."

Chelsea konnte ihn bloß anstarren. „Sie machen Scherze", rief sie schließlich.

„Ich meinte, das Warten ist zermürbend."

„Das stimmt", räumte Chelsea ein. „Könnte ich es mir allerdings aussuchen, wäre ich lieber der wartende als der schreiende Teil."

David zuckte ein wenig zusammen.

„Haben Sie mit Ihrer Frau die Lamaze-Methode gemacht?"

„Nein." Seine Stimme klang plötzlich frostig. „Margaret wollte nicht." Ein Hauch Bitterkeit war da herauszuhören. „Ich konnte nicht bei der Geburt meiner Kinder zusehen."

„Tut mir Leid", sagte Chelsea, weil ihr nichts Besseres einfiel. Tiefe Wasser, dachte sie, und schlammig. „Wie alt sind Ihre Kinder?"

„Mark ist acht, und Taylor ist sechs."

„Zwei Jungs?"

„Nein, Taylor ist meine Tochter. Taylor ist ein traditioneller Name in meiner Familie."

„Die beiden müssen Ihnen sehr fehlen."

„Ja, ja, das tun sie." David hatte sie seit sechs Monaten nicht gesehen, seit er in Boston zu Besuch gewesen war. Und er war nicht lang geblieben. Margaret trieb ihn zum Wahnsinn. Er versuchte ein Lächeln. „Ich wünschte, wir hätten ein Kartenspiel."

„Was spielen Sie am liebsten?" fragte Chelsea mit einem gierigen Aufleuchten ihrer blauen Augen.

Sein Lächeln verstärkte sich. „Stud-Poker mit fünf Karten."

„Wenn Sie wollen", warf Chelsea so ganz beiläufig hin, „dann können Sie zu unserem monatlichen Pokerspiel kommen. In diesem Monat – das ist nächste Woche – findet es in meiner Wohnung in Sausalito statt."

„Und wer macht bei dem Pokerspiel mit?"

„Sie brauchen gar nicht so vorsichtig zu fragen. Bestimmt stellen

Sie sich einen Haufen kichernder Weiber vor, die ständig tratschen, während sie spielen."

„So ungefähr."

„Wie alt sind Sie, David?" fragte sie abrupt.

„Sechsunddreißig. Warum?"

„Ich habe mich nur gefragt, wie lange es dauert, bis ein Mann so viele lächerliche, vorgefasste Meinungen entwickelt."

„Ich habe schon immer schnell gelernt", meinte er und lächelte sie an.

3. KAPITEL

„Georgina hat über die Romanows gelesen", sagte Elliot am nächsten Tag in der Krankenhauscafeteria zu David. „Unser Sohn heißt Alexander Nicholas, und das klingt, glaube ich, sagenhaft genug. Das schlägt sogar Lance oder Stud."

David prostete mit seiner Kaffeetasse. „Gratuliere, und der Name ist schon was. Georgina geht es heute gut?"

„Sie hat die Energie eines Tigers, was einem ganz schön Angst einjagen kann. Heute Morgen war sie bereits aus dem Bett und hat durch das Fenster der Säuglingsstation gestarrt."

„Gibt sie die Brust?"

Elliot schüttelte den Kopf. „Das verbietet ihre Karriere. Ein Covergirl voll Milch geht nicht."

„Meine Frau hat unseren Kindern die Brust gegeben", sagte David. „Ihre Mutter hielt es für selbstverständlich."

Elliot warf David einen durchdringenden Blick zu und war besorgt. Er klang verdammt deprimiert. „Kommen deine Kinder in den Weihnachtsferien her?"

„Ja. Ich kann mir nicht vorstellen, wie sie sich in diesem lässigen Kalifornien zurechtfinden werden."

„Ganz einfach toll, du wirst schon sehen. Apropos lässig. Hast du

Chelsea gestern Nacht gut heimgebracht? Oder besser, heute Morgen?“

„Nein, sie hatte ihren eigenen Wagen. Ich nehme an, sie ist gut heimgekommen.“ David spielte an seiner Styroportasse herum und brach Stückchen aus dem Rand heraus. Nach der endlosen Warterei in der vergangenen Nacht waren sie zu einer Art Waffenstillstand gelangt. Sie war fast sanft und stocknüchtern gewesen. „Sie hat mich für diesen Freitag zu ihrem monatlichen Pokerspiel eingeladen.“

Wäre Elliot nicht so müde und voll von Sorgen gewesen, hätte er daraufhin etwas gesagt, wahrscheinlich Rotalarm gegeben, aber er tat es nicht. Er bemerkte nur: „Das wird für dich bestimmt ein interessanter Abend.“

„Du siehst schrecklich aus, Elliot. Fahr heim und schlaf!“

„Dr. Winter in die Notaufnahme!“ kam es in diesem Moment aus der Sprechanlage. David stand sofort auf. „Grüß Georgina und das Baby!“

Chelsea duschte, zog sich an und wechselte ihre Diamantohrstecker gegen goldene Ringe, alles innerhalb von fünfzehn Minuten. Mit den Ohrringen hielt sie sich am längsten auf. Sie hatte erst vor drei Monaten den Mut gefunden, sich die Ohren durchstechen zu lassen, und sie war noch immer feige, wenn sie die Schmuckstücke wechselte. Sie betrachtete die kleinen goldenen Ringe einen Moment. Geben mir einen gewissen Pfiff, fand sie und schüttelte den Kopf, damit sie ein wenig klingelten, was sie nicht taten.

Wiederum fünfzehn Minuten später trug sie aus ihrer kleinen Küche zwei Tabletts mit Leckereien – Guacamole, Tortillachips und Zwiebeldip. Der Zwiebeldip war für Maurice, ihren Freund, den Innenarchitekten, der nichts anfasste, was grün war. Sarah, ihre Haushälterin, machte ihn speziell für Maurice, so oft er kam. Einmal, bei mehr als fünfundvierzig Grad Schlagseite, hatte er ihr anvertraut, dass sein richtiger Name – schuld waren wohl deutsche Vorfahren – Paul-Otto war.

David kommt spät, dachte Chelsea eine Dreiviertelstunde später.

Wahrscheinlich kommt er gar nicht. Sie, Maurice, Delbert – ein abgetakelter Jockey, der früher auf den Golden Gate Fields Rennen geritten war – und Angelo, ein Exporteur von chinesischem Nippes mit einem Laden auf der Union Street, hatten sich schon zu einem ernsthaften Spiel zusammengesetzt.

Als es an der Tür klingelte, sprang sie auf und ließ die Karten fallen. Maurice heulte auf. „Gütiger Gott, Chels! Ein Full House! Himmel, Leute, wir sind von der Klingel errettet worden!"

„Lass das, Maurice. Das ist David Winter, sei vernünftig und nicht zu verrückt, okay?"

Warum bin ich so nervös? fragte sie sich und zerrte unbewusst ihren rosafarbenen Wollsweater herunter. „Hallo!" war alles, was ihr einfiel, als sie die Tür öffnete. Er sah großartig aus. Er trug eine lässige Cordjeans und einen gerippten blauen Sweater.

„Tut mir Leid, dass ich zu spät komme." David hielt ihr eine Papiertüte entgegen. „Ich habe unterwegs Kekse und eine Flasche Weißwein gekauft."

Sie lächelte erfreut. „Das geht schon in Ordnung." Sie strahlte ihn an. „Meine Freunde könnten für Kekse morden, und ich könnte für Weißwein morden."

Hatte David zuerst gedacht, in ein Tollhaus geraten zu sein, so war er eine Stunde später von den Insassen geplündert worden. Gnadenlos, aber bestens gelaunt.

Angelo rülpste. „Noch Bier da, Chels?"

Sie stand auf und eilte in die Küche. David erhob sich, um seine Beine zu strecken, und starrte einen Moment auf seinen schwindenden Haufen Chips. Dann folgte er Chelsea in die Küche.

„In dieser Wohnung sollte eine Razzia stattfinden", murrte er. „Ich hätte wissen müssen, dass das hier für mich ein paar Nummern zu groß ist, als ich im Krankenhaus dieses Glühen in Ihren Augen sah."

„Es wird Ihnen aufgefallen sein, wer natürlich der große Gewinner ist", erwiderte Chelsea ungerührt.

„Ja. Sie haben mir etwa zwanzig Dollar abgeknöpft."

„Bisher." Chelsea tätschelte seinen Arm und senkte ihre Stimme. „Sie halten sich großartig. Meine Freunde sind, nun ja, sehr ..."

„Kalifornisch, lässig, Halsabschneider."

„Mit nur drei Worten sind Sie zum Kern der Sache vorgedrungen." Sie lächelte. „Und dabei sind Sie nicht einmal Autor. Ich bin beeindruckt."

David ertappte sich dabei, dass er ihr Lächeln erwiderte. Sie sah niedlich aus. Das war das einzige Wort, das im Moment auf sie zutraf. Ihr Haar war zerzaust, ihr Lippenstift schon längst weg, und ein Ohrring hing gefährlich lose. David berührte ihn.

„Hoffentlich sind sie nicht zu teuer", meinte er.

„Ach, du liebe Zeit. Ich habe den Bogen noch nicht ganz raus. Ich habe meine Ohren erst vor kurzem durchstechen lassen."

„Soll ich es für Sie richten?" David wartete nicht auf eine Antwort. Er drehte sie herum und beförderte den Ring an seinen Platz. „Sie duften wunderbar", sagte er. Seine Hand wanderte über ihren entblößten Hals.

Das fühlt sich gut an, stellte Chelsea fest, schloss für einen Moment die Augen und genoss die Berührung durch seine Finger, die leicht ihre Haut streichelten.

„Hey, Chels, wo bleibt mein Bier?" Angelos Stimme war selbst über größere Entfernungen deutlich zu verstehen. „Ich bin am Verdursten."

„Warum geben Sie Angelo nicht den Rest des Sechserpacks und schicken ihn glücklich heim?"

„Hör auf mit deinen Versuchen, bei dem armen Mann zu landen, Chels!" schrie Maurice.

„Meine Familie." Chelsea nahm Angelos Bier und ging aus der Küche.

Himmel, dachte David, während seine Blicke ihr folgten, sie hat herrliche Rundungen.

Zwei Stunden später und fünfzig Dollar ärmer stand David neben Chelsea, nachdem sie der Pokerbande eine gute Nacht gewünscht hatte.

Er half ihr beim Aufräumen.

Chelsea stapelte die Teller in der Küchenspüle und räumte dann ein wenig umständlich Essensreste in den Kühlschrank, wobei sie sich bewusst war, dass David in der Küchentür stand und jede ihrer Bewegungen verfolgte.

„Ich nehme an", sagte sie herausfordernd und wandte sich ihm zu, „dass Sie jetzt ein wenig spielen wollen. Warum?"

„Weil ich Sie sexy finde. Finden Sie mich nicht auch sexy?"

„Lassen Sie sich etwas von mir gesagt sein, Dr. Winter. Ich bin wirklich sehr daran gewöhnt, das letzte Wort zu haben."

„Schlagen Ihre Heldinnen immer Ihre Helden verbal?"

Sie zuckte mit den Schultern. „Manchmal. Nun ja, kommt darauf an. Ist der Held ein Standardtyp-I, verpasst ihm meine Heldin verbal alles an Kummer, was ..." Sie unterbrach sich bei seinem verwirrten Blick. „Ein Standardtyp-I-Held ist der starke, macho-arrogante Typ. Ein Standardtyp-II-Held ist der geistreiche, verständnisvolle, ordentliche Typ."

„Welchen bevorzugen Sie?"

„Beide."

„Sie haben keine großen Wünsche, Lady, oder?"

„Wir sprechen von breit angelegten Charaktertypen, David."

David zog sie blitzschnell an sich und legte Chelsea mit dem Gesicht nach unten über seine Schenkel. „Sie haben den hübschesten Po", stellte er fest und betrachtete sie voller Begierde.

„Das sagten Sie schon." Chelsea wand sich, um zu ihm hochzublicken. „Körperteil ist Körperteil, David. Lassen Sie mich aufsetzen."

„Nur, wenn Sie mir versprechen, zivilisiert zu sein und mich zu küssen."

„In Ordnung", sagte sie, ohne auch nur im Geringsten zu zögern.

Er grinste jungenhaft, als er sie herumdrehte. „Zeit zum Schuldenbezahlen, Lady."

Innerhalb einer Sekunde war sie aus seinen Armen und stand vor ihm. „Ihre Bedingung waren in Wirklichkeit zwei. Als ich Ja sagte, ging ich nur auf die erste ein, nämlich ein ruhiger, zivilisierter Mensch zu sein."

Er sagte einen Moment nichts, sondern betrachtete sie nur nachdenklich.

Chelsea wurde nervös. „Ich habe Sie glatt ausgetrickst. Warum geben Sie es nicht einfach zu?"

„Ich versuche zu ergründen, was ein Standardtyp-I-Held in dieser Situation machen würde. Wie wäre es, wenn ich Sie zu Boden werfe und kitzle, bis Sie um Gnade winseln?"

Chelsea schüttelte den Kopf. „Nein, das ist eine eindeutige Standardtyp-II-Reaktion. Und die ist viel zu heiter für einen Standardtyp-I."

„Hm, und wenn ich Sie packe, mir über die Schulter werfe und unter die Dusche stecke? Jede Menge kaltes Wasser."

„Das ist bloße Bestrafung ohne wirkliche Befriedigung für den Helden. Nein, würde ich nicht nehmen."

„Ich glaube, ich hab's." David stand rasch auf, packte sie an der Hand und warf sie auf das Sofa. Er schob sich über sie und zog ihre Hände über ihren Kopf.

Chelsea wehrte sich nicht. Sie fühlte seinen harten Körper auf sich, aber er war nicht zu schwer. Es war so lange her, dass sie irgendetwas gefühlt hatte, das auch nur annähernd so war wie diese Wärme, die er in ihr erzeugte.

Er beugte sich herunter und berührte mit seinem Mund sanft ihre Lippen. „Ich bin froh, dass Sie ein über zwei Meter langes Sofa haben", murmelte er an ihrem Ohr.

„Darauf fällt mir kein einziger passender schlagfertiger Witz ein", sagte sie. Er küsste sie noch einmal. „Ist das schon Herumspielen?" fragte sie mit einem aus dem Stegreif erfundenen transsilvanischen Akzent und knabberte an seinem Hals.

„Nein", erwiderte David. „Ich glaube nicht." Er stockte einen Moment und fragte dann sehr angespannt: „Chelsea, bist du niemals ernst?"

„Du hast sehr weiße Zähne."

„Ich weiß. Bist du es jemals? Ich meine, reagierst du irgendwann in angemessen ernsthafter Weise auf Dinge?“

„Natürlich, aber Dinge verlangen nur selten Ernsthaftigkeit. Du andererseits fließt vermutlich vor Ernsthaftigkeit über.“

„Ich lache mir ganz bestimmt nie meinen Weg in das Bett einer Frau“, sagte er steif.

„Mir war gar nicht klar, dass wir in irgendjemandes Bett sind. Abgesehen davon, bezweifle ich sogar, dass du dir deinen Weg in die Dusche lachen könntest.“

„Wir sind fast im Bett“, fauchte er und zog sich von ihr zurück, „und die kalte Dusche ist wahrscheinlich genau der Ort, an den du hingehörst.“

Chelsea starrte ihn fassungslos an. „Willst du damit sagen, dass du schweres Atmen hören willst und vielleicht eine Lesung von Shakespeare-Sonetten?“

„Du bist wirklich reichlich unreif“, erklärte er. „Reichlich unreif.“ Er stand von dem Sofa auf und überragte sie.

Chelsea konnte noch immer nicht glauben, dass er es ernst meinte. „Soll ich mich schwarz anziehen?“ fragte sie und zog ihren Sweater an seinen geziemenden Platz zurück. „Oder ich könnte mir vielleicht einen Strumpf in den Mund stecken, um nicht deine ernsthafte Empfindsamkeit mit meinem unreifen Humor lächerlich zu machen.“

Er fuhr sich mit den Fingern durch seine dichten Haare. „Sieh mal, Chelsea, Humor ist schön und gut, aber wenn man eigentlich ernst sein sollte und an der Sache beteiligt, dann will man nicht, dass der andere das Gefühl hat, dass er etwas tut, worüber man Scherze macht.“

„Ich glaube dir einfach nicht“, stieß sie hervor. „Und lass mich auch noch sagen, dass dieser verdrehte Satz, den du da eben zusammengeschustert hast, weder ein Satz des Standardtyps-I noch des Standardtyps-II ist. Das ist steifhemdiges, pseudointellektuelles Ostküsten-Geschwätz. Kein Wunder, dass deine Frau sich hat scheiden lassen! Du redest den größten Quatsch von allen Männern, die ich je in meinem Leben getroffen habe. Und du kannst nicht mal anständig pokern!“

David fühlte sich mehr frustriert als wütend. Verdammt, sie war ein frivoles, albernes, kalifornisches Dummerchen mit keinem anderen Vorzug als einem hübschen Hintern, und ihre große Klappe lenkte eindeutig die Aufmerksamkeit von diesem Vorzug ab.

„Und ich bin nicht unreif.“ Chelsea raffte sich von der Couch auf. „Nur weil ich dir nicht in die Arme taumle und seufze, wenn du deine albernen männlichen Verkündigungen von dir gibst, oder mit größter Ernsthaftigkeit stöhne, wenn du mich küsst ...“

Er schüttelte den Kopf und schnitt ihr das Wort ab. „Verdammt, du treibst mich innerhalb kürzester Zeit mehr zum Wahnsinn als irgendeine Frau, die ich je gekannt habe. Gute Nacht, Chelsea. Da du versuchst, einen Mann zu finden, werde ich gern für dich die Augen offen halten, aber ich bezweifle, dass es sich auch nur ein Mann gefallen lassen wird, dass du ihm wie ein Vampir an die Kehle gehst, wenn er nur ...“

„Vampir?! Du Idiot! Würde ich einen Mann suchen, hätte ich dir, du Dr. Wunderbar, keinen zweiten Blick zugeworfen. Warte gefälligst!“ brüllte sie hinter ihm her. „Ich habe meinen Satz noch nicht beendet. Meinen Satz vor dem letzten.“

„Schreib ihn in deinen nächsten Roman! Bestimmt kannst du einen ausreichend abstoßenden männlichen Schuft erfinden, zu dem du ihn sagen kannst.“

„Dafür bringe ich dich um, Georgina“, knirschte Chelsea, während die zugeknallte Tür die Wand dröhnen ließ. „Lieber langweile ich mich zu Tode, als mich auf dieses steife Hemd einzulassen!“

4. KAPITEL

„Verdammt, Elliot, ich habe sie gestern sogar angerufen, um mich zu entschuldigen, und sie hatte den Nerv, aufzulegen."

„Was hast du daraufhin getan?" fragte Elliot Mallory mit großem Interesse, obwohl er ganz genau wusste, was sich abgespielt hatte. Zwischen der Fürsorge für ihren Sohn Alex und Besuchen von Chelsea wurde Georgina allmählich wahnsinnig und hatte ihm alles erzählt.

„Ich habe sie noch einmal angerufen und sie zum Dinner eingeladen. Und sie sagte, sie hätte einen Termin einzuhalten und könne keine Zeit verschwenden! Dieses hohlköpfige Frauenzimmer braucht einen Wärter."

„Das mit dem Wärter gefällt mir." Elliot konnte ein Lächeln nicht zurückhalten. „Ich verstehe nur nicht, David, warum du dich darüber so aufregst. Für mich klingt das so, als könnten du und Chelsea keine fünf Minuten zusammen sein, ohne dass einer von euch einen Tobsuchtsanfall bekommt. Dieses Mal wolltest du ernst und seelenvoll sein, und sie wollte spielen. Das letzte Mal habt ihr Georgina und mir eine köstliche Schlacht der Geschlechter geliefert. Und, David, Chelsea ist nicht unreif. Sie ist sehr offen und freigebig und geistreich. So ist sie einfach."

„Du hast Recht. Ich lag völlig daneben, verdammt noch mal!"

Elliot blinzelte. Er stützte sich auf die Ellbogen und starrte über den Pool. In dem Moment, als er David, für gewöhnlich ein Morgenschwimmer, um ein Uhr mittags hatte hereinkommen sehen, hatte er gewusst, dass er wieder in die Sache hineingezogen wurde. Dabei hatte er erst am Vorabend Georgina geschworen, dass er sich nie mehr einmischen würde. „Nein, verdammt, George, das reicht! Die beiden ... Behalte deine Hände bei dir! Nein, hör auf, ich ändere meine Meinung nicht!" Aber es hatte ihm alles nichts genützt. Dies zu irgendwelchen Schwüren.

„Sie ist so anders, und ich war so grob. Noch mehr beunruhigt mich, dass ich nicht weiß, warum ich mich in einen Mr. Hyde verwandelt habe. Sie ist so reizend, so warm, und ich – nun, ich war ein Esel, verdammt!“

„Hast du je etwas über Chelseas Eltern gehört?“ fragte Elliot und flehte in Gedanken um Absolution von der Sünde, die zu begehen er im Begriff stand.

„Nein, warum?“

„Nun, wenn Chelsea sich manchmal ein wenig anders verhält oder vielleicht auch schnippisch, solltest du ihre Beziehung zu ihren Eltern in Betracht ziehen. Sie sind ziemlich reich, weißt du. Ihr Dad ist Zahnarzt, ihre Mutter Weltreisende. Chelsea war einen Großteil ihres Lebens allein. Ich weiß, dass sie ihr finanziell nicht helfen, und ich bin sicher, sie ist viel zu stolz, um sie darum zu bitten.“ Keine einzige Lüge, dachte er und gratulierte sich. Er konnte mit Worten genauso gut umgehen wie Chelsea. Vielleicht sollte er sich aufs Schreiben verlegen. Einen Arztthriller, eventuell.

„Aber die Eigentumswohnung in Sausalito. Du kennst die Immobilienpreise hier in der Gegend, Elliot.“

„Die hat sie wahrscheinlich nur gemietet, eine Sondervereinbarung. Ich glaube, Georgina hat mir so etwas erzählt. Ich weiß nicht, wie Chelsea es schafft, dass sie finanziell doch hinkommt, das arme Mädchen.“ Er brachte einen mitleidigen Seufzer zustande.

„Sie hat von mir beim Pokern fünfzig Dollar gewonnen“, murmelte David.

„Gut. Dann kann sie jetzt wenigstens Lebensmittel kaufen.“

„Sie hat eine Haushälterin!“

„Ich glaube, Sarah verzichtet auf Geld. Chelsea hat geholfen, dass das Krimimanuskript ihres Mannes in ihrem Verlag geprüft wird.“

„Aber was ist mit ihrem Schreiben? Die Art von Büchern, die sie schreibt, verkauft sich doch gut, oder?“

Elliot zuckte die Schultern. „Ich habe gehört, dass Verlage nicht immer so prompt zahlen, wie sie sollten. Vielleicht hat sie ein Problem mit Vorschüssen und Zahlungsverzögerungen und solchen Sachen.“

Belügen ist anstrengend, dachte er. Soviel er wusste, verdiente Chelsea mehr Geld als David, und was ihre Eltern anging, so waren sie ziemlich bescheuert, richtig, aber sie liebten ihre Tochter bis zur Raserei.

Warum zum Teufel war Georgina bloß so darauf erpicht, diese beiden gegensätzlichen Exemplare zusammenzubringen?

Er hörte David murmeln: „Dann wird sie nie Geld von mir annehmen. Sie ist so klein ... Ich möchte, dass sie mehr isst."

„Ich habe eine Idee, David", sagte Elliot, stand auf und streckte sich. Er fühlte sich nach fünfzig Längen angenehm erfrischt. Er fühlte sich auch schuldig, weil er David glauben ließ, Chelsea wäre im Stich gelassen und am Verhungern. „Warte doch eine Woche und ruf sie dann noch einmal an." David wirkte alarmiert, und Elliot fügte scharf hinzu: „Sie wird nicht verhungern, David. Erinnere dich an die fünfzig Dollar."

Als Elliot pflichtschuldigst dieses Gespräch seiner Frau abends beim Essen schilderte, brach sie in Lachen aus. „Elliot Mallory, du bist ein geborener Intrigant. Jetzt muss ich nur noch Chelsea bearbeiten. Ich habe eine Woche, hast du gesagt?"

„Ja, sofern David nicht zusammenbricht und Lebensmittel in ihre Wohnung schickt."

„Das war wirklich ein netter Einfall." Sie bewunderte seine Fähigkeit. „Den Rest überlass mir." Sie unterbrach sich, und er wusste, dass sie lauschte. „Sofern mein Radar nicht heute streikt, ist das der Ruf deines Sohns."

Elliot stand auf und drückte sie an sich. „Bestaunen wir zusammen den kleinen Teufel, einverstanden?"

Mrs. Cambrey, die bei ihnen lebende Kinderschwester, erschien und lächelte. „Sie haben ihn offenbar gehört."

„Oh ja, Anna. Ruhen Sie sich doch etwas aus. Papa und ich machen jetzt die Honneurs."

„Sie beide machen im Moment zu viele Honneurs", erwiderte Anna. „Ich werde faul und fett."

„Damit bin ich morgen dran", meinte Georgina. „Ich werde in einem mexikanischen Restaurant ordentlich reinhauen, und zwar mit einer sehr lieben, verhungernden Freundin."

Georgina betrachtete Chelsea prüfend, während sie ihren gespritzten Weißwein nippte. Es war ein schöner klarer Tag, und sie lunchten in Chelseas mexikanischem Lieblingsrestaurant in Mill Valley.

Georgina hatte sich eine Viertelstunde über ihren perfekten Sohn ausgelassen und Chelsea die Zeit für ein Glas Weißwein gegeben.

„Soviel ich weiß, musst du einen bestimmten Termin einhalten." Georgina wechselte endlich das Thema, während sie an einem Tortillachip knabberte. „Hm, köstlich scharfe Sauce."

Chelsea blinzelte. „Du weißt, dass ich das nicht tue. Wie kommst du auf diese Idee? Ich bin in der Mitte des dritten Buchs der San Francisco-Trilogie."

„Ach, du liebe Zeit." Georgina sah schuldbewusst drein. „Ich vergaß. Verzeih mir, Chels. Hast du schon entschieden, was du bestellst?"

„George." Chelsea richtete ihren durchdringenden Blick auf ihre Freundin. „Spuck es aus!"

„Ich glaube, ich nehme Macho Burrito mit Rind, nicht mit Huhn. Ausspucken? Alles ist sicher nur ein dummes Missverständnis. David hat nur Elliot erzählt, dass er sich so gern bei dir entschuldigen wollte, aber du hättest gesagt, dass du keine Zeit für ihn hast."

„Dann habe ich eben gelogen." Chelsea zuckte heftig die Schultern. „Ich sagte dir doch, wie unmöglich er war, George. Eine Entschuldigung ist einfach Käse! Dieser verkrampfte Ostküsten-Idiot kennt wahrscheinlich nicht einmal die Bedeutung des Wortes."

„Was meinst du, Chels? Sollen wir auch gebackenen Käse nehmen?"

„George!" Chelsea schlug ihren drohendsten Tonfall an. Sie musste jedoch ihre Flamme zurückschrauben, weil die Kellnerin mit einem breiten Lächeln, Stift und Bestellblock an den Tisch kam.

„Noch einen Weißwein für meine Freundin, bitte", rief Georgina ihr nach, als sie gleich darauf mit ihren Bestellungen wegging. „Hör mal", sagte Georgina. „Ich möchte dir etwas erzählen, das du vermutlich nicht über David weißt."

„Nach allem, was er so sagte, war an seiner Reaktion auf dein Herumalbern seine erste Frau schuld. Sieht so aus, als wäre er einmal am Ende einer sechsunddreißigstündigen Schicht im Krankenhaus nicht fähig gewesen zu – nun ja, es zu bringen. Seine Frau hat ihn ausgelacht." Gütiger Himmel, ich sollte Bücher schreiben! Brillant!

Würde Chelsea Socken tragen, hätte es ihr dieselben glatt ausgezogen, dachte Georgina. Sie wirkte sogar so betroffen, dass ihr gar nicht bewusst wurde, wie unwahrscheinlich es war, dass irgendein Mann zugab, es nicht gebracht zu haben, noch viel weniger, dass eine Frau ihn deshalb ausgelacht hatte.

„Aber ... aber ich habe doch gar nicht über ihn gelacht. Wie konnte er das nur denken? Wir haben herumgealbert und über Herumspielen gesprochen und Standardtyp-I- und Standardtyp-II-Helden, und wir landeten auf dem Sofa. Ich habe nichts anderes getan, als an seinem Hals zu knabbern. Vielleicht nicht so besonders komisch, aber ich war ein wenig nervös. Ich habe einfach ein kleines Stück von meiner Draculanummer abgezogen. George, um Himmels willen, ich bin nicht daran gewöhnt, mit einem Mann auf mir herumzuliegen."

Ich auch nicht, bis Elliot ... Mit ihrem tröstlichsten Tonfall sagte sie: „Armer David. Weißt du, er ist so einsam. Du musst verstehen, dass er seine Kinder ganz schrecklich vermisst. Und er arbeitet so hart. Manchmal achtzehn Stunden am Tag, hat Elliot mir erzählt."

Chelsea lehnte sich auf ihrem Stuhl zurück. „Weißt du, er ist sehr gut mit meinen verrückten Freunden an diesem Abend zurechtgekommen. Und er war amüsant und komisch. Ich dachte nur nie, dass ... also ..."

„Genau", sagte Georgina. „Ah, da ist mein Macho Burrito!"

Chelsea starrte lustlos auf ihren Teller mit Nachos. „Seine eigene Ehefrau hat ihn ausgelacht?"

„Ist das nicht traurig?" Georgina schüttelte den Kopf.

„Ich wette, er ruft mich nicht mehr an", murmelte Chelsea düster.

„Ach", meinte Georgina fröhlich, „das ist vielleicht ganz gut so.

Wahrscheinlich stimmt es, dass Gegensätze sich nicht anziehen oder sich zumindest nicht anziehen sollten."

Chelsea warf ihr einen finsteren Blick zu und fragte sich, wie man so äußerst empfindungslos sein konnte. Außerdem waren sie und David gar keine wirklichen Gegensätze.

„Hallo! Chelsea?" Sie packte den Hörer fester. „David?"

„Ja. Ich dachte, du bist vielleicht schon mit deiner Terminarbeit fertig."

„Ich habe das Manuskript heute Vormittag losgeschickt", erwiderte sie, absolut der Unwahrheit entsprechend. „Wie geht es dir, David?"

Er blinzelte das Telefon an, hörte, wie ein Mann in der Notaufnahme einen Hilfsarzt anschrie, und stieß hastig mit dem Fuß die Tür zu dem kleinen Esszimmer zu. Chelsea freute sich offenbar, von ihm zu hören. „Ich ... äh ... möchtest du mit mir zum Dinner ausgehen? Jetzt, wo du doch nicht mehr vom Verlag her unter Druck stehst."

„Wann?"

„Hm, wie wäre es mit morgen Abend? Hast du ein Lieblingsrestaurant?"

Elsa öffnete in diesem Moment die Tür. „Dr. Winter, wir haben einen Motorradunfall!"

„Komme sofort." Zu Chelsea sagte er hastig: „Notfall, tut mir Leid. Ich hole dich um sieben ab, in Ordnung?"

„Das wäre großartig", sagte Chelsea und lächelte ein süßes, sanftes, verstehendes Lächeln, während sie behutsam den Hörer auflegte. Armer Mann, dachte sie und betrachtete mit einem sinnierenden Lächeln das Telefon.

„Du siehst großartig aus." David lächelte Chelsea am folgenden Abend genau um sieben Uhr an. „Du hast doch nicht abgenommen, oder?"

Sie legte den Kopf schief. „Das ist stets mein kleinstes Problem. Wie geht es dir, David? Bist du schrecklich müde?"

„Nein, eigentlich nicht. Heute war es nicht gerade ruhig, aber es war auch kein Tollhaus."

Sie tätschelte seinen Arm. „Das freut mich. Du darfst dich nicht zu sehr verausgaben. Du siehst sehr gut aus. Ich finde, wir sollten deinen Glanz nicht an das Lokal verschwenden, an das ich zuerst dachte. Warst du je im ‚Alta Mira'?"

Er war es nicht, und der Panoramablick aus den Fenstern des Hotelspeisesaals beeindruckte ihn gewaltig.

David bestellte einen sehr teuren Chablis und sah kurz zu Chelsea, um festzustellen, ob sie einverstanden war. Sie war es und strahlte ihn an.

Himmel, dachte er und zwang seinen Blick zu der verzierten Speisekarte, sie sieht heute Abend hübsch aus.

Er mochte das eng anliegende Kleid, aber er fragte sich, wie sie mit ihren acht Zentimeter hohen Absätzen gehen konnte, ohne zu stolpern und sich das Genick zu brechen. Vielleicht, dachte er, will sie mir bis zum Kinn reichen. Ihr schwarzes Haar war duftig und sah weich aus und umrahmte bewunderungswürdig ihr feenhaftes Gesicht.

„Die Meeresfrüchte-Salate sind köstlich", schwärmte Chelsea nach einer Weile.

Er hatte genug Zeit gehabt, um die Speisekarte drei Mal genau zu studieren.

David legte die Speisekarte weg und lächelte. „Bestell du doch für mich. Ich liebe Meeresfrüchte, besonders Shrimps oder Krabben. Ah, und da ist der Wein. Willst du ihn kosten? Du bist diejenige mit den erfahrenen Geschmacksknospen."

Chelsea kostete, war zufrieden und bestellte für sie beide.

„Möchtest du nicht ein Steak oder etwas Nahrhafteres zum Salat?"

„David, du hast noch nicht die Alta-Mira-Salate gesehen. Das sind Portionen, die muss man mit nach Hause nehmen und drei Tage daran essen."

Deshalb hatte sie also den Salat bestellt. Er schloss einen Moment die Augen und war sich darüber klar, dass er äußerst behutsam vorgehen musste.

„Wann wirst du deine Kinder wieder sehen?“ fragte Chelsea und wollte seine Hand halten, um ihn zu trösten. Er wirkte nicht besonders elend, wie Georgina behauptet hatte, aber manche Leute verbargen ihre Gefühle sehr gut. Besonders ihre Helden, zumindest die Standardtypen-I.

„Meine Kinder? Zu Weihnachten. Sie kommen für zwei Wochen von Boston. Und dann kommen sie mit etwas Glück im Frühjahr wieder. Möchtest du nicht eine Scheibe Brot, Chelsea? Mit Butter? Hier ist eine Erdbeermarmelade, die sieht ganz köstlich aus.“

Sie schüttelte den Kopf. „Nimm du dir doch etwas. Das ist wirklich wunderbar. Ich wette, du vermisst die Kinder sehr.“

„Ja, das tue ich. Warum bestellst du für uns keine Suppe?“

„David, ich bin nicht so hungrig.“

„Schon gut“, lenkte er hastig ein, damit sie keinen Verdacht schöpfte. „Du hast mir erzählt, dass du ein Einzelkind bist. Das muss hart gewesen sein.“

„Hart? Eigentlich nicht. Ich habe ziemlich ulkige Eltern. Habe ich dir nicht von ihnen erzählt?“

Er versuchte sich zu erinnern, aber nur Elliots Worte zeichneten sich klar in seinen Gedanken ab. „Nein, zumindest nicht viel. Wieso sagst du, sie sind ulkig?“

Chelsea lachte, klar und süß. „Ich glaube sogar, das Wort wurde für die beiden erfunden.“ Sie merkte, dass er mehr hören wollte, und bemühte sich darum, es amüsant zu halten. „Mein Dad, falls du dich nicht erinnerst, ist Zahnarzt. Stell dir vor, falls du das kannst, einen Mann Anfang Fünfzig, braun gebrannt wie ein Surfer und mit einer Goldkette um den Hals. Er ist ein Freak für Gesundheitsessen und joggt täglich fünf Meilen. Und das alles, musst du wissen, während meine Mutter entweder für eine Reise nach Gott-weiß-wohin einpackt oder von einer Reise nach Gott-weiß-wohin auspackt. Was ist mit deinen Leuten? Sind sie auch ein wenig ulkig oder ultrakonservativ?“

„Letzteres." Sie ist so tapfer, dachte er. Gar keine Bitterkeit in ihrer Stimme, wenn sie von ihren Eltern spricht.

Seine Gedankensprünge waren äußerst sonderbar, aber Chelsea störte sich nicht daran. Sie fand erneut, dass er für einen sehr einsamen, überarbeiteten Mann extrem charmant war. „Du bist sehr klein", bemerkte er abrupt.

Das entlockte ihr ein fröhliches Lachen, das von der Ankunft ihres Kellners abgeschnitten wurde, der zwei gehäufte Teller brachte.

„Glaubst du, das wird reichen, Doktor?"

„Sehr beeindruckend", sagte David. Viele Krabben, dachte er. Das ist gut. Er aß davon und nickte anerkennend.

„Hat dir der Salat geschmeckt? Möchtest du Dessert? Das ist hier richtig obszön", sagte Chelsea, nachdem sie gespeist hatten.

„Obszön? Das klingt interessant. Nein, nichts für mich. Aber du möchtest doch bestimmt etwas, nicht wahr, Chelsea?"

Ich habe es falsch angepackt, dachte er, als sie den Kopf schüttelte. Wenn er etwas bestellt hätte dann hätte sie sich ihm vielleicht angeschlossen. Zumindest hätte er sie dazu überreden können, ein paar Bissen bei ihm mitzuessen. Na ja, nächstes Mal wollte er schlauer sein.

Er schenkte ihr ein unwiderstehliches Lächeln.

5. KAPITEL

Warum bist du so nervös, du alberne Maid? Chelsea lächelte über ihren stummen Selbsttadel. Sie liebte es, mit sich selbst antiquiert zu sprechen. Vermutlich war sie nervös, weil David ihr unter Umständen wieder komisch kommen konnte. Nun gut, entschied sie, diesmal werde ich mich sehr seriös verhalten.

Als sie ihre Wohnung erreichten, berührte er zu ihrer Überraschung ihre Arme sanft mit seinen Händen, beugte sich herunter und küsste sie ganz leicht. Er gab ihr nicht eine Chance, ihm die vorübergehende Tiefe ihrer Ernsthaftigkeit zu zeigen.

„Vielen Dank für einen wunderbaren Abend. Kann ich dich zum Wochenende sehen? Vielleicht am Samstag? Wir könnten segeln gehen, wenn das Wetter gut ist."

„Fein", sagte Chelsea und blickte auf seinen Mund.

Er beugte sich rasch herunter und küsste sie sanft. Er strich mit seinen langen Fingern über ihre Wange, küsste sie auf die Nasenspitze und ging.

Äußerst seltsam, dachte Chelsea.

Der Vormittag eine Woche vor Thanksgiving war sonnig und warm, aber als geborene Kalifornierin erwartete Chelsea nichts anderes. Sie ließ sich auf ein Knie sinken, um einen ihrer Laufschuhe wieder zuzuschnüren, stand auf, streckte sich ein wenig und atmete den wundervollen Duft der Eukalyptusbäume rings um sie herum im Golden Gate Park ein. Sie wünschte sich, Georgina hätte bei ihr sein können, aber Georgina, das Covergirl, machte Werbung in Boston, die erste seit der Geburt von Alex, und kam erst abends wieder. Okay, ihr faulen Knochen, sagte sie sich, los!

Chelsea genoss das Joggen. Sie war nicht so diszipliniert wie Georgina und besaß auch nicht so viel Ausdauer, aber sie konnte zwei Meilen im Park laufen, bevor sie zusammenbrach.

Sekunden später bemühten ihre Füße sich, einen glatten Rhythmus einzuhalten, und ihr Gehirn war auf San Francisco 1854 fixiert – noch ehe es diesen Park gegeben hat, erkannte sie mit einem Lächeln. Damals wäre sie auf Sanddünen gelaufen und hätte Flugsand eingeatmet.

Also, sagte ihre Handlungserfindungsstimme, unser Held Michael – Spitzname „der Heilige" – gefällt mir. Ich muss ein paar Bücher finden, was Ärzte damals wussten und taten und ... Oh ja, ich habe ihn schon als großen Geschichtenerzähler angelegt. Also gibt es keinen Grund, warum ich nicht lustige Histörchen über die Geschichte der Medizin verwenden soll, wenn ich sie finde. Und was Jules angeht, ist es hübsch, dass sie aus Maui stammt, damals ein großartiger Ort mit all den Walfängern und ...

Chelsea hörte das erstickte Aufheulen eines Motors genau hinter sich, zwang sich in die Gegenwart zurück und drehte sich rasch um. Aber es war zu spät. Ein Typ kämpfte mit seinem Moped und verlor. Wie seltsam das Moped doch aussieht, dachte sie leidenschaftslos in diesem Moment, mit allen diesen Apparaturen und Dingern an der Lenkstange.

Das Moped prallte gegen sie, und sie fühlte etwas Scharfes und Kaltes an ihrem Bauch. Die Wucht schleuderte sie rücklings in einen Azaleenstrauch. Ihr Kopf schlug gegen einen Stein, und sie rang nach Luft – nur ein kleiner, sanfter Laut.

Chelsea kam zu sich und nahm wahr, dass sie sich bewegte und ein lautes Geräusch in ihre Ohren drang.

„Ganz ruhig!“ sagte eine besänftigende Stimme, und sie fühlte eine behutsame Hand auf ihrer Schulter. „Bleiben Sie still liegen!“

„Wo ... wo bin ich?“

„In einem Krankenwagen. Wir sind gleich im Hospital.“

„Was ist passiert?“ Ihre Stimme klang hoch und dünn, fast wie die eines Kindes. Ihr Kopf schmerzte abscheulich von der Sirene.

„Ein Moped hat Sie umgefahren. Ich glaube, der verdammte Kerl war betrunken.“

„Mein Bauch“, keuchte sie plötzlich und versuchte, ihre Arme um sich zu schlingen und die Beine anzuziehen, aber Hände hielten sie fest, und die besänftigende Stimme sagte ihr ständig, sie solle stillliegen. Dann wurde Chelsea wieder ohnmächtig.

Irgendwann hörte sie eine Frau energisch sagen: „Blutdruck hundertzehn zu achtzig, Puls hundertfünfundvierzig.“

Sie sah Davids Kopf nahe an ihrem Bauch. „Entspann dich, Chelsea“, sagte er, ohne sie anzusehen.

Behutsam untersuchte er die Wunde und versuchte, die Tiefe herauszufinden. Er hoffte, dass nichts Lebenswichtiges beschädigt worden war.

Er glaubte es nicht, aber er war nicht sicher. „Legen Sie eine Infusion an“, sagte er zu der Schwester.

In Gedanken ging er alle Möglichkeiten durch, während er sich aufrichtete und sein Stethoskop hervorholte. Er hörte ihr Herz und ihre Lungen ab. Plötzlich stöhnte sie, und er zuckte zusammen.

„Chelsea.“ Er legte seine Hände wieder an ihr Gesicht. „Wir machen gleich eine Laparotomie. Ich lasse dich Papiere unterschreiben. Dann gebe ich dir eine Spritze, und danach hast du keine Schmerzen mehr. Okay?“

„Es tut weh“, klagte Chelsea. „Und mein elender Kopf auch.“

„Das kann ich mir denken, aber du kommst in Ordnung, das verspreche ich dir. Halte still! Noch ein schneller Stich.“

Er legte die Infusion an und verlangte Antibiotika.

David tastete ihre Rippen ab. „Hier Schmerzen?“ Sie schüttelte den Kopf.

Er wusste, dass sie operieren mussten. „Okay, ich richte dich jetzt ein wenig auf. Hier ist ein Stift. Du unterschreibst hier.“

„Was ist das? Mein Testament? Vermache ich dir mein ganzes Geld?“

„Nein, du gibst bloß eine Einwilligung zu einer Laparotomie.“

Sie wollte fragen, was eine Laparotomie war, fühlte jedoch einen scharfen Schmerz in ihrem Bauch und konnte nicht klar denken. Sie unterschrieb.

„Gut.“ David injizierte ein Schmerzmittel in den Tropf und beugte sich wieder über sie. „Normal atmen! Du schläfst noch nicht ein, aber der Schmerz geht weg. Dann mache ich ein paar sehr hübsche Bilder von deinem Inneren. Danach ab in den OP.“

„Nein!“ schrie Chelsea und wollte sich aufsetzen, aber alles drehte sich. Sie fühlte sich empfindungslos, und ihr Gehirn war wie Brei, aber wenigstens war der Schmerz nur noch ein dumpfes Pochen.

David sagte: „Holen Sie Dr. Madson! Ich will, dass er operiert.“ Er ergriff Chelseas Hand und lächelte. „Das kriegen wir wieder hin, Chels. Und wenn du aufwachst, wirst du mich nicht beschimpfen können, ich hätte dich operiert.“

Chelsea nahm Weiß wahr, endloses Weiß. Sie kniff die Lider zusammen und stieß dann bei dem pochenden Schmerz in ihrem Magen einen Laut aus.

Sie hörte eine Stimme, eine sehr sanfte, feste Stimme, die ihr sagte, sie solle stillhalten.

Dann drängte David: „Chelsea, öffne die Augen!"

Sie schaffte das gerade. Zuerst war er verschwommen, aber sie blinzelte, bis sie ihn klar sah.

David blickte auf sie hinunter und versuchte, die Sorgenfalten von seiner Stirn zu verbannen. Die Operation war immerhin gut verlaufen. Chelsea wirkte nur so klein und verloren in dem weißen Krankenhaushemd. Ihr Gesicht war fast so weiß wie die Laken, ihr schwarzes Haar zerzaust, ihre Lippen waren blass und ohne ihr übliches pfirsichfarbenes Rouge. Sie wirkte verletzlich, hilflos, und er wünschte sich, durch Zauberkraft diesen Tag schon in morgen verwandeln zu können. Selbst mit Schmerzmitteln würde sie sich mindestens noch acht Stunden höllisch fühlen. David sah, wie sie sich auf die Unterlippe biss. Sanft griff er nach ihrer Hand und hielt sie fest.

„Chelsea, ich weiß, dass du Schmerzen hast, aber versuche, nicht dagegen anzukämpfen, ja? Atme flach. Ein Eingriff im Bauchbereich ist nicht angenehm, aber der Schmerz wird nicht allzu lange andauern. Ich gebe dir bald etwas dagegen."

„Was machst du hier?" fragte sie. Seine Worte hatte sie nicht aufgenommen. In ihr war alles so dumpf. „Ich bin im Bett, aber mein Schlafzimmer ist nicht so weiß. Ich habe dich doch nicht eingeladen, die Nacht bei mir zu verbringen?"

„Diesmal nicht, nein. Du bist im Krankenhaus. Erinnerst du dich an das Moped?"

„Ich bin weder blöde noch senil." Sie zuckte zusammen. Der scharfe Schmerz im Bauch erinnerte sie an alles.

Sie hörte David leise lachen.

David richtete sich auf und ließ ihre Hand los. Dennis Madson hatte gute Arbeit geleistet. Die Wunde war klein, die Stiche waren schön ausgeführt, und Dennis hatte nur verständnisvoll gelächelt, als

David nicht assistieren wollte. Er war im Wartezimmer wie ein werdender Vater während der ganzen Operation auf und ab gelaufen und hatte zu viel Angst gehabt, um Dennis zu assistieren. Dennis hatte ihm erst hinterher die Ergebnisse gezeigt.

Zu seinem Bedauern wurde er wieder in die Notaufnahme gerufen. Er sprach leise auf Chelsea ein, aber sie reagierte nicht. Daraufhin wies er eine Schwester an, bei ihr zu bleiben, bis er zurückkam.

„Erbarmen, Chels, du siehst wie eine blasse kleine Madonna aus!"

Chelsea blickte zu der sagenhaften Georgina auf, die auf sie herunter lächelte, Elliot an ihrer Seite.

„Warum bist du nicht in Boston?" fragte Chelsea.

„Ich bin gestern Abend zurückgekommen. Jetzt ist heute, Vormittag, um genau zu sein. Du wirst nie mehr ohne mich joggen. War dein Kopf im mittelalterlichen England?"

„Nein, in San Francisco im Jahr 1854, aber es war nicht meine Schuld."

„Das wissen wir." Elliot drückte sanft Chelseas Hand. „Du siehst gut aus, Chelsea, viel besser als kurz nach der Operation."

„Da hast du mich gesehen? Ich erinnere mich nicht an dich, Elliot."

„Nun, ich habe zwar nicht die hübschen Stiche auf deinem Bauch gesehen, aber David hat mir versichert, dass es die besten sind, die er je gesehen hat."

Chelsea schloss einen Moment die Augen unter Elliots verruchtem Grinsen und wegen ihrer schrecklichen Verlegenheit bei ihrem Zusammentreffen mit Winter, nicht einfach David Winter.

„Der Kerl mit dem Moped hat keine einzige Verletzung abbekommen", sagte Elliot. „Fühlst du dich dadurch besser, Chelsea?"

„Ich werde ihn verklagen."

„Wen?" fragte David, der gerade ins Zimmer kam. „Hoffentlich nicht mich."

Chelsea wirkte plötzlich verlegen und blickte zur Seite. Sie konnte sich nicht überwinden, ihn anzusehen.

Chelsea brachte kein Wort hervor, und David, von ihrem lächerlichen Verhalten verärgert, sagte: „Es gibt keine Dankbarkeit auf dieser Welt.“ David seufzte übertrieben.

„Ihr habt mich operiert!“ Chelsea versuchte sich aufzusetzen, fühlte einen schrecklichen Schmerz in ihrem Bauch und fiel auf das Bett zurück. „Ich kenne das Gesetz, Dr. Winter. Ihr könnt niemanden operieren, wenn er nicht die Einwilligungserklärung unterschrieben hat.“

„Du hast es getan“, erwiderte David.

„Niemals! Habe ich nicht.“

„Möchtest du sie sehen?“

„Also wirklich, Chels ...“, setzte Georgina an.

Doch Chelsea erinnerte sich nun daran, dass sie etwas unterschrieben hatte. „Du hast mich hereingelegt.“ Sie zog ihre Augenbrauen zusammen und schoss ihm ihren drohendsten Blick zu. „Du sagtest etwas von meinem Testament ...“

„Nein, das hast du gesagt. Ich habe dir erklärt, dass du die Zustimmung zu einer Laparotomie gibst.“

„Lapa-was-für-eine-mie? Was zum Teufel ist das? Das hast du mir nicht erklärt, David. Ich verklage dich, dass es dir die Socken auszieht. Ich werde ...“

„Einen Moment, Chelsea“, unterbrach David. „Du hast Besucher, die mir die Erlaubnis gegeben haben, alles mit dir zu machen, was immer ich nur wollte.“ Im selben Moment flog die Tür des Krankenzimmers auf.

„Krümel!“

„Comment ça va, mon petit chou?“

„Dad! Mutter!“ stieß Chelsea überrascht hervor. „Ich denke, du bist in Paris und ... Danke, es geht mir gut, und ich bin nicht dein kleiner Kohlkopf.“

Mimi Lattimer, eine sehr hübsche Frau Anfang Fünfzig, mit Haaren schwarz wie die ihrer Tochter, beugte sich über Chelsea und küsste sie auf die Wange. „Ich bin erst gestern von Paris zurückgeflogen, ma chère. Dann haben wir diesen Anruf von Elliot bekommen. Et voilà! Ton père hat uns gleich heute Morgen in die erste Maschine nach San Francisco verfrachtet."

Dr. Harold Lattimer, gebräunt, fit und mit den lebhaften blauen Augen seiner Tochter, küsste Chelseas andere Wange. „Wir werden jetzt eine ganze Weile gebrochenes Französisch hören, Chels. Du hast dir mitten auf der Straße eine Romanhandlung ausgedacht, nicht wahr?"

„Nein, Daddy, wirklich nicht." Sie schüttelte den Kopf. „Daddy, dieser Mann dort hat mich operiert, ohne es mir zu sagen. Ich will, dass du ihn schlägst, verklagst, nach Boston zurückschickst!"

„Aber, Krümel", meinte Dr. Lattimer, „dieser Mann hat sich sehr gut um dich gekümmert. Er hat mir alles über deine Verletzung erzählt und was unternommen wurde. Und ich bin einverstanden. Du warst in der Notaufnahme ein ziemlich ekliges Biest, nicht wahr? Hast einen gehörigen Wirbel gemacht."

Chelsea starrte ihren Vater an. „Es gibt keine Liebe mehr zu den Kindern auf dieser Welt", klagte sie.

Dr. Lattimer lachte und zeigte dabei Zähne, die so gerade und weiß waren wie die seiner Tochter. „Krümel, sei vernünftig. Ich sage dir, alle diese Leute hier bringen dich bald wieder auf die Beine. Soll ich dich ein wenig herumführen?"

Chelsea schlang stöhnend ihre Arme um sich. „Ich will mich nicht bewegen, nicht einmal für dich, Daddy."

David, der dieses Intermezzo beobachtet hatte, legte die Stirn in Falten. Er blickte scharf zu Elliot, und der verstand den Blick, grinste bloß und zuckte die Schultern. Wenn dies hier ein Beispiel für Eltern ist, die sich nicht um ihr einziges Kind sorgen, dachte David, springe ich von der Golden Gate Bridge.

„Elliot", sagte er schneidend, „ich will mit dir sprechen!"

Gerettet von einem Zahnarzt, dachte Elliot, denn bevor er etwas erwidern konnte, fragte Dr. Lattimer: „Sagen Sie, Dr. Winter, wann wird dieses Mädchen in die elterliche Obhut entlassen?"

„In drei Tagen. Wir wollen sie wieder zu Kräften bringen, bevor sie heimgeht. Bleiben Sie und Mrs. Lattimer?"

„Bien sûr!“ sagte Mimi Lattimer und strahlte diesen höchst akzeptablen Mann an. „Unser kleiner ‚chou‘ braucht zärtlich-liebevolle Fürsorge.“ Sie unterbrach sich einen Moment, indem ihre geschäftigen Finger die schöne Perlenkette an ihrem Hals verdrehten. „Ich frage mich, wie die lieben Franzosen das wohl ausdrücken würden.“

Chelsea stöhnte. Jeder geschützte Hafen in einem Sturm verwandelte sich in ein Tollhaus, wenn ihre Eltern eintrafen.

Sie öffnete nicht ihre Augen, als David ihr Handgelenk ergriff. Seine Finger waren lang, das wusste sie.

„Warum gehst du nicht und sprichst mit deinem Anwalt?“ fragte sie, als er ihre Hand losließ.

Er lachte leise, und ohne nachzudenken, ohne zu beachten, dass ihre Eltern auf der einen Seite des Bettes standen, George und Elliot auf der anderen, streichelte er sachte mit dem Handrücken über ihre Wange. „Stell du dir weiter hässliche Sachen vor. Das lenkt dich von deinem Bauch ab.“

Harald Lattimer warf seiner Frau einen interessierten Blick zu.

„L'amour“, verkündete Mimi.

David richtete sich blitzartig auf. Zu Elliots Vergnügen breitete sich ein dunkles Rot auf seinem Gesicht aus.

Chelsea, die nicht aufgeschnappt hatte, was ihre Mutter gesagt hatte, murmelte: „Daddy, würdest du bitte diesen lüsternen Irren entfernen? Ich werde entscheiden, was zu tun ist, und dich später informieren.“

„L'amour sans ...“ Mimi suchte hektisch in ihrem Gedächtnis, zuckte die Schultern, lächelte charmant und fügte hinzu: „Sans le oder la Erwiderung.“

Chelsea starrte zu ihrer Mutter hoch. „Mutter, hast du Probleme mit dem Jetlag?“

„Wieso nennst du diesen netten Mann einen Lüstling, Krümel?“ fragte Mimi. „Ein Irrer, das kann ich noch verstehen, aber ein Lüstling?“

Georgina warf ein: „Chelsea drückt sich sehr bescheiden aus, Mimi. Wie ich sehr gut weiß, ist in der Notaufnahme nichts heilig.“

„Sie haben natürlich recht, Georgina", bemerkte Mimi. „Da geht es bestimmt nicht sehr romantisch zu, nicht wahr?"

„Mutter!" wimmerte Chelsea.

David sagte energisch: „Es ist Zeit, dass Celsea sich ein wenig ausruht. Kommen Sie doch alle heute Nachmittag wieder."

„George und ich setzen Sie am Fairmont ab", sagte Elliot zu Dr. und Mrs. Lattimer. „Dort wohnen Sie doch, richtig?"

„Immer, mein lieber Junge", erwiderte Mimi. „Wenn Chelsea uns da besucht, dreht ihr Autorinnengehirn vor Handlungseinfällen durch. Das liegt an dieser großartigen verschnörkelten Hotelhalle, wissen Sie, an all diesem ..."

„Mutter!"

„Oui, oui, ma chère." Mimi tätschelte ihrer Tochter die Wange. „Du tust, was Dr. Winter dir sagt, klar? Dein Dad und ich kommen später wieder. Und werde nicht zu sehr erregt."

Harold Lattimer warf grinsend einen Blick auf David. „Ich glaube, die Franzosen würden das Gegenteil raten, meine Liebe."

„Daddy!"

Totenstille senkte sich über den Raum. David wusste nicht, was er sagen sollte, und Chelsea sah aus, als wollte sie Nägel spucken.

„Na schön, Krümel, wir sind jetzt weg. Tu, was man dir sagt."

„Ha!"

Die Tür schloss sich hinter den Lattimers und den Mallorys. David raffte sich auf. „Also, Chelsea, Zeit für dich, wenigstens ins Bad zu gehen."

Sie musste ins Bad, Chelsea wusste es, und eine Bettpfanne war die demütigendste Vorstellung überhaupt. Sie versuchte sich aufzusetzen, fühlte einen ziehenden Schmerz und rang nach Luft. „Meine Naht!"

„Ist schon in Ordnung. Ich helfe dir." David setzte sie auf und schwang ihre Beine über die Bettkante.

„Ich finde, das ist keine besonders gute Idee."

„Doch, das ist es. Komm jetzt!"

Er half ihr ins Bad und schloss die Tür, lehnte sich einen Moment dagegen. Was Elliot doch für einen Unsinn erfunden hatte. In der kurzen Zeit, die er mit Chelseas Eltern verbracht hatte, war ihm klar geworden, dass sie irre waren, ihre Tochter aber bis zur Raserei liebten. Und Chelsea liebte ihre Eltern. Und was war denn nun mit der armen, verhungernden Chelsea? Er konnte es nicht erwarten, Elliot Mallory in die Finger zu bekommen.

Als Chelsea aus dem Bad kam, sah sie ihn nicht an. Auf dem Rückweg zum Bett stützte er sie nicht, sondern hielt sich nur bereit, falls sie stolperte. Er deckte sie wieder zu und richtete sich auf. „Du bist plötzlich so auffallend still."

„Ja, David, ich muss in zehn Tagen in einer Fernsehshow auftreten und dann wegen Promotion nach New York fliegen. Bin ich bis dahin wieder auf den Beinen?"

Fernsehen? Promotion in New York?

„Das müsste klappen. Wer bezahlt das alles?"

„Mein Verlag. Warum?"

„Ich wollte es nur wissen, sonst nichts." Er nahm sich vor, Elliot Mallory umzubringen. „Zeit zum Schlafen. Ich sehe später nach dir."

Sie fehlt dir, du dummer Bastard. David ließ sich seufzend auf den Fußboden seines Wohnzimmers sinken und machte zwanzig Liegestütze.

Er sah auf die Uhr, stellte seinen Videorecorder an und schob eine Kassette ein. Es war eine lokale Talkshow in San Francisco, und etwa zehn Minuten später kam Chelsea an die Reihe. Er war gespannt, zumal er sie seit fast einer Woche nicht gesehen hatte. Ein paar Mal hatte er sie angerufen, aber sie hatte behauptet, sie wäre beschäftigt. Georgina war es, die ihm gesagt hatte, wann Chelsea im Fernsehen sein würde.

Sie trug ein dunkelblaues Seidenkleid, fast von der Farbe ihrer funkelnden Augen, sehr hohe Absätze und ein breites, ansteckendes Lächeln.

Sie wirkte elegant, sehr weltgewandt und sehr, sehr schön.

David lehnte sich zurück und war anfangs sozusagen für sie

nervös. Fünf Minuten später fand er, dass er sich keine Sorgen hätte machen müssen. Chelsea war wortgewandt und wehrte unverschämte Fragen mit größtem Geschick ab. Sie verströmte Selbstvertrauen. Und natürlich sprach sie mit dem Gastgeber über ihren Erfolg.

Nach der Show trat David auf die Terrasse und blickte auf die Bay. Elliot hatte ihn ganz eindeutig hereingelegt. Aber warum? Ein Gedanke beunruhigte ihn. Wenn die beiden bei ihm die Wahrheit über Chelsea verdreht hatten, was hatten sie ihr über ihn erzählt? Er wollte es herausfinden – jetzt.

Er griff nach seinem Jackett, ließ Nancys Motor aufheulen und jagte zu dem Haus der Mallorys in Pacific Heights.

6. KAPITEL

David bog in die Einfahrt der Mallorys und stellte mit grimmiger Erleichterung fest, dass Elliots Jaguar neben Georginas berüchtigtem Porsche namens Esmeralda stand. Er sprang aus dem Wagen und lief auf die Haustür zu.

David ignorierte die Klingel und hämmerte mit der Faust gegen die Tür. Sofort hörte er „Komme schon!" Georgina öffnete. „David!" stieß sie überrascht hervor.

Er hielt sich nicht auf und bemerkte zuerst auch nicht, dass die wunderschöne Georgina wie ein erschöpftes Wrack aussah. „Wo ist Elliot?"

„Ich hole ihn." Sie deutete auf das Wohnzimmer. „Nimm Platz, David."

Er lief auf und ab, als Elliot von der Tür her fragte: „Was ist los, David?"

Georgina folgte ihm auf dem Fuß. „Geht es Chelsea gut?" wollte sie wissen.

„Natürlich geht es ihr gut. Ich habe sie gerade Charme sprühend im Fernsehen bewundert. Darum geht es nicht. Verdammt, ihr zwei, warum habt ihr mir erzählt, Chelsea wäre ein armes, verhungerndes, kleines Mädchen, das von den Eltern geschnitten wird? Nun?"

Georgina zuckte bei dem durchdringenden Geschrei von Alex zusammen.

„Anna ist bei ihrer kranken Schwester." Elliot rieb sich müde mit der Hand über die Stirn. „Bleib hier, meine Liebe, und versuche, dieses Kind zu beruhigen, und ich kümmere mich um das andere Kind im ersten Stock."

„Was hast du gesagt, David, was willst du?" fragte Georgina, offenbar durch das anschwellende Schreien abgelenkt.

David erkannte, dass sie wirklich erschöpft zu sein schien, stockte und fühlte, wie sich Schuldgefühle unter seinen gerechten Zorn mischten.

„Alex hat Blähungen", erklärte Georgina. Sie strich sich die Haare aus dem Gesicht, suchte nach einer Haarklammer, fand keine und drohte jeden Moment gleich in Tränen auszubrechen. „Ach, Mist", murmelte sie. „Alles kommt auf einmal. Das sollte doch bloß lustig sein. Jetzt bist du hier, um dich zu beschweren. Also, mach weiter."

„Tut mir Leid", sagte David. „Warum habt ihr mich wegen Chelsea belogen?"

Georgina drehte sich um, als Elliot mit Alex auf den Armen die Treppe herunterkam. Das Baby hatte ein rotes Gesicht vom Schreien und bekam Schluckauf.

„Was ist los?" fragte Elliot.

„Dieser Mann", Georgina deutete auf David, „wirft uns vor, wir hätten ihn wegen Chelsea belogen."

Elliot hob eine seiner schwarzen Augenbrauen. „Ja, und?"

Alex gab ein besonders lautes Kieksen von sich.

Georgina, müde und am Ende ihres Geduldsfadens angelangt, fauchte: „Ich sage dir, warum, du lächerlicher Ostküstenidiot. Du bist so total zugeknöpft, so unvernünftig und schlicht so dumm, du verdienst gar nicht jemanden, der so lebenslustig und intelligent und erfolgreich ist wie Chelsea. Oh ja, sie schlägt dich einkommensmäßig um Längen, Doktor. Ich dachte, ihr zwei wärt gut füreinander, aber offenbar habe ich mich geirrt. Sie verdient keinen Mann, der so völlig anders geartet ist als sie."

David wand sich. Er hatte noch nie gehört, dass Georgina ihre Stimme erhob, noch weniger, dass sie jemanden dermaßen fertig machte, wie sie das gerade mit ihm getan hatte. „Ach, verdammt, hört mal, Georgina, Elliot, ich wollte nicht ..."

„Ich weiß", unterbrach Elliot. „Wir haben mit dir und mit Chelsea eine Nummer abgezogen. Wahrscheinlich sollte man nicht kuppeln. Ihr zwei seid so schrecklich unterschiedlich. George hat Recht. Entschuldige, dass wir uns eingemischt haben. Mit euch beiden würde das ohnehin nie klappen."

„Was habt ihr Chelsea über mich erzählt?"

„Ich habe ihr erzählt, dass du bei deiner Frau impotent warst und sie dich ausgelacht hat, und deshalb wärst du Chelsea an jenem Abend so komisch gekommen und hättest sie beleidigt, weil sie angeblich nie ernst ist", erklärte Georgina.

David war einen Moment sprachlos. „Du hast was?"

Elliot reichte Alex seiner Mutter. „Ich bringe dich hinaus, David. Ich glaube, das reicht nun. Entschuldige uns jetzt."

„Oh, nein", erwiderte David. „Georgina hat das nicht getan. So etwas würde sie nie tun." Er sah Elliot hoffnungsvoll an und hoffte, dass Georgina diese entsetzliche Horrorstory nur erfunden hatte.

„Das hat sie getan." Elliot versuchte, sein Grinsen zu unterdrücken. „Mich hat nur gewundert, dass Chelsea so eine Geschichte überhaupt geschluckt hat. Welcher Mann läuft denn schon herum und erzählt den Leuten, dass er es nicht gebracht und ihn seine Frau deshalb ausgelacht hat? Aber Chelsea hat nicht daran gezweifelt. Sie wollte sich bloß um dich kümmern und dir über deinen Schmerz hinweghelfen und all dieses Zeug. So, David, dann geh jetzt. Georgina und ich sind beide am Zusammenbrechen. Ich schwöre dir, dass wir dich – das heißt, dich und dein Liebesleben – von jetzt an in Ruhe lassen."

David ging und fuhr eine Stunde ziellos herum. Nahe St. Francis Wood ging ihm das Benzin aus. Er sah auf die Benzinuhr und begann zu lachen.

Chelsea liebte New York. Ihr Verlag hatte nicht nur für ihr Erscheinen auf der jährlichen Konferenz bezahlt, sondern ihr auch in einem Anfall von Goodwill eine Limousine zum Airport geschickt. Zu all ihren Geschäftsessen trug sie ihren bevorzugten grauen Fedora und einen grauen Alpakamantel. Dadurch fühlte sie sich selbstsicher und elegant, bewegte sich schwungvoller – kurz, sie kam sich wie der größte Glückstreffer für die Stadt vor. Sie sah alte Freunde, fand neue und wurde gefeiert, bis sie am Zusammenbrechen war.

Schreiben ist ein einsames Geschäft. Nur du und dein Computer. Das ist der Grund, dass Autoren, werden sie einmal in die Welt entlassen, tanzen und lachen und reden, bis sie benebelt sind. Und es fühlt sich so gut an, wenn die Leute bei der Signierstunde zu mir kommen und sagen, wie sehr ihnen meine Romane gefallen.

Aber Chelsea wurde so leicht und schnell müde. Die elende Operation, dachte sie wütend.

Jeden Abend fiel sie ins Bett und fühlte sich wie ein ausgewrungener Schwamm. Dann dachte sie an David und wand sich vor Verlegenheit.

Du Lüstling, geh weg und lass mich in Ruhe! Aber er tat es nicht, und trotz ihrer Versuche, ihre streunenden Erinnerungen zu kontrollieren, ließ sie immer wieder ihr letztes Zusammentreffen ablaufen.

„Aha“, hatte er gesagt, als er in ihr Krankenzimmer gekommen war. „Du trägst Rouge. Bereit, dich wieder in die Welt hinauszuwagen? Ich habe dir doch gesagt, dass ich diesen Pfirsichton mag? Sieht gut aus zu deinem geröteten Gesicht.“

„Solltest du nicht irgendwo anders sein und Leben retten und Krankheiten ausrotten?“ hatte sie mit einer zickigen Stimme gefragt.

Der Kretin besaß den Nerv, sie anzugrinsen. „Hebe deinen Bauch in gutem Andenken an mich von hier weg, und ich fange mit dem Ausrotten an.“

„Du bist unglaublich dickfellig.“ Sie wollte dieses Grinsen von seinem Gesicht fegen. „Dich berührt wohl gar nichts.“

„Und du siehst unglaublich sexy aus“, erwiderte David.

Chelsea sog den Atem ein. „Du bist Arzt, und ich bin eine geschlechtslose Patientin. Erinnerst du dich an deine Ansprache, Dr. Winter?“

„Ab heute Nachmittag bist du nicht länger eine sexlose Patientin, Chelsea. Deine Eltern sind gerade in der Verwaltung und klären die letzten Details. Sehr bald wirst du eine freie Frau sein.“ Sie sagte nichts, und er fügte plötzlich sehr ernst hinzu: „Deine Leute bleiben doch ein paar Tage mit dir zusammen!“

„Ja, ich könnte sie nicht einmal loswerden, würde ich ihnen androhen, wieder zu ihnen zu ziehen. Manchmal sind sie von einer widerwärtigen Anhänglichkeit.“

David atmete erleichtert auf. „Gut. Mach so viel Gymnastik wie möglich, aber übertreibe nicht. Und zwing dich dazu, dich aufrecht zu halten. Die Naht reißt schon nicht auf. Noch eines, Chelsea. Komm am nächsten Dienstag zum Fädenziehen.“

„Wer wird das Vergnügen haben, an mir herumzuschnippeln?“

„Willst du, dass ich es mache?“ fragte er zurück und ergriff ihre widerstrebende Hand.

Chelsea versuchte, sich loszureißen, aber er gab sie nicht frei. „Nein! Im Gegenteil, wenn ich dich nie wieder sehen muss, werde ich ewig dankbar sein.“

„Das ganze Drama, weil ich mich um dich gekümmert habe?“ Seine Stimme klang neckend, und sie schnappte bereitwillig den Köder.

„Du hast mich wie ein Stück Fleisch behandelt, du Lüstling, und du hast mich sogar angesehen.“

„Ja, und sogar alles an dir. Sehr hübsch!“

Sie grollte und zischte, und er lächelte nur ungerührt weiter. Sie erinnerte sich sehr deutlich, dass er jeden Zentimeter von ihr untersucht hatte.

Es war einfach zu viel. Sie schloss fest die Augen und wollte das überdeutliche Bild verscheuchen.

„Aber“, fuhr David nachdenklich fort, „wenn ich mich recht erinnere, hast du einen ziemlichen Makel – ein Hühnerauge am zweiten Zeh am linken Fuß.“

Ihre Augen weiteten sich. „Raus!" Diesmal gelang es ihr, ihm ihre Hand zu entreißen.

„Weißt du, Chelsea", erklärte er in einem sanften, geradezu desinteressierten Tonfall, „du hast mich mehr geärgert als je eine andere Frau, die ich kennen gelernt habe. Du bist dumm und ignorant, und ich bete zum Himmel, dass dich das nächste Moped in der Nähe eines anderen Krankenhauses erwischt. Ach ja, und du schreibst Schund."

Sie schleuderte ihre Wasserkaraffe nach ihm.

„Pass auf, dass dein Verband nicht nass wird", riet er, als er die Karaffe aufhob, auf das Bett warf und zusah, wie das restliche Wasser die Decke durchweichte. Spöttisch salutierend ging er.

„Abscheulicher Kretin!" schrie sie hinter ihm her.

„Ach, verflixt und zugenäht!" rief Chelsea in der Dunkelheit ihres Hotelzimmers. Grässlicher, erbärmlicher Mann! Ich werde nicht mehr an dich denken, außer wenn ich mich dazu beglückwünsche, dass ich dich nie wieder sehen muss.

David fand sich eines späten Nachmittags vor einer Buchhandlung und ging hinein. Er beabsichtigte es gar nicht, aber er betrachtete Titel und Bücher in der Liebesromanabteilung. Selbstverständlich hatten sie vier verschiedene Bücher von Chelsea. Er zuckte bei den abscheulichen Titelbildern und den lächerlichen Anreißertexten auf der Rückseite zusammen. Ganz sicher hatte Chelsea mit all diesem Unsinn nichts zu tun. Natürlich nicht.

David erinnerte sich, wie sie darüber gestöhnt hatte, dass die Titelbilder immer schrecklicher wurden, absolut nicht romantisch, nur mehr und mehr Haut und geheuchelt verzehrende Blicke – und Umschlagtexte zum Erbrechen. Er lächelte, als er den Einbandtext eines ihrer Romane las: „Er war heißblütig und attraktiv – und Amerikaner. Und sie war jetzt sein Eigentum, gekauft und bezahlt." Kopfschüttelnd nahm er alle vier Titel und präsentierte sie ganz großartig und lässig an der Kasse.

Zu seiner größten Überraschung entdeckte er zu Hause, dass er den ersten Roman nicht aus der Hand legen konnte. David wurde in das viktorianische England von 1850 zurückversetzt, und er konnte praktisch das Essen schmecken, das die Leute damals zu sich nahmen, konnte fast die Kutschen und die Kleidung und den Londoner Nebel sehen. Die Charaktere waren real, komplex und sympathisch, und er konnte es nicht erwarten, auf die nächste Seite umzuschlagen.

Er las bis drei Uhr morgens, legte das Buch auf das Nachttischchen, ließ sich im Bett zurücksinken und dachte darüber nach. Er hatte die Story sehr genossen und ständig über die sehr amüsanten Wortgefechte zwischen dem Helden – diesem heißblütigen Amerikaner – und der Heldin gelacht. David dachte an die Sexszenen. Der heißblütige Held war ein hervorragender Liebhaber. Und eine wunderbare Mischung von Chelseas Standardtyp-I- und Standardtyp-II-Helden. Seltsam, dachte David, im Einschlafen begriffen, über Sex aus der Perspektive einer Frau zu lesen. Es wirkte ehrlich, aber natürlich genoss die Heldin den Intimverkehr mit dem Helden. Und wenn sie es nicht getan hätte? Oder wenn der heißblütige Held die ganze Affäre verpatzt hätte?

Nicht in einem Roman. Besonders nicht in einem Liebesroman.

David fragte sich, welche sexuelle Erfahrung Chelsea besaß. Sicher wusste sie, wovon sie sprach. Hatte sie viele Liebhaber gehabt? Möglicherweise hatte sie ihre sehr detailliert geschilderten Liebesszenen nach ihren eigenen Erfahrungen mit Männern gestaltet.

Er schüttelte in der Dunkelheit den Kopf. Das ergab keinen Sinn. Allzu deutlich erinnerte er sich an ihre unglaubliche Reaktion auf ihn in der Notaufnahme. Er stellte sich ihren schlanken Körper vor und merkte, wie sein eigener Körper sofort reagierte. Wie er nun aus erster Hand wusste, hatte sie tatsächlich sehr hübsche Rundungen.

Zum Teufel, er wollte sie wiedersehen. Verlegen schloss er seine Augen. Er konnte noch immer nicht glauben, dass Georgina bei Chelsea behauptet hatte, er wäre impotent gewesen.

Die Tage vergingen rasch, während David von einer Krise in die nächste taumelte. Als sein Elend schließlich den Sättigungsgrad erreicht hatte, entschied er, dass sie, wenn sie einen Standardtyp-I-Helden wie ihren heißblütigen Amerikaner haben wollte, auch einen bekommen sollte. Mit einem Schuss Standardtyp-II wegen der guten Mischung.

Chelsea streifte ihre Schuhe ab und ließ sich aufs Sofa fallen. Sie war erschöpft, aber auch aufgedreht. Sie hatte New York genossen, gute Geschäfte gemacht und sogar mit dem Vorstandsvorsitzenden ihres Verlages zu Mittag gegessen, einem charmanten, attraktiven und sehr redegewandten Mann. Nun musste sie wieder an die Arbeit. Ihr Verstand hatte sich willig in jeder freien Minute mit dem Handlungsablauf beschäftigt – sofern Gedanken an David nicht dazwischengekommen waren –, und nun juckte es sie in den Fingern nach den Tasten.

Wäre sie bloß nicht so verdammt müde gewesen. Chelsea schloss die Augen und nickte ein.

Die Türklingel weckte sie. Bei dem lästigen Geräusch zwinkerte sie. Es war ein Botenjunge mit einem Karton Blumen.

„Was ist?"

„Miss Lattimer?"

„Ja, aber ..."

„Für Sie, Ma'am."

Und er war schon weg, bevor sie auch nur versuchen konnte, ihm ein Trinkgeld zu geben. Barfuß stand sie in ihrem Vorraum und starrte auf den Karton. Niemand hatte ihr je zuvor Blumen geschickt. Sie öffnete den Karton langsam und rang beim Anblick der zwei Dutzend langstieligen roten Rosen nach Luft.

Sie wusste, wer sie geschickt hatte, aber nichtsdestoweniger schlug sie hastig die heiligende Karte auseinander und las. „Willkommen zu Hause, Chelsea. Ich hole Dich am Freitagabend um sieben ab. Zieh etwas an, das lang und sexy ist." Und es war schlicht unterschrieben mit „David".

„Mit dir würde ich nicht einmal zu einer Leichenfeier gehen", sagte sie, arrangierte jedoch die schönen Rosen sorgfältig in ihrer einzigen Vase und stellte sie auf den Couchtisch.

Es kam doch recht unerwartet, überlegte sie etwas später, während sie genussvoll ein Glas Weißwein trank. Deutlich erinnerte sie sich daran, dass er gesagt hatte, sie würde ihn mehr ärgern als jede Frau, die er je gekannt hatte. Weshalb wollte er sie dann wiedersehen? Etwas, das lang und sexy war, ha!

Chelsea dämmerte auf ihrem Sofa vor sich hin, ihre Aufmerksamkeit halb auf den Fernseher gerichtet, als es ihr plötzlich einfiel. Die Erkenntnis traf sie völlig unerwartet. Kein Mann würde zugeben, dass er im Bett versagt hatte. Kein Mann, auch nicht, wenn er dieses Problem gehabt hatte, würde zugeben, dass seine Ehefrau ihn ausgelacht hatte.

Georgina! Oh nein!

„Ich muss wirklich die leichtgläubigste, dümmste Frau auf der ganzen Welt sein!" Sie schrie fast in ihrem leeren Wohnzimmer. „Warte nur, Georgina Mallory!"

Es war fast neun Uhr abends, als sie in die Einfahrt der Mallorys bog. Gott sei Dank waren beide Wagen da.

Chelsea knallte lautstark die Autotür zu, marschierte zur Haustür und hob die Hand an die Türklingel.

Hörte sie da ein Kichern?

Sie drückte den Klingelknopf.

War das ein Fluch? Von Elliot?

Sie hörte ein „Einen Moment" in einem seltsam atemlosen Tonfall und das tappende Geräusch von nackten Füßen. Die Tür öffnete sich zögernd.

„Chelsea!"

Sie starrte Georgina an, sagenhaft schön und ein wenig aufgelöst, in einem von Elliots Hemden. Chelsea schluckte heftig. Georginas Haar war zerzaust, ihr Mund sah aus, als wäre sie x-mal mit großer Leidenschaft geküsst worden.

„Ich, äh ..." Verlegenes Schlucken. „Komme ich ungelegen, George?"

„Schick sie weg, wer immer es ist!" hörte sie Elliot aus dem Wohnzimmer rufen. Dann ein Lachen und noch einen Ruf. „Ich weiß, dass es Chelsea ist. Sei unhöflich! Schick sie zu David! Sollen doch die zwei es auskämpfen!"

Georgina lächelte über Chelseas Miene. „Ich würde vorschlagen, dass du zuerst anrufst, bevor du herkommst, Chels, es sei denn, du willst meinen wundervollen Ehemann nackt auf dem Wohnzimmerteppich sehen."

„Aber ... Oh, verdammt! Ich wollte mit dir über David reden. George, er kann nicht darüber gesprochen haben, dass er ... also, dass er nicht im Bett konnte. Das ist lächerlich. Kein Mann würde ..."

„Wie wahr, und David ist deshalb auch schon auf uns losgegangen. Also, liebste Freundin, ruf mich morgen an. Leb' wohl!"

„Besuch David, Chelsea!" rief Elliot aus dem Wohnzimmer. „Ich schätze, er stirbt schon vor Sehnsucht nach dir!"

„Das ist so schrecklich", klagte Chelsea. „Es tut mir Leid, George." Damit ergriff sie die Flucht.

Am folgenden Abend – dem Freitagabend – blickte Chelsea auf die Uhr und dann auf ihre zerschlissene Jeans und das alte Sweatshirt. Meine Version von etwas, das lang und sexy ist, dachte sie. Sie hätte weggehen sollen, aber irgendwie hatte sie sich nicht dazu durchringen können.

Pünktlich um sieben klingelte es an der Tür.

„Geh weg!" rief sie durch die Tür.

„Mach die Tür auf, Chelsea, oder ich trete sie ein!"

David sagte das? Was zum Teufel ging da vor sich?

Sie öffnete die Tür. „Hallo!" sagte sie mit einer dünnen Stimme.

Er war wieder eine glatte Überraschung. Ihr Blick wanderte über seinen Körper. Er trug eine Jeans, die so alt wie ihre war, und ein Flanellhemd, das vor einem Jahrzehnt bessere Tage gesehen haben mochte.

„Hallo!" David lächelte auf sie hinunter, trat ein, packte sie, bevor sie sich bewegen konnte, und zog sie an sich. Dann küsste er sie stürmisch.

Chelsea war zu verstört, um zu reagieren. Als er endlich den Druck seines Mundes lockerte, stieß sie hervor: „Verdammt! Lass mich herunter! Du solltest nicht hier sein. Was machst du da?"

David drückte sie noch einmal fest an sich, ehe er sie absetzte. Er strahlte. „Ich habe ein paar von deinen Büchern gelesen. Im Moment bin ich dein heißblütiger Amerikaner, der in das Leben der Heldin einbrach und sie aus den Socken haute."

„Du bist ein Idiot!"

„Immer diese Beleidigungen." Angesichts ihrer unverändert wütenden Miene brachte David einen verletzten Blick zustande. „Aber, Chels, ist das nicht genau das, was deine Heldinnen mögen? Einen Mann zu finden, der so stark ist wie sie, der ihnen Himmel und Hölle auf Erden bereitet? Der sie bezwingt, obwohl sie glauben, dass sie etwas anderes wollen?"

„Dies hier ist das wirkliche Leben, David Winter."

„Aha, dann gibst du also zu, dass deine Romane der pure Unsinn sind."

Chelsea rammte ihm die Faust in den Magen.

Er grunzte zuvorkommend und lächelte weiterhin auf sie herunter.

„Du bist der ignoranteste, dümmste, lächerlichste Mann ..."

David gab sich unbeeindruckt. „Gefällt mir, was du da anhast. Ich habe mir zwar unter etwas Langem was anderes vorgestellt, aber dieses Sweatshirt ist sexy, und es könnte vom Dachboden meiner Mutter stammen."

Chelsea warf ihm einen finsteren Blick zu, machte auf der nackten Ferse kehrt und marschierte in ihr Wohnzimmer. Er folgte ihr und lächelte bei der steifen Haltung ihrer Schultern und dem provozierenden Schwingen ihres Pos. Sie drehte sich abrupt um und verkündete: „Ich hätte dich nicht schlagen sollen. Eine Autorin ist viel zu wortgewandt, um zu Gewalt Zuflucht zu nehmen. Also ..."

„Kann ich ein Glas Wein haben, bevor du mich fertig machst?"

Chelsea verschwand in der Küche und kam kurz darauf mit zwei Gläsern Wein wieder. „Hier." Sie drückte ihm ein Glas in die Hand.

„Vielen Dank, du bist eine wundervolle Gastgeberin, so herzlich und aufmerksam und ..."

„Spar dir das, David. Also, was ich sagen wollte, bevor du mich so unhöflich unterbrochen hast, ist dies: Wenn du tatsächlich einige meiner Romane gelesen hast, wird dir aufgefallen sein, dass die Heldinnen achtzehn und nicht achtundzwanzig und darüber hinaus Jungfrauen sind. Und ich arrangiere die Umstände ganz einfach so, dass sie den für sie richtigen Mann kennen lernen. Ich darf hinzufügen, Dr. Winter, dass Männer heutzutage schwachsinnig sind, arrogant, noch immer chauvinistisch, unfähig."

„Du warst mit mir nie im Bett, Chelsea. Woher willst du wissen, dass ich unfähig bin?"

Er sprach mild und betrachtete sie mit einem Mindestmaß an Interesse. Sie wollte ihn anfauchen, hielt sich jedoch zurück.

Krieg dich in den Griff, Mädchen! Er will dich nur reizen, damit du albernes Zeug von dir gibst und die Beherrschung verlierst.

„Danke für die Rosen." Sie reckte ihr Kinn hoch. „Sie sind sehr schön."

„Danke. Gern geschehen."

„Wie ich schon sagte, David", fuhr sie ruhig, aber mit einem deutlichen Funkeln in den Augen fort, „ich bin achtundzwanzig Jahre alt und habe viele Freundinnen. Einige von den verheirateten Freundinnen sehen sich gezwungen, zur Technik Zuflucht zu nehmen ..."

„Technik? Wie meinst du das?"

„Ich weigere mich, deutlicher zu werden." Chelsea wurde rot, hätte das am liebsten zurückgenommen und zwang sich zum Weitersprechen. „Diejenigen, die nicht verheiratet sind, berichten mir, dass die Kerle, die sie kennen lernen, alle sofort auf der Matratze landen wollen. Das ist alles, mehr nicht. Und deshalb sind meine Helden tapfer, tüchtig, talentiert ..."

„Traumhaft tolle Torpedos?"

Chelsea schloss für einen Moment die Augen. „Ich verprügele dich wieder, wenn du ständig dazwischenredest."

„Na schön“, lenkte er ein, doch sie hörte die Belustigung in seiner Stimme. „Schildere mir jetzt deine Erfahrungen.“

„Da ist noch etwas“, fuhr sie fort, ignorierte ihn und schlug den gemeinsten Ton an, zu dem sie fähig war. „Ihr Männer bezieht euren ganzen Spaß – wie die Bestätigung eurer Männlichkeit und eures Machotums und all diesen Blödsinn – durch gewalttätige Filme und eure stupiden Western.“

„Da hast du nicht Unrecht“, bemerkte David.

Chelsea blinzelte völlig überrascht. „Was für ein Spielchen spielst du denn jetzt, David?“

Er zuckte die Schultern und setzte sich dann auf ihr Sofa. „Gar kein Spielchen. Also, welche Erfahrungen hast du mit Männern gemacht?“

Sie stand vor ihm, eine Hand in die Hüfte gestützt. In der anderen hielt sie noch das Weinglas, das sie ruckartig absetzte. „Du warst nie verheiratet, nicht wahr, Chelsea?“

„Stimmt, und ich glaube auch kaum, dass ich mich jemals verheiraten werde. Was meine Erfahrung angeht, Doktor, sagen wir es mal so: Auch ich genieße es sehr, von einem Helden zu lesen, der nicht nur selbstsüchtig genießen kann, sondern auch zusammen mit der Heldin Freude findet. Das ist allerdings nur eine wundervolle Fantasie“, fügte sie, um Sarkasmus bemüht, hinzu.

David betrachtete Chelsea eine Weile nachdenklich. „Verstehe“, murmelte er. „Warst du jemals verliebt, Chelsea? Hast du jemals einen Mann begehrt?“

„Nein! Und verrate mir, Doktor, was ‚begehren‘ in deinem wundervollen Lexikon bedeutet!“

„So viel wie etwas ersehnen, nach etwas verlangen, seufzen, putzige kleine Laute ausstoßen, aufschreien, wenn ...“

„Hör auf. Die Antwort ist nein, und ehrlich, wie Rhett Butler sagen würde ‚Es ist mir verdammt egal’.“

„Hast du vor, dein ganzes Leben über Lust nur stellvertretend zu erfahren, durch erfundene Personen?“

Das ließ sie stocken. Lieber Himmel, dachte sie benommen, tue ich das wirklich? „Das riecht nach Voyeurismus." Ihre Stimme klang dünn und hoch.

David grinste amüsiert. „Ich möchte dir ein Glücksspiel vorschlagen, Chelsea."

„Das Pokerspiel ist erst nächste Woche dran."

„Nicht diese Art von Glücksspiel, es ist mehr eine Wette. Willst du es hören?"

„Ich glaube, da hole ich mir vorher noch ein Glas Wein." Sie verließ das Wohnzimmer.

Er sagte leise: „Der Standardtyp-I-Held ist endlich schlau geworden. Am besten nimmst du dir ein sehr großes Glas Wein, Süße."

7. KAPITEL

„Also, was ist das für eine Wette?"

„Trink noch einen Schluck, dann sage ich es dir."

Chelsea folgte der Aufforderung, stellte das Glas auf den Couchtisch, ließ sich auf den Boden sinken und schlug die Beine unter. „Also?"

„Du scheinst mit Männern miese Erfahrungen gemacht zu haben", bemerkte David beiläufig.

„Nein, nicht mies. Wahrscheinlich bloß die gleichen Erfahrungen, die viele Frauen gemacht haben, denke ich."

„Ah, ja, das sprichwörtliche Rums, Bums, Wegrollen und tief Schnarchen."

„Sei nicht vulgär." Sie senkte für einen Moment ihren Blick und wusste, dass sie nicht ehrlich war. Zwei Männer ließen noch keine statistische Analyse zu. Und sie waren beide jung und unerfahren gewesen, genau wie sie selbst. Chelsea seufzte. Im zarten Alter von einundzwanzig und vierundzwanzig war sie gewillt und begierig gewesen, sich zu verlieben. In der Tat hatte sie sogar eine Weile geglaubt, verliebt zu sein. Aber inzwischen wusste sie, dass es nicht so gewesen war. „Deine Wette, David."

„Ich will dich lieben."

Sie starrte ihn verdutzt an. Das kam von einem steifen Hemd, einem verkrampften Doktor aus Boston, der ihr einmal vorgeworfen hatte, nicht ernsthaft genug zu sein?

„Warum?" platzte sie heraus.

„Ich will verdammt sein, wenn ich das weiß", antwortete David nachdenklich, aber sie sah das amüsierte Funkeln in seinen Augen.

„Hat das was damit zu tun, dass du ein Arzt bist und Leben retten und Krankheiten ausrotten willst? Kümmerst du dich deshalb um diese arme verwirrte Frau, die einen Mann braucht?"

„Ich glaube nicht, dass Arzt zu sein gleichzeitig bedeutet, dass man ein guter Liebhaber ist. Aber wenn du das gern so sehen möchtest."

„Ich möchte nicht, das Ganze ist lächerlich!"

„Ich war stets der Ansicht, dass jede Frau einen guten Mann braucht."

„Und du wärst dafür geeignet?"

„Jedenfalls teilweise. Und jetzt kommt die Wette, Chelsea. Lass dich von mir lieben. Wenn es dir nicht gefällt, befehle ich jedem männlichen Wesen im Krankenhaus, deine sämtlichen Bücher zu lesen. Sieh es doch auf folgende Weise", fuhr er hastig fort, als er merkte, dass sie nahe daran war, ihm eine sehr farbige Antwort zu geben. „Selbst wenn du die Erfahrung total und vollständig langweilig finden solltest, bringst du gut ein halbes Dutzend Kerle von ihrer garantiert selbstsüchtigen Art mit Frauen ab. Ich bezweifle, dass auch nur einer von ihnen, ich eingeschlossen, jemals über Sex aus der Perspektive einer Frau gelesen hat. Das öffnet einem die Augen, das versichere ich dir."

Chelsea dachte an einige ihrer Liebesszenen, die sozusagen nach einem Idealmuster gestrickt waren. Nachdenklich sah sie David an. Er war ein schöner Mann, daran gab es keinen Zweifel. Seine Kinnpartie war so kantig wie ihre eigene, wie sie zum ersten Mal bemerkte.

Und sie mochte ihn, wenn sie nicht gerade wütend auf ihn war. Wahrscheinlich mochte sie ihn sogar viel mehr, als er verdiente. Und er hatte sie bereits splitternackt gesehen, so dass es für sie nicht allzu peinlich sein würde.

„Ich weiß nicht", murmelte sie schließlich und spielte mit ihrem Weinglas herum.

David, der damit gerechnet hatte, mit der vollen Macht ihrer Sprachfertigkeit gezüchtigt zu werden, verspürte einen Stoß heftigsten Verlangens.

Er versuchte, wie ein leidenschaftsloser Wissenschaftler zu klingen. „Du könntest es vermutlich als Experiment betrachten." Er zuckte die Schultern. „Wer weiß, der Himmel könnte einstürzen, die Erde könnte sich bewegen. Es könnte dir gefallen."

„Sprichst du von heute Abend?"

Er schenkte ihr ein verruchtes Lächeln. „Gibt es einen besseren Zeitpunkt? Ich habe diese schreckliche Vorahnung, dass du vielleicht heute unserer Wette zustimmen, morgen aber feige zurückziehen könntest."

Das war durchaus möglich. Chelsea verlagerte ihr Gewicht, streckte die Beine aus, lehnte sich zurück und stützte sich mit den Händen ab. Sehr eindringlich beäugte sie ihn erneut. „Warum willst du mich lieben? Wenn ich mich recht erinnere, bin ich doch die verrückteste Frau, die du je getroffen hast. Also warum?"

„Ich ertappe mich in den absonderlichsten Momenten dabei, wie ich denke, dass du unglaublich bewundernswert bist. Wie deine Helden will ich dich nehmen und lieben, bis du vor Lust schreist."

„Eine hübsche Fantasie."

„Wir werden es sehen."

„Ich habe noch nicht zugestimmt", sagte sie scharf.

„Was ist mit Georgina und Elliot? Glaubst du, dass Georgina zur Technik Zuflucht nimmt und Elliot sich herumrollt und schnarcht?"

„Natürlich nicht. Sie sind anders."

„Ich halte keinen von uns für besonders durchschnittlich."

Chelsea verfiel in Schweigen, während ihre Gedanken von einem

Einwand zum anderen sprangen. David war, wie sie fand, auch sehr redegewandt. „Und wenn ich es nun mag ... und dich?"

„Ah!" David beugte sich vor, seine Hände zwischen den Knien verschränkt. „Dann müssten wir wohl das Experiment fortsetzen, um das Ergebnis zu bestätigen und natürlich immer wieder zu überprüfen." Worauf zum Teufel ließ er sich da bloß ein? Wenn sie nun zustimmte, und es würde ein Fiasko? Beim Klang ihrer Stimme tauchte er aus seinem Gedankennebel auf. „Tut mir Leid. Was hast du gesagt?"

„Ich habe Ja gesagt."

Also, dachte David fieberhaft, was würde jetzt ein Standardtyp-I-Held tun? Sie packen und in ihr Schlafzimmer tragen? Triumph mittels eines dämonischen Lachens zeigen? An Unterwerfung und Aufgabe denken? David grinste über seine Gedanken, stand auf und streckte sich. Nein, dachte er, ich muss nur ich selbst sein und hoffen, dass das gut genug ist.

„Nun?" fragte Chelsea, und ihr Blick strich von seinen Laufschuhen aufwärts. Seine Schenkel waren muskulös, zweifellos vom Joggen und Schwimmen. Sie fragte sich, ob auch ...

„Nun, was?"

„Die Wette, David!"

„Genau genommen ist die Wette im Moment ziemlich einseitig. Was gibst du mir, wenn sich herausstellt, dass ich ... dass wir das Großartigste seit der Erfindung des in Scheiben geschnittenen Toastbrots sind?"

„Dann würde ich am Schock sterben."

„Das ist vermutlich ein Anfang. Komm her, Chelsea! Ich will dich im Schlafzimmer lieben. Dein Teppich sieht nicht so dick und weich aus."

Chelsea schluckte schwer und stand auf. Barfuß reichte sie ihm nicht einmal bis zum Kinn. „Ach, du liebe Güte", murmelte sie und stockte, als er sie sanft an sich zog.

„Passt sehr hübsch." Er sog den süßen Duft ihres Haar ein. Während er mit seinen großen Händen sanft über ihren Rücken auf und ab rieb, zwang er sich, von ihrem Po wegzubleiben, wenigstens vorläufig. Als er sich herunterbeugte und begann, sachte an ihrem Ohr zu knabbern, wurde ihm bewusst, dass er sich geändert hatte, grundlegend. Diese kleine Frau mit dem großen Mundwerk brachte ihn zum Lachen, ließ ihn das Leben aus einem leicht schiefen Winkel sehen, oder, fügte er in Gedanken hinzu, er hatte die meiste Zeit seines Lebens nach Regeln gelebt, die jetzt nicht mehr auf ihn passten. Eindeutig waren alle Anzeichen seines beginnenden Magengeschwürs verschwunden. Wie war das bloß möglich, wo er ihr doch auch den Hals umdrehen wollte? Und sie lieben wollte, bis sie beide zu erschöpft waren, um sich gegenseitig anzufauchen.

Er fühlte, wie sie auf ihren Zehenspitzen stand, und sog die Luft ein. Ihre Brüste und ihr Bauch pressten sich gegen ihn. Sehr langsam schob er seine rechte Hand unter ihr Kinn. Für jemanden, der seit etlichen Monaten mit keiner Frau geschlafen hatte, war er stolz auf seine Zurückhaltung. Behutsam küsste er sie auf die Lippen, ohne etwas zu fordern, ohne sie in irgendeiner Weise zu drängen.

„Du schmeckst wie Krabbensalat“, murmelte David, während er an ihrem Hals knabberte.

„Sarahs Krabbensalat ist köstlich, aber bei mir bin ich mir nicht so sicher.“ Chelseas Stimme klang angestrengt.

„Entspann dich! Sagen das nicht immer deine Helden zu ihren Heldinnen? Vertrau mir? Schenk mir alles von dir?“

„Ja, manchmal, aber ...“

„Aber nichts. Hör auf, dir Sorgen zu machen, und küss mich noch einmal!“

Chelsea tat es, diesmal mit mehr Enthusiasmus. David schmeckte ebenfalls sehr gut, fand sie, und es gefiel ihr, was seine Hände auf ihrem Rücken anstellten. Während ihre Haut angenehm kribbelte, schlang Chelsea einen Arm um seine Schultern. Und sie spürte die Wärme, die von ihm ausging und sie nicht ungerührt ließ.

Er schob seine Hände unter ihr Sweatshirt, und Chelsea verkrampfte sich.

Hör auf, dich wie eine Idiotin aufzuführen, sagte sie sich. Du bist weder eine deiner Heldinnen noch eine scheue Achtzehnjährige. Und du lässt ihn alles kontrollieren, als wärst du eine dumme, hilflose Göre.

„Du fühlst dich gut an, David“, murmelte sie an seinem Mund. „Dein Körper fühlt sich gut an.“ Zu ihrer größten Freude registrierte sie, wie sein Körper unter der Reaktion erschauerte. Sie merkte auch, wie sein harter Muskel in heftigem Verlangen pulsierte. Sie blinzelte. Das fühlte sich auch gut an, aber damit war es bestimmt aus, wenn er zum Grundsätzlichen kam.

„Ich habe jetzt keinen weißen Mantel an, Chelsea.“ Er lächelte auf sie hinunter.

„Nein, zum Glück nicht.“

David überraschte sie, indem er sie auf seine Arme hob. Sie fühlt sich so gut an, dachte David. Als sie ihr Gesicht gegen seinen Hals drückte, fing er an zu glauben, dass dies eine seiner besten Ideen gewesen war.

Ihr Bett war nicht gemacht, und David lächelte, als sein Blick auf ein hauchdünnes Bikinihöschen auf einem Stuhl fiel. Vermutlich war das einer von Sarahs freien Tagen.

David legte Chelsea auf das Bett und setzte sich neben sie. Er berührte sie nicht, sondern schenkte ihr zunächst nur ein Lächeln. Chelsea wirkte erwartungsvoll, wenn auch verhalten, aber ihre Augen strahlten.

„Als ich dich das erste Mal bei den Mallorys traf“, sagte er und ergriff ihre Hand, „dachte ich, das ist vielleicht eine niedliche Frau. Ich habe seither meine Meinung geändert. Du bist intelligent, warm, unberechenbar und sehr sexy. Ich mag dein Haar. Es ist unbezähmbar, genau wie du.“ Er schob seine Finger in die schwarzen Locken über ihrem linken Ohr.

Sag doch etwas Geistreiches, befahl sie sich, konnte es jedoch nicht. Sie drehte ihren Kopf so, dass ihre Wange sich gegen seine Handfläche drückte.

„Ich wollte immer blond wie Georgina sein. Die meisten meiner Heldinnen haben helles Haar.“

„Oh nein“, wehrte David ab. „Ist dir nicht bewusst, wie aufreizend du bist? Schwarzes Haar und weiße Haut ..." Er streichelte lächelnd ihre Wange. „Ich möchte mehr von dieser schönen weißen Haut sehen, Chelsea." Bevor sie auch nur an Widerspruch denken konnte, packte er ihr Sweatshirt und zog es ihr über den Kopf.

Chelsea fühlte sich schrecklich entblößt, und ihre Hände bedeckten rasch ihre Brüste.

„Nein, tu das nicht." Sanft zog David ihre Hände weg. Sie beobachtete ihn, wie er sie betrachtete. Er wirkte sehr angespannt, und sie wollte, dass er sie berührte. Sie wand sich ein wenig unter seinem Blick.

David legte ganz leicht seine Hand über ihre Brust, schloss für einen Moment die Augen und genoss die unglaubliche Weichheit und das Versteifen der braunen Spitze. Er merkte, wie sich ihr Herzschlag beschleunigte. „Sehr schön", murmelte er. „Sehr weiß." Er begann, mit seiner Fingerkuppe um jede ihrer Brüste zu kreisen.

Chelsea wurde von ihrer eigenen Reaktion überrascht. Sie bog ihren Rücken durch und wollte, dass David sie streichelte. Seine Hand wanderte jedoch stattdessen an ihre Jeans.

„Ich will nicht immer nur einen Gang nach dem anderen", flüsterte er, als er sah, dass sie protestieren wollte. „Ich möchte alles gleichzeitig sehen. Halt still, Chelsea!"

Er zog ihre Jeans zusammen mit ihrem Slip herunter und betrachtete ihren herrlichen Körper. Ihre Beine waren genauso weiß wie alles andere, lang und perfekt und sehnig vom Joggen. David fühlte sein Herz hämmern. Er fuhr mit dem Finger über die kleine Narbe auf ihrem Bauch. „Noch Schmerzen?"

„Nein, nur gelegentlich ein Ziehen."

Seine Blicke streichelten ihr Gesicht. „Du bist sehr schön." Er drückte leicht seine Handfläche an sie, seine Finger suchten, und Chelsea bäumte sich lustvoll auf.

Ziemlich heftig stieß sie hervor: „Ich weigere mich, hier noch länger herumzuliegen und untersucht zu werden. Ich möchte dich sehen, und daran ist absolut nichts dezent."

Er grinste sie an und stand auf. Nie zuvor hatte ein Mann für sie gestrippt. Ihre Helden taten das für ihre Heldinnen, selbstverständlich, aber das war absolut nicht vergleichbar mit dem hier, mit dem wahren Leben. Dies hier liebte sie. Er knöpfte sein Hemd auf und schüttelte es ab. „Sehr hübsch", sagte Chelsea und wollte ihn nachäffen, konnte es aber nicht richtig bringen. Seine Brust war muskulös, aber nicht unansehnlich, und sie konnte es nicht erwarten, mit ihren Fingern durch die gekrausten kastanienbraunen Haare zu streichen. Sie hielt kurz den Atem an, als er seine Jeans öffnete und auszog. Und dann stand er vor ihr, wundervoll nackt. Chelsea schluckte schwer. „Du siehst wie einer meiner Helden aus", sagte sie fasziniert.

David ließ sich neben ihr auf das Bett sinken.

„Du küsst gut", brachte sie nach ein paar Minuten hervor.

David murmelte etwas, und sie fühlte, wie seine große Hand ihren Po umfasste. „Das muss der Himmel sein", flüsterte er.

„So ungefähr." Chelsea fuhr mit einer Hand über seinen Rücken und knetete seine Hinterbacken.

David schob sich über sie.

Chelsea vergaß die Wette, vergaß alles, außer seinen zwei Fingern, die ganz langsam in sie eindrangen.

David betrachtete ihr Gesicht, ihre erstaunt blickenden Augen, wie sie blinzelten und sich schlossen, beobachtete, wie ihr Hals sich durchbog, als sie den Kopf zurückwarf.

Chelsea wollte nichts sehnlicher, als ihn zu erforschen, alles an ihm. Sie fühlte ihn in sie eindringen, sehr vorsichtig, und schlang ihre Arme um seinen Rücken.

„Chelsea!" Es war Davids letztes Wort. Jetzt war sie an der Reihe, und es war ihre Lust, sein Gesicht im Moment seines Höhepunkts zu beobachten.

„Du fühlst dich so gut an", murmelte sie, als er sich im Rausch der Sinne an sie presste.

David konzentrierte sich darauf, ins normale Leben zurückzufinden. Er hätte vor Lust schreien können. Stattdessen küsste er Chelsea leidenschaftlich.

„Ich glaube das alles nicht", murmelte Chelsea und schlief ein, ihr

Gesicht gegen seine Brust gedrückt, ihr Bein zwischen seine Schenkel geschoben.

„Ich glaube es auch nicht", flüsterte David. Auch er schlief ein, seine Hand besitzergreifend um ihren Po gelegt.

Als Chelsea am nächsten Morgen erwachte, blinzelte sie bei dem Klang eines vollen Baritons aus der Dusche.

„Ach, du liebe Zeit", murmelte sie, „ich glaube, ich habe diese verdammte Wette verloren."

8. KAPITEL

Chelsea blickte auf und sah David an der Badezimmertür, eines ihrer Handtücher tief um seine Hüften geknotet.

„Hoffentlich hast du nicht mein ganzes heißes Wasser verbraucht, während du ‚Madame Butterfly' massakriert hast."

David setzte sich neben sie und legte ganz leicht eine Hand an ihre Wange.

„Mache ich dich sprachlos? Das passiert, wenn eine arme, verwirrte Frau endlich einen guten Mann findet, der alles in die Hand nimmt. Was nun unsere Wette angeht ..."

Chelsea warf ihm einen finster brütenden Bück zu. „Es war ein Zufall, eine Laune der Natur, ein Fehler, eine Abweichung, ein ..."

„Das alles?" David stieß einen Pfiff aus. „Na, so was! Da muss ich ja weitermachen, um dich zu überzeugen." Er beugte sich vor, um sie zu küssen. „Würdest du denn nicht sagen, dass ich ... dass wir das Großartigste seit der Erfindung des in Scheiben geschnittenen Toastbrotes sind?"

„Das befriedigt so richtig dein männliches Ego, nicht wahr?"

„Vergiss das Ego. Du hast andere Dinge viel mehr befriedigt. Hast du denn eine Ahnung, wie erstaunt du dreingesehen hast, als du ... sagen wir, als du dich hast gehen lassen? Das heißt, als ich dich dazu brachte, dich gehen zu lassen."

„Eine Ausnahme“, behauptete Chelsea und betrachtete ihn mit deutlich sichtbarer Abneigung, wie es schien.

David seufzte, und seine geschickten Finger streichelten sanft über ihre bedeckten Brüste. „In diesem Fall, und nur im Interesse der reinen Wissenschaft ...“

„Ich betreibe keine Empfängnisverhütung“, warf Chelsea ein.

David zuckte zurück und blickte auf sie herab. „Ich hätte daran denken müssen, aber letzte Nacht war ich viel zu hingerissen. Möchtest du, dass ich dem freundlichen Apotheker von nebenan einen Besuch abstatte?“

Chelsea wirkte nachdenklich. „Ich weiß nicht. Ich habe einmal gehört, wie ein Freund meines Vaters Witze darüber gemacht hat, dass es wie Socken in der Dusche ist. Und die Typen, mit denen er sich unterhalten hat, haben alle gestöhnt. Ist es so schlimm?“

„Nein, eigentlich nicht, aber ich würde lieber dich und nur dich fühlen, beziehungsweise mich und nur mich.“

Seine Worte riefen bei ihr sehr eindeutige Bilder hervor, und verblüfft verspürte sie Hitze in sich hochsteigen.

„Ich glaube, das hätte ich auch lieber“, sagte sie leise.

„Soll ich dir die Alternativen aufzählen, mit Pro und Kontra?“

„Nein, ich werde mich beim Frauenarzt beraten lassen.“

„Wer ist er?“

„Er? Niemals. Ich meine Maggie Smith. Sie ist auch Georginas Ärztin. Erinnerst du dich? Sie hat das perfekte Baby der Mallorys auf die Welt gebracht.“

„Ich erinnere mich. Verzeih den zeitweisen Kurzschluss.“

„Also, wenn wir das Experiment fortsetzen müssen, sollte es bald sein.“

David schickte seinen ergebensten Dank himmelwärts. „Wie wäre es bis dahin mit Socken in der Dusche?“

„Habe ich eine andere Wahl?“

„Nein, keine. Aber du hast mich.“

„Habe ich darum gebeten?“ fragte Chelsea und blickte in Richtung ihres Schlafzimmers.

„Nun ja, du hast ziemlich viel gestöhnt, und du hast diese niedlichen flehenden Töne von dir gegeben."

„Warum pflegst du nicht für eine Weile verbale Abstinenz?"

„Wo ist die nächste Apotheke?"

Chelsea fühlte sich an diesem Wochenende völlig hingerissen. In ihren Romanen verlief die körperliche Liebe zwischen Held und Heldin immer besser, aber sie hatte ernsthaft bezweifelt, dass dies im wirklichen Leben möglich war. Doch es schien eindeutig so zu sein. Sie musste das Paradies wiedergefunden haben.

Plötzlich fluchte David.

„Was ist los mit dir?" fragte Chelsea, während ihre Finger eifrig seine Schultern kneteten.

„Mir sind die Socken ausgegangen", klagte er. „Und ich sollte heimfahren. Ich habe morgen früh Dienst, und ich muss unbedingt meine Batterien mit ungestörtem Schlaf aufladen. Es gibt eine Besprechung, und da muss ich brillant sein."

„Soll ich dir ein Script schreiben?"

„Vielleicht, wie man das Verkümmern gewisser Körperteile ohne chirurgischen Eingriff heilen kann."

„Wie wäre es mit Akupunktur?"

„Du meinst, wenn an der fraglichen Körperstelle eine Nadel oder etwas Voluminöseres eingeführt wird?"

„Du bist schrecklich und überhaupt nicht ernsthaft. Ich glaube tatsächlich, Dr. Winter, ich könnte jetzt an deinem Hals herumknabbern und Transsilvanisch sprechen, und es würde dich überhaupt nicht stören."

„Du willst mich lässig haben, nicht wahr?" Er küsste sie stürmisch zum Abschied. „Sieh zu, dass du morgen zu Maggie gehen kannst, okay?"

„Ich will ganz sicher nicht an der Verzögerung einer wissenschaftlichen Studie schuld sein", beteuerte Chelsea und lächelte ihn schelmisch an.

David entdeckte in den folgenden Wochen, dass er auf wundersame Weise das Anfassen gelernt hatte. Beim Autofahren hielt er Chelseas Hand. Wenn sie vor dem Fernseher saßen, konnte er sich hinterher nie an die Handlung erinnern, weil seine Hände selbst eifrig handelten.

„Ich brauche meine Dosis Chelsea", informierte er sich selbst eines Nachmittags im Krankenhaus.

Er hatte sie seit zwei Tagen nicht gesehen. Er fragte sich, ob er dabei war, sich ganz gewaltig zu verlieben. Wenn das der Fall war, so war es das Großartigste, was ihm je passiert war.

Die Winters in Boston, sehr ehrgeizige und professionelle Leute, steife Partys – all das schien Lichtjahre entfernt zu sein. Aber er vermisste seine Kinder und sorgte sich um sie. Verdammt, er wollte nicht, dass sie Magengeschwüre entwickelten, und bei dem nicht gerade sanften Druck, der zweifellos auf sie ausgeübt wurde, konnte das leicht passieren. Er wollte, dass sie glücklich waren. Er wollte, dass sie so sorgenfrei wie ihr lieber alter Dad in diesem Moment waren.

David und Chelsea speisten auswärts. David hielt Chelseas Hand und streichelte mit dem Daumen ihre Handfläche, als er ihr von seiner Sorge erzählte.

Chelsea war erfreut, weil David selten über sein Leben in Boston sprach.

„Was hast du von einem Dinner mit den Jungs gesagt? Ich hatte nicht zugehört."

„Nicht nur mit Angelo, Maurice und Delbert. Eine mit mir befreundete Autorin aus Sacramento, Cindy Wright, kommt. Sie hat früher hier gewohnt. Jedes Mal, wenn sie zu Besuch hier herkommt, bricht sie in wildes Schluchzen aus. Sie braucht ihre Dosis San Francisco-Marin, wo sie aufgewachsen ist, und das so ungefähr alle zwei Wochen."

„Ist das so dramatisch wie mit meiner Dosis Chelsea?"

„Ja, aber nicht auf die gleiche Art."

„Hat sie ein Mundwerk wie du?"

„Darauf kannst du wetten, Doktor."

„Sieht sie auch wie du aus?"

„Nun, Tatsache ist, dass eine Freundin von Cindy und mir in New York gesagt hat, wir würden wie Schwestern aussehen. Ich war richtig erschrocken, Cindy auch. Dann haben wir schnell erkannt, dass unsere Reaktion nicht gerade schmeichelhaft für die jeweils andere war, und einigten uns auf Schwestern."

„Ah, aber ihr Po? Niemandes Po kann so verlockend sein wie der Deine."

„Bei Cindy möchte ich mich auf nichts festlegen. Sie könnte dir womöglich zu deinem Geburtstag Socken schenken – handgestrickte."

Cindy war, wie David schnell entdeckte, ein Wirbelwind, der ihm einen verwirrenden Blick zuwarf und eine Champagnerflasche in die Hände drückte. Sie war klein, wie Chelsea, mit dunklen Haaren und funkelnden Augen. Er fand sie köstlich und wartete auf das Hereinbrechen des unvermeidlichen Chaos.

Es ging los, als er sie zu Chelsea sagen hörte: „Ich hätte dich nie verlassen sollen. Meinst du, ich sollte mich in den Krankenhäusern von Sacramento herumtreiben? Er ist ja ein Prachtkerl, Chels." Er rückte ein wenig näher, als sie ihre Stimme senkte, verstand aber nur noch etwas von dicken Fingern und großen Zehen und ...

Dann brach Chelsea in heiteres Lachen aus.

„Also schön, Cindy, höchste Zeit, um Sarahs Anweisungen für das Abendessen auszuführen."

„Diesmal", erklärte Cindy, „werde ich dafür sorgen, dass alles gleichzeitig und heiß auf den Tisch kommt. Erinnerst du dich noch an dieses eine Festessen, bei dem du vergessen hast, den Hauptgang in den Ofen zu schieben?"

Außer Angelo, Maurice und Delbert tauchte noch ein Mann auf, ein Journalist namens John Sanchez.

„Er hat mit Verbrechen und erotischen Skandalen in Marin zu tun", erklärte Cindy David bei der Vorstellung. „Für gewöhnlich ist er harmlos und vernünftig, abgesehen von seiner Weigerung, den schönen gelben Sweater zu tragen, den ich ihm letztes Jahr zu Weihnachten gekauft habe."

„Hallo!" John Sanchez schüttelte David die Hand. „Ich habe da ein Problem, und Chelsea meinte, ich sollte Sie deshalb fragen. Spielen Sie Schach?"

David, der vermutet hatte, er sollte medizinische Gratisberatung machen, lächelte. „Ich war ziemlich gut, bevor meine Gehirnzellen abzusterben begannen."

John konzentrierte sich eine Weile darauf, seine Pfeife zu stopfen. „Chelsea hat mir zum Geburtstag ein Anfängerbuch für Schach geschenkt. Vermutlich sind Sie also besser."

„Kommt, Jungs und Mädels!" rief Maurice vom Esstisch her. „Lasst uns anfangen. Wir räumen eine Dreiviertelstunde fürs Abendessen ein. Dann geht's hurtig ans Pokern. Delbert braucht Geld für seine Spielschulden."

John wandte sich an David. „Wollen Sie Schach spielen, während diese Rohlinge sich gegenseitig beim Pokern umbringen?"

„Kommt nicht in Frage", sagte Delbert entschieden. „Ich will das Geld des Docs gewinnen. Wo David seine Chelsea anstiert wie ein Hund einen Fleischknochen, hat er nicht den Hauch einer Chance."

„John aber auch nicht", meinte Cindy.

David war, getreu Delberts Vorhersage, um zehn Uhr ausgeräubert, John um elf, und seine Pfeife war fast durchgebissen. Er murmelte gelegentlich, dass er sich lieber beim Schach hätte demütigen lassen. Cindy und Chelsea nahmen eine Flasche Weißwein in Angriff, lachten nur, als Delbert ein Full House zeigte, und räumten ihn bis auf die Viertel-Dollar-Chips ab.

„Ich dachte, Cindy wohnt bei dir", sagte David, als eine halbe Stunde später alle abmarschiert waren.

„Und du warst deprimiert, nicht wahr?"

„Du hast es erfasst, Lady."

„Nun, du bist von John Sanchez gerettet worden. Die beiden

nehmen jeden Film der Welt auf Kassette auf und verbringen mit dem Ansehen Stunden vor dem Fernseher."

David zog Chelsea in seine Arme und küsste sie auf die Nasenspitze. „Ist das alles, was sie vor dem Fernseher machen?"

„Das, Doktor, musst du sie selbst fragen. Meine Lippen sind versiegelt."

„Die Versiegelung ist doch meine Aufgabe, oder nicht?" meinte David und begann sie zu küssen.

„Du siehst wie ein sehr selbstzufriedener Mann aus", sagte Elliot eines Nachmittags zu David am Swimmingpool. Es war eine Woche vor Weihnachten, zwanzig Grad im Freien und sonnig.

„Chelsea ist eine äußerst eigenartige Frau", entgegnete David. „Ich schwöre dir, wir streiten so viel, wie wir uns lieben. Zumindest ist es nie langweilig."

Elliot grinste. „Georgina hat mir erzählt, dass Maggie dir telefonisch einen vollen Bericht über Chelsea durchgegeben hat, als sie bei einer Untersuchung war."

„Ja." David schüttelte den Kopf. „Ich war noch nie so verlegen. Das wäre in Boston nie passiert."

„Schade", meinte Elliot. „Das Gleiche hat sie mit mir gemacht, als ich Georgina zu ihr schickte. Wann fliegst du?"

„In drei Tagen. Zurück in Schnee und Eis und Sturm. Ich glaube, mein Blut ist dünn geworden. Keine Ahnung, ob dieser arme Körper in diesem Jahr durchhält und einen Schneemann mit den Kindern bauen kann, bevor ich sie hierher hole."

Aber es sollte in diesem Jahr keinen Schneemann geben.

Einen Tag vor Davids geplanter Abreise bekam er einen Anruf im Krankenhaus.

„Ich kann es einfach nicht glauben, dass das Hospital der einzige Ort ist, an dem ich dich erreichen kann, David."

Er starrte auf das Telefon, als wäre es ein rohes Steak, das soeben von seinem Teller spaziert war. „Margaret?"

„Wer sonst, Darling? Höre ich da Lachen im Hintergrund? In deinem kostbaren, sehr ernsthaften Krankenhaus?"

„Dies hier ist Kalifornien, Margaret", erklärte er seiner Exfrau. „Rufst du wegen meines Flugplans an? Den Kindern geht es doch gut, oder? Und Mom und Dad?"

„Nein, Liebster, ja, und genau wie immer. Frohe Weihnachten, David. Die Kinder und ich sind hier in deinem Apartment. Der Sicherheitsmann hat uns eingelassen. Wann kommst du heim?"

David schloss einen Moment die Augen, während Visionen von äußersten Katastrophen auf sein betäubtes Gehirn einstürmten.

„David?"

„Sag den Kindern, dass ich in zwei Stunden da sein werde. Ich nehme an, du hast es dir heimisch gemacht."

„Sicher, David."

„Grüß die Kinder von mir." Er saß noch Minuten, nachdem er aufgelegt hatte, wie versteinert da.

„Geht es Ihnen gut, Dr. Winter?"

David starrte Schwester Elsa an. „Was? Oh ja, ganz großartig. Ich fühle mich wie eine Termite, zu der gleich der Kammerjäger kommt. Was ist los?"

„Wir haben da ein kleines Mädchen mit einer schlimmen Fleischwunde am Bein. Ist vom Fahrrad gefallen. Das Kind ist versorgt. Es ist die Mutter, für die Dr. Fellson Sie braucht. Die Frau gebärdet sich wie eine Furie und braucht Ihre diplomatische Hand."

David konnte Chelsea in den nächsten zwei Stunden nicht anrufen. Als er es tat, hob niemand ab. Er verfluchte das klingelnde Telefon. Er sollte an diesem Abend um sieben bei ihr essen. Ihr letzter gemeinsamer Abend, bevor er nach Boston hatte fliegen wollen. Er dachte an den 1935er „Debrett's", den er im hintersten Winkel eines Antiquariats gefunden und ihr als liebevolles achtpfündiges Weihnachtsgeschenk zugedacht hatte.

Er lag, eingepackt in leuchtend rotes Papier und mit einer großen Schleife geschmückt, bei ihm zu Hause auf dem Couchtisch, deutlich sichtbar für jedermann.

9. KAPITEL

„Hallo, Vater!"

„Hallo, Dad."

Die beiden kindlichen Stimmen klangen gedämpft, und die Sprecher standen nervös in Habt-Acht-Stellung und beobachteten ihn. David fühlte ungeheure Liebe in sich hochsteigen, als er seine Kinder ansah. Himmel, waren sie gewachsen und hatten sich verändert, und dabei war es erst sechs Monate her, dass er sie zuletzt gesehen hatte. „Hallo, Leute!" Seine Stimme vibrierte ein wenig. „Wie wäre es mit einer Umarmung für euren lieben alten Dad?"

Taylor lief auf ihn zu, warf einen verstohlenen Blick zu ihrer Mutter, ging langsamer und ließ sich herzlich umarmen. Sie war gerade sieben geworden, und Mark, wie David wusste, wartete wild darauf, neun zu werden, damit wieder volle zwei Jahre zwischen ihm und seiner Schwester lagen. Taylor war groß, fast so groß wie ihr Bruder, und sie sah wie ihr Vater aus. Der Himmel segne sie. Mark geriet mehr nach Margaret, schmächtig gebaut, mit hellbraunem Haar und blauen Augen.

„Hallo, Sohn!" David blickte über Taylors Kopf und schloss den Jungen in seine Arme. Zum ersten Mal fiel ihm bei seinen Kindern ihr Mangel an Spontaneität auf, ihr Mangel an Begeisterung. Nun, vielleicht war das natürlich. Er war für eine Weile aus ihrem Leben verschwunden gewesen.

„Hat euch der Flug hierher gefallen?"

„Ja, Dad", antwortete Taylor. „Die Stewardess hat mir drei Päckchen Erdnüsse geschenkt."

„Taylor hat natürlich zwei wieder zurückgegeben." Margaret Winter nickte David zu. „Du siehst fit aus. Kinder, setzt euch. Man soll keinen Lärm in einem Apartment machen, das stört die anderen Mieter."

„Ja, Mutter", sagte Mark. „Komm, Taylor."

„Es ist ein Penthouse, Margaret. Bei dir klingt es nach einer Mietskaserne." David beobachtete, wie seine beiden Kinder wie kleine Soldaten in das Wohnzimmer marschierten. Er runzelte die Stirn und sah förmlich schon die Magengeschwüre voraus.

„Nun, es ist auch nicht gerade ein Brownstone-Haus in Beacon Hill, nicht wahr?" Sie lächelte ihn an und überdeckte damit die Beleidigung in ihren Worten.

Er hatte dieses Haus geliebt, aber natürlich war es bei der Scheidungsvereinbarung an sie gefallen. David sagte nichts, sondern schüttelte bloß den Kopf, um den Frieden zu erhalten. „Warum bist du ohne Vorwarnung hergekommen, Margaret?"

„Die Eltern von allen ihren Freunden haben beschlossen, zu Weihnachten nach Südfrankreich zu fliegen. Ich dachte, es wäre ganz hübsch, mal zu sehen, wie hier so alles ist."

„Hier? Du meinst das schöne Kalifornien?"

„Aber ja. Du siehst sehr gut aus, David."

„Du auch, Margaret. Das Kleid steht dir gut."

„Du hast schon immer anschmiegsame Wollstoffe gemocht."

Das brachte die Unterhaltung ins Stocken. David nickte und ging ins Wohnzimmer.

„Dad", sagte Taylor, „das ist ein sehr schweres Präsent. Es ist ein Buch, nicht wahr? Für wen ist es?"

„Für jemanden namens Chelsea", warf Margaret ein. „Wie seltsam."

„Warum?"

„So heißt ein Stadtteil von London. Ich habe nie eine Chelsea kennen gelernt."

Wie bringt sie es fertig, dass es sich aus ihrem Mund wie der letzte Dreck anhört? fragte sich David.

„Ist es ein Buch, Vater?" wollte Taylor wissen.

„Ja, Kürbis, es ist ein Buch. Und zwar ist es ein Buch über den britischen Adel."

„Du meinst Herzoge und Earls und Prinz Charles?"

„Genau. Möchtet ihr Limonade?"

„Vielleicht hätten sie lieber heiße Schokolade, aber ich konnte keinerlei Zutaten dafür finden", warf Margaret ein.

„In der Limonade ist kein Zucker, Margaret. Wir wollen doch, dass sie gesunde Zähne behalten. Kommt, Leute, sehen wir mal nach, was ich habe."

Taylor und Mark folgten ihm gemessenen Schritts in die Küche. Sie waren wie kleine Internatszöglinge gekleidet. Es fiel David erst in diesem Moment auf, und er zuckte zusammen. Taylor wollte Limonade nicht aus der Dose trinken. Es musste ein Glas sein mit drei Eiswürfeln.

„Erzählt mir, was sich so in den letzten sechs Monaten bei euch abgespielt hat." David setzte sich an den Küchentisch. Himmel, er sollte sich nicht in der Gegenwart seiner eigenen Kinder dermaßen unwohl fühlen.

In den nächsten zehn Minuten zählten seine Kinder einzelne Ereignisse auf. „Natürlich", schloss Mark, „hat Mutter nicht erlaubt, dass ich bei diesem Theaterstück mitmache. Es war bei weitem zu plebejisch."

Oh, dachte David, er spricht das Wort sogar richtig aus. Er warf einen Blick auf die Küchenuhr. Sechs.

„Ich möchte gern mehr hören." Er stand auf. „Wir gehen alle zum Dinner ins Cliff House. Das ist ein großartiges Restaurant, und man kann viele Seehunde von den Fenstern aus sehen. Macht euch frisch. Wir gehen in einer Viertelstunde."

„Das klingt sehr interessant, Vater", sagte Mark.

Nein, wollte David ihn verbessern, es klingt prima. „Interessant" war die Antwort auf etwas Langweiliges.

Nur Margaret blieb zurück.

Als David ins Wohnzimmer kam, sagte er: „Ich habe nur ein Gästezimmer, Margaret. Kannst du dir nicht vorstellen, bei den Kindern zu schlafen?"

„Nein, ich nehme das Sofa."

„Warum nicht ein Hotel? Ich kann für dich anrufen."

„Warum? Hier passt es sehr gut."

Er gab sich geschlagen und nickte. „Ich muss telefonieren und Pläne umstoßen. Entschuldige mich."

Er hörte es drei Mal klingeln, vier Mal ... „Hallo!"

„Chels, David, schlimme Neuigkeiten, scheußliche Neuigkeiten, alles ganz grauenhaft, abgesehen von meinen Kindern."

„Schieß schon los."

„Margaret ist heute Nachmittag mit den Kindern angekommen. Sie sind alle hier in meiner Wohnung, und ich komme nicht weg. Ich schaffe es heute Abend nicht. Tut mir Leid."

Chelsea blickte auf ihren romantisch gedeckten Tisch. „Mir auch." Sie seufzte. „Nun ja, wenigstens verlässt du die Stadt nicht, und ich kann deine Kinder bald kennen lernen."

„Nun ja, stimmt. Ich werde zusehen, was sich machen lässt."

„David?"

„Ja?"

„Du wirst es nicht glauben, was du zu Weihnachten bekommst." Sie kicherte.

„Und du wirst dein Geschenk nicht einmal hochheben können."

„Bindest du dir eine rote Schleife um die Mitte? Vielleicht mit einem Apfel im Mund?"

Er lachte. „Nicht dieses Jahr, vielleicht nächstes. Oder zu deinem Geburtstag. Ich melde mich morgen bei dir, Chels."

Sie legte mit einer nachdenklichen Miene auf.

Unerwartet ... Warum war Margaret ohne Warnung aufgetaucht?

Margaret verkündete bei einem köstlichen Frühstück, das sie selbst zubereitet hatte: „David, du wirst heute die Kinder für dich haben. Ich muss Besorgungen machen. Geht das klar mit dir?"

Was für Besorgungen? fragte er sich, sagte jedoch nichts. „Sicher."

David aß nachdenklich seine Pfannkuchen und fällte seine Entscheidung, als Margaret aus dem Bad kam, äußerst hübsch aussehend.

„Also", sagte sie. „Ich gehe jetzt weg. Ich habe einen Wagen gemietet, David, so dass du dir nicht die Mühe machen musst, mich herumzufahren – Kinder, ich erwarte von euch, dass ihr tut, was euer Vater sagt. Ist das klar?“

„Ja, Mutter.“

„Ja, Ma’am.“

Sie küsste die beiden, nickte David zu und ging.

David betrachtete seine Kinder. In diesem Moment kam es ihm so vor, als hätte er die Tage an den Fingern seiner linken Hand abzählen können, die er mit ihnen allein verbracht hatte. Er hatte keine Ahnung, was er mit ihnen machen sollte. Nun, es war Zeit, dass er lernte, ein Vater zu sein.

Er führte seine zwei kleinen Ostküsten-Internatskinder ins De Young Museum im Golden Gate Park. Nach drei Stunden fand er, dass es ihm mehr Spaß machte als ihnen. Die Kinder aßen kein Fast Food, wie sie ihn kurz und bündig informierten. Also trottete er mit ihnen zur Fisherman’s Wharf für frische Meeresfrüchte.

Er blickte auf die Bay hinaus, während er seinen Krabbensalat verspeiste, und sein Blick fiel auf die Segelboote. Das war es! Ich werde sie zum Segeln mitnehmen.

„Kinder, wie würde es euch gefallen, heute Nachmittag mit mir auf meinem Segelboot hinauszufahren?“

Taylor sah Mark an, und eine stumme Botschaft ging zwischen ihnen hin und her. „Das wäre sicher sehr angenehm, Vater“, antwortete Taylor.

Aber sicher, dachte David, und du klingst so begeistert, als hätte ich dir einen lebenden Tintenfisch vorgesetzt.

Chelsea, dachte er und lächelte. Sie segelte gern. Er drückte den Daumen, dass sie frei und willens war, als er sie anrief.

Chelsea erklärte sich spontan einverstanden. Also fuhr David eine halbe Stunde später über die Golden Gate Bridge.

Chelsea, bekleidet mit ihren groben Segelklamotten, öffnete die Tür mit einem breiten Lächeln. Doch das bekam einen Sprung, als sie die beiden Kinder sah, die David flankierten. Segeln, dachte sie. Hat er den Verstand verloren? Die Sprösslinge waren wie kleine Modepuppen gekleidet.

„Hallo!“ Sie wich beiseite. „Kommt herein. Ich bin Chelsea.“

Die Kinder marschierten herein, blieben stehen und drehten sich um.

„Ich bin Taylor.“

„Ich bin Mark.“

„Und ich bin David.“

„Und ich bin überwältigt. Setzt euch. Was kann ich euch zu trinken bringen?“

„Ein Clubsoda“, sagte Taylor.

„Ein Kräuterbier“, sagte Mark.

„Einen Scotch“, sagte David.

Chelsea schoss ihm einen verruchten Blick zu und ging in die Küche. Sie machte gerade die Drinks fertig, als sie Taylor sagen hörte: „Vater, sie hat einen Flicken auf ihrer Jeans.“

„Einen Flicken auf ihrem Gesäß“, sagte Mark, ein Genauigkeitsfanatiker.

David war nach Stöhnen zumute. Er betrachtete seine Kinder, sah sie richtig an und begriff, dass sie in ihren lächerlichen Aufzügen alles tun konnten, nur nicht segeln. Und er sah auch nicht viel besser aus. Lange Hose und Sportjackett.

„Ihre Jeans ist sehr eng“, stellte Taylor fest. „Mutter sagt, dass Mädchen nie Kleider tragen sollten, die zu eng sind. Sie sind nicht ...“

Sie brach ab, als Chelsea wieder ins Wohnzimmer kam.

Ich hätte warten sollen, dachte Chelsea und lächelte. Sie hätte gern alles über zu enge Kleidung und die Meinung der großartigen Margaret dazu gehört. Und, dachte sie, meine Jeans ist nicht zu eng.

„Sie kennen meinen Vater?“ fragte Mark, nippte an seinem Kräuterbier und musterte die Frau, deren schwarzes Haar nach allen Seiten über ihren Kopf fiel.

Chelsea blinzelte. „Ja, ich kenne ihn ein wenig.“

„Wie lange kennen Sie schon meinen Vater?“ fragte Taylor.

„Nicht so lange, wie ich Torquemada kenne“, antwortete Chelsea.

„Torque-wen?“ fragte Mark.

„Er war ein sehr berühmter Bursche, der es liebte, Menschen Fragen zu stellen“, erklärte Chelsea.

„Oh!“ entfuhr es Mark.

Hatte man in den vorangegangenen Minuten von einer Unterhaltung sprechen können, so herrschte jetzt eindeutig tiefes Schweigen.

Chelsea fuhr nach einem qualvollen Moment, an Mark gewandt, fort: „Dieser Bursche, Torquemada, war Großinquisitor der spanischen Inquisition. Wenn ihm die Antworten, die er bekam, nicht gefielen, ließ er dem Befragten die Fingernägel ziehen.“ Sie spreizte ihre Finger. „Bei mir hätte er nicht viel Glück gehabt, wie ihr seht.“

„Beißen Sie Fingernägel?“ fragte Taylor mit einer Mischung aus Widerwillen und Faszination.

„Nur, wenn ich wütend auf sie bin.“ Chelsea zuckte die Schultern. „Ich tippe sehr viel und muss sie deshalb kurz halten.“

„Sind Sie eine Sekretärin?“ fragte Taylor sichtlich entsetzt.

Chelsea hielt ihren Kopf schief. Du verdammter kleiner Snob, dachte sie. David blickte verlegen drein. „Und wenn, Taylor?“

Sie erkannte, dass sie eine Erwachsene beleidigt hatte, und trat hastig den Rückzug an. „Mutter sagt, dass Ladies nicht arbeiten.“

„Und was ist mit Gentlemen?“ fragte Chelsea.

„Das ist was anderes“, meinte Mark.

„Warum?“

David räusperte sich und wünschte sich, nie auf diese unheilvolle Idee verfallen zu sein. Bevor er jedoch sie alle aus dem Schlamassel ziehen konnte, sagte Taylor spröde: „Großmutter Winter sagt, dass eine Lady am besten beraten ist, wenn sie zulässt, dass ihr Ehemann für sie sorgt.“

Meine Güte, dachte Chelsea, das klingt ja wie ein Tonband. Schauderhaft! „Wie alt ist Großmutter Winter?“

„Alt“, erwidert Mark.

„Ihr Haar ist silbern“, bemerkte Taylor.

„Ich vermute, das ist eine Stufe besser als bläulich“, sagte Chelsea.

„Es hat einen Blaustich“, sagte Taylor.

Chelsea sehnte sich nach einem Glas Weißwein.

„Sind Sie eine Sekretärin?“ fragte Taylor erneut.

„Du bist ganz schön hartnäckig, wie?“ gab Chelsea zurück.

„Es ist zu schade, dass Sie keinen Gentleman haben, der für Sie sorgt“, sagte Mark. „Aber Ihre Wohnung ist hübsch.“

Zeit zum Eingreifen, entschied David bei dieser letzten Zurschaustellung kindlicher Offenheit. „Chelsea ist eine Lady, Kinder, und sie ist keine Sekretärin, sondern eine Romanautorin. Sie schreibt Bücher. Ist das akzeptabel?“ fügte er mit einem Hauch von Schärfe hinzu.

Auf Chelsea wurden staunende Blicke geworfen.

„Richtige Bücher?“ wollte Taylor wissen.

„Mit Umschlägen und Bildern?“ fragte Mark.

„Mit sexy Handlungen?“ fragte David.

„Sogar mit Wörtern“, erklärte Chelsea amüsiert und lachte laut auf.

„Deshalb kaufte Dad für Sie ...“

„Das soll eine Überraschung sein, Mark“, fuhr David dazwischen.

Kinder, dachte Chelsea. Ganz bestimmt eine seltsame Erfahrung. Sie stand auf.

„Also, Leute, keiner von euch könnte auch nur drei Minuten auf einem Segelboot überstehen. Mit diesen Schuhen würdet ihr vom Deck schlittern. Euer Vater ist auch nicht viel besser angezogen. Ich sage euch, was wir stattdessen machen. Sausalito ist wunderbar zum Erforschen. Wir können einkaufen und die Möwen füttern und uns mit Keksen voll stopfen.“

Die Kinderaugen waren auf ihren Vater gerichtet.

„Hört sich für mich großartig an.“

Sie sahen sich die Anlegestelle der Fähre an, wanderten durch die Touristenläden und fütterten die Seemöwen.

„So, Sportsfreund“, sagte Chelsea und wandte sich an David, „gib mir eine deiner Kreditkarten. Taylor und ich machen Shopping in dieser Boutique, und du, mein Lieber, kannst mit Mark einkaufen gehen. Das wird zwar teuer, aber immerhin bist du ja ein Gentleman, und wir alle brauchen jemanden, der für uns sorgt."

Beide Kinder sahen misstrauisch drein.

„David", fügte Chelsea hinzu, bevor sie sich trennten, „grobe Sachen, okay?" Und an Mark gewandt: „Segeln bringt viel Schmutzarbeit mit sich, aber jemand muss sie schließlich machen. So, Taylor, du kommst mit mir. Wir treffen uns alle wieder hier in einer Stunde."

Taylor kicherte über ihr Spiegelbild. Sie trug vorgewaschene Jeans und ein Sausalito-Sweatshirt. Rosa Laufschuhe steckten an ihren kleinen Füßen.

Diese ungeheuren Kosten, lässig und derb auszusehen, dachte Chelsea, als sie Davids Namen auf dem Kreditkartenabschnitt eintrug.

„Wie findest du es, Taylor?"

„Ich finde", sagte sie, und ihre kindliche Stimme klang plötzlich sehr ernst, „dass es Mutter nicht zusagen würde."

„In diesem Fall", erwiderte Chelsea, „kannst du deine Sachen bei mir in der Wohnung lassen. Bist du bereit, für deinen Dad mal alles auf den Kopf zu stellen?"

Margaret ließ ihre Bombe am folgenden Nachmittag platzen. Sie waren gerade aus Chinatown zurückgekommen, und den Kindern taten die Füße weh von dem Rauf- und Runterlaufen auf den Hügeln. David wünschte, er hätte ihre Laufschuhe aus Chelseas Wohnung für sie mitgebracht.

Margaret wirkte so unberührt und makellos wie üblich. „Kinder", ordnete sie an, „ich möchte, dass ihr in euer Zimmer geht und mit dem Puzzle spielt, das ich für euch gekauft habe."

„Richtige kleine Soldaten, Margaret", murmelte David.

„Sie sehen sich vor", konterte Margaret. „Und das sollten alle Kinder tun."

„Vermutlich." David klang müde. „Sie haben nur nicht mehr so viel Leben in sich wie früher."

„Woher willst du das denn wissen? Immerhin warst du sehr selten zu Hause."

Er wollte entsprechend scharf reagieren, aber in ihren Worten lag viel Wahrheit. Er hatte ihr ausweichen wollen, und auf diese Weise hatte er sich auch seinen Kindern entfremdet.

Margaret fuhr beiläufig fort: „Ich bin entzückt, dass dein Verhalten mehr väterlich geworden ist ..."

„Was zum Teufel hast du denn erwartet? Ich liebe sie, Margaret."

„Ja, natürlich." Ihre Stimme war überraschend sanft.

Er starrte sie an, dann machte er eine vage Geste. „Also schön, worum geht es?"

„Er ist General in der Army, und ich möchte ihn in Honolulu besuchen."

„Was?"

„Sein Name ist Nathan Monroe, und ich habe ihn auf einer Party in Boston kennen gelernt. Er ist ein sehr netter Mann, ein Witwer, und ich möchte einige Zeit mit ihm verbringen. Deshalb habe ich die Kinder zu dir gebracht."

Sie führt sich wie ein Kind auf, das die Erlaubnis der Eltern braucht, dachte David benommen, während er seine Exfrau ansah. Hatte sie gedacht, er würde sie abweisen, wenn sie ihm telefonisch ihre Pläne mitgeteilt hätte?

„Das ist großartig", meinte er mangels einer besseren Antwort. Ein General, um Himmels willen! Er malte sich aus, wie seine Kinder im Stechschritt paradierten, und tadelte sich selbst für diese lächerlichen Gedanken. „Wie lange willst du in Honolulu bleiben?"

„Nathan und ich", erwiderte Margaret, „wollen eine Woche in Honolulu verbringen, danach zwei Tage auf Maui. Danach planen wir, nach Washington zu fliegen und zwei Tage mit seiner Tochter und seinem Sohn zu verbringen. Ich hoffte, du hättest nichts dagegen, wenn uns die Kinder nach Washington begleiten."

„Verstehe", meinte David. „Das geht in Ordnung."

„Wenn es dir recht ist, David", fuhr sie fort, „würde ich gern diese Person, diese Chelsea, kennen lernen. Mark erwähnte, dass er nie eine Lady wie sie getroffen hat. Taylor sagte, sie schriebe Bücher. Ist sie der richtige Umgang für die Kinder? Oder ist sie sehr kalifornisch?"

„Was genau soll das bedeuten?" fragte er.

Margaret zuckte die Schultern. „Nun ja, ich weiß es nicht so recht. Vermutlich erzeugt es ein gewisses Image, wenn jemand aus Kalifornien ist. Hippies und Drogen und so."

„Margaret, das war in den Sechzigern."

„Kein Grund, deine Stimme zu erheben, David. Wenn du dich nicht darum sorgst, mit welchem Typ von Leuten du deine Kinder zusammenbringst, ich tue es."

Er konnte sie bloß anstarren. Erst nach einer Weile brachte er hervor: „Chelsea Lattimer ist kein Typ, Margaret. Sie ist in der Tat ein sehr liebevoller, warmherziger Mensch, der sehr viel Talent besitzt."

„Was für eine Art von Büchern schreibt sie?"

„Lange historische Romane." David lächelte. „Die mit den wilden Umschlagbildern, angefüllt mit Abenteuer, Liebe und Intrige."

„Ah", sagte Margaret plötzlich, „ihr Name kam mir doch bekannt vor. Ich habe ihre Bücher gesehen, sofern man das Bücher nennen kann." Ihre Miene drückte Verachtung aus. „Nicht direkt Biografien, nicht wahr?"

„Nein, und ich bin sicher, dass sie erheblich mehr von ihren Sachen verkauft", konterte David. „Ihre Romane sind nicht nur gut geschrieben und historisch sehr genau, sondern auch durch und durch ein reines Vergnügen."

„Ja, du hast sicher Recht." Margaret wandte sich zum Fenster. „Wenn ich mich recht erinnere, hältst du nicht viel von Frauen, die unabhängig sind, ohne männlichen Schutz. Es überrascht mich, dass du dich mit einer Frau triffst, die genau diesem Bild entspricht."

Eine kurze, schmerzliche Stille trat ein. War ich wirklich so ein Schwachsinniger? fragte David sich. Aus reinem Selbstschutz beschloss er, keine Antwort zu geben.

„Ich nehme an, sie verdient viel Geld."

„Ich weiß nicht, wie viel sie verdient, aber ich kann durchaus sagen, dass es ihr gut geht."

Wohin führt das alles? überlegte David. Nur zu bald fand er heraus, welchen Bogen Margarets Gedanken schlugen.

10. KAPITEL

„Kennst du die Winston-Barnetts?" fragte Margaret und wandte sich von dem Fenster ab und ihm zu.

„Sicher", bestätigte David. „Mr. Winston-Barnett – Andrew, glaube ich – ist Broker an der Wall Street, nicht wahr?" Bei Margarets Nicken fuhr er fort: „Und er hat einen Sohn und eine Tochter. Warum fragst du?"

„Seine Tochter Andrea lebt jetzt hier in San Francisco."

„So?"

„Wie du weißt, bin ich mit ihr in Vassar zur Schule gegangen. Sie ist jetzt Witwe, und ihr Mann hat sie sehr gut gestellt zurückgelassen. Ich dachte, es wäre freundlich von dir, dich in der nächsten Zeit mit ihr zu treffen."

David stellte sich diese Andrea von vor zehn Jahren vor: Sie war groß, sehr nordisch, mit hellblonden Haaren und wasserblauen Augen. „Ich glaube, ich erinnere mich an sie."

„Sie schreibt natürlich keine Bücher oder Dinge dieser Art, aber sie besitzt unseren – deinen – Background, David. Vor ein paar Monaten gestand sie mir, dass sie dich sehr gern sehen würde. Nach dem Tod ihres Mannes hat sie wieder ihren Mädchennamen angenommen."

„Braucht bestimmt viel Platz auf einem Scheck", bemerkte David ironisch.

„Sie ist eine sehr wohlerzogene, reizende Lady." Margaret hielt ihr Temperament zurück. Man wusste nie bei David. Vor allem nicht, seit er Boston verlassen hatte. Sie schätzte seine Unberechenbarkeit nicht, fand sie sogar ziemlich ärgerlich. Zum Glück war Nathan berechenbarer.

„Bestimmt ist sie das alles“, erwiderte David. „Nun, Margaret, das klingt gefährlich nach Frauentausch.“

„Ihr Ehemann starb bei einem Flugzeugabsturz“, erklärte Margaret. „Mit einem Tausch hat das also nichts zu tun, David.“

„Warum zum Teufel will sie mich sehen?“

„Sie hat dich stets bewundert.“ Margarets Stimme klang kühl, und ihr Ton deutete an, dass ihr diese Vorstellung nicht gefiel. „Wie ich schon sagte, sie ist auch finanziell unabhängig, genau wie deine Freundin.“

„Spar dir das, Margaret“, wehrte David ab. „Ich interessiere mich nicht für Andrea. Habe ich noch nie getan. Wenn ich mich recht erinnere, wirkte sie so warm wie ein Fisch, der sechs Monate auf Eis gelegen hat.“

„Sie schäumt in diesen Dingen nicht über.“ Margarets Wangen röteten sich ein klein wenig, nicht vor Verlegenheit, sondern vor Ärger. „Sofern du auf Sex anspielst.“

David grinste. Er konnte nicht anders. Dann lachte er. „Ich nehme an, du hast ihr nicht erzählt, dass ich sexbesessen bin.“

„Ich dachte, du wärst vor ein paar Jahren darüber hinweggekommen. Zumindest bei mir war das der Fall.“

„Ich bin nicht darüber hinweggekommen.“ David lachte noch immer leise. „Ich habe es nur einfach bei dir aufgegeben. Übrigens, wie alt ist dieser Bursche von General eigentlich? Vielleicht hat er den Sex tatsächlich aufgegeben.“

„Nathan“, antwortete Margaret sehr steif, „ist ein Gentleman. Er ist sehr um Gefühle besorgt, und er ist nicht alt, David.“

Ach, Margaret, dachte David und sah seine Exfrau an. Wir haben es nicht richtig angestellt, nicht wahr? Das Thema abschließend, sagte er abrupt: „Ich wünsche dir Glück mit deinem General und Gentleman, Margaret. Und es tut mir Leid, aber Andrea Winston-Barnett muss sich um sich selbst kümmern. Du hast deine Pflicht getan, aber ich bin wirklich nicht interessiert.“

„Ich nehme an, diese Chelsea bietet dir alles an Sex, was du dir nur wünschst.“

„Siehst du nicht die dunklen Ringe unter meinen Augen?“ fragte er, um die Stimmung leicht zu halten.

„Das dachte ich mir.“ Margaret rückte angewidert von ihm ab. „Da sie wohl nicht hinter deinem Geld her ist, muss sie eines dieser lockeren Frauenzimmer sein, die sich durch die Betten schlafen.“

„Was für eine absonderliche Phrase.“ David ballte die Hände an den Seiten, sah, dass Margaret zu weiteren Beleidigungen bereit war, und fügte hastig hinzu: „Lassen wir das Thema fallen, Margaret, okay? Vermutlich haben die Kinder das Puzzle schon zwei Mal zusammengesetzt.“

„Nun gut.“ Margaret ging steif zur Tür.

„Margaret!“ rief er ihr nach. Sie drehte sich um. „Hast du mich jemals sexy gefunden? Hast du die Liebe mit mir jemals genossen?“

„Ja“, antwortete sie. „Ja auf beide Fragen.“ Sie drehte sich um und verließ das Wohnzimmer.

Das Leben, dachte David, während er ihr nachblickte, ist verdammt seltsam.

Dr. Harold Lattimer legte den Hörer auf und sah seine Frau an. „Sieht so aus, als hätte es unser kleines Mädchen diesmal erwischt“, meinte er kopfschüttelnd.

„David Winter ist ein feiner Mann“, erwiderte Mimi. „Ich wünschte, die beiden könnten zu Weihnachten zu uns kommen. Das wird das erste Jahr sein, in dem Chelsea nicht nach Hause kommt.“

„Ich frage mich, ob sie gekommen wäre, wenn seine Kinder nicht vor seiner Schwelle abgesetzt worden wären.“

Mimi versuchte, auf typisch pariserische Art die Schultern zu zucken. „Qui sait?“ fragte sie, runzelte die Stirn, fragte sich, ob das richtig war, und zuckte erneut die Schultern. Es klang gut, und es klang französisch.

Dr. Lattimer griff zum Telefon.

„Wen rufst du an, Harry?“

„Einen Partyservice in Marin. Sie sollen ein großes Weihnachtsfestessen für Chelsea und ihre Bande liefern. Ich glaube nicht, dass Chelsea das vordere Ende eines Truthahns vom Pürzel unterscheiden kann."

Mimi wartete ab, bis er die Bestellung aufgegeben hatte. „Harry, ich könnte uns zwei Tickets nach, sagen wir, London besorgen."

„Hör mal", brummelte er, „die sprechen da zwar Englisch, aber es ist kein richtiges Englisch."

„Ich habe es!" verkündete Mimi. „Hawaii!"

Harry Lattimer wusste, dass er verloren hatte. Er hatte überhaupt keine Hoffnung, nicht einmal zu diesem späten Zeitpunkt, dass es keine freien Plätze gab. Mimi bekam immer freie Plätze.

Chelsea legte den Hörer zurück auf den Apparat und blickte einen Moment ins Nichts. Ihr erstes Zusammentreffen mit Davids Kindern war kein besonders toller Erfolg gewesen. Weihnachten war für Chelsea die Zeit für Lachen und Spaß, nicht für zwei steingesichtige Kinder, die auf der Sofakante hockten und sie anstarrten, als wäre sie eine böse Hexe, die ihren Vater verzaubern wollte.

Als ein Bote an diesem Nachmittag eine Kuckucksuhr mit einer großen roten Schleife und einem Zettel gebracht hatte, auf dem stand, dass ihr Weihnachtsessen für vier Personen von einem Partyservice geliefert würde, hatte sie so lauthals gelacht, dass der Bote erst ein derbes Geräusch von sich geben musste, um sein Trinkgeld zu bekommen.

„Georgina!" rief sie ein paar Minuten später ins Telefon. „Du wirst es einfach nicht glauben, was meine Eltern jetzt wieder getan haben ..."

„Wie ich deine Eltern kenne, Chels, muss es umwerfend sein", unterbrach Georgina, während sie Alex an ihrer Schulter in eine andere Stellung herumdrehte. „Schieß schon los!"

„Eine Kuckucksuhr und ein Weihnachtsessen von einem Partyservice für mich, David und die Kinder. Ich frage mich allerdings, was sie mit dieser Kuckucksuhr gemeint haben."

Georgina lachte pflichtschuldigst. „Damit ist der Weihnachtstag abgehakt. Wie wäre es, wenn ihr alle am Weihnachtsabend zum Essen zu uns kommt? Ich schwöre, dass Elliot die Hauptlast beim Kochen tragen wird."

„Wirst du dieses Jahr nicht deine Eltern besuchen?"

„Der Januar wird der Monat unserer Pilgerreisen."

Elliot meinte später an diesem Nachmittag, nachdem Georgina ihm die Neuigkeit erzählt hatte: „Das wird ein Irrenhaus werden. Nein", verbesserte er sich nachdenklich, „wahrscheinlich doch nicht."

„Warum nicht?"

„Davids Kinder. Sie sind so zugeknöpft, so überaus vorsichtig, dass man sich fragt, ob sie überhaupt jemals streiten, sogar untereinander."

„Hast du sie kennen gelernt?"

„Ja. David hat ihnen das Krankenhaus gezeigt. Sie waren wie zwei kleine Models angezogen und so höflich, dass es einen nervös macht."

„Was ist mit ihrer Mutter? Margaret – so heißt sie doch?"

„Die Ex-Mrs. Winter ist nach Honolulu zu einem Urlaub mit einem General geflogen", erzählte David. „Drei Sterne, äußerst interessant."

Georgina betrachtete nachdenklich die übergroße Portion, die Elliot zum Abendessen für sie aufgetischt hatte. „Chelsea ist dabei der unbekannte Faktor, nicht wahr?"

„Iss" mahnte Elliot automatisch. „Fragst du dich, ob Davids Kinder ihre formelle Haltung hier aufrechterhalten können?"

„Das ist eine interessante Überlegung", meinte Georgina geistesabwesend.

Chelsea fuhr über die Golden Gate Bridge am späten Nachmittag des Heiligabends, den Beifahrersitz mit Geschenken beladen.

Ausnahmsweise dachte sie sich keine Handlung aus. Sie hatte ihren Helden, „den Heiligen", geblendet von einer Explosion in einer

Gießerei zurückgelassen, wobei Juliana, ihre Heldin, seinen Kopf in ihrem Schoß hielt.

Chelsea stoppte den Wagen lange genug, um ihren Dollar Maut zu bezahlen.

„Frohe Weihnacht", rief der Mann an der Mautstelle.

„Ja, Weihnacht", sagte sie zu den Geschenken neben sich. Sie hatte David und seine Kinder nicht mehr seit dem Nachmittag vor zwei Tagen gesehen, und sie fragte sich, wie er zurechtkam. Am Telefon klang er etwas knapper, besonders seit Margaret nach Hawaii abgereist war. Und, dachte sie mit einem leicht verruchten Lächeln, er vermisst mich. Das hatte er ihr im kläglichsten Tonfall versichert, den sie je bei ihm gehört hatte.

Sie vermisste ihn auch. Ich glaube, ich bin süchtig nach ihm, gestand Chelsea sich ein, als sie auf die Lombard Street einbog. Sie war nie zuvor nach etwas süchtig gewesen, besonders nicht nach einem Mann, und es war ziemlich beunruhigend.

Sie bog in die Einfahrt, bemerkte Davids Lancia „Nancy", der bereits auf dem Bürgersteig parkte, und überprüfte ihr Gesicht im Rückspiegel. Sie war bis an die Zähne schick gekleidet und trug ihren grauen Glücksfedora. Wenigstens drückte er ihr Haar flach. „Ich sehe großartig aus", murmelte sie. „Und ich habe keinen Flicken am Hintern."

Davids Augen bestätigten ihre Selbsteinschätzung.

Was sie anging, so wollte sie ihre Arme um ihn schlingen und ihn leidenschaftlich küssen, bis er ohnmächtig wurde. Stattdessen sagte sie nur: „Hallo!"

„Ebenfalls hallo, du Sagenhafte." Er küsste sie leicht auf die Lippen. „He, du duftest zum Fressen gut."

Sie schoss ihm einen Blick zu, der seinen Körper reagieren ließ. Hastig zog er sich zurück.

Taylor und Mark saßen, genau wie erwartet, stocksteif auf der Sofakante, grüßten höflich, und das war es auch schon.

„Weißwein, bitte, Elliot", flüsterte sie, als er sie umarmte. „Ein Glas, gefolgt von einem Krug, höchstwahrscheinlich."

„Die werden schon noch lockerer, Chels", versicherte Elliot. „Sei du nur du selbst. Niemand kann dagegen immun sein."

Mit einem Glas Weißwein ausgerüstet, gesellte Chelsea sich zu David und den Kindern.

„Dad hat uns ins Krankenhaus mitgenommen", sagte Mark.

„Es hat gerochen", sagte Taylor. „Sehr komisch."

„Das stimmt", bestätigte Chelsea. „Ich war da vor nicht allzu langer Zeit, und euer Dad hat sich um mich gekümmert. Könnte man so sagen", fügte sie mit einem säuerlichen Lächeln für David hinzu.

„Sie war eine lausige Patientin", meinte David. „Tat nichts, was ich ihr sagte, stritt mit mir, schrie mich an ..."

„Oh, du meine Güte", sagte Taylor und riss die Augen weit auf. „Das haben Sie Vater angetan?"

„Er ist nicht der Papst, Taylor", erwiderte Chelsea. „Er ist zwar Papa, aber das hat nichts mit Papst zu tun."

„Du hast dich schon einmal geirrt, Chels." David warf ihr einen intimen Blick zu. „Erinnerst du dich?"

Chelsea seufzte. „Nein. Es ist schon zu lange her."

„Wann haben Sie sich geirrt, Chelsea?" fragte Mark.

„Nun ja", murmelte Chelsea vertraulich und beugte sich zu Mark. „Dein Vater hat mir eine Wette vorgeschlagen. Ich fürchte, er hat mich ganz gehörig ausgenutzt, und die Endergebnisse sind noch absolut nicht schlüssig."

„Ich habe keine Ahnung, wovon du sprichst." David sprang auf, als Georgina mit perfektem Timing ins Wohnzimmer kam, Alex auf dem Arm.

„Oh!" entfuhr es Taylor. Sie starrte sie wie eine Vision an.

„Sie sind so schön!"

Und was bin ich? dachte Chelsea. Eine Hexe mit Spinatresten zwischen den Zähnen?

„Danke." Georgina lächelte dem Mädchen zu. „Du bist Taylor, richtig? Mark? Willkommen bei uns. Mein Name ist George."

„Das ist ein komischer Name", meinte Mark.

„Ja, wie wahr. Und das ist Alex." Sie senkte das Baby zur Inspektion.

„Der ist schrecklich klein", sagte Taylor. Alex packte in einem Anfall von Showman-Gebaren ihren Finger und schenkte ihr ein verschwommenes Babylächeln.

„Ja, das ist er", bestätigte Georgina. „Weißt du, das jagt mir gewaltige Angst ein. Ich habe Angst, ihn auf den Kopf fallen zu lassen oder sonst etwas ähnlich Schreckliches."

„Mutter hat bestimmt dich mal auf den Kopf fallen lassen", sagte Mark zu seiner Schwester.

Großartig, dachte Chelsea, sie sind nicht immer so heilig. „Hast du gewusst, dass George ein berühmtes Model ist?" fragte sie Taylor. „Sie tritt auch im Fernsehen auf."

„Wirklich?" hauchte Taylor ehrfürchtig.

„Wirklich", bestätigte Georgina. „Möchtest du Alex halten, Taylor?"

„Er ist schon stubenrein", beteuerte Chelsea.

Georgina lachte. „Er ist zwar perfekt, Chels, aber nicht einmal ich würde so weit gehen."

„Dinner!" rief Elliot beim Betreten des Wohnzimmers. „Ich habe mein Bestes getan, Leute. Hoffentlich schmeckt euch alles."

Mark sah Taylor an, dann platzte er heraus: „Sie haben das Dinner gekocht, Sir?"

„Ja, allerdings, Mark", antwortete Elliot.

„Aber Männer tun so was nicht", sagte Taylor.

„Bekommen wir wieder eine Binsenwahrheit von Großmutter Winter zu hören?" fragte Chelsea.

„Ja", erklärte Taylor fest. „Es ist die Aufgabe der Frau, das Heim angenehm zu gestalten und die Diener zu beaufsichtigen."

Elliot warf David ein gemeines, schiefes Grinsen zu, und David, der sich wünschte, irgendetwas in Taylors kleinen Mund stopfen zu können, sagte schnell: „Die Dinge in Kalifornien sind anders, Kinder. Hier machen Männer und Frauen alles. Es ist ... nun ja, es ist lustiger auf diese Art."

„Und wir verhungern nicht", fügte Georgina hinzu. „Kommt jetzt ins Speisezimmer. Ich bringe Alex ins Bett und stoße dann zu euch."

„Glaubst du das, David?" fragte Chelsea, als sie hinter den Kindern ins Esszimmer gingen.

„Ich versuche herauszufinden, was ich glaube", antwortete er. „Seltsam, aber ich erinnere mich gar nicht daran, dass meine Mutter in ihren Ansichten so starr gewesen ist."

„Du warst ein Junge", bemerkte Chelsea, „kein Mädchen."

Er machte ein nachdenkliches Gesicht. „Ich muss mich um Taylor kümmern. Vielleicht ist es gar nicht so schlecht, wenn die Frau das Brot verdient."

„Den halben Laib", verbesserte Chelsea. „Weniger Druck auf den Ehemann, könnte ich mir vorstellen."

„Und keine Magengeschwüre."

Sie lächelte ihn bloß an, und er hätte sie in diesem Moment gern auf dem Teppich geliebt. Er stöhnte leise, und seine Hand auf ihrem Rücken wanderte tiefer.

Seine Hand wollte sich schon über ihren schönen Po schmiegen, als er lautlos fluchte und ihr den Stuhl zurechtrückte. Er hörte Elliot verhalten lachen.

Mark war sich nicht sicher, ob er einen Mann wegen seiner Kochkünste loben sollte. Er wurde vor möglicher Verlegenheit gerettet, als sein Dad das Lob übernahm. „Großartig, Elliot. In dem Dressing sind Preiselbeeren und Walnüsse, nicht wahr?"

Mark entschied, beeindruckt zu sein. Sein Dad kannte die Zutaten, also musste es in Ordnung sein, eine männliche Angelegenheit sogar. „Ja", fügte er hinzu, „und die Sauce war wunderbar."

„Vielen Dank euch allen", erwiderte Elliot. „Taylor, möchtest du noch Limonade?"

„Nein, Sir." Taylor war von dem vielen Essen schläfrig.

Georgina schlug vor: „Warum gehen wir dann nicht alle ins Wohnzimmer, trinken Elliots berühmten Egg Nog – zwei Variationen – und öffnen unsere Geschenkpakete?"

In dem Egg Nog für die Erwachsenen war genug Whisky, um einen Elefanten zum Tanzen zu bringen, fand Chelsea nach der ersten Tasse. Sie blickte zu den Kindern und sah ihre Augen auf die Geschenke gerichtet.

„Genau mein Gedanke." Sie fischte ein für Taylor bestimmtes Päckchen heraus. „Das ist von mir. Und hier ist deines, Mark."

Taylor wollte schon das Papier aufreißen, stockte, und wie durch bloße Willenskraft gelenkt, begann sie, die Schlaufe aufzubinden.

Ich muss etwas dagegen unternehmen, dachte Chelsea und war gespannt, als Taylor ihren Karton öffnete.

„Oh!" rief Taylor, hielt einen riesigen Pandabären hoch und betrachtete ihn bewundernd. Um den Hals hatte der Bär eine weiße Schleife mit einem dranhängenden Umschlag. Taylor schaute Chelsea fragend an.

„Eintrittskarten für den Zoo, damit ihr nächste Woche die Pandas ansehen könnt. Sie sind von China ausgeliehen."

Zu Chelseas Überraschung stand Taylor auf, kam zu ihr und küsste sie auf die Wange. „Ich hatte noch nie einen Bären. Danke."

„Gern geschehen, Taylor. Jetzt du, Mark."

Mark quietschte. Es gab kein anderes Wort dafür. Fast ehrfürchtig betrachtete er den Baseball und den Baseballhandschuh mit Autogramm von Tod Hathaway, Georginas Bruder. „Oh, Dad. Sieh nur!"

„Mein Bruder Tod", erklärte George, „ist Werfer bei den Oakland A's. Ich soll dir von ihm Hallo sagen, und dass du hinkommen und spielen sollst."

Die Gesichter der Kinder schienen fast so hell wie der Weihnachtsbaum zu leuchten, und Chelsea fühlte Davids Augen auf sich ruhen. Sie fing seinen zärtlichen Blick auf und schluckte ein wenig.

David gab Chelsea ihren „Debrett's", und sie quietschte so laut wie Mark vorhin. „Ich musste immer in die Bibliothek gehen und kiloweise Staub schlucken!" rief sie und war so begeistert, dass sie ihn auf den Mund küsste.

Sie hörte, wie er einen gequälten Laut von sich gab, und ließ ihn los. „Danke, David. Das ist ein wunderbares Geschenk. Was deines angeht“, fuhr sie fort und senkte ihre Stimme ein wenig, „musst du warten, bis wir allein sind.“

David stöhnte.

„Der Abend war ein Volltreffer“, bemerkte David später, als er sie zu ihrem Wagen brachte. „Danke, dass du an die Kinder gedacht hast.“

Sie lachte. „Es war mir eine Lust und Befriedigung.“

„Auf bald“, sagte David und zog sie in seine Arme. „Auf baldige Lust und Befriedigung.“ Er küsste sie leidenschaftlich, drückte sie noch einmal eng an sich und ließ sie mit einem bedauernden Blick los. „Bist du nüchtern genug, um in einem Stück nach Hause zu kommen?“

„Wenn ich es nicht schaffe, liegt das an meinen unsittlichen Gedanken und nicht an dem Egg Nog.“

„Bewahre dir diese Gedanken, Süße.“ Er küsste sie noch einmal und half ihr in den Wagen.

„Bis morgen zu unserem Essen. Hungere die Kinder aus. Wahrscheinlich gibt es genug für ein ganzes Bataillon.“

Kurz darauf fuhr David seine überaus zufriedenen Kinder nach Hause. Als er sie ins Bett steckte, sah Taylor mit ihrem eulenhaften offenen Blick zu ihm auf. „Ich habe gesehen, wie du Chelsea geküsst hast, Dad.“

„Ich auch“, sagte Mark vom anderen Bett her.

„Es ist Weihnachten“, verteidigte David sich.

„Du hast sie hart geküsst, Dad“, sagte Taylor.

„Und ich habe deine Hände auf ihrem Popo gesehen, bevor George mich vom Fenster weggezerrt hat.“

„Vielleicht habe ich nur Flicken gesucht.“

„Dad!“

„Na schön, ihr zwei, ja, ich habe Chelsea geküsst. Ich mag sie sehr.“

„Wirst du sie heiraten, Dad?“ fragte Mark und rückte den Baseball und den Handschuh auf seinem Kopfkissen zurecht.

David blinzelte überrascht.

„Ich mag den Panda", sagte Taylor.

Sofern sich die beiden kleinen Teufel kaufen ließen, hatte Chelsea einen guten Anfang gemacht. Nachdenklich meinte David: „Wisst ihr, ich glaube nicht, dass Chelsea mich heiraten wollte."

„Unmöglich!"

„Dad, du bist der Beste auf der ganzen Welt."

Der Beste in was? fragte er sich und gab seiner Tochter einen Gutenachtkuss.

Er stand auf, beugte sich vor und gab Mark einen Kuss. Als er sich wieder aufrichtete, sagte er: „Um ehrlich zu sein, Leute, ich habe keine Ahnung, was passieren wird."

Als er aus dem dunklen Schlafzimmer ging, hörte er, wie Taylor Mark fragte: „Ob Mom den General heiraten wird?"

„Gefällt mir nicht", brummte Mark.

Was gefällt dir nicht? fragte David sich, als er leise die Tür schloss. Der General oder Chelsea?

11. KAPITEL

„Das war ein köstliches Festmahl, Chelsea." David lehnte sich auf seinem Stuhl zurück und legte seine Hände auf den Magen. „Tod durch Überfressen droht."

„Bei mir auch", stöhnte Chelsea. „Was ist mit euch Leuten?"

„Das war so gut wie das Abendessen von Dr. Mallory", sagte Taylor. „Danke."

„Haben auch Männer dieses Essen gemacht?" fragte Mark.

„Nein, Sir", erwiderte Chelsea. „Das war das stolze Ergebnis der Arbeit von Frauen. Nicht schlecht, wie?"

„Lecker", sagte Taylor. Sie hatte ihren Panda mitgebracht, und er saß auf seinem eigenen Stuhl. Sein Name war McEnroe.

Chelsea betrachtete ihre voll gestopften Gäste mit einem Lächeln, das sich in ein Stirnrunzeln verwandelte, als sie aus dem Fenster blickte. Es regnete in Marin am Weihnachtstag. Alle ihre Pläne zum Segeln, nun ja ...

„Ans Haus gefesselt, fürchte ich." David hatte den gleichen Gedanken gehabt. Dann warf er ihr den lüsternsten Blick zu, den sie je gesehen hatte, und sie hob kichernd die Hände.

„War das ein Scherz, Dad?" fragte Mark und blickte von einem Erwachsenen zum anderen.

David stieß einen gequälten Seufzer aus. „Eigentlich nicht, Mark. Ich sage euch was, Kinder. Seht euch doch einen Film auf Chelseas Videorecorder an."

„Wir sehen während des Tages nicht fern, Dad", sagte Taylor ein wenig klagend.

„Es ist Weihnachten ... Ihr könnt tun, was ihr wollt."

Nachdem er die Kinder vor den Fernseher gesetzt hatte, gesellte David sich zu Chelsea in die Küche. Er stand einen Moment in der Tür und betrachtete seine Angehimmelte.

Sie trug eine graue Wollhose und einen passenden Kaschmirsweater. Die Hose schmiegte sich stramm um ihre hinteren Rundungen. „Also", sagte er, trat hinter sie und küsste sie auf den Nacken, „zu Weihnachten sollte man alles tun können, was man will."

Chelsea fühlte bei der Berührung seines Mundes Wärme in sich hochsteigen und betrachtete die übrig gebliebenen grünen Bohnen. David hatte sie nur auf den Hals geküsst, und sie war sofort bereit, über ihn herzufallen.

Langsam drehte sie sich um, setzte behutsam die grünen Bohnen ab und umarmte ihn. „Frohe Weihnacht, David", flüsterte sie, stellte sich auf die Zehenspitzen und ließ sich küssen.

„Du könntest eine Steckrübe scharfmachen", murmelte er nach einer Weile.

„Du bist so romantisch."

„Ich befinde mich gerade im Übergangsstadium von einem Standardtyp-I-Helden zu einem Standardtyp-II. Das führt manchmal zu einer Fehlinterpretation meiner tiefsten, ernsthaftesten Gedanken und Sehnsüchte."

„Das, David Winter, ergibt überhaupt keinen Sinn. Und bei einer Steckrübe gibt es auch nicht viel fehlzuinterpretieren."

Er küsste Chelsea auf die Nasenspitze und drückte sie einen Moment an sich, nur ihre Nähe, ihre Wärme genießend. „Meine Kinder informierten mich gestern Abend, sie hätten gesehen, dass ich dich hart geküsst habe, bevor Georgina sie vom Fenster weggezerrt hat."

„Wie hast du dich da herausgewunden?"

„Es war schwierig, vor allem, weil sie darauf hinwiesen, ich hätte auch deinen Popo berührt."

„Ach, du liebe Güte." Chelsea löste sich ein wenig von ihm. „Wenn ich mich recht erinnere, war das meine Schuld. Ich kann meine Hände nicht von dir lassen. Oder aufhören, dich zu ermutigen. Unsere wissenschaftlichen Nachforschungen."

„Ich habe mir nichts aufgeschrieben." David küsste ihr Ohr. „Ich glaube, ich habe die ganze Basisarbeit vergessen, die wir schon beackert haben."

„Beackert? Also wirklich, Doktor. Ah, aber du bringst noch immer großen Enthusiasmus auf, sagte sie, als sie ihn hart an ihrem Bauch fühlte.

Er stöhnte tief in der Kehle, umschloss ihren molligen Po mit seinen Händen und zog sie an sich.

„Dad, glaubst du, ich ..."

Er gab Chelsea sehr langsam frei, bevor er sich an seinen Sohn wandte. „Ja, Mark?"

„Es ... es tut mir Leid", stammelte Mark. „Ich wollte nur ein Glas Limonade." Seine Blicke wanderten von dem Gesicht seines Vaters zu Chelsea. „Ihr habt euch wieder geküsst."

„Ja", bestätigte David. „Ja, das haben wir. Limonade, hast du gesagt? Will Taylor auch etwas trinken?"

„Nein." Mark sah schuldbewusst drein. Chelsea fragte sich, wie lange der Junge sie beobachtet hatte, ehe er etwas sagte.

Sie nahm sich zusammen und meinte fröhlich: „Du willst doch nichts von dem Film verpassen, Mark. Geh zurück ins Wohnzimmer, und ich bringe dir Kräuterbier, okay?"

Mark nickte, aber sein Blick war forschend und unsicher. Chelsea seufzte. Leicht spielen, mahnte sie sich. Du hast keine Ahnung, was David denkt oder will.

Er war nicht schwierig, leicht und amüsant zu sein, während sie am späten Nachmittag Trivial Pursuit spielten. David hatte ihnen die Kinderversion gekauft, und sie wechselten zwischen der Kinder- und der Erwachsenenversion hin und her. Chelsea und Taylor waren Partnerinnen gegen die Männer.

Taylor entpuppte sich als fantastisch bei Fragen über Unterhaltung, Chelseas unvermeidliches Waterloo. Sie gewannen, worauf die Männer über harte Fragen und allgemeine Glücklosigkeit beim Würfeln grollten und klagten.

„Sie sind ziemlich schlau", stellte Taylor fest, als sie sich an diesem Abend zum Gehen fertig machten.

„Das klingt wie ein Urteilsspruch." Chelsea zerzauste Taylor die Haare. „Und es ist ach so wahr. Du bist aber auch nicht schlecht, Kleines."

„Mark sagt, dass Sie und Dad sich wieder in der Küche geküsst haben."

„Ja, dein Vater ist ein sehr netter und küssbarer Mann."

„Mark sagt auch, dass Dad wieder Ihren Popo gehalten hat."

„Das ist durchaus möglich."

„Werden Sie meinen Vater heiraten?"

„Auf diese Frage, Taylor, habe ich nicht eine oder keine Antwort ... Ach, diese Grammatik. Jedenfalls habe ich keinen blassen Schimmer. Also, du brauchst weder diesen Mantel aus Boston noch diese entsetzlichen Stiefel. Nur deinen Sweater. Die Meteorologen sagen Sonne für morgen voraus. Willst du segeln?"

David heiraten, dachte Chelsea etwa eine halbe Stunde später, als sie allein auf ihrem Sofa saß und auf den dunklen Bildschirm des Fernsehers starrte. Chelsea Lattimer Winter. CLW. Hör auf, du Trampel! Nur weil du jedes Mal, wenn du in seiner Nähe bist, körperlich über ihn herfallen willst ... Also, das wird vielleicht weggehen. Höchstwahrscheinlich wird es weggehen. Oder auch nicht. Ich bin schließlich kein Stück Holz.

„Oh, das ist lächerlich!“ sagte Chelsea laut und ging zu Bett.

Sie griff nach einem von Laure Parkers Romanen, „Rose im Nebel“, und las bis drei Uhr morgens.

Sie schafften es bis auf das Segelboot und hatten das Mittagessen unter Deck verstaut und die Segel gesetzt, als Davids Piepser losging.

Chelsea zuckte zusammen.

Sie wusste, dass David fluchen wollte, sich aber wegen der Kinder zurückhielt.

Das Lächeln kostete ihn eine gewaltige Anstrengung, als er sagte: „Ich rufe mal eben an. Wahrscheinlich ist es gar nichts. Ich komme gleich wieder.“

„Das wäre nicht passiert, wenn er uns in Boston besucht hätte“, sagte Mark.

„Ja“, sagte Taylor. „Sie könnten ihn nicht so weit weg anpiepen.“

Taylor und Mark trugen die lässigen Klamotten, die David und Chelsea ihnen in Sausalito gekauft hatten. Jetzt sahen beide untröstlich drein.

Chelsea räusperte sich. „Mark, geh nach unten und hol Brot hoch. Wir füttern die Möwen, bis dein Vater zurückkommt.“

Der Reiz dieser Beschäftigung hatte noch nicht nachgelassen, als David zurückkehrte, aber ein Blick auf sein Gesicht ließ alles nachlassen.

Er sagte: „Es hat einen schrecklichen Unfall auf der 101 gegeben. Ich muss sofort los.“

Chelsea hatte schon mit so etwas gerechnet und einen Entschluss gefasst. „Gib mir die Bootsschlüssel, David. Ich fahre mit den Kindern hinaus.“

David wirkte unsicher. Zwei Kinder, die innerhalb von zwei Sekunden über Bord fallen könnten, und eine kleine Frau, deren Fähigkeiten beim Segeln zwar zweifellos ausgezeichnet waren, aber trotzdem ...

„Schlüssel, bitte, David!“ drängte Chelsea. „Es wird alles glatt gehen.“

„Bitte, Dad!“

„Chelsea kann alles, Dad.“

„Nein, sie weiß nur alle Fragen bei Trivial Pursuit bei Gelb oder Braun“, sagte er, gab ihr aber die Schlüssel.

„Mach dir keine Sorgen.“ Chelsea lächelte und gab ihm einen flüchtigen Kuss.

Als David über den Pier von seinem Boot wegging, der „Paramour“, wie ihr vorheriger Eigner es genannt hatte, hörte er Chelsea sagen: „Also, Leute, setzt euch, und dann gehen wir die Grundregeln durch.“

Er lächelte.

Als David etwa fünf Stunden später zum Luftholen kam, fand er eine Nachricht von Chelsea vor. Sie hatten ihren Spaß gehabt, alle waren wohlauf und gesund, und sie waren in seiner Wohnung. Sie wollte bei den Kindern bleiben, bis er heimkam.

Er kam erschöpft um ein Uhr nachts nach Hause. So leise wie möglich öffnete er die Tür. Chelsea war nicht im Wohnzimmer. Trotz seiner Erschöpfung lächelte David. Er zwang sich dazu, zuerst nach den Kindern zu sehen, überzeugte sich davon, dass sie tief schliefen, und ging in sein Schlafzimmer. Chelsea schlief in der Mitte des Betts, voll bekleidet, die Decke über sich gezogen.

Tiefes Wohlbehagen erfüllte ihn bei ihrem Anblick. Vermutlich war das eine Rückkehr zu dem Mann, der zu seiner ihn erwartenden Frau heimkam. Er wollte sie sehr gern lieben, bezweifelte jedoch, ob er es geschafft hätte, selbst wenn die Kinder nicht in der Wohnung gewesen wären.

David zog sich aus und kletterte neben ihr ins Bett. Nur für eine Weile, dachte er. Danach wollte er ins Wohnzimmer umziehen. Sie murmelte etwas im Schlaf, als er sich an ihren Po kuschelte. Er küsste sie auf den Nacken und wollte noch immer in ungefähr fünf Minuten verschwinden.

Er schlief innerhalb von zwei Minuten ein.

„Oh mein Gott! Nein, Mark, Taylor, geht in den Wohnraum! Sofort!"

David zwang sich dazu, ein Auge zu öffnen, und erblickte Margaret, die mit gerötetem Gesicht in der Schlafzimmertür stand, die Hände in die Hüften gestemmt, eine Miene wie ein Lynchrichter.

„Was machst du hier?" fragte er und schüttelte den Kopf, um sein Gehirn zu klären.

„Was macht sie hier?" Ein Finger stach durch die Luft. „Im Bett mit dir, und deine Kinder sind hier!"

Zunächst wusste David nicht, wovon sie sprach. Dann fühlte er Chelsea neben sich, die sich gerade bewegte, und fluchte.

Chelsea wurde plötzlich wach, alle ihre Fähigkeiten einsatzbereit, wie das bei ihr üblich war. Zuerst nahm sie David wahr, der wunderschön nackt neben ihr lag, dann Margaret, die steif in der Tür stand in einer Mutter-hat-Teenager-ertappt-Pose.

Das ist eine Farce und daher komisch, sagte sie sich.

„Hallo, Margaret!" Sie strich ihre Haare aus ihrer Stirn und gähnte. „Hallo, David! Wann bist du nach Hause gekommen?"

Er kam sich wie ein Narr vor. „Spät", antwortete er knapp. Er wollte aus dem Bett springen, erkannte, dass er nackt war, und sagte zu Margaret: „Ich komme in ein paar Minuten. Würdest du dich freundlicherweise entfernen?"

„Wir hatten mächtigen Spaß beim Segeln, David", berichtete Chelsea, ihre Augen auf seinen Körper gerichtet, während er durch das Schlafzimmer ging. „Natürlich hast du uns gefehlt. David, ich zögere, dies zu erwähnen, aber du hast keinen Faden am Leib."

„Ich weiß." Er schnappte sich Shorts und Jeans und zog sie so schnell wie möglich an.

Sie erkannte, dass er aus der Fassung gebracht war, und sagte vernünftig: „David, ich bin vollständig angezogen. Es gibt nichts, was dir unangenehm sein müsste. Nur weil Margaret ... Das war doch Margaret, nicht wahr?"

„Ja, und das Bad ist dort", sagte er. Der Rest seiner Worte erstickte, als er einen Rollkragenpulli über seinen Kopf zog.

Chelsea hatte nichts auch nur im Entferntesten Fragwürdiges getan, und David auch nicht. Weshalb führt er sich also so auf, schuldig und wütend? Wütend auf mich.

„Vergiss dein Deodorant nicht“, sagte sie im hässlichsten Tonfall, zu dem sie fähig war.

„Hör mal, Chels“, setzte er an. „Ach, vergiss es. Bleib hier, das könnte besser sein. Ich erledige das.“

„Da gibt es kein ‚das‘ ..., rief Chelsea ihm nach, aber er schenkte ihr keine Aufmerksamkeit, „zu erledigen“, murmelte sie.

Ich soll in seinem Schlafzimmer bleiben wie eine bezahlte Nutte? Doppelt gemoppelt, dumme Gans! Natürlich werden Nutten bezahlt. Hör auf, über diese Situation zu lachen, befahl sie der kleinen inneren Stimme, die nach wie vor darauf beharrte, diese Ereignisse des Morgens als Farce anzusehen.

Sie schleuderte die Bettdecke von sich und ging ins Bad. Als sie mit sauberen Zähnen, einem sauberen Gesicht und zerknitterten Kleidern zehn Minuten später herauskam, drangen aus dem Wohnzimmer sehr zivilisierte Stimmen.

Eine männliche Stimme, die nicht David gehörte. Aha, dachte sie, der General.

Sie schlenderte in den Raum. „Guten Morgen.“

„Wie können Sie es wagen ...“ Margaret schlug einen absolut ruhigen Ton an, doch ihre Zähne waren zusammengebissen.

„Das reicht!“ brüllte David.

„Finde ich auch. Hallo, Sir! Ich bin Chelsea Lattimer.“

Ein sehr straffer, schlanker Gentleman mit kurz geschnittenen grauen Haaren erhob sich und ergriff ihre Hand. „Mein Name ist Nathan Monroe. Es ist mir ein Vergnügen.“

Chelsea hörte förmlich, wie Margaret sich wieder aufheizte, und sagte hastig: „Also, ich finde, das geht jetzt schon lange genug. Falls Sie es noch nicht gemerkt haben sollten, Margaret, Ihre Kinder stehen in der Küche und machen lange Ohren. Ihre Haltung ist absurd, und ich nehme es Ihnen übel, dass Sie David Ärger bereiten, nur weil er in seinem eigenen Bett geschlafen hat, völlig unabhängig davon, wer noch darin gelegen haben mag. Es wäre Ihnen bei Ihrer Neugierde recht geschehen, wenn wir alle möglichen perversen und irren Dinge angestellt hätten. Doch stattdessen, sofern Sie Ihre Augen auf- und Ihren Mund zugemacht hätten, hätten Sie bestimmt gesehen dass ich voll angezogen war. Und jetzt will ich meinen Morgenkaffee. War mir ein Vergnügen, Sie kennen zu lernen, Sir."

Kinn hochgereckt, Rücken durchgedrückt, so machte sie ihren Abgang.

Mark und Taylor standen wie zwei steife Marionetten in der Mitte der Küche.

„Hallo, Leute!" rief Chelsea und steuerte direkt die Kaffeekanne an.

„Mutter ist wütend", bemerkte Mark.

„Sie hat gesagt, dass du eine lockere Frau bist", meinte Taylor.

„Der General hat ihr gesagt, dass sie ruhig sein soll", fügte Mark hinzu.

„Und ich will nichts mehr hören, bevor ich eine halbe Tasse getrunken habe. Ist das klar?"

Chelsea saß am Küchentisch und trank Kaffee. Ihre Gedanken liefen auf Hochtouren, und sie war wütend auf Margaret, weil sie die Kinder ohne jeden Grund in Verwirrung gestürzt hatte. Abgesehen von allem – was hatte sie denn mit dem General getan? Gin Rommé gespielt?"

David kam äußerst verstört in die Küche.

„Kann man schon sicher hinausgehen?" fragte Chelsea grinsend.

„Ist Mutter noch immer wütend?" fragte Mark.

„Ich bringe dich nach Hause, Chels", sagte David müde.

„Willst du fliehen?"

Seine Augen zogen sich zusammen und richteten sich auf sie. Er war müde und verärgert über diese absurde Situation, und da war Chelsea gemeinsam mit Margaret eine gewaltige Nervensäge. „Ja, wenn du es leichtfertig sehen willst, ich möchte fliehen."

Chelsea stellte ihre Kaffeetasse sehr behutsam ab. „David, tut mir Leid, wenn ich leichtfertig bin, aber ich kann dieses ganze Affentheater nicht ernst nehmen. Du kannst mich nicht nach Hause bringen, weil du dir sonst ein Taxi zurück nehmen musst. Ich habe die Kinder hierher gefahren, schon vergessen?“

Er fühlte sich noch mehr wie ein Narr als vor fünf Minuten.

Chelsea wurde etwas sanfter. „Warum ist Margaret so früh zurückgekommen?“

„Wir haben Ihre Eltern in Honolulu getroffen, Chelsea“, erklärte der General von der Küchentür her. „Sie schicken Ihnen liebe Grüße.“

Nun wurde einiges klar. Chelsea warf den Kopf zurück und lachte herzlich. „Ach, du liebe Zeit, Sie armer Mann! Sie sehen unversehrt aus. Sie haben überlebt?“

Der General lächelte – ein nettes Lächeln, bemerkte Chelsea. „Oh, ja.“ Er warf David einen mitfühlenden Blick zu. „Das alles tut mir Leid, Dr. Winter. Margaret bestand darauf, hierher zu kommen. Ich denke, sie leidet unter Jetlag. Ich bringe sie jetzt ins Hotel. Ich denke, ihr alle braucht Frieden für eine Weile. Bitte, Chelsea, bleiben Sie! Wir gehen.“ Während er die Küche verließ, fügte er hinzu: „Ich fände es nett, wenn wir alle heute Abend zum Dinner ausgingen. Können Sie einen Sitter für die Kinder auftreiben?“

„Ja“, antwortete Chelsea. „Ich rufe Georgina an, David. Sie sollte jemanden kennen.“

„Aber ...“, setzte David an.

„Du musst Mutter beruhigen“, sagte Taylor mit verblüffend ehrlichem Scharfblick zu ihrem Vater. „Chelsea hat Recht. Das ist ein Affentheater.“

Der General lachte.

Chelsea grinste.

David seufzte tief.

Der General sagte: „Ihre Eltern, Chelsea, sind zufällig mit uns zurückgeflogen. Sie wohnen im Fairmont.“

„Der Himmel sei uns gnädig“, murmelte Chelsea.

„Oh, verflucht!“ brummelte David.

„Dad!“

„Vater!“

„Ich glaube, ich verlege meine Praxis nach Little America“, sagte David.

„Wo ist das, Dad?“ fragte Mark.

„In der Antarktis. Trivial Pursuit, blau, Geographie.“

Chelsea lehnte sich auf ihrem Stuhl zurück und streckte ihre Beine aus. „Toll, David, ich bin beeindruckt. Das hätte ich nie richtig beantworten können.“

„Ich habe mir einige der Fragen angesehen, bevor wir zu spielen begonnen haben.“

„Dad“, sagte Taylor, „du siehst schrecklich müde aus.“

„Ich bin es. Ich glaube, ich gehe noch einmal ins Bett.“

„Mit Chelsea, Dad?“ fragte Mark.

„Hört mal, Leute.“

David stach seinen Zeigefinger vor. „Würdet ihr bitte den lieben alten Dad für eine Weile in Ruhe lassen?“

Chelsea lachte.

12. KAPITEL

Irgendwann werde ich diesen Abend vergessen, dachte Chelsea und versuchte, sich auf ihre köstliche Scholle meunière und die Petersilienkartoffeln zu konzentrieren. Sie speisten im Carnelian Room hoch oben auf der Bank of America. Der Ausblick war unglaublich, wie gewöhnlich, der Service die reine Perfektion, und die von Margaret beherrschte Konversation war so zivilisiert, dass Chelsea glaubte, eine Kiefersperre zu bekommen, weil sie die Zähne so fest zusammenpresste, um zu schweigen. Was Taylors frühere Bemerkung anging, David müsse Margaret beruhigen – nun, niemand konnte ruhiger sein als Margaret.

Erst am Ende des Mahls erkannte Chelsea, dass der General – der Himmel segne ihn dafür! – Margaret geschickt in einwandfrei harmlose Gewässer gesteuert hatte, weg von gefährlichen Untiefen. Doch dann entschuldigte sich der General unglücklicherweise für einen Moment.

Chelsea blickte ihm noch bedauernd nach, als Margaret mit noch immer zivilisierter Stimme, nun jedoch wie von einer Eisschicht bedeckt, sagte: „Die Kinder, müssen Sie wissen, Miss Lattimer, sind schrecklich beeinflussbar."

„Und werden es vermutlich bleiben, bis sie achtzehn sind", fügte Chelsea hinzu. „Dann werden sie auf magische Weise plötzlich alles wissen." Sie schenkte David ein Lächeln. „Ah, das erste Jahr auf dem College! Der Gipfel der mentalen Kräfte."

„Nun ja, es ist wichtig, dass sie den richtigen Einflüssen ausgesetzt sind. Stimmen Sie mir zu?"

„Ich glaube, ich sehe nur gute Einflüsse, wohin ich auch blicke", sagte Chelsea.

„Vielleicht." Margarets kultivierte Stimme wurde etwas schrill. „Es unterscheidet sich einfach alles von dem, was sie gewöhnt sind. David versteht, was ich meine."

David hob eine dichte Augenbraue. „Was ich verstehe, Margaret, ist, dass die Welt voll von Menschen ist und Kinder sich wunderbar anpassen."

Der General kam zurück, aber die Schleuse war inzwischen voll geöffnet, und Margaret sprach ohne Pause weiter, wobei ihre Kaffeetasse ein wenig klirrte. „Ich habe die Lattimers kennen gelernt, Chelseas Eltern."

„Margaret", meinte der General mit seiner tiefen, ruhigen Stimme und legte eine Hand auf die ihre, „Harold und Mimi sind wundervolle Menschen."

„Er trägt Goldketten, und sie bringt die Hälfte ihrer Sätze in High-School-Französisch."

„Oh nein", wehrte Chelsea lachend ab. „Mutter hatte nie Französisch auf der High-School. Das hat sie aufgepickt, als sie in Paris war. Wenn sie in diesem Sommer nach Madrid reist, wird es gebrochenes Spanisch sein. Ich habe das immer äußerst amüsant gefunden. Was meinen Vater angeht", fuhr Chelsea fort, und ihre Stimme verlor etwas von ihrer Leichtigkeit, „so genießt er das Leben, mitsamt Goldketten und allem anderen, und er tut niemandem etwas zu Leide."

„Sie sind sehr liebevolle Menschen, Margaret", warf David ein. „Ich habe sie kennen gelernt, nachdem Chelsea operiert worden war."

Das entlockte Margaret einen seltsamen Blick. Sie verkündete plötzlich: „Ich mache mich frisch."

Der General, ein Offizier und Gentleman, erhob sich.

„Möchten Sie mit mir kommen, Miss Lattimer?" fragte Margaret.

Chelsea blinzelte David zu und beugte sich zu ihm herunter, als sie an seinem Stuhl vorüberging. „Sie holt jetzt das schwere Geschütz hervor", flüsterte sie ihm ins Ohr. „Das wird lustig."

„Sei ernsthaft, Chelsea", bat David.

Sie sah ihn fest an. „Ich hatte gehofft, das hätten wir schon hinter uns", murmelte sie und ging.

David fluchte leise in seine Kaffeetasse. Ein Kellner drückte sich in der Nähe herum, und David scheuchte ihn weg.

Der General sagte mit seiner tiefen, angenehmen Stimme: „Chelsea ist eine charmante junge Frau. Ihre Eltern sind ebenfalls charmant. Margaret ist charmant, wenn sie sich nicht bedroht fühlt und vergessen kann, dass sie ein Snob ist. Und sie vergisst es jetzt mehr und mehr, David."

„Ja, natürlich, sicher. Hat Ihnen Honolulu gefallen?" David bemühte sich ebenfalls um Charme, aber er fühlte sich herabgesetzt und war ein wenig ungehalten. Zum Teufel mit Chelsea! Die ganze Sache war ernst, und sie behandelte die Situation wie einen amüsanten Abschnitt in einem ihrer Romane.

„Ja, sicher. Ich glaube, es ist schwierig, sein Verhalten zu ändern und das Leben, wenn Sie so wollen, von mehr als einem Blickpunkt zu sehen. Übrigens, ich werde Margaret heiraten. Wir werden in Washington leben. Es wird ihr gefallen."

Davids Augen richteten sich auf das Gesicht des Generals. „Die Kinder." Er schluckte.

„Es freut mich, dass uns Margaret – ungeachtet ihrer Motive –

eine Weile allein gelassen hat. Machen Sie sich keine Sorgen wegen Chelsea. Diese junge Frau wird ganz sicher mit Margaret auch dann fertig, wenn sie ihre ... ihre Mrs.-alles-im-Griff-Haltung einnimmt. Ich habe drei erwachsene Kinder, David, und ich finde die Ihren wunderbar. Ich bin nicht ihr Vater, das sind Sie. Ich werde Margaret davon überzeugen, dass die Kinder die halbe Zeit mit Ihnen verbringen sollten."

„Viel Glück." David starrte auf den Bodensatz in seiner Tasse.

„Nein, ich glaube nicht, dass das etwas mit Glück zu tun hat." Er unterbrach sich einen Moment. „Sie konnten nie mit Margaret umgehen, oder Sie waren einfach zu sehr mit Ihren medizinischen Studien beschäftigt, und dann hat es Sie nicht mehr interessiert, weil Sie beide sich in unterschiedliche Richtungen entwickelten. Ich nehme an, Sie wollen mehr von Ihren Kindern sehen."

„Sicher", fauchte David und seufzte dann tief. „Das Leben ist nie einfach oder klar umrissen, nicht wahr?"

„Nein, aber das wäre auch langweilig", meinte der General.

„Sie hätten im Zweiten Weltkrieg dabei sein müssen. Wir hätten wahrscheinlich viel früher gewonnen."

Der General lachte.

„Was für eine hübsche Lippenstiftfarbe", sagte Chelsea in diesem Augenblick zu Margaret. Sie war unglaublich lange in der Kabine geblieben, nicht um Margaret zu ärgern, sondern um sich unter Kontrolle zu bringen.

Verdammter David! Jetzt wird er wieder zum steifen Hemd, ohne einen Funken Humor.

Margaret sagte nichts, sondern zog weiter ihre Lippen mit einer Farbe nach, die Chelsea einfach bewundern musste.

Chelsea saß auf einem Hocker neben ihr und blickte in den Spiegel. „Ach, du liebe Zeit, mein Haar informiert mich immer, wenn es draußen feucht ist." Sie begann, ihren Kamm durch ihre aufspringenden Locken zu ziehen.

Margaret sagte abrupt: „Ich weiß, dass Sie mit David schlafen."

„Es ist alles eine Wette", erklärte Chelsea. „Eine wissenschaftliche Studie. Seit Ihrer Ankunft wurde unsere Laborarbeit allerdings ernsthaft beschnitten. Genau genommen", fügte sie klagend hinzu, „hat sie überhaupt nicht stattgefunden." Sie hörte Davids Stimme sie ermahnen, ernsthaft zu sein. Verflixter Mann, ich bin ernsthaft, wenn es erforderlich ist, oder nicht?

„Ich nehme an, es gefällt Ihnen, mit ihm zu schlafen."

In Margarets Stimme schwang keine Bösartigkeit mit, und Chelsea sah sie forschend an. Vielleicht, dachte sie, sollte ich eine Spur weniger flatterig und leicht sein. „Ja." Ihre Stimme wurde unwillkürlich sanfter, als sie Margarets Blicken im Spiegel begegnete. „Ja, das tue ich. Er ist als Mann sehr sexy und sehr nett."

„Anders als die meisten Männer", fuhr Margaret nach einer kurzen Pause fort, „schläft David nicht ständig mit anderen Frauen. Er hat mich nicht wegen einer anderen Frau verlassen. Soweit ich weiß, war er mir bis zur Scheidung treu. Er verließ mich, weil uns nichts mehr an unserem gemeinsamen Leben lag."

„Ich glaube nicht, dass ich jemals heiraten werde", meinte Chelsea und fügte hastig hinzu: „Ich will absolut niemanden kritisieren. Bindungen sind eine harte Angelegenheit, und ich für mein Teil glaube nicht, dass ich eine so enge Bindung wie eine Ehe eingehen möchte."

Margaret warf ihr einen merkwürdigen Blick zu und fischte in ihrer Make-up-Tasche nach ihrem Taschenspiegel. „Ich mache mir Sorgen wegen meiner Kinder", sagte sie nach einer Weile. „Es ist nicht so, dass ich nicht glaube, was Sie gerade gesagt haben. Fest steht, dass David, wenn er entscheidet, dass er Sie will, auch gewinnen wird, glauben Sie mir. Er ist sehr energisch. Wissen Sie, dass er jetzt zum ersten Mal so viel Zeit mit seinen Kindern verbracht hat?"

„Ich habe es vermutet."

„Während der letzten beiden Jahre unserer Ehe verbrachte er mehr und mehr Zeit im Krankenhaus – um mir aus dem Weg zu gehen, natürlich. Unglücklicherweise bedeutete das auch, dass er seine Kinder nicht sah."

„Das muss sehr schwierig gewesen sein", bemerkte Chelsea.

„David hat sich verändert.“ Margaret zuckte mit den Schultern. „Die Kinder merken das natürlich nicht. Sie erzählen mir, dass Vater dies und das gesagt hat, und ich sehe sie bloß an. Vielleicht liegt es an der kalifornischen Luft, wahrscheinlich aber eher daran, dass er jemanden wie Sie kennen gelernt hat.“ Margaret drehte sich um und schaute Chelsea in die Augen. „Ich war Ihnen gegenüber ein ziemliches Biest, und ich entschuldige mich dafür. Die Kinder mögen Sie sehr.“

„Ich mag sie auch“, erwiderte Chelsea. „Wenn ich mehr Zeit mit ihnen verbringe, Margaret, werde ich versuchen, sie aufzulockern. Aber ich glaube nicht, dass dadurch ihre jungen Seelen verdorben werden.“

„Nein, vermutlich nicht. Taylor hat mir ihre so genannten Segelklamotten aus Marin gezeigt. Diese rosa Freizeitschuhe sind einfach zu viel.“

„Taylor zeigt schon Ansätze für eine gute Seglerin. Mark übrigens auch.“

„Das freut mich. Ich möchte, dass meine Kinder Freude haben. Darf ich Sie Chelsea nennen?“ Als Chelsea spontan nickte, fuhr Margaret unerwartet fort: „David sagte mir, welche Art von Romanen Sie schreiben, und ich erschauerte und gab missbilligende Laute von mir, was er natürlich von mir erwartete. In der Tat lese ich gerne lange historische Romane, und ich habe ein paar von Ihnen gelesen. Sie versetzen einen in eine andere Zeit, bringen einen fort von den Verwicklungen der modernen Zeit und erzeugen in einem das Gefühl, nun ja, dass es zwischen einem Mann und einer Frau eine ideale Beziehung geben kann. Ergibt das, was ich sage, irgendeinen Sinn?“

„Natürlich“, versicherte Chelsea.

Margaret betrachtete sie eingehend. „Sie haben David letzte Nacht wirklich nicht geliebt?“

Chelsea lachte. „ Ich habe wie ein Murmeltier geschlafen. Armer Mann! Wahrscheinlich kam er erst spät nach Hause und konnte sich nicht mehr auf den Beinen halten. Es hat einen Massenunfall auf der 101 gegeben. Es war in den Nachrichten.“ Ihre Stimme wurde sehr nüchtern und so ernsthaft, wie David es sich nur wünschen konnte. „Margaret, ich hatte ihm bestellen lassen, ich würde bei den Kindern bleiben, bis er aus dem Krankenhaus kommt. Das habe ich auch getan, und irgendwann bin ich eingeschlafen. Ich hätte mich nicht lauter, leidenschaftlicher Liebe hingegeben, wenn Ihre Kinder nebenan schlafen."

Margaret lachte, stand auf und strich ihr dunkelblaues Seidenkleid glatt. „Wissen Sie was?"

Chelsea legte ihren Kopf schief.

„Ich glaube, ich werde heute Nacht laute, leidenschaftliche Liebe machen."

„Lassen Sie sich nicht aufhalten", sagte Chelsea.

„Bizarr", seufzte David. „Es kommt mir so vor, als hätten sich alle meine bisherigen Erfahrungen auf den Kopf gestellt."

Margaret, der General und die Kinder waren in den Zoo gegangen, und David und Chelsea waren in einem Hamburger-Restaurant südlich der Market Street und mussten schreien, um sich bei dem Lärm zu verständigen.

„Ich hatte das gleiche Gefühl. Weißt du, David, ich glaube, alles wird sich für dich gut entwickeln – und für Mark und Taylor. Und für Margaret und den General."

David biss ein gewaltiges Stück von seinem Hamburger ab, kaute nachdenklich und meinte dann: „Ich hatte den Abend schon verloren gegeben, als Margaret auf dich losging."

„Nun, wir müssen noch diesen heutigen Abend überstehen. Mom und Dad, du weißt schon. Drinks im ‚Hyatt'."

David sagte abgelenkt: „Wenn sie das ‚Hyatt' so sehr mögen, warum wohnen sie nie dort? Es ist eine ziemlich lange Taxifahrt vom ‚Fairmont' zum Embarcadero."

Mit funkelnden Augen sagte Chelsea: „Das ‚Hyatt' ist zu modern. Très chic, naturellement, mais trop – Achselzucken – je ne sais pas, quoi. Nochmaliges Achselzucken."

„Das ist schrecklich. Ich habe dich verstanden." Er beugte sich plötzlich vor und hielt ihre Hände fest. „Du bist ein Super-Sahne-Schokoladeneisbecher, Chels."

Sie fuhr sich mit der Zungenspitze über die Unterlippe.

„Werden Super-Sahne-Schokoladeneisbecher scharf, David? So wie Steckrüben?"

Seine Hände umspannten die ihren fester. „Wann müssen wir bei deinen Eltern sein?"

„Erst in drei Stunden." Sie bemühte sich um einen verführerischen Blick und hatte Erfolg.

Sie kamen zwanzig Minuten später in Davids Wohnung an, und wiederum drei Minuten später waren sie im Schlafzimmer, wobei ihre Kleidungsstücke eine direkte Spur vom Vorraum bildeten.

„David", stieß Chelsea hervor, als er sie auf den Rücken legte und ihre Beine über seine Schultern zog, „das ist überhaupt nicht wissenschaftlich."

Er senkte seinen Kopf und begann, sie zu liebkosen und zu lieben.

„David, ich ..." Sie hatte keine Ahnung, was sie gesagt hätte, weil sie plötzlich das Gefühl hatte, dass in ihrem Innern ein Vulkan ausgebrochen sei. Sie zog an Davids Haaren und rang nach Luft bei den intensiven Empfindungen, die sie durchströmten. „Das glaube ich nicht", stöhnte sie. Dann bog sich ihr Körper nach oben, als David tief in sie stieß. Sie geriet in einen Sinnestaumel, als er sich in ihr bewegte, fühlte, wie seine Finger sie fanden, und war verloren.

Doch David hielt sich zurück. Er wusste nicht, wie er es machte, aber er schaffte es. Er brachte sie noch zwei Mal zum Höhepunkt und genoss den Ausdruck höchsten Erstaunens auf ihrem Gesicht. Er schwelgte darin, sie zu fühlen, die intensive Hitze ihres Körpers zu genießen. Er bog seinen Rücken durch und explodierte tief in ihr, und Chelsea fand, dass er der schönste Anblick im ganzen Universum war – seine Halsmuskeln angespannt, seine Arme durchgestreckt, die Augen fest geschlossen.

„Befindet sich in diesem männlichen Körper noch ein Funke Leben?“ fragte sie, als sie nach einer Weile ihren Atem und ihre Stimme wiederfand.

„Nein.“ David hob sich ein wenig an, um sie anschauen zu können. „Chelsea.“ Seine Stimme klang unsicher, sogar wachsam. „Ich habe so etwas noch nie zuvor gefühlt.“

„Beklagst du dich?“

„Nein, es erschreckt mich.“ Er stockte, und sie fragte sich, was er sagen wollte. Dann lächelte er. „Weißt du, wie großartig du eben warst, Lady?“

Sie errötete, und David lächelte wieder. „Ich habe dich endlich erwischt. War aber auch Zeit. Ich habe dich beobachtet und gespürt – drei Mal. Es war großartig.“

„Ich habe das noch nie zuvor erlebt.“ Sie war überraschend schüchtern. „Ich dachte, das würde nur in Romanen stattfinden, wie in meinen.“

„Dann findest du also, wir wären jetzt bereit, unsere Forschungsergebnisse zu veröffentlichen? ‚Frau unterliegt Superlover‘ als Schlagzeile? ‚Frau gibt alles‘? ‚Frau gesteht Existenz von Leidenschaft‘?“

„Schon gut, schon gut, du hast gewonnen“, räumte Chelsea ein. „Aber, weißt du, David, es hätte einfach das Ergebnis sein können von ... Entbehrung.“

„Verspürst du noch immer Entbehrung?“

„Nein, überhaupt nicht. Ich fühle mich am Rande einer Ultimaten Befriedigung.“

„Ihr Schriftsteller – was ist denn das für ein Wort?“

Chelsea versuchte, eine andere Antwort zu finden, als er sie zu küssen begann. Sie fühlte seine geschmeidigen, geschickten Finger über ihre Brüste gleiten und mit ihren Knospen spielen. Es war für sie wie ein Schock, als ihr Körper reagierte.

Und immer weiter reagierte.

„Von wegen Befriedigung“, murmelte er an ihrer Brust.

Die Schatten wurden länger und tauchten das Schlafzimmer in Dämmerlicht.

„Oh, mein Gott!“ Chelsea schrie fast. „Wir müssen meine Eltern in einer halben Stunde treffen!“

Sie kamen natürlich zu spät. Beim Betreten des Hotels flüsterte David ihr ins Ohr: „Sie werden wissen, was wir gemacht haben. Deine Augen sind so sanft, dass sie ein Messer schmelzen könnten.“

„Mackie Messer oder Davids Messer?“

„Krümel!“ Harold Lattimer umarmte seine Tochter, betrachtete sie einen Moment und sagte: „Also deshalb kommt ihr zu spät. Mimi, du musst mit deiner Tochter ein ernstes Wort reden.“

Chelsea stöhnte, und David besaß den Anstand, ein wenig verlegen dreinzusehen.

„Bonjour, David.“ Mimi küsste ihn auf die Wange. „Setzen Sie sich und erzählen Sie uns alles über Chelseas Narbe. Entre nous, versteht sich.“

„Mutter!“

„Krümel, du klingst wie eine prüde Jungfer, und das Leben ist dafür zu kurz. Was willst du trinken? Wieder diesen schlabberigen Weißwein? Kellner!“

David lehnte sich zurück und verfolgte die wild hin und her fliegenden Scherze. Als er an der Reihe war, was sehr bald der Fall war, meinte er ernsthaft: „Die Narbe ist nur ungefähr zehn Zentimeter lang, und Chelsea kann weiterhin einen Bikini tragen. Ich habe die Narbe kaum bemerkt.“

„David!“

„Ach, Krümel, sei doch nicht so ernst.“ Harold Lattimer strahlte David an. „Wann tut ihr zwei euch denn zusammen? Mensch, David, ich hätte nie geglaubt, dass mein kleines Mädchen einen passenden Mann finden würde, aber für mich sieht es so aus, als würden Sie sehr gut zu ihr passen. Was meinst du, Mimi?“

„Er scheint ihre Narbe sehr genau im Auge zu behalten, je crois“, versicherte Mimi.

Chelsea nippte an ihrem Weißwein. „Nie, nie wieder fliegt ihr nach Hawaii. Ihr seid unmöglich und dekadent geworden. Ihr bringt David in Verlegenheit. Sprechen wir jetzt über euren Urlaub – zensiert, versteht sich.“ Es gab eine kurze Pause und einen wissenden Blick zwischen ihren Eltern, und Chelsea sagte: „Seht euch nur diese hypermodernen Aufzüge an. Ist das nicht wie bei Buck Rogers im einundzwanzigsten Jahrhundert und ...“

„Chelsea.“ David ergriff ihre Hand. „Sei still!“

„Nicht zu fassen“, flüsterte Harold nach einer Weile. „Sie ist tatsächlich still. Was hältst du davon, Mimi?“

„Ich hoffe, j'espère, dass sie nicht schon vor der Hochzeit schwanger wird.“

David hätte sich um ein Haar an seinem Scotch verschluckt. Er hatte nichts benutzt, Chelsea auch nicht. Zuerst hatte er das schreckliche Gefühl, dass das Schicksal nach ihm die Klauen ausstreckte. Dann verspürte er etwas, das er nie zuvor empfunden hatte: ein Gefühl von Wohlbehagen, von Richtigkeit. Er warf Chelsea einen Blick zu, aber sie wirkte hektisch und schrie fast: „Kellner! Ich möchte noch ein Glas Weißwein!“

„Mon Dieu“, rief Mimi. „Noch eine Margarita!“

„Ich fühle mich erschlagen und gevierteilt und durch die Mühle gedreht und auf alle anderen möglichen Arten fertig gemacht.“ Chelsea sank auf Davids Beifahrersitz in sich zusammen.

„Ich habe nichts benutzt, Chelsea.“ David achtete intensiv auf den Verkehr, um aus dem Parkplatz ausscheren zu können.

„Da bist du kein Einzelschicksal“, meinte Chelsea und begann, auf Lateinisch zu beten.

„Chelsea, könnte es sein ...“

„David, bitte! Ich weiß es nicht. Bei mir ist es sehr unberechenbar ... Ach, vergiss es!“ Sie rutschte auf dem Sitz weiter vor, bis ihre Knie an das Armaturenbrett stießen. „Bitte, vergiss, was meine Eltern gesagt haben. Sie waren völlig daneben. Heirat ist lächerlich. Kommt gar nicht in Frage.“

David fädelte sich endlich in den Verkehr auf der Market Street ein. Ohne Chelsea anzusehen, meinte er sanft: „Viele Menschen heiraten.“

„Ja, und viele schaffen es hinterher nicht.“

„Ja, das stimmt." Düster dachte er, dass sie gerade aus erster Hand miterlebt hatte, was eine Scheidung bedeutete. Nun ja, so schlimm war es auch wieder nicht. Aber er erkannte, dass sie ängstlich und bockig war, und er wusste nicht, was er sagen sollte.

13. KAPITEL

David blieb einen Moment vor der Eingangstür stehen, völlig verblüfft. Lautes Lachen und Quietschen und fröhliche Stimmen drangen an seine Ohren.

Als er ins Wohnzimmer kam, sah er Chelsea, Mark und Taylor auf dem Boden vor einem prasselnden Feuer sitzen und ausgerechnet Schach spielen.

Chelsea sagte: „Also, Mark, der Turm zieht nicht schräg, das macht der Läufer. Siehst du?"

„Schach, Chelsea!" schrie Taylor.

„Schön, Leute, das ist nicht fair. Wenn wir euer Alter zusammenzählen, kommt ihr noch immer nicht in meine Nähe, und daher könnt ihr mich nicht schlagen – aha! Seht ihr, mein Springer stellt sich hier vor meinen armen König."

„Er steckt in der Klemme!" verkündete Mark mit großer Begeisterung.

„Da hast du Recht, Kind", räumte Chelsea ein. „Was macht ihr jetzt? Ich bin schrecklich hinterhältig, also seid vorsichtig."

„Dad!" Taylor sprang auf und lief in seine Arme.

David umarmte seine Tochter und drückte sie. „Was geht hier vor?" fragte er über Taylors Kopf hinweg.

Mark ließ sich als nächster von seinem Vater umarmen. „Wir zermalmen Chelsea, Dad."

„Sieht ganz so aus." David lächelte Chelsea über den Kopf seines Sohnes hinweg an.

Beide Kinder trugen Jeans und weite Shirts. Alle drei Kinder waren barfuß.

Es war genau dieser Moment, in dem David beschloss, Chelsea Lattimer zu heiraten. Er hinterfragte seine Entscheidung nicht, sondern ließ sie nur durch sich strömen. Sie sorgte dafür, dass er sich angenehm warm fühlte, und seine Welt erweiterte sich um zwei Kontinente.

„Komm, Dad, Chelsea braucht Hilfe – dringend!"

„Hallo, lieber, alter Dad." Chelsea stand auf, drückte ihn und legte kurz ihre Wange an seine Schulter.

„Du lebst noch bei diesen zwei kleinen Teufeln?"

„Uns geht es gut. Du wirkst müde. Alles in Ordnung?"

Er legte seine Arme fester um sie, beugte sich herunter und flüsterte ihr ins Ohr: „Mir geht es gut, aber ich verspüre eine gewisse ... Entbehrung."

„Dad, du küsst Chelsea schon wieder!"

„Wenigstens", sagte Mark abschätzig zu seiner Schwester, „fasst er ihr nicht wieder an den Popo."

„Igitt", sagte Taylor.

„Wartet mal, bis sie elf oder zwölf wird", meinte Chelsea. „Dann wird Igitt zu Wow!"

„Jungs sind blöde", behauptete Taylor.

„Und was ist mit albernen Mädchen?" gab Mark zurück, und David stöhnte.

„Ich hole mir ein Bier. Was ist mit dir, Chels?"

„Ein Bier, Dad?" Taylors Augen weiteten sich. „Du hast das Zeug nie getrunken."

„Das ist das Getränk eines arbeitenden Mannes, und ich bin ein arbeitender Mann", klärte David seine Tochter auf.

„Weißwein für mich", bat Chelsea. „Das, Leute, ist das Getränk der arbeitenden Frau."

Die Kinder waren so aufgedreht, dass sie erst um elf im Bett landeten. David ließ sich neben Chelsea auf das Sofa fallen. „Was für ein Abend."

„Viel Spaß. Ich werde dir Schachunterricht geben, David", murmelte sie provozierend.

„Lass uns stattdessen herumspielen.“ Er zog sie auf seinen Schoß. David sah aus dem Augenwinkel eine Bewegung und befahl, ohne den Kopf zu wenden: „Verschwindet wieder ins Bett, oder ich verwandle mich in ein Monster! Jetzt gehört Chelsea mir. Haut ab!“

„Ja, Dad.“

„Ja, Vater.“

David lehnte seinen Kopf gegen die Sofakissen. „Die beiden haben sich sehr geändert.“

Chelsea verspannte sich ein wenig. „Wie meinst du das?“

„Sie sind jetzt Kinder, nicht mehr kleine Soldaten.“

„Lass das nicht den General hören.“ Sie schlang ihre Arme um seinen Hals. „Du hast mir gefehlt.“

„Du mir auch.“ Seine Augen schlossen sich, sein Körper entspannte sich. Plötzlich wurde ihm bewusst, dass Chelsea wunderbar für ihn als Babysitterin gearbeitet hatte. „Chels ...“ Seine Hand strich an ihrem Rücken auf und ab. „Ich bin dir dankbar, dass du so viel Zeit mit den Kindern verbringst.“

„Gern geschehen. Ich war nie vorher mit Kindern zusammen. Es macht Spaß, wirklich.“

„Ich will nur nicht, dass du denkst, ich hätte dich, nun ja, ich hätte dich missbraucht.“

„Es mag andere Dinge geben, für die du ein schlechtes Gewissen haben solltest, Dr. Winter, aber die Kinder gehören nicht dazu.“ Nachdem sie an seinem Ohrläppchen geknabbert hatte, sagte sie: „Ich habe viel von ihnen gelernt. Und noch etwas ist nett – sie sind schon sehr auf Gesellschaftsleben getrimmt, aber sie platzen noch immer damit heraus, was sie gerade denken, und das haut mich für gewöhnlich um.“

„Ich glaube nicht, dass sie früher mit irgendetwas herausgeplatzt sind.“ Chelsea wand sich ein wenig auf seinem Schoß, um eine bequemere Lage einzunehmen, und David stöhnte. „Ich gerate in einen gefährlichen Zustand“, warnte er.

Sie lachte und presste ihre Brüste gegen ihn. „Ich muss mich auf dem schnellsten Wege nach Hause verfrachten und etwas zum Schlafen kommen. Ich habe Mark und Taylor versprochen, dass ich ihnen beim Einpacken all ihrer schönen Sachen aus San Francisco helfe. Wann ist ihr Flug nach Washington?“

„Kurz vor Mittag. Gott sei Dank mögen sie den General. Mark ist schon ganz aufgeregt, weil sie das Raumfahrtmuseum besuchen werden oder wie das heißt.“

Chelsea erkannte, dass ihr die Kinder fehlen würden, und fragte behutsam: „Wann werden sie wieder herkommen?“

„Im April, für eine Woche. Dann werde ich sie im Sommer für etwa sechs Wochen haben.“

„Bis dahin ist es gar nicht so lang.“ Sie wand sich wieder und sprang auf. „Also, wohin habe ich meine Schuhe geworfen?“

Er hatte es nicht tun wollen, aber die Worte waren einfach ohne seine Erlaubnis herausgekommen. Mitten auf dem San Francisco Airport, mit Hunderten von Menschen um sie herum. Sie hatten gerade die Kinder mit Margaret und dem General abgeliefert, sich verabschiedet und gewunken, als Mark und Taylor durch den Korridor zu der Maschine verschwanden.

Chelsea starrte ihn an. „Was hast du gesagt, David?“

Er blickte weg und wünschte sich, die Worte zurückholen und sie für einen intimen Moment aufheben zu können, aber es war zu spät. Mit zusammengebissenen Zähnen murmelte er: „Ich sagte, dass du mich heiraten sollst, Chelsea.“

„Ich dachte, dass du das gesagt hast.“ Sie ging weiter zu der Rolltreppe.

David blickte leicht verärgert auf ihren Rücken. Im nächsten Moment holte er sie ein und packte sie am Arm. „Was zum Teufel ist das denn für eine Antwort?“

„Das, David“, erwiderte Chelsea, „war keine Antwort. Das war nur eine Ansammlung von Worten, die lediglich die Zeit ausfüllen sollten, in der ich herauszufinden versuchte, warum du mir diese erste Frage gestellt hast.“

„Ich wollte es nicht, das heißt, ich wollte es nicht hier, nachdem wir die Kinder mit Margaret und dem General abgesetzt haben, an diesem äußerst unromantischen Ort."

„Verstehe", versicherte Chelsea, die überhaupt nichts verstand. „Bitte, David, lass uns warten. Wirklich, ich glaube nicht, dass ..."

Nun war er an der Reihe, ihr das Wort abzuschneiden. „Ich habe erwartet, dass du etwas Liebevolleres sagst."

Ein gehetzter Geschäftsmann stieß mit seiner Kleidertasche gegen Chelsea, entschuldigte sich und hastete weiter.

Chelsea fühlte sich, als hätte sie die Welt auf den Kopf gestellt, und sie würde jeden Moment herunterfallen.

Heirat! Das konnte er doch nicht im Ernst meinen. Das kam wohl daher, dass sie mit seinen Kindern so gut zurechtgekommen war. Er sah in ihr eine Ersatzmutter für die Kinder, sah sie alle gemeinsam in einer herrlichen, total der Fantasie entsprungenen Zukunft, in der alles süß und strahlend hell und lustig war. David war bloß ein wenig durcheinander.

„Schlagen wir uns den Magen mexikanisch voll", schlug sie vor.

„Wie bitte?"

„Ich habe Hunger, und ich will mein Abendessen."

David schluckte, was er hatte sagen wollen, herunter. Er würde ihr zwei Gläser Weißwein eintrichtern und dann seine guten Eigenschaften vor ihr zur Überprüfung und garantierten Zustimmung ausbreiten.

Er schaffte ein Lächeln. „Na los! Nach Mill Valley? In die ‚Cantina'?"

„Ja." Chelsea sah ihn nicht an.

Die „Cantina" war überlaufen, und sie mussten zwanzig Minuten auf einen Tisch warten. David sorgte dafür, dass Chelsea in dieser Zeit zwei Gläser Wein trank. Er sprach nur über Krankenhausangelegenheiten, auf die sie passend mit Ja oder Nein reagierte. Er hätte gern gewusst, was sie dachte.

Zu ihrem Taco-Salat bestellte er für sie ein drittes Glas Wein. Chelsea hob daraufhin eine Augenbraue, sagte jedoch nichts.

David trank keinen Tropfen.

„Chelsea", begann er, „was ich da auf dem Flughafen gesagt habe ..."

„Ich werde darüber nachdenken, David, wenn du noch immer so empfindest."

„Ich empfinde noch immer so. Ich will dich heiraten."

„Ich werde darüber ..."

„Verdammt! Hör mir doch einen Moment zu! Chelsea, ich bin nicht arm. Mein Einkommen ist beträchtlich. Ich kann dich erhalten ..." Er schluckte bei diesem Fauxpas und schüttelte den Kopf. „Ich wollte damit nur sagen, dass ich nicht arm bin. Ich genieße die Liebe mit dir. Wir haben Spaß zusammen." Er stockte und fand es lächerlich, dass er sich ihr anpreisen sollte. Entweder wusste sie das alles bereits, oder sie wusste es nicht. Entweder wollte sie ihn heiraten, oder sie wollte es nicht. Er sagte nichts mehr, sondern spießte bloß ein Stück von seiner Enchilada auf und kaute.

„Du bist aus Boston." Chelsea blickte nicht von ihrem Essen auf.

„Das ist sicher eine sehr tief schürfende Erklärung", entgegnete er höhnisch.

„Was ich meine, ist, dass ich ... Also, ich möchte darüber nachdenken, David. Bitte, gib mir etwas Zeit."

Das war es also, dachte er. Sie warf ihm einen ziemlich sonderbaren, verwirrten Blick zu, als er sie zu ihrer Haustür brachte, lud ihn aber nicht zum Hineinkommen ein, sondern schickte ihn schon um zehn Uhr abends weg. Erst später fiel ihm ein, dass er ihr nicht gesagt hatte, dass er sie liebte. Er schlug sich mit der Hand gegen die Stirn. Trottel!

Es war Schwester Elsa, die ihm am nächsten Tag mitteilte, dass ihn eine Lady am Telefon sprechen wollte. David, der gerade dabei war, den Kopf eines Sechsjährigen zusammenzuflicken, grunzte und bat Elsa, eine Nachricht entgegenzunehmen. Elsa hatte ihm nicht gesagt, dass es Chelsea Lattimer war.

Erst um sechs Uhr abends kam er frei. Als er Chelseas Namen auf dem Notizzettel sah, nickte er kurz und wählte rasch ihre Nummer. Drei Mal Klingeln, dann der verdammte Anrufbeantworter.

„Falls das David ist“, sagte eine gedämpfte Stimme, „so ist die Antwort Nein. Tut mir Leid. Hier ist ... äh ... Chelsea.“

David starrte das Telefon wie etwas Fremdartiges und Widerliches an. Er hörte das Summen. Verdammt, sie hatte nicht einmal genug gesagt, um den freien Raum zwischen den Summtönen auszufüllen.

Er rief sie bis Mitternacht alle halbe Stunden an. Dieselbe Botschaft. Als er sich ins Bett schleppte, hatte sich sein stiller Zorn auf sie in heiße Wut verwandelt. Er verwünschte sie bis in den Schlaf hinein.

Am nächsten Morgen rief er wieder an. Jetzt war ihre normale Nachricht auf dem Gerät, nicht die besondere für ihn. Er verwünschte sie unter der Dusche, während des Frühstücks und auf der Fahrt ins Krankenhaus.

Am Nachmittag war er wieder bei stillem Zorn angelangt.

Am Abend wollte er in sein Bier heulen.

„Chels, wo zum Teufel bist du?“

„Im ‚Heritage House‘ in Mendocino“, sagte Chelsea zu Georgina. „Hör mal, George, ich wollte nur für eine Weile verschwinden.“

Georgina blickte zweifelnd aus dem Fenster und dann wieder auf das Telefon. „Es ist jetzt fast schon eine Woche. Warst du die ganze Zeit da?“

„Ja.“

„Du hättest wirklich nicht weglaufen dürfen, Chelsea.“

Chelsea kaute an ihrer Unterlippe. „Geht es David gut?“

„Wenn du damit meinst, ob er sich noch wie ein menschliches Wesen aufführt, ist die Antwort ‚fast‘. Er hat sich gestern endlich Elliot anvertraut. Ich glaube, er würde dich am liebsten übers Knie legen, Chels. Du hast ihm überhaupt nichts erklärt, nicht wahr?“

Ein tiefer Seufzer kam durch die Leitung. „Nein, gar nichts.“

„Liebst du ihn?“

„Nun ja, ja. Nein. Ich bin mir wirklich nicht sicher, George. Könnten wir nicht sagen, es geht mir erbärmlich und es dabei bewenden lassen?“

Georgina schwieg einen Moment, ehe sie entschieden sagte: „Ich komme heute noch zu dir. Wie klingt das?"

„Versprich mir, dass du David nichts sagst, okay?"

„Gut."

Georgina fand um zwei Uhr an diesem Mittag Chelsea in der herrlich restaurierten, viktorianischen, wie ein Wohnzimmer eingerichteten Bar im „Heritage House". Sie sieht schrecklich aus, dachte Georgina und betrachtete ihre Freundin, ehe Chelsea sie entdeckte. Ringe unter ihren Augen zeugten von schlaflosen Nächten, und ihre Finger zupften nervös an ihrer Hose herum. Was für ein Schlamassel, dachte Georgina, zauberte ein Lächeln auf ihr Gesicht und marschierte los.

„Hallo!" grüßte Chelsea.

„Hallo!" Georgina setzte sich neben ihrer Freundin auf das alte Sofa. „Du siehst wie ein Abfallprodukt einer ..."

„Sprich es nicht aus! Es ist nur zu wahr. Eine dumme, schwache Frau sieht nun mal so aus. George, ich habe es verpatzt."

Georgina sah die Tränen in den Augen ihrer Freundin schimmern und stand hastig auf. „Lass uns an den Klippen spazieren gehen."

Eine steife Brise blies vom Meer herauf, aber die Sonne stand strahlend über ihnen.

„Es ist so schön hier." Georgina atmete genüsslich durch. „Als ich das letzte Mal mit Elliot hier war, habe ich nicht viel von der Landschaft zu sehen bekommen. Zum Glück sind die Hotels auch interessant."

Chelsea sagte nichts, sondern bückte sich, hob einen Stein auf und schleuderte ihn ins Wasser.

„Willst du es mir erzählen, Chels?"

„Er hat mich auf dem Flughafen gebeten, ihn zu heiraten. Ich war so betroffen, dass ich kein vernünftiges Wort herausbekam. Dann, beim Abendessen, fing er an, alles über seine Umstände – ist wohl das richtige Wort – zu erzählen."

Zu Chelseas Überraschung und Befremden lachte Georgina. „Tut mir Leid, Chels, aber ich habe genau das Gleiche mit Elliot gemacht, nur dass wir zehntausend Meter hoch waren. Ich habe ihm alles über meine Investitionen erzählt, wie ich für meine eigenen Kosten aufkommen würde und alles dieses Zeug. Er hat mich angestarrt, als hätte ich nicht mehr alle Tassen im Schrank."

„Was passierte dann?"

„Er wies mich ab, genau wie du David. Er sagte Nein. Er hatte diese verdammte Ansprache vorbereitet, alles über meine wachsende Karriere und sein vorgerücktes Alter und dass es nicht klappen könnte. Ich wollte ihn umbringen, wenn ich mich recht erinnere."

„Das hast du mir nie erzählt", erwiderte Chelsea.

„Nun, ich erzähle es dir jetzt. Ich habe es niemandem erzählt. Damals hat es zu weh getan."

„Ob es David weh tut, was meinst du?"

„Ach, Chels, er hat dich gebeten, ihn zu heiraten, oder etwa nicht?" Georgina warf ihr einen freundschaftlich entnervten Blick zu. „Natürlich liebt er dich. Wie kannst du daran zweifeln?"

„David erwähnte nichts von Liebe."

„Du liebe Güte, musst du ihn nervös gemacht haben."

„George, sieh mal, ich glaube, er hat mir einen Antrag gemacht, weil wir so viel Spaß mit seinen Kindern hatten und er mich für sie als perfekte Ersatzmutter sah. Du weißt schon, eitel Wonne und Sonnenschein. Das dachte ich zumindest."

„Ich hätte nie gedacht, dass David ein so seichter Mensch ist", meinte Georgina. „Aber du kennst ihn am besten."

„Seicht? Er ist nicht seicht."

„Aber, Chelsea." Georgina schlug einen vernünftigen Ton an. „Du hast doch eben selbst gesagt, dass er nur einen Vollzeit-Babysitter wollte."

„George, warum haust du nicht ab und lächelst mich stattdessen nur vom Cover eines Magazins an?"

„Du verträgst keinen Druck, wie, Chels? Na schön, ich werde dich nicht mehr bedrängen. Also, du kannst nicht für den Rest deines Lebens hier bleiben. Du musst dich den Tatsachen stellen. Was willst du machen?"

„Heimfahren und mich mit ihm treffen – vermutlich." Chelseas Stimme klang eher resigniert als mürrisch.

„Und was wirst du ihm sagen?"

Chelsea blieb stehen, setzte sich auf einen Felsen und ließ ihre Beine baumeln. „George, hörst du bitte auf, vor mir herumzulaufen? Du siehst so verdammt schön aus, dass ich mich dagegen wie ein Kröte fühle."

Gehorsam setzte Georgina sich neben sie. „Jetzt sind wir zwei Kröten, die sich auf einem warmen Felsen sonnen. Sprich, Kröte!"

Sekunden lastender Stille folgten.

„Ich weiß, dass du viele Stunden mit Denken verbracht hast, Chels. Warum denkst du nicht einfach laut?"

„Oh, na gut. David ist aus Boston."

„Du liebe Güte, was für ein Verbrechen."

„Das meine ich nicht. Ich meine, er und ich, wir könnten nicht unterschiedlicher sein. Er muss mich für oberflächlich halten, George, auch wenn er sich im Moment wahrscheinlich dazu zwingt, es nicht zu glauben. Du weißt schon, ein Girl für gute Zeiten, das nie ernst ist. Ein Mensch, der dafür sorgt, dass seine Kinder wie Kinder sind und nicht wie kleine steife Hemden. Und er selbst muss letztlich immer noch ein steifes Hemd sein. Die Menschen verändern sich nicht wirklich, George, das weißt du, obwohl mir seine Exfrau gesagt hat, dass er sich verändert hat. Innerhalb von sechs Monaten würde er mir im Nacken sitzen, damit ich mein Mundwerk im Zaum halte."

„Hm."

„Und er hat nichts davon gesagt, dass er mich liebt. Ich glaube, er ist einsam und nach Sex ausgehungert, das ist alles."

„Und du bringst ihn zum Lachen, richtig?"

„Ja."

„Und ihr habt im Bett euren Spaß, richtig?"

„Ja. Er hat diese Wette gewonnen. Ich dachte anfangs, beim nächsten Mal, wenn wir uns lieben, würde ich gähnen und lieber lesen wollen."

„Hm."

„Aber es wurde immer besser", fügte Chelsea seufzend hinzu.

„Das klingt allerdings sehr verdächtig. Da gebe ich dir Recht, Chels. Ich langweile mich mittlerweile dermaßen mit Elliot, dass ich alles von der Bestsellerliste gelesen habe, nur um nicht einzuschlafen."

„Das stimmt nicht. Elliot kann seine Hände nicht von dir lassen, und du bist ständig um ihn herumgewickelt."

Georgina hob eine perfekte Augenbraue. „Tatsächlich?

„Du bist eine Ratte, George, oder eine Rättin."

„Und du, Chelsea Lattimer, bist ein Idiot oder ein Idiotin. Liebst du David?"

„Verdammt, ja, aber ich werde ihn nicht heiraten. George, stell dir doch bloß alle unsere Probleme vor, die wir dann hätten. Es könnte nicht klappen."

„Was für Probleme?"

„Na ja", antwortete Chelsea nach einer Weile, „eine Menge Probleme. Im Moment fallen mir keine ein. Innerhalb von sechs Monaten würde er sich wieder in ein steifes Hemd verwandeln."

„Ich kann mir David erst als steifes Hemd vorstellen, wenn er siebzig wird."

„Vielleicht, vielleicht auch nicht. Ich wünschte bloß, er würde nicht die meiste Zeit wie einer meiner Helden aussehen und sich auch noch so benehmen."

Georgina schwieg eine Weile.

Chelsea sah nicht das mutwillige Leuchten in ihren Augen, als sie sagte: „Ich frage mich nur, was ein Held mit dir, der Heldin, machen würde."

„Irgend etwas Zügelloses, ohne Zweifel. David ist nie zügellos. Dafür ist er zu gesetzt."

„Sogar im Bett?"

„Also, für gewöhnlich nicht. Also, genau genommen nie."

„Hm."

„Ich glaube, letztlich läuft es darauf hinaus, George, dass ich Angst habe. Bei Heirat fange ich zu zittern an. Das ist die schwerwiegendste Bindung, die man eingehen kann. Wenn ich nun alles verpatze?"

„Warum solltest du etwas verpatzen?"

„Nun, sieh dir doch bloß David und Margaret an. Sie haben es nicht geschafft, und dabei scheinen sie alles gemeinsam zu haben. David und ich sind so verschieden wie ... Mir fällt kein origineller Vergleich ein, und ich will nicht platt sein. Autoren wollen nie das sagen, was erwartet wird."

„Kannst du dir zwei Menschen vorstellen, die unterschiedlicher sind als Elliot und ich? Ein Arzt und ein Model? Chelsea, die Verschiedenheit macht das Leben interessant. Ich stürze mich voll Leidenschaft auf eine Sache, Elliot lacht nur, und am Ende versteht jeder den Standpunkt des anderen." Georgina sah, dass Chelsea ihr Maultiergesicht aufsetzte. „Also, was wirst du machen?"

„Ich fahre nach Hause, und wenn er es hören möchte, sage ich ihm, dass ich mehr Zeit haben will. Ungefähr ein bis sechs Jahre. Ich möchte keine Angst haben, wenn wir heiraten."

„Das klingt nach einem Plan", sagte Georgina.

„Was meinst du mit dieser bissigen Bemerkung?"

„Bissig? Chelsea, du fängst an, deinen Humor zu verlieren. Komm schon, fahren wir nach Hause." Ich habe noch eine Menge zu erledigen, bevor ich das nächste Mal zum Schlafen komme, fügte sie im Stillen hinzu.

Und Georgina, die engelsgleich dreinsah und fest daran glaubte, dass man sich niemals einmischen sollte, war bereit, eine ganze Mischmaschine in Gang zu setzen. Sie lächelte Chelsea liebevoll und mit größtem Verständnis an, half ihr bei der Abreise aus dem „Heritage House" und folgte ihr zurück nach San Francisco.

14. KAPITEL

Elliot versuchte es mit seinem nonchalantesten Tonfall. „Na, David, was hatte Chelsea denn so zu sagen?"

David schüttelte sich wie ein Mischlingshund und setzte sich neben Elliot an den Pool. „Sie sagte, sie wolle Zeit zum Nachdenken, stammelte herum und legte auf."

„Klingt vernünftig, finde ich", meinte Elliot.

David fluchte und zog sich einen missbilligenden Blick von einer älteren Frau zu, deren gewaltige Massen das Tragen ihres giftgrünen Badeanzugs hätten verbieten sollen.

„Mir war danach", fuhr David fort, „sie mir über die Schulter zu werfen und sie irgendwohin zu schaffen."

„Vielleicht wäre das sogar die richtige Methode." Elliot war erleichtert, weil David von selbst auf Georginas Idee gekommen war.

Aber David war in Fahrt und hörte ihm gar nicht zu. „Sie ist so verdammt stur, so verbohrt. Sie will nicht, dass ich sie sehe, noch weniger, dass ich sie liebe." Er fluchte noch einmal, sobald die missbilligende Frau verschwunden war.

„Ich habe einen Plan", warf Elliot ein.

David hob eine dichte Augenbraue. „Ja?"

„Nun, genau genommen ist es mehr Georginas Plan als meiner, darauf basierend, dass Chelsea dich liebt."

David wirkte außerordentlich erfreut. „Das hat sie Georgina gesagt? Dass sie mich liebt? Schwörst du mir, Elliot, dass sie das wirklich gesagt hat?"

„Aber ja, wirklich. Ich habe auch gehört, dass sie überzeugt ist, ihre beide wärt auch weiterhin wie Dynamit im Bett. Sie hat nur Angst, weil ihr zwei, wie sie das nennt, so verschieden seid. Sie hat Angst, du könntest dich nach einem halben Jahr wieder in einen steifhemdigen Mr. Hyde verwandeln." David wirkte ehrlich überrascht. „Das ist das Dümmste, was ich je gehört habe."

„Ja, da gebe ich dir Recht, aber sie meint das völlig ernst. Das, und dass sie mehr Zeit will. Ich glaube, sie schreckt auch davor zurück, eine Bindung von solcher Tragweite einzugehen."

Elliot streckte sich und bemerkte dann beiläufig: „Wie gesagt, Georgina hat einen Plan. Soweit ich das beurteilen kann, ist er wirklich narrensicher."

„Schieß los! Bei Gott, ich bin bereit, alles zu versuchen, um diese Verrückte umzustimmen."

„An diesem Freitag findet in Chelseas Wohnung ein Pokerspiel mit den Jungs statt."

„Ich bin nicht eingeladen", grollte David.

„Morgen hast du Lunch mit Delbert, Angelo und Maurice in der Union Street."

„Warum? Ist ja nicht so, dass ich die Jungs nicht mag, aber was ist der Sinn der Sache? Wollen sie sich Geld leihen?"

„Es geht nicht um Geld. Die Jungs stehen hundertprozentig hinter dir. Du wirst morgen mit ihnen die Details des Plans ausarbeiten."

„Es ist doch nichts Illegales?"

„Oh nein." Elliot ließ sich wieder ins Wasser gleiten. „Du wirst sogar ein Standardtyp-I-Held. So, du Supermacho, wie wäre es mit einem Wettschwimmen über zehn Längen?"

„Du hast nicht den Hauch einer Chance."

„Was ist los, Zuckerschnäuzchen?" fragte ihr Pokerfreund Delbert, als er Chelsea umarmte.

„Nichts", wehrte Chelsea ab. „Wieso, glaubst du, könnte etwas los sein?"

„Du siehst wie eine Zwiebel aus, der man die Schale abgezogen hat."

„Das ist abscheulich! Angelo, komm, nimm diesen Narren hier weg! Du, Maurice, hilfst mir bei den Leckereien in der Küche."

„Was hat die perfekte Sarah denn diesmal Schönes zusammengebraut?" fragte Maurice und folgte ihr aus dem Zimmer.

„Es scheint sie wirklich schwer erwischt zu haben", sagte Angelo zu Delbert. „Wir tun das Richtige."

„Hoffentlich." Delbert kratzte sich am Kopf. „David soll bloß dafür sorgen, dass alles glatt geht."

„Ja, denn wenn er es nicht tut, gibt es keine Pokerspiele mehr mit Chelsea." Das entlockte ihnen beiden einen besorgten Blick und ein kummervolles Seufzen.

Es war neun Uhr, und Chelsea hatte fast fünfzig Dollar verloren. Es war ihr egal. Sie war noch immer bei ihrem ersten Glas Weißwein. Als die Türklingel anschlug, kippte sie ihr Glas auf den Pokertisch.

„Geh du an die Tür, Süße", sagte Delbert zu ihr. In dem Moment, als sie das Wohnzimmer verließ, schenkte er ihr ein neues Glas Weißwein ein, schüttete etwas weißes Pulver hinein und rührte mit dem Finger um. „Jetzt gibt es kein Zurück mehr", meinte er.

„Es geht ihr eindeutig miserabel", sagte Angelo. „Habt ihr schon jemals erlebt, dass sie so viel Geld so schnell verliert?"

„Und dass es ihr nichts ausmacht", fügte Delbert hinzu.

„David!"

„Schön, dich zu sehen, Alter!"

„Setz dich. Ich bringe dir ein Bier."

Chelsea wirkte geschockt. Sie hatte die Tür geöffnet und ihn vor sich stehen sehen, sagenhaft, lächelnd und sexy. Sie war zurückgewichen. Jetzt, mit ihren drei Freunden hinter ihr, fragte sie: „Was machst du hier? Du warst nicht eingeladen."

„Delbert hat mich eingeladen", erwiderte David mit seinem gewinnendsten Lächeln. „Er sagte, er wäre pleite und müsste etwas gewinnen. Daher die Einladung an mich. Es macht dir doch nichts aus, oder?"

„Er hat schon eine Menge von mir gewonnen", erklärte Chelsea. Sie fühlte sich ausgewrungen und wollte David gleichzeitig verprügeln und küssen. Stattdessen stieß sie gegen den Tisch und kippte ihr Weinglas um. Sie starrte auf den Wein, der sich über Karten und Pokerchips ergoss.

Die vier Männer starrten auf das leere Glas und warfen einander komische Blicke zu.

Angelo sagte: „Chels, Süße, hol einen Lappen und so was. Ich schenke dir ein neues Glas ein." Delbert einen Wink gebend, flüsterte er: „Halte sie ein wenig in der Küche auf."

„Kein Plan von Menschenhand ist perfekt", klagte Maurice, schenkte noch ein Glas Weißwein ein und kippte weißes Pulver hinein. „Jetzt kannst du deinen Finger zum Umrühren nehmen, Doc."

Einen Moment bewegte David sich nicht von der Stelle. Was er da tat, war unehrenhaft, ruchlos, unfair, zügellos ... Standardtyp-I. Er rührte den Wein mit seinem Finger um. Und dann hob er auch noch das Glas hoch, während Chelsea und Delbert saubermachten.

„Nun ja", sagte Chelsea zu David, „wenn du schon hier bist, kannst du auch spielen." Sie ging aus dem Raum und kam mit einem zusätzlichen Stuhl wieder. „Setz dich und verlier!"

Chelsea fühlte sich zu miserabel, um zu merken, dass jeder ihrer Schlucke Wein unter der interessierten Aufmerksamkeit von vier Augenpaaren stattfand. Sie spielte waghalsig und gewann.

„Ihr Leute passt nicht auf", tadelte sie.

„Oh doch, das tun wir", versicherte Maurice. „Du hattest einfach Glück, Zuckerschnäuzchen."

Chelsea gewann die nächste Runde mit einem Paar Dreien und kicherte. „Ich muss wohl zu viel getrunken haben", meinte sie angesichts ihres neu gefüllten Weinglases. „Ich nehme mir lieber Sodawasser."

Alles war so komisch. Sie fühlte sich nicht länger nervös, nur weil David am Tisch saß. Sie fand, dass er das feinste Ding war, das sie je gesehen hatte, und sie sagte ihm das auch.

„Das feinste Ding?" wiederholte David und grinste amüsiert.

„Jawohl!" Chelsea versuchte, sein Gesicht scharf zu erkennen. „Und du hast die schönsten Zähne."

„Sehr weiß", stimmte Delbert zu.

„Ich mag es, wenn du so lächelst." Chelsea ignorierte Delbert.

„Ich verspreche dir, dass ich in den nächsten fünfzig Jahren so lächeln werde", sagte David liebevoll und legte sanft seine Hand auf die ihre.

Chelsea starrte auf seine Hand. „Ich fühle mich so komisch", murmelte sie. David fing sie auf, als sie nach vorn kippte.

„Jetzt kommt der zweite Schritt!" rief Angelo.

„Bleibt bei ihr, während ich ihre Reisetasche packe", bat David und eilte ins Schlafzimmer.

Nach einer Menge Glückwünsche und mindestens einem halben Dutzend Gratulationen schob David zehn Minuten danach Chelsea auf den Beifahrersitz, schnallte sie fest und verließ Sausalito.

Dreißig Minuten später trug er sie an Bord eines kleinen gecharterten Flugzeugs.

„Zu viel getrunken", erklärte er dem Piloten.

„Sie ist so ein kleines Ding", bemerkte der Pilot. „Sie sorgen dafür, dass sie gut festgeschnallt ist?"

„Verlassen Sie sich darauf", antwortete David.

Kurz vor der Landung in Las Vegas schob David ihr den goldenen Ring an den Finger, und die ganze Zeit summte er leise: „Ich bin ein Standardtyp-I-Held, dein für immerdar ... Ich bin Standardtyp-I-Held, bin ich nicht wunderbar ..."

Das mit dem Motel klappte ausgezeichnet. David ließ Chelsea einfach im Wagen und trug im Register Dr. und Mrs. David Winter ein.

Er betrachtete sie begierig, nachdem er sie ausgezogen hatte.

„Du hast abgenommen", erklärte er ihr, und Chelsea murmelte im Schlaf und rollte sich herum. „Dein Hinterteil ist aber noch immer das mit Abstand schönste, das ich je gesehen habe."

Es war fast zwei Uhr nachts, als er neben ihr ins Bett glitt und sich löffelformig an ihre Rückseite schmiegte.

David glaubte, sein Blut rauschen zu hören, als sie in ihrer nackten Schönheit neben ihm lag, doch bald darauf sank er schnell in den Schlaf – in den Schlaf des Ungerechten, dachte er noch.

Chelsea drehte sich im Schlaf um und sank gegen einen sehr großen und sehr warmen Männerkörper. Das war wunderbar, und sie schlang ihre Arme um die behaarte Brust.

Sie musste niesen und erwachte, öffnete langsam die Augen, sah, dass eine Haarlocke für das Kitzeln in ihrer Nase verantwortlich war, blinzelte und quietschte.

David legte seine Arme um sie und zog sie an sich.

„David!“

Das Geräusch ihrer eigenen Stimme reizte den Kater in ihrem Kopf. David öffnete die Augen und lächelte. „Guten Morgen, Liebste.“

Chelseas Mund fühlte sich an, als wäre er mit Watte ausgepolstert. „Ich fühle mich komisch“, murmelte sie.

Sie löste sich von ihm, und er ließ sie gehen. Sie schaffte es, neben dem Bett aufzustehen, bemerkte, dass sie nackt war, und rang nach Luft.

„Schöpf dir im Bad kaltes Wasser ins Gesicht“, riet David.

Sie stolperte in das kleine Bad, erfrischte sich mit kaltem Wasser, blickte auf ihr Spiegelbild, stöhnte über die schauderhafte Erscheinung, die ihr entgegenstarrte, und putzte die Zähne. In Ermangelung von etwas Besserem wickelte sie sich in ein Handtuch und wankte ins Schlafzimmer zurück. „Ich verstehe das nicht“, brachte sie hervor und schaute auf David, der im Bett saß, die Decke nur bis zur Körpermitte gezogen.

„Komm wieder ins Bett, Chels“, bat er sehr liebevoll. „Du wirst dich bald besser fühlen.“

„Na gut.“ Sie ließ sich neben ihm im Bett auf den Rücken sinken, das Handtuch noch immer fest um sich geschlungen. „Ich verstehe das nicht“, wiederholte sie. „Wo sind wir? Was machst du hier?“

Jetzt geht’s los, dachte David. Er wandte sich ihr zu und stützte sich auf einen Ellbogen. „Wir sind in Las Vegas.“

„Las Vegas! Aber ...“ Sie sah verzweifelt drein. „Wir waren in meiner Wohnung. Wo sind Delbert und ...“

„Nach Hause gefahren, natürlich. Sie haben uns aber noch verabschiedet. Sie gratulieren dir übrigens.“ Er zeigte ihr ein paar Sekunden lang seine Enttäuschung. „Erinnerst du dich nicht, Chels?“

Sie schwieg eine Weile. Und dann: „Ich habe keine Kleider an.“ Sie lenkte ihren Blick auf ihn. „Du hast auch keine Kleider an.“

„Nein, Liebste. Es war großartig mit uns beiden, findest du nicht?“

„Wir ... wir haben uns geliebt?“

„Chelsea.“ Er versuchte, verletzt zu klingen. „Hast du denn so viel getrunken?“

„Nein! Das heißt, ich erinnere mich an den Weißwein, und dann ...“

„Chelsea, ist das dein Ernst? Du erinnerst dich wirklich nicht daran, was wir getan haben?“

Sie schüttelte den Kopf.

„Du hast darauf bestanden, dass wir auf der Stelle heiraten. Nevada erschien dafür geeignet. Ich konnte dir gerade noch diesen Ehering kaufen.“

Langsam, als würde sie zu jemand anderem gehören, hob Chelsea eine Hand und starrte auf den schlichten Goldring, schüttelte den Kopf. „Nein, das kann nicht wahr sein!“

Sie klang so verwirrt und so verstört, dass er bereit war, alles zu gestehen. Er öffnete schon den Mund, aber sie hinderte ihn daran.

„Ich habe dich gebeten, mich zu heiraten?“

Er machte eine unverbindliche Geste, die sie als Zustimmung auffasste.

„Und du hast es ... getan. Hier in Las Vegas?“

„Du erinnerst dich nicht an einen Geistlichen?“ fragte er, um nicht noch einmal direkt lügen zu müssen.

Sie schüttelte wieder den Kopf und wirkte noch unglücklicher.

Ich bin einfach kein ruchloser und zügelloser Standardtyp-I-Held, entschied er und setzte an: „Chelsea ...“

Sie wandte sich ihm in diesem Moment zu, presste sich an ihn und schmiegte ihre Wange an seine Schulter. Er blickte auf ihre zerzausten Haare und schlang zögernd seine Arme um ihren Rücken.

„Ich erinnere mich jetzt.“ Chelsea rieb ihre Stirn an seinem Hals. „Ich glaube es wenigstens. Hast du mir nicht gesagt, dass du mich liebst, David?“

Ich bin soeben in meine eigene Grube gefallen, dachte David. „Ja, ich liebe dich. Ich werde dich noch in sechs Monaten und in dreißig Jahren lieben."

„Wirst du mich denn jetzt noch einmal lieben?" Sie hob ihren Kopf, und David küsste sie sehr bereitwillig. „Du bist nicht zu müde?"

Er stöhnte leise an ihrem Mund. „Es ist schon so verdammt lange her", hauchte er. „Du hast mir gefehlt, Chelsea."

Sie kicherte. „Verdammt lange? Hast du schon die letzte Nacht vergessen, Gatte?"

„Ja", stöhnte er mit großer Aufrichtigkeit. „Habe ich. Das ist ein Zeichen, dass ich nicht genug von dir bekommen kann. Komm her, du verrückte Frau!"

Er zog ihr Handtuch weg. Sie fühlte sich so verdammt gut an, wie sie sich an ihn presste. Er beschloss, jetzt nicht über Folgen nachzudenken, die ihn bestimmt noch bis zum Irrsinn quälen würden. „Ich habe deinen Po vermisst."

„Und ich deinen ..." Sie lächelte und schloss ihre Finger um ihn. „Nein, so was!" Sie knabberte an seinem Kinn. „So groß – die Begeisterung! Bin ich froh, dass du nicht so viel getrunken hast wie ich."

„Niemals." Seine Hand glitt von ihrem molligen Po zu ihrem Bauch. „Ich liebe dich, Chelsea, und ich will, dass du das nie vergisst."

„Warum sollte ich? Du bist so ein Gentleman, David. Wenn dich in Zukunft wieder eine betrunkene Frau bittet, sie zu heiraten, muss ich dafür sorgen, dass du zu erschöpft bist, um ihr den Gefallen zu tun."

Er lachte leise an ihrer Schläfe. „Klingt gut. Und jetzt, Gattin, lass mich dir die Ausmaße meiner Begeisterung zeigen."

Sie erbebte bei der Vorstellung von ihm auf ihr, tief in ihr. „David", wisperte sie, „ich glaube, wir werden die Ausmaße deiner Begeisterung nur fühlen können."

Während er um ein Mindestmaß an Selbstbeherrschung kämpfte, fragte er sich, wie er es anstellen sollte, nicht über sie herzufallen und sie im Sturm zu nehmen. Es war so lange her, so verdammt lange. Er zog ihre sehr neugierige Hand weg und drückte sie auf den Rücken.

„Lieg einen Moment still. Ich will sehen, was ich mir für die nächsten fünfzig Jahre eingehandelt habe." Er hielt ihre Handgelenke über ihrem Kopf fest. „Sehr hübsch", sagte er, und seine Blicke wanderten über ihren Körper. „Wirklich sehr hübsch." Er senkte seinen Kopf und knabberte sanft an ihrer Brust. „Warmer Samt. Würde das einer deiner Helden sagen?"

„Ja", murmelte Chelsea. „Höchstwahrscheinlich in Verbindung mit den Wörtern ‚weich' und ‚rosig'."

„Und nass?" fragte er und ließ seine Zunge über sie gleiten.

„Nur feucht. Nass klingt schon zu deutlich, mehr realistisch als romantisch."

„Das muss ich ausprobieren. Auf romantische Art, versteht sich." Er gab ihre Handgelenke frei, schob sich über sie und glitt an ihrem Körper hinunter. Ihre Beine spreizten sich für ihn, und er glitt bequem dazwischen und legte für einen Moment seinen Kopf auf ihren weichen Bauch. Sie fühlte seine Lippen über ihre Narbe streichen, die er ihr Mopedsouvenir nannte.

Seine wundervollen Finger strichen an ihrem Schenkel hoch, und Chelsea hielt den Atem an. Sie stieß ihn aus, als David sie berührte. „Nass", murmelte er mit tiefer Befriedigung in der Stimme. „Und weich und einladend und ..." Ihre Hände zogen an seinen Haaren. „Ich muss noch mehr Beweise sammeln", flüsterte er und schob sich tiefer.

Chelsea bäumte sich auf, als sich sein warmer Mund über sie schloss. Sie fühlte seine Finger, die über ihren Bauch glitten und sie zurückdrückten.

„Und sehr süß", flüsterte er an ihr, und sie zitterte heftig.

Sie fühlte seine Finger in sie gleiten, spürte seinen warmen und fordernden Mund, und sie stöhnte, rief seinen Namen, als ihre Beine sich verkrampften. Lust peitschte ihre Gefühle. Sie atmete noch immer schwer, als er in sie eindrang, langsam und tief, und sie hob ihre Hüften an und zog an seinen Schultern.

„David." Ihre Stimme vibrierte. „Ich bin so froh, dass ich dich gebeten habe, mich zu heiraten. Das war die beste Idee meines Lebens."

Sie stöhnte, als sie wieder den Druck seiner männlichen Erregung spürte. „Ich war so dumm, dich nicht an den Haaren zu packen und in meine Höhle zu zerren, als du mich das erste Mal gefragt ... Ah, David ..."

„Noch einmal, Chelsea", hauchte er, und sie gehorchte bereitwillig.

Mit größter Begeisterung.

„Was würde ein Standardtyp-I-Held über deinen außergewöhnlich sexy Po sagen?" fragte er ein paar Minuten später. Er lag nun auf dem Rücken, und Chelsea bedeckte ihn wie eine menschliche Decke.

„Schamlos? Gesetzt?"

Seine Hände kneteten ihre molligen Rundungen. „Hm ... Wie wäre es mit außergewöhnlich sexy?"

„Meine Helden würden niemals die gleichen Worte zwei Mal verwenden."

„Nicht mal, wenn sie vor Befriedigung halb tot sind?"

Sie lachte leise, hob den Kopf und blickte auf ihn hinunter. „Du bist hier der Außergewöhnliche, David."

„Sprichst du von meinem Hintern? Wie wäre es mit weich und weiß und wundervoll handlich?"

„Du oder ich?"

„Du natürlich. Ich bin schlank und muskulös und kraftvoll. Und ich habe auch keinen Hintern. Ich habe harte, wohlgeformte Hinterbacken."

„Du liest zu viel." Sie zupfte an seinem Ohrläppchen. „Wenn du schon verrückte und beschönigende Ausdrücke suchst, wie wäre es mit hart und pulsierend und pochend?"

„Erbarmen, nicht jetzt, Lady! Verschone ein schlaffes Lebewesen."

„Ich behalte dich trotz Schlaffheit, David. Danke, dass du mich geheiratet hast. Wäre ich nicht ein klein wenig beschwipst gewesen, hätte ich vielleicht nicht den Mut gefunden, dich zu bitten."

Er weigerte sich, über die größte Lüge des Jahrhunderts nachzudenken, zumindest jetzt, während der Flitterwochen.

„Warum wolltest du dann nicht mit mir sprechen, Chels? Ich bin mir wie der mieseste Bastard auf der ganzen Welt vorgekommen."

Sie senkte ihren Kopf und vergrub ihr Gesicht an seinem Hals. „Ich hatte Angst."

„Vor mir?"

„Vor der Ehe und vor mir."

Seine Hände wanderten wieder über ihren Po. „Dafür brauche ich eine kleine Erklärung."

„Ich bin achtundzwanzig, David. Ich habe angefangen zu glauben, die Ehe wäre nichts für mich. Und wir beide sind nicht immer gut miteinander zurechtgekommen."

Er kaute ein wenig daran, ehe er meinte: „Aber deine Helden und Heldinnen kommen doch auch nicht gleich miteinander zurecht, oder? Nein, sie tun es nicht, das weiß ich. Als Mitglied der Chelsea Lattimer-Fangemeinde weiß ich ganz sicher, dass sie wie Hund und Katze streiten."

„Das ... das ist etwas anderes. Ich hatte stets den nagenden Verdacht, dass Frauen sexuelle Befriedigung mit Liebe gleichsetzen. Allerdings sind wir nicht so simpel wie ihr Männer. Ich hatte Angst, dass ich selbst ein Opfer dieses Phänomens werden könnte."

„Und was denkst du jetzt?" Seltsamerweise war er angespannt, als er diese Frage stellte.

„Ich denke, dass ich die glücklichste Frau auf Erden bin. Und wenn du mich, sagen wir mal, zwei Mal am Tag liebst, und das die nächsten fünfzig Jahre über, werde ich wahrscheinlich auch nicht weiter darüber nachdenken."

„Das klingt sehr fair", murmelte er. „Wie oft in den Nächten?"

Sie lachte, drückte ihn und küsste ihn auf das Kinn. „Ich bin so froh, dass ich dich gebeten habe, mich zu heiraten."

Sie bog sich zurück und hob seine linke Hand hoch. „Wo ist dein Ehering?"

Oh verdammt! Nun, wenn schon Lug und Trug, dann ordentlich. „Du hattest es zu eilig. Erinnerst du dich nicht? Du hast dir diesen Ehering geschnappt und mich aus der Pfandleihe gezerrt. Der Pfandleiher murmelte noch etwas von armen, bedrängten Männern und unersättlichen Frauen."

„Du lügst!"

„Nun, vielleicht ein wenig, ein bisschen, eine wirklich verschwindend kleine Winzigkeit."

Sie küsste ihn leidenschaftlich. „Das", flüsterte sie mit einem verführerischen Blick, „sind unsere Flitterwochen."

„Ja." Seine Augen schienen sich zu verdunkeln. „Ganz bestimmt. Hast du Lust auf ein Glücksspiel?"

„Du hast schon deine Wette gewonnen, Dr. Winter."

„Ja, allerdings, das habe ich, nicht wahr?"

Die Auswirkungen ihrer Heirat gingen Chelsea erst auf, als sie mit untergeschlagenen Beinen auf dem Bett hockten und ein verspätetes Frühstück aßen.

„Die Kinder!" rief sie. „Meine Eltern, deine Eltern, Georgina und Elliot, Cindy und John. Die ganze Welt!"

Er kaute an einem Stück Speck und kitzelte seine Lust bei der Betrachtung ihrer Brüste unter dem blassvioletten Nachthemd. Es gelang ihm, sich von diesem verführerischen Anblick zu lösen. „Das klingt nach einem Haufen Leute."

„David! Niemand weiß, dass wir verheiratet sind."

„Wie wahr." Er grinste bei dem Gedanken an Delbert, Angelo und Maurice.

„Was werden deine Kinder denken?" fragte Chelsea stöhnend.

„Sie lieben dich." Das war auch etwas, weshalb er ein schlechtes Gewissen haben musste. „Chelsea", begann er vorsichtig, „du magst doch Mark und Taylor, oder?"

„Natürlich. Ich sorge mich auch nicht um mich."

„Es macht dir nichts aus, Stiefmutter von diesen beiden kleinen Satansbraten zu sein?"

„Überhaupt nichts. Erinnerst du dich an Evangeline, eine meiner Regency-Heldinnen? Sie betete Edward, den kleinen Jungen des Helden an. Und vergiss nicht Giana, die Leahs Stiefmutter wurde."

„Nun, damit wäre das geklärt, oder?"

„Ja.“ Sie lächelte. „Vermutlich. Was meine Eltern angeht, so werden sie vor Freude tanzen. Ich verstehe nicht, wieso sie ausgerechnet von dir dachten, du würdest praktisch auf dem Wasser wandeln.“

„Aber sie tun es“, sagte David geschmeichelt und erbleichte plötzlich. „Chels, Verhütung!“ Er schlug sich an die Stirn. „Ich habe nichts benutzt, und du – nun ja, du warst so wild darauf, mich zum Geistlichen zu schleppen, dass du auch nichts gemacht hast.“

Sie schwieg eine Weile. „Wir sind verheiratet, nicht wahr?“

„Ja.“ Er betrachtete sie fasziniert.

„Dann kann ich alles sagen, was mir durch den Kopf geht, richtig?“

„Ja.“ Seine Faszination wuchs sprunghaft an.

„Ich meine, wenn mich vorher irgendetwas in Verlegenheit gestürzt hat, so brauche ich jetzt, da wir verheiratet sind, nicht mehr zu zögern, es auszusprechen, oder?“

„Absolut richtig.“

„Na schön. Ich sagte dir, ich wäre sehr unregelmäßig ... Du weißt schon. Also, normalerweise bin ich es nicht. Wahrscheinlich ist es bei mir noch vor Ende unserer Flitterwochen so weit.“

„Das ist ein Hammer“, meinte er.

„Iss deinen Toast auf, David.“ Sie strampelte sich aus ihrem Nachthemd heraus. „Die Zeit läuft uns davon.“

15. KAPITEL

Der Gedanke kam Chelsea erst, nachdem sie sich auf dem Flug von Las Vegas zurück nach San Francisco festgeschnallt hatte. „David?“

„Ja, Liebste?“

„Wie sind wir nach Las Vegas gelangt?“

Sie war nicht sicher, aber sie fand, dass er ein wenig rot wurde. Nein, dachte sie lächelnd, Unsinn. Vielleicht gehörte er lediglich zu jenen Leuten, die sich verkrampfen, bis die Maschine in der Luft ist.

„Das war so.“ Sein Gehirn lief auf Hochtouren. „Du warst so wild darauf, mich zwecks Heirat nach Nevada zu schleppen, dass ich einen Freund von mir, dem ein Privatflugzeug gehört, dazu gebracht habe, uns zu fliegen. Erinnerst du dich überhaupt nicht?“ Anwälte hatten schon die richtige Methode, um sich selbst vom Haken zu lösen. Immer eine Gegenfrage stellen. Chelsea sah nachdenklich drein.

„Ich erinnere mich an ein lautes Brummen und ein Schütteln. Vermutlich waren das die Motoren eines kleinen Flugzeugs.“

„Hört sich so an“, antwortete er glattzüngig und fügte hastig hinzu: „Da wir in der ersten Klasse fliegen, bekommen wir gratis Champagner. Nimmst du auch mal etwas anderes als Weißwein?“

„Einverstanden“, sagte Chelsea.

„Weißt du, was wir während des Fluges machen können?“ Sie warf ihm einen betörenden Blick zu, und er schüttelte schmunzelnd den Kopf. „Lenke deine eingleisigen Gedanken auf andere Begierden, meine Süße. Wir könnten besprechen, wohin wir auf unserer richtigen Hochzeitsreise wollen.“

„Hawaii“, entfuhr es ihr spontan. „Maui, um genau zu sein. Da war ich noch nicht.“

„Einverstanden. Ich war überhaupt noch nie auf Hawaii.“

„Ich besuche Tom Selleck jede Woche in der Glotze, aber das ist nicht dasselbe.“

„Keine Gelüste mehr nach anderen Männern, Chelsea!“

„Dazu werde ich weder die Zeit noch die Energie haben.“ Sie nahm von der Stewardess ein Glas Champagner entgegen.

Sie stießen miteinander an, und dann fragte David: „Wann hast du zwischen zwei Büchern frei?“

„In zwei Monaten. Ich bin am letzten Drittel der San Francisco-Trilogie. Und weißt du was, David?“

„Hm?“

„Mein Held ist Arzt, und sein Spitzname ist ‚der Heilige‘. Überflüssig zu erwähnen, dass er wundervoll ist.“

„Standardtyp-I oder Standardtyp-II?“

„Eindeutig Standardtyp-II. Nun ja“, fügte sie mit einem verruchten

Lächeln hinzu, „vielleicht hat er auch einen Schuss Standardtyp-I in sich. Aber wie gesagt, er wird erst in zwei Monaten abgeschlossen sein.“

„Dann werde ich meine Zeit entsprechend abstimmen. Kennst du ein gutes Reisebüro?“

Sie unterhielten sich noch eine Weile über alltägliche Dinge, dann schwieg Chelsea. David wartete einen Moment, ehe er fragte: „Was ist los, Süße? Kriegst du im Nachhinein kalte Füße?“

Sie schenkte ihm ein umwerfendes Lächeln und schüttelte den Kopf. „Oh nein, mein Gemahl. Ich habe nur gerade an alle meine schriftstellernden Freundinnen gedacht. Was zum Beispiel Dorothy Garlock zu meinem Durchbrennen nach Las Vegas sagen wird, kann ich mir gar nicht vorstellen. Noch viel weniger Linda Howard und Fayrene Preston und Ann Maxwell – sie ist auch Elizabeth Lowell, weißt du – und Laura Parker und Candy Camp und Iris ...“

„Großer Gott!“ Er unterbrach ihre scheinbar endlose Liste. „Wie viele Telefonanrufe ergibt denn das?“

„Ich darf auch meine Freundinnen Marilyn Staggs und Jean Weisner in Houston nicht vergessen. Sie besitzen Buchläden.“ Chelsea stöhnte. „Ich glaube, Anzeigen werden das Beste sein. Ich glaube nicht, dass ich alle Beschimpfungen am Telefon einstecken könnte.“

„Das ist auch so eine Sache, Chels. An wessen Telefon?“

Sie sah ihn verständnislos an.

„Ich meine, wo werden wir wohnen?“

„Oh!“ Sie sah ihn hilflos an. „Heirat führt zu mehr Konsequenzen, als mein armes Gehirn verkraften kann.“

„Ich müsste von Sausalito zum Krankenhaus nur eine halbe Stunde fahren. Wenn du dich in deiner Eigentumswohnung besser fühlst, geht das mit mir in Ordnung.“

„Ich liebe aber auch die Stadt und deine Wohnung.“ Sie saß eine Weile nachdenklich und schweigend da, ehe sie mit fester Stimme verkündete: „Ich habe den ortsunabhängigsten Beruf der Welt. Ich brauche lediglich meinen Computer und bin schon betriebsbereit. Es gibt keinen Grund, weshalb du jeden Tag eine Stunde unterwegs sein solltest.“

„Kannst du dir vorstellen, was wir in dieser Stunde ... äh ... erbringen könnten?“

„Du hast es erfasst.“ Sie lächelte und ließ ihre Hand langsam an seinem Schenkel hochgleiten.

Er packte ihre Hand und stoppte die Aufwärtsbewegung. „Ich kann mir morgen frei nehmen, und wir machen deinen Umzug in die Stadt. Okay?“

Chelsea nickte, aber David merkte, dass sie über diese Aussichten nicht besonders begeistert war.

„Willst du deine Eigentumswohnung verkaufen oder vermieten?“

„Wahrscheinlich verkaufen. Warum kaufen wir uns kein Haus in San Francisco? Vielleicht ein altes viktorianisches Haus in Pacific Heights oder Sea Cliff, obwohl ich nicht sehr flüssig bin. Bist du es?“

„Nein, überhaupt nicht.“

„Nun, wir müssen unsere Rücklagen zusammenlegen und sehen, was dabei herauskommt.“

Sie machten die nötigen Anrufe an diesem Abend von Davids Apartment aus. Nach dem Gespräch mit ihren Eltern wurde Chelsea klar, dass ihr Dad enttäuscht war. Nachdem sie den Hörer aufgelegt hatte, meinte sie: „Ich muss darüber nachdenken,“ Sie verschränkte und öffnete ihre Hände in ihrem Schoß. „David“, platzte sie plötzlich heraus, „würde es dir etwas ausmachen, wenn wir meinen Eltern zuliebe noch einmal heiraten?“

Am liebsten hätte er vor Freude geschrien. Zunächst konnte er einfach nicht glauben, dass Chelsea – Gott segne ihr unschuldiges Herz – die Lösung für das Problem vorgeschlagen hatte, und noch dazu so schnell. Tatsächlich hatte er geplant, in etwa zwei oder drei Wochen mit ihren Eltern zu sprechen, damit sie eine zweite Zeremonie verlangten. Er hatte sich allerdings davor gefürchtet, wenn er sich ihre Reaktion auf seine Tat ausmalte. Nun stürzte er sich auf Chelsea, zog sie vom Boden hoch und schwenkte sie herum. „Weißt du, wie wunderbar du bist?“

„Nun ja, vielleicht.“ Sie betrachtete sein strahlendes Gesicht und fügte, leicht stirnrunzelnd, hinzu: „Du schaust wie eine satte Katze.“

Ihre Gedanken überstürzten sich. „Es wird doch kein Problem mit unserer Heiratslizenz geben? Ich meine, wenn es nun schon die zweite ist?“

„Absolut nicht“, versicherte er glattzüngig und entfernte die Satte-Katzen-Miene.

„Und du, himmlischer Mann, brauchst einen Ehering. Ohne lasse ich dich nicht aus dem Haus.“

„Du hast Recht“, bestätigte David. „Ich muss ständig die Frauen abwehren. Ein Ehering könnte mich schützen.“

„Pah!“

„Komm, wir lieben uns.“ David hob sie auf seine Arme.

„Weitere kontrollierte Experimente für die Wissenschaft?“

„Du hast es erfasst, Krümel, obwohl es mir unkontrolliert lieber ist.“

„Um der Wissenschaft willen“, sagte Chelsea später so erschöpft, dass sie sich kaum bewegen konnte. „Ich denke, wir können jetzt den Abschlussbericht mit endgültigen Beweisen vorlegen.“

„Beweisen, dass Frauen genauso einfach sind wie Männer?“

„Beweisen, dass du, David Winter, der sexieste, talentierteste, netteste und glücklichste Mann auf diesem Kontinent bist.“

„Darauf trinke ich“, murmelte David und zog sie enger an sich. Ein paar Sekunden später meinte er mit schleppender Stimme: „Oh verdammt, wir sollten lieber den Wecker stellen. Wir müssen zeitig aufstehen und losziehen, damit wir alles schaffen.“

Chelsea stöhnte. „Die Flitterwochen sind vorbei.“

„Noch lange nicht, Lady.“

„An wie lang hast du denn gedacht?“ fragte sie und blickte grinsend an ihm hinunter.

Diesmal stöhnte David. „Da sind sie schon wieder, deine eingleisigen Gedanken.“

Sie besorgten Chelseas Umzug am nächsten Tag mit einem gemieteten Transporter. Abends sah Davids Apartment wie ein Katastrophengebiet aus. Er blickte bedauernd in die Runde. Bisher hatte er seine Wohnung für groß und luftig gehalten.

Chelsea setzte sich auf einen vollen Karton. „Ich kann es einfach nicht glauben, dass du mich morgen mit alldem hier allein lässt."

„Erinnere dich an dein Gelöbnis – in guten wie in schlechten Zeiten." Er lächelte spitzbübisch und zerzauste ihre Locken. „Du wirst nie mehr allein durchs Leben gehen." Er tätigte einen Anruf und sorgte dafür, dass am nächsten Morgen zwei sehr starke, gesunde, junge Männer aufkreuzen würden. „Du brauchst nichts anderes zu tun, Süße, als sie zu beaufsichtigen."

Chelsea tat es mit größtem Schwung. David kehrte nachmittags um fünf in ein sehr ordentliches Apartment mit einem Arbeitszimmer, das nicht mehr ihm gehörte, zurück.

Ihr Computer schien sich sehr wohl zu fühlen auf seinem antiken Schreibtisch, und ringsum im Raum standen Bücherregale, angefüllt mit ihren Büchern.

Sonderbar, so eine Ehe, dachte David. Er hatte sich Chelsea mit größter Vorfreude in seinem Apartment vorgestellt, aber er war an dieser köstlichen Fantasie vorbei nicht bis zu der Realität ihrer Besitztümer vorgedrungen.

Chelsea erkannte, dass er unter einer Art Schock stand und beruhigte ihn. „Ich habe behelfsmäßige Regale in diesem Schrank angebracht für alle deine medizinischen Zeitschriften und Bücher. Tut mir Leid, dass ich so ein Raumfresser bin, aber du arbeitest im Krankenhaus, und ich arbeite zu Hause, und das kann ich nicht im Schrank."

„Das ist nur gerecht und richtig", meinte er und verabschiedete sich liebevoll von seinen einstmals sehr ordentlich organisierten Sachen, als er die Schranktür schloss.

Es gefiel ihm, ihre Slips neben seinen Shorts in der Kommodenschublade zu sehen. Er griff nach ihrem violetten Nachthemd und rieb es gegen seine Wange. „Ich werde mir immer ein emotional aufrührendes Andenken an dieses Kleidungsstück bewahren."

„Für einen solchen Ausdruck, David, wird man als Autor gut bezahlt. Ich dachte nicht, dass Ärzte so gebildet sind."

„Ich muss es in einem deiner Bücher gelesen haben."

Sie drückte ihn an sich. „Ich bin so glücklich", versicherte sie und rieb ihre Nase an seiner Brust, „dass es fast schmerzt. Ich wünschte, ich hätte dich schon vor langer Zeit nach Las Vegas entführt."

David verspürte das nun schon vertraute schlechte Gewissen. „Ich weiß nicht, wie lange ich noch damit leben kann", sagte er.

„Was ist?" Sie blickte verwundert zu ihm auf. „Womit leben?"

Er sah sie erschrocken an, als er erkannte, dass er laut gesprochen hatte. „Ich meine", improvisierte er verzweifelt, „ich weiß nicht, wie lange ich es noch aushalte, ohne dich auf das Bett zu werfen und über dich herzufallen."

„Nun, ich habe mich ein wenig ans Kochen gewagt. Willst du tapfer sein und zuerst über das Essen herfallen?"

„Bevor wir unserem Appetit auf anderes nachgeben?"

„Es gibt ‚Hamburger Happiness', dieses vorgefertigte Zeug", gestand sie. „Ich weiß allerdings nicht, was dabei herausgekommen ist. Da fällt mir übrigens ein, ich muss mit Sarah sprechen. Ich glaube nicht, dass sie die ganze Strecke von Corte Madera in die Stadt fahren will."

„Biete ihr den Mond, und wenn das nicht reicht, biete ihr meinen armen Körper an."

„Vergiss es, Champion! ‚Hamburger Happiness'. Igitt!"

Er grinste über ihren schmerzlichen Ton und folgte ihr in die Küche. Etwas glücklicher sagte sie über ihre Schulter: „Georgina und Elliot haben uns für morgen Abend zum Essen eingeladen. Sie gratulieren dir."

„Ja", erwiderte David. „Ich habe Elliot heute am Pool getroffen. Er hat von einem Ohr zum anderen gegrinst." Und wie er gegrinst hat, dachte David und fühlte eine schreckliche Woge von Schuldgefühlen in sich hochsteigen. Delbert, Angelo und Maurice hatten ihn alle angerufen und nach Einzelheiten verlangt und gegrölt wie Kameraden aus der Militärzeit, die einen fantastischen Coup gelandet hatten. Beim dritten Bissen „Hamburger Happiness", der gar nicht so schlecht schmeckte, fügte er hinzu: „Alle im Krankenhaus wollen uns eine Party geben."

„Das Leben wird eine ganze Weile nicht einfach sein, wie?"

„Was ist mit all deinen schriftstellernden Freundinnen?"

„Da hole ich mir am besten irgendwo einen Stapel Anzeigen. Ich habe allerdings nicht die geringste Ahnung, wo."

„Ruf Georgina an."

„Nein, ich rufe Neff an. Die wird das wissen. Sie wohnt hier in der Stadt. Ich lade sie ein und zerbreche mir ihren Kopf."

„Neff wer?"

„Also, das ist Neff Rotter, auch bekannt als Laura Matthews, Elizabeth Neff Walker."

„Wie bleibt ihr Mädchen bei diesem Namenschaos normal?"

„Das müsste ich dich fragen. Wie bleibt ein toller Kerl wie du in dieser Stadt normal?"

Er lehnte sich auf seinen Stuhl zurück und verschränkte die Arme. „Ich glaube allmählich, unsere Flitterwochen werden gut und gern dreißig Jahre dauern."

„Das sollten sie auch, wenn ich mir schon die Mühe gemacht habe, dich nach Las Vegas zu schleifen."

David senkte seinen Kopf, als er merkte, wie sich verräterische schuldbewusste Röte auf seinem Gesicht ausbreitete.

„David?"

„Kann ich noch etwas ‚Hamburger Happiness' bekommen, Chels?"

„Du bist vielleicht tapfer!"

Ja, dachte er, tapfer wie ein verschrecktes Kaninchen.

Während der nächsten Wochen spielte David immer wieder in Gedanken Chelseas Reaktion auf sein Geständnis durch. Nein, Süße, überlegte er, wir sind genau genommen nicht verheiratet, aber wir werden es bald sein, oder wir sind es jetzt – im Falle eines Geständnisses nach der Zeremonie. Also, wo liegt der Unterschied? Ich habe es getan, weil ich dich liebe und du mich liebst. Ich musste nur deine Nervosität in dieser Sache überwinden, das ist alles. Du Kretin! Du hast ein Närrin aus mir gemacht. Oh, David, es spielt überhaupt keine Rolle. Ich liebe dich. Du hast genau das Richtige getan.

Verdammt!

Anrufe aus dem ganzen Land kamen von anderen Autorinnen. David hob eines Abends ab und hörte: „Ist da der köstliche Prachtkerl, der endlich Chelsea eingefangen hat?"

„Äh ... ja, ich glaube schon", sagte er, während die Frau am anderen Ende lachte.

„Ich kann es gar nicht erwarten, von jetzt an ihre Liebesszenen zu lesen. Sie, mein guter Mann, sind ab sofort das Rohmaterial für die nackte Forschung."

„Äh ... also, ich hole Chelsea." Er ließ den Hörer fallen und warf einen gehetzten Blick zu seiner Gattin.

„Hallo, Barbara! Ist Beth am anderen Apparat?" fragte Chelsea und schwieg dann mit einem breiten Lächeln. „Ja, oh Mann, du hast ja so Recht. Ja, das bin moi. Du hast es erfasst. Danke für den Anruf. Also", sagte Chelsea und lächelte David verrucht an, „du hast soeben deine zweite Dosis an Autorinnenwitz abbekommen. Barbara Keenan und Beth Rowe sind zwar keine Autorinnen, aber dicht dran. Sie geben ein Magazin heraus. Erinnerst du dich an Cindy Wright? Sie, mein Lieber, war bloß deine erste Dosis. Deftig, nicht wahr?"

„Ihr seid ein wortgewandter, punktgenauer Haufen, nicht wahr?"

„Ja, in der Tat, aber warte erst mal ab, bis Tom Huff dahinter kommt. Mein Gott, ist das nicht großartig?"

David nahm es an. Seine Kinder waren am Telefon etwas weniger wortgewandt gewesen, aber Mark hatte ihn reichlich deutlich gefragt, ob er Chelsea jetzt mehr küsste und noch immer ihren Popo tätschelte.

Margaret war überhaupt nicht überrascht gewesen, und der General schickte seine besten Wünsche. Was seine Eltern anging, so hatten sie ein Telegramm aus Südfrankreich geschickt, ein sehr unverbindliches Telegramm.

Der einzige Wurm in der Sache tauchte zehn Tage später auf, als Chelsea, bei seiner Rückkehr aus dem Krankenhaus herumtanzend, ihm einen Artikel aus dem „Examiner" überreichte. Darin stand alles über sie beide, und ihm, dem romantischsten Doktor der Welt, galt die Hälfte des Artikels. Er las alles über ihre Wirbelwind-Romanze und ihr Durchbrennen nach Las Vegas und stöhnte. „Wer ist dafür verantwortlich?“

„Barbara hat einen befreundeten Journalisten angerufen, und er hat mich angerufen. Was ist los, David? Gefällt es dir nicht? Hier stehen nur ein paar kleine Ungenauigkeiten, und die betreffen keinen der wesentlichen Punkte.“

Er sprach aus, was ihm spontan einfiel. „Verdammt, es gefällt mir nicht! Um Himmels willen, Chelsea, ich bin Arzt! Dieses lächerliche Geschreibsel wird meine Kollegen denken lassen, ich wäre nicht mehr als ein ...“

„Ein was, David?“

Drohender Tonfall, dachte er und trat hastig den Rückzug an. Er brachte einen tiefen Seufzer zustande. „Bitte, Chels, frag mich in Zukunft zuerst, ja?“

„Was soll ich dich fragen? Ob du dich zu erhaben fühlst, als dass man über dich wie über uns normale Sterbliche schreibt? Ob es in Ordnung geht, dass ich über uns spreche, wenn ich das nächste Mal im Fernsehen interviewt werde?“

„Nein, verdammt! Na ja, vielleicht doch. Ich fühle mich nur so, als würde ich öffentlich vorgeführt. Und ich lasse nicht gern einen Narren aus mir machen.“

„Fühlst du dich wie ein Narr, weil du mit mir durchgebrannt bist? Fühlst du dich wie ein Narr, weil du eine Autorin geheiratet hast, die zufällig diese gewissen Romane schreibt? Soll ich vielleicht auf Western umsteigen? Wie wäre es mit Science Fiction? Ah, Krimis! Das wäre männlich, nicht wahr, und so viel glaubwürdiger. Dann wärst du nicht so verlegen und beschämt.“

„Hör auf, dein bewegliches Mundwerk an mir zu wetzen, Lady!“

„Für gewöhnlich genießt du mein bewegliches Mundwerk.“

„Ich hätte ‚bewegliche Zunge‘ sagen sollen.“

„Die genießt du ganz besonders.“

„Verdammt, bleib bei dem Kern der Sache!“

„Es gibt keinen Kern der Sache, abgesehen davon, dass ich dich nie hätte bitten dürfen, mich zu heiraten. Du verwandelst dich vor meinen Augen in einen verkrampften Ostküstler. Und du musstest nicht einmal wie Superman in einer Telefonzelle verschwinden, um dein steifes Hemd anzuziehen."

„Mit dir kann man nicht vernünftig sprechen."

„Und du bist grässlich!"

Damit stampfte sie hinaus und riss ihre Handtasche von dem Tischchen im Vorraum.

„Chelsea!" schrie er hinter ihr her. Die Wohnungstür knallte zu.

Plötzlich fiel David ein, dass eigentlich der Mann zur Tür hinausstürmen und sie zuknallen sollte. Er hörte einen Motor aufheulen und Reifen kreischen.

Worum war der Streit denn anfangs überhaupt gegangen? Er sah den verfluchten Zeitungsartikel auf dem Fußboden. Von wegen, er sei ein steifes Hemd. Nur weil er nicht aussehen wollte wie ein ... ein was?

Ein Held des echten Lebens, der eine Heldenerfinderin geheiratet hatte?

Die ihn ihrerseits als Romanstoff benutzte?

Du Schwachsinniger!

Er wusste, dass Chelsea zurück nach Sausalito in ihre Wohnung gefahren war, die noch nicht verkauft oder vermietet worden war. Was sollte er machen? Es gab da kein Telefon.

Er war schon nahe dran, wie ein geölter Blitz nach Sausalito zu flitzen, als das Telefon läutete. Es war das Krankenhaus, nicht seine Ehefrau. Ein Notfall. David fluchte, weil er nichts dagegen machen konnte, und fuhr los. Anschließend musste er bis zwei Uhr nachts Notoperationen durchführen.

Als er aus dem OP kam, wartete eine Nachricht von Chelsea auf ihn. Sie war daheim, in ihrem gemeinsamen Heim, Gott sei Dank.

Sie schlief, als er ankam, wofür er zutiefst dankbar war. In seinem gegenwärtigen Erschöpfungszustand hätte er sich kaum mit der richtigen Finesse entschuldigen können.

Chelsea schlief noch, als er am nächsten Morgen ging. Er weckte sie nicht. Stattdessen schickte er rote Rosen.

„So etwas würde ein Held machen“, sagte sie, als er an diesem Abend zur Tür hereinkam. „Ein Held, der sich schuldig fühlt und nicht darüber sprechen will. Ein Standardtyp-I-Held, der mehr macho als empfindsam ist und glaubt, seine Haut auf organische Art retten zu können.“

„Hallo, Süße“, sagte er und zog sie in seine Arme. Er fühlte sich unglaublich erleichtert, dass sie ihm so nah war. „Bitte, Chelsea, lauf nie wieder weg. Lass uns lieber streiten, bis uns die Worte ausgehen, in Ordnung? Aber verlass mich nicht.“

„Ich habe es nicht so gemeint, was ich soeben gesagt habe. Das war schrecklich von mir. Ich bin überhaupt eine schreckliche Person. Du bist kein Standardtyp-I, abgesehen vom Bett. Es tut mir Leid.“

„Ich liebe diesen Schwall von Entschuldigungen von uns beiden.“ Er hob sanft ihren Kopf an. „Du bist schön, ich bin stolz auf dich, und ich bin verrückt nach dir.“

„Das ist so ungefähr das Gleiche, was ich sagen wollte.“ Sie schniefte. Es war ein schrecklicher Tag gewesen, angefüllt mit stummem Auf-und-ab-Laufen, Selbstvorwürfen und einem Aufmarsch all ihrer Unsicherheiten.

„Ich mache dir einen Vorschlag, Liebling. Lassen wir doch hier eine Telefonzelle installieren. Wenn ich verkrampft werde, kannst du mich hineinschieben und mir ein gesteiftes Hemd reichen.“

„Okay.“ Sie schenkte ihm ein schwaches Lächeln. „Und ich werde auf mein Mundwerk aufpassen.“

„Nein, lass mich lieber auf deinen Mund achten oder ihn fühlen, wie es sich ergibt.“

„Haben wir noch immer Flitterwochen, David?“

„Ich weiß nicht so recht. Wann ist die Hochzeit?“

„Nächste Woche in Georginas Haus.“

„Gut, dann fangen wir wieder von vorne an.“

„David?“

„Ja, Süße?“ Er knabberte eifrig an ihrem Hals.

„Die Hochzeit wird ganz intim sein.“

„Hm.“

„Es geht um den Empfang."

„Hm?"

„Er wird, nun ja, ein wenig größer als vorgesehen."

David trat einen Schritt zurück und betrachtete ihr schönes Gesicht, in dem sich schlechtes Gewissen und Wachsamkeit abzeichneten. „Nein", sagte er sanft und legte eine Fingerspitze auf ihre Lippen. „Sag es mir nicht. Ich will es nicht wissen. Ich will jetzt nichts anderes, als dass wir uns lieben."

Chelsea fühlte diese wundervolle Wärme durch ihren Körper strömen. „Wie könnte ich ein solches Angebot ablehnen?"

„Du kannst es nicht", sagte er, warf sie sich lachend über die Schulter und tätschelte den schönsten Po der Welt.

16. KAPITEL

David konnte es einfach nicht glauben. Er starrte auf die Unterwäsche mit Leopardenmuster und die beiliegende lustige Karte. Er hätte es wissen müssen. Es kam von Cindy und John-Blondhaar-Sanchez, der mit Schirmen versucht hatte, Hunde zu erschrecken. Georgina spähte über seine Schulter, brach in Lachen aus, entriss ihm das peinliche Hochzeitsgeschenk und schleuderte es einer Krankenschwester aus der Notaufnahme zu.

David gelang es, unter der Deckung des brüllenden Gelächters der Gäste aus dem Wohnzimmer zu gleiten. Er glitt weiter wie ein Schatten über die Wand, bis er die Sicherheit der Küche der Mallorys erreichte. Diese wiederum war zum Bersten angefüllt mit Leuten, die schnitten und hackten und kochten, und mit Leuten, die das Essen auf Tabletts zu den Gästen schleppten. Er fand die Hintertür und glitt weiter, bis er einen abgetrennten Teil des kleinen Gartens betrat.

David setzte sich auf eine Steinbank, lehnte sich zurück und schloss die Augen. Du bist reif für die Telefonzelle, sagte er sich. Was ist denn schon groß dran an einem Slip mit Leopardenmuster? Gut die Hälfte aller Geschenke waren Witzgeschenke. Nun, er wollte einfach, dass alles schon vorüber war, alles gelöst, er und Chelsea endlich verheiratet – zum zweiten Mal, versteht sich.

Es war nett von den Mallorys, sich einer solchen Mühe zu unterziehen – jetzt diese Party, später dann die Hochzeit mit dem anschließenden Empfang. Nur noch drei Tage, überlegte David.

Am nächsten Tag wollte er mit Chelsea für ihn einen Ehering kaufen und, darauf hatte er bestanden, einen Verlobungsring für sie. Plötzlich erinnerte er sich an die Verlobungspartys und den Hochzeitsempfang, die er und Margaret gegeben hatten. Sie sind sehr formell, sehr geschmackvoll und sehr langweilig gewesen, dachte er, während er sich wieder erholte. David erinnerte sich daran, dass er in seinem ganzen Leben nie so viel Silber gesehen hatte. Was war bloß aus all diesen Teekannen und Serviertabletts geworden?

„Hallo! Is' was, Doc?“

Er blickte auf und sah Chelsea, die ihm ein liebevolles Lächeln schenkte. „Ich habe gerade meine Wohltaten gezählt“, sagte er und fügte grinsend hinzu: „Und meine Leopardenslips.“

„Fühlst du dich überwältigt?“ fragte Chelsea, die ihn aus dem Wohnzimmer schleichen gesehen hatte.

Er klopfte neben sich auf die Bank, und Chelsea ließ sich darauf sinken. „Ich liebe dich.“ Er zog sie in seine Arme. „Und ich wünschte, wir wären allein und würden verrückte, wundervolle Dinge miteinander machen.“

„Das ist ein Plan, den ich nur unterstützten kann.“ Chelsea lehnte sich seufzend gegen seine Schulter. „Alle sind so freundlich und fröhlich und wirklich so herzlich ...“

„Aber?“

„Ich wünschte, das wäre der Hochzeitsempfang und somit das Ende der Festlichkeit.“

„Ich mag allerdings dieses sexy Nachtgewand, das du bekommen hast. Von wem war das?“

„Ich erinnere mich nicht mehr.“

„Nun, ich glaube, dieses sündige, rote, tief ausgeschnittene Nachthemd wird den Beginn unserer Festlichkeiten bedeuten.“

Sie lachte leise und fühlte sich zum ersten Mal seit Tagen entspannt. Der Roman ging äußerst langsam voran. Ihr Arztheld „der Heilige“ musste eindeutig hinter ihrem Arzthelden David zurückstehen. Es gab so viel zu tun, so viel, das ihre Gedanken beschäftigte. Chelsea strich mit einer Hand über seine Brust. „Alles meines“, murmelte sie.

„Ja, Ma'am. Du hast einen fünfzigjährigen Pachtvertrag auf dieses Besitztum erhalten.“

„Gibt es Öl in diesen Hügeln?“

David fühlte sich von dem Punsch beschwipst und konnte sich keine Antwort ausdenken. Ihr Verstand lief nie langsamer. Nun ja, vielleicht, wenn sie mit ihm im Bett war. Er glaubte sich sogar an eine Gelegenheit zu erinnern, bei der er das letzte Wort gehabt hatte. Sie hatte bloß dagelegen und ihn mit verschwommenen, unklaren Augen angestarrt, ein verlorenes Lächeln auf ihrem Gesicht.

„Noch drei Tage, Süße, dann igeln wir uns ein. Okay?“

Sie nickte an seiner Schulter.

„Wann kommen deine Eltern an?“

„Morgen.“ Sie schauderte. „Ich kann mir nicht vorstellen, was sie uns als Hochzeitsgeschenk geben werden.“

„Lass mich mit dir schaudern.“

Das Hochzeitsgeschenk der Lattimers, übergeben am folgenden Abend in Davids und Chelseas Apartment, war ihre Reise nach Hawaii, inklusive Flitterwochensuite im „Kapalua Bay Hotel“ und mitsamt einem Mercedes-Leihwagen, mit dem sie auf der Insel herumfahren konnten. Es war ein unglaublich großzügiges Geschenk.

„Was hältst du davon, Krümel?“

„Oh, Dad!“ Chelsea schlang die Arme um ihren Vater, küsste ihn schmatzend und machte das Gleiche mit ihrer Mutter. „Ihr zwei seid einfach zu viel.“

Mimi Lattimer warf ihrer Tochter einen liebevollen, tränenreichen Blick zu und drückte ihr ein langes, schmales Päckchen in die Hände. „Nur eine Kleinigkeit für dich, Liebes.“

Chelsea sah David kurz an, entfernte dann die Verpackung und die Schmuckschatulle. Eine Diamant-Smaragd-Halskette lag darin, exquisit gearbeitet. Chelsea konnte bloß darauf starren. Dann schaute sie zu David auf und brach in Tränen aus.

„Krümel!"

„Kleines!"

„Sie ist so schön", schluchzte Chelsea an Davids Brust.

„Das ist sie wirklich." David lächelte Chelseas Eltern über ihren Kopf hinweg zu. „Komm schon, Süße, du spülst die ganze Stärke aus meinem weißen Hemd." Er streichelte über ihr Haar und fragte: „Ich möchte einen Drink. Wie ist es mit euch?"

„Eine Margarita", bat Mimi.

„Weißwein, wie mein kleines Mädchen. Komm schon, Krümel, wir konnten dir kein Gold schenken. Du hättest sonst womöglich deinen alten Herrn überstrahlt."

David lächelte reuig, als Harold Lattimer mit den Fingern über seine goldene Halskette strich.

„Erst mal", sagte David, „will ich Chelsea mit der Halskette sehen. Geh und putz dir die Nase, Süße, und komm dann wieder her!"

Die Halskette sah sagenhaft aus, und David nahm alle snobistischen Gedanken zurück, die er jemals über Chelseas Eltern gehegt hatte. Er wünschte sich plötzlich, seine Eltern könnten ihre Liebe so offen und warmherzig zeigen.

Nachdem die Lattimers abends gegangen waren, ging David unter die Dusche. Chelsea nahm in dem anderen Bad die unglaubliche Halskette ab. „Nun", sagte sie zu ihrem Spiegelbild, „sollten dir jemals die Ideen ausgehen, wirst du mindestens sechs Monate nicht verhungern." Fast feierlich legte sie die Halskette in die Schatulle zurück. Dabei verfing sich ihr Ehering an dem Verschluss, und sie befürchtete schon, die Halskette beschädigt zu haben. Langsam und vorsichtig löste sie den Verschluss von dem Ring und zerkratzte dabei den Ehering.

„Oh nein", jammerte Chelsea. Zum ersten Mal nahm sie ihren

Ring ab und betrachtete ihn unter Licht. Nur ein feiner Kratzer. Sie hielt den Ring noch einen Moment in der Hand und überlegte, was für eine Frau ihn wohl verkauft haben mochte. Bisher hatte sie sich gar nicht komisch gefühlt, weil sie den Ehering einer anderen Frau getragen hatte. War sie eine besessene Spielerin gewesen? Wie traurig, falls das stimmte. Sie hielt den Ring erneut an das Licht und untersuchte die Innenseite genauer. Der Ring war alt, sehr alt. Chelsea blinzelte.

Da war eine Inschrift. Sie rieb die Innenseite mit einem Papiertaschentuch und betrachtete sie noch einmal.

Und dann glaubte sie, ihren Augen nicht trauen zu können.

David war müde, als er unter der Dusche hervorkam, aber nicht so müde, und er war enttäuscht, Chelsea zusammengerollt auf der Seite liegend vorzufinden, Rücken zu ihm, fest eingeschlafen.

Er weckte sie nicht auf. Sie musste erschöpft sein. Vorsichtig schob er sich neben ihr ins Bett und schaltete die Nachttischlampe aus. Er lag auf dem Rücken, den Kopf auf seine verschränkten Arme gebettet, und starrte die dunkle Zimmerdecke an. Übermorgen würde alles vorbei sein. Natürlich führte dieser Gedanke zu seinem unvermeidlichen Geständnis. Er stöhnte in sich hinein. Eigentlich sollte er den Feigling-des-Jahres-Preis erhalten.

Aber was zum Teufel sollte er denn machen? Wenn er es ihr vor der Hochzeit erzählte und sie ausflippte und ihm sagte, er solle zur Hölle gehen? Oder wenn sie ihn bloß ansah und ihre wundervollen, ausdrucksvollen Augen verletzt dreinblickten? Würde sie ihm jemals wieder vertrauen? Was wäre, wenn? Was wäre, wenn? Er trieb sich selbst zum Wahnsinn. So konnte es nicht weitergehen. Er musste reinen Tisch machen.

„Nein, David, ausgeschlossen. Vergiss das!"

„Ich kann nicht, Elliot", jammerte David. „Ich liebe sie, und was ich getan habe, war ..."

„Du hast Chelsea gegeben, was sie wollte", unterbrach Elliot ihn energisch. „Abgesehen davon, ist es jetzt ziemlich spät, nicht wahr? Die Hochzeit ist morgen."

David fluchte.

„Hat sie nicht ständig gesagt, sie wünschte sich, dich früher gebeten zu haben, sie zu heiraten? Hat sie nicht vor Glück tellergroße Augen? Liebt sie dich nicht bis zur Raserei?"

„Ja und ja und ja, aber ..."

„Na fein, dann sag es ihr, oder noch besser, sprich mit ihren Eltern."

„Du hältst das für eine gute Idee, die Meinung ihrer Eltern einholen? Und wenn sie mich wie eine Bestie aus der Unterwelt anstarren?"

Elliot betrachtete seinen Freund eingehend. David litt, und hier war er – Elliot – und gab sich zungenfertig und allwissend. David fühlte sich schuldig, und Elliot konnte ihm das nicht übel nehmen, aber die Sache hatte nun wirklich so ausgesehen, als wäre sie die beste Möglichkeit, für die sie sich entscheiden konnten. Sie waren alle schuldig. Aber was war zu tun? Elliot konnte sich nicht im Entferntesten Chelseas Reaktion vorstellen, falls David noch vor der Hochzeit gestand. Sie würde lachen und ihm verzeihen – das würde sie machen. Zumindest klingt das gut, dachte er. Elliot seufzte. Warum war das Leben nie einfach?

Die Sache wurde David aus der Hand genommen. Am Abend vor der Hochzeit bestanden Chelseas Eltern darauf, dass sie bei ihnen im „Fairmont" blieb.

Chelsea, die dem Vorschlag ihrer Eltern mit größerer Begeisterung zugestimmt hatte, als ihm lieb war, lächelte ihn an und gab ihm einen gedämpften Abschiedskuss. Er dachte nachsichtig, dass sie bestimmt einen gewaltigen Anfall von Nervosität hätte. Allerdings fühlte er sich auch sehr gedämpft.

Er verbrachte eine einsame Nacht in seinem leeren Bett. Es war fast zwei Uhr nachts, als er seine Entscheidung fällte. Er wollte es ihr in ihren Flitterwochen sagen. Nun fühlte er sich wie Atlas, der die Welt nicht länger auf seinen Schultern trug.

Die Hochzeit im Haus der Mallorys war so intim, wie David und Chelsea es sich wünschten, und alles lief ganz glatt, wobei nur die Mallorys und Chelseas Eltern anwesend waren. Zu Davids Missbehagen flüsterte Chelsea, nachdem Reverend MacPherson sie zu Mann und Frau erklärt hatte, ihm zu: „Ist unsere Zeremonie in Las Vegas auch so kurz gewesen?“

„Ich erinnere mich nicht.“ David krampfte sich der Magen zusammen.

Sie sieht so perfekt aus, dachte er, in ihrem weichen cremefarbenen Seidenkleid, das schöne Kollier um den Hals. Jetzt trug sie den Verlobungsring und ihren Ehering.

Sie hatten vor dem Empfang eine Stunde zum Entspannen. Georgina, ein Paradiesvogel mit solch herrlichem Gefieder, dass es fast schmerzte, sie anzusehen, schob sich an ihren Ehemann heran und flüsterte: „Ende gut, alles gut.“

„Ja“, murmelte Elliot. „Ja, allerdings. Und Alex war während der ganzen Angelegenheit brav still.“

„Ein perfektes Kind“, lobte Georgina.

„Am besten gehe ich nach oben und sehe nach, ob ihn die Kinderschwester knebeln musste.“

Georgina durchquerte das Wohnzimmer und umarmte Chelsea. Sie betrachtete ihre Freundin einen Moment. Chelsea hielt ihre Heiratslizenz in der Hand. Ihre Miene ließ Georgina ein wenig die Stirn runzeln.

Sie versuchte sich zu erinnern, ob sie ihre eigene Heiratslizenz so nachdenklich angestarrt hatte. Sie glaubte allerdings nicht, es getan zu haben.

Nun ja, die Reaktionen von Menschen waren nicht vorherzusehen. Sie hörte die lustvollen Schreie ihres Sohnes von oben herunterhallen und lächelte. Wahrscheinlich war er während der Zeremonie tatsächlich geknebelt gewesen.

„Jedes Mal, wenn ich dich heirate, muss ich hinterher festgeschnallt werden“, stellte Chelsea fest, als sie ihren Sitzgurt in dem Flugzeug schloss, das sie direkt nach Maui bringen sollte.

„Äh, ja, sieht so aus“, murmelte David.

Sie schwiegen, bis die Maschine in der Luft war.

„Bist du glücklich, Süße?“

Sie wandte sich ihm zu, und er fühlte, wie er förmlich schmolz.

„Du bist so schön“, schwärmte David und küsste Chelsea. Sie trennten sich bei dem dezenten Husten der Stewardess.

„Flitterwöchner?“

„Ja“, antworteten sie fast gleichzeitig.

„Nun, für Sie wurde ein Geschenk an Bord gebracht.“ Die Frau hob eine Flasche Champagner zur Besichtigung hoch, eine riesige rote Schleife um den Hals gebunden.

„Von meinem Verleger“, sagte Chelsea, nachdem sie vorsichtig die Karte von der Schleife gelöst hatte. „Sieh dir nur diese Namensliste an, David!“

Er tat es und war beeindruckt. Er war mit einer sehr erfolgreichen Frau verheiratet, und das gefiel ihm außerordentlich. Es wurde ihm bewusst, dass er sich noch vor einem Jahr von dem unabhängigen Erfolg seiner Frau vermutlich bedroht gefühlt hätte.

Nein, verbesserte er sich, so ein steifes Hemd wäre er bestimmt nie gewesen.

„Wirst du mich in der angemessenen Art unterstützen, an die ich gewöhnt bin?“ fragte David, während die Stewardess ihnen zwei Gläser Champagner einschenkte.

„Na ja“, meinte Chelsea sehr ernsthaft, als sie ihm zuprostete, „mein Einkommen ist mit jedem Vertrag ständig gewachsen. Wer weiß? Vielleicht wirst du in fünf Jahren am Strand Bonbons essen und minderjährigen Mädchen in knappen Bikinis unzüchtige Blicke zuwerfen.“

„Also, das ist ein Plan, den ich nur unterstützen kann“, versicherte David und spürte die Champagnerbläschen in seiner Nase kitzeln, während er trank.

Der Flug lief angenehm, und sie waren nicht zu sehr weggetreten, als sie das „Kapalua Bay Hotel“ auf Maui erreichten. Die Fahrt vom Flughafen dauerte eine Stunde, aber die Szenerie war wunderschön, und David, der nie zuvor im Paradies gewesen war, kam aus dem Staunen nicht heraus.

Den Rest des Nachmittags verbrachten sie im Bett und kamen nur um sieben Uhr abends zum Dinner heraus. Ein Strandspaziergang im Mondlicht, dachte David. Heute ist der Tag X. Genauso genommen die Nacht X.

Ja, wiederholte er grimmig für sich, während er einen köstlichen Bissen Hummer verschlang, heute Nacht muss es passieren. Er beobachtete, wie seine Frau zwei Gläser Weißwein trank. Ich bin ein verschlagener, hinterhältiger Bastard, dachte er, als er ihr noch eines anbot.

Chelsea zog ihre Strumpfhose hinter einem Baum aus und stopfte sie in einen ihrer Schuhe.

Es war idyllisch. Mondschein, das Rauschen der Meereswellen, die milde Abendluft.

„Chelsea", sagte David endlich, wobei das Wort kaum aus seiner zugeschnürten Kehle kam.

„Ja, Liebster?"

Verträumte Stimme, dachte er. Los, weiter! „Ich muss dir etwas sagen."

Sie blieb einen Moment stehen und wandte sich ihm zu. Um ihren Mund spielte ein süßes Lächeln. „Ja?"

David lockerte seine Krawatte. „Es ist wegen Las Vegas."

„Ja?"

Es lag mehr Interesse in ihrer Stimme. Aber noch immer verträumt.

„Also, du erinnerst dich daran, wie wir an jenem Abend mit Delbert, Maurice und Angelo gepokert haben?"

„Wie könnte ich das vergessen! Ich habe fünfzig Eier verloren."

Sanfte Stimme, gar nicht misstrauisch – liebevoll.

Er platzte heraus: „Ich habe dir ein Schlafmittel gegeben."

Chelsea sagte nichts, sondern blickte lediglich zu ihm hoch, die Schuhe in ihrer Hand.

„Nun, genau genommen hat dir einer der Jungs das Zeug ins Glas getan. Dann hast du den Wein verschüttet, und wir haben es noch einmal gemacht."

„Hm", machte sie. „Also darum hat sich mein Mund angefühlt, als wäre die große Dürre ausgebrochen."

David starrte sie an und konnte nicht glauben, dass sie so ruhig und beiläufig sprach.

„Chelsea." Seine Stimme klang verzweifelt. „Wir haben in Las Vegas gar nicht geheiratet. Ich habe dich belogen. Ich wollte dich so sehr, und ich wusste, dass du mich wolltest, und so ... also, so habe ich es eben getan."

Stille.

Dann sagte sie sehr sanft: „Hast du es bereut, David? Ich meine, dass du so getan hast, als wären wir verheiratet."

„Lieber Himmel, nein! Aber ich habe mich so schuldig gefühlt, wie ein verdammter Wurm. Ich war zu feige, um es dir früher zu erzählen."

Das Mondlicht fiel auf ihr Gesicht, und die sanfte Brise zerzauste ihr Haar.

Langsam hob Chelsea eine Hand und strich die Locken, die ihr in die Stirn gefallen waren, wieder zurück.

„Sag etwas, verdammt!" stieß David hervor.

„Na schön", meinte sie liebenswürdig. „Ich weiß es."

„Was weißt du?" Er verkrampfte sich.

„Eine Menge." Chelsea neckte ihn ein wenig.

„Chelsea ..."

„Hier, David, halt mal."

Er sah, wie sie ihren Verlobungsring abstreifte. Nervös, vorsichtig und verwirrt nahm er ihn ihr ab.

Mit etwas Mühe zog sie ihren Ehering ab und hielt ihn gegen das Mondlicht. „Hier draußen kannst du wahrscheinlich nichts sehen. Das Licht ist nicht hell genug, aber ich sage es dir. Da ist eine Inschrift: Rebecca Winter, 1915. Deine Großmutter, David?"

„Ja", antwortete er. „Ich habe sie sehr geliebt. Wann hast du es herausgefunden?"

„Spielt das eine Rolle?“ Ein kleines Lächeln tanzte um ihren Mund.

„Du willst mich nicht ins Kastrationszentrum in Sacramento schicken?“

„Vielleicht, aber jetzt noch nicht. Ich habe entschieden, dass es eine wundervolle Standardtyp-I-Tat war. Verzeih mir, dass ich dich leiden ließ, aber ich dachte, du hättest es verdient. Wenigstens für eine kleine Weile.“

„Du hättest nichts gesagt?“

„Nicht, wenn du nichts gesagt hättest.“

„Einmal dachte ich, ich sollte bis zu unserem zehnten Hochzeitstag warten.“

„Dann“, meinte Chelsea heiter, „hätte ich allerdings etwas gesagt. Wer weiß, vielleicht hätten dann unsere Kinder gelauscht.“

„Steck den Ring wieder an, Chelsea.“

Sie tat es und ließ den Verlobungsring folgen.

David zog sie in seine Arme. „Ist das so romantisch wie einer deiner Romane?“

„Noch romantischer.“ Chelsea zog seinen Kopf herunter, damit sie ihn küssen konnte. „Dies hier ist real.“

„Du verzeihst mir wirklich, was ich getan habe?“ Er drückte seine Lippen in ihr Haar.

„Ich werde es wahrscheinlich in einem Roman verwenden. Also, David, wie sieht es mit deinem Energieniveau aus?“

„Möchtest du im Mondschein schwimmen?“

„Das wäre ein Anfang.“

„Was würde ein Standardtyp-I-Held machen?“

„Sag du es mir, und ich nehme es dann auch in den Roman auf“, antwortete sie, lehnte sich in seinen Armen zurück und wartete darauf, dass er etwas sagte.

„Ich glaube, ich fühle mich so glücklich und so unwahrscheinlich erleichtert, dass ich mich einfach hier auf den Strand setzen und über mein unglaubliches Glück nachdenken werde.“

Chelsea lachte.

„Habe ich ausnahmsweise einmal das letzte Wort?“ fragte David.

„Darauf würde ich nicht hoffen, Doktor“, flüsterte Chelsea und umschlang ihn und küsste ihn so leidenschaftlich, dass er kaum noch Luft bekam.

– ENDE –

Jayne Ann Krentz

Liebeszauber

Rose mit Dornen
In der schönen Rose, die ein Unbekannter ihr geschickt hat, blitzt tödlich und kalt eine Nadel, und Kimberly weiß sofort: Das ist eine Warnung! Sie vermutet, dass die Entführer des kleinen Scott, den sie zufällig gerettet hat, hinter dem bedrohlichen Geschenk stecken. Jetzt muss ihr Scotts Onkel, der attraktive Weingutbesitzer Dan Cavenaugh, helfen!

Verliebt, verlobt – verheiratet?
Diese Ruhe! Das Meer! Und dann noch die hübsche Pensionswirtin Maggie – ja, Privatdetektiv Josh Norton ist überzeugt, dass es richtig war, diesen Auftrag anzunehmen: Einen Monat wird er in Maggies Gasthof am Meer wohnen, in dem etwas nicht mit rechten Dingen zugeht. Oder ist Maggie nur ein Opfer ihrer lebhaften Fantasie?

Band-Nr. 25019
6,95 €
ISBN 3-89941-019-X

MIRA®

Band-Nr. 25009
7,95 €
ISBN 3-89941-009-2

Nora Roberts

Love Affairs

Der Maler und die Lady
Schön und selbstbewusst küsst Lara den Maler Anatole auf dem Schloss ihres Vaters und verspricht ihm eine Nacht der Liebe. Und so beginnt eine heiße Affäre voller Leidenschaft und Gefahr. Denn es geht nicht nur um Lust, sondern auch um ein skrupelloses Verbrechen.

Heißer Atem
Es sind Sekunden, die für den Rennfahrer Matthew Lance den Sieg ausmachen – oder den Tod bedeuten. Doch seine Geliebte, die Fotografin Cynthia, weiß nicht, wie lange sie die Angst um ihn trotz der beglückenden Nächte noch aushalten kann.

Herz aus Glas
Die schöne Show-Produzentin Johanna Patterson muss erkennen, dass sie sich entgegen aller Vorsätze in den berühmten Schauspieler Sam Weaver verliebt hat. Aber kann ein Mann, der so umschwärmt ist, überhaupt treu sein?